智慧之轴

INTELLIGENT SCROLL

黑轴

DARK AXIS

4

顾非鱼 ◆ 著

台海出版社

献给懂懂小朋友

◇前记

　　这是学界还未知晓的领域，也是人类尚未涉足的世界。当我写下这句话时，我知道我选择了一条艰险的道路，也明白了我个人的渺小，但我还是决定勇敢地尝试，也许我将一无所获，也许我将半途夭折。在我内心深处隐隐有一种本能的召唤，哪怕只有万分之一的可能，我也会走下去，将其中的秘密大白于天下。那么，这个"领域"或是"世界"从哪里开始呢？就从这荒原大字开始。

　　整个地球重新回到了蛮荒原始状态，直到第四纪大冰期结束，我们的祖先快速进化发展，现代人类文明诞生。但我不妨大胆假设一下，最后依然有极少数躲避在黑轴内的闭源人存活了下来，只是他们无力回天，他们也回到了蛮荒时代，但他们特有的基因却很可能与现代人类混杂在一起，黑轴文明的种子依然隐藏在我们现代文明之中。

　　我从袁教授手上拿回笔记本，随手又翻了翻，忽然发现在笔记本的最后一页出现了一句话，同样是用钢笔写就，字迹应该就是袁帅妈妈的，我慢慢念出了那句话——我们打开了黑轴的秘密，它就不会再关闭！

　　我们打开了黑轴的秘密，它就不会再关闭！当我念出这句话时，所有人都面面相觑，仿佛被这句话震慑，它像一句咒语，又像是一句预言。

"这颗星球上只有两件事会让我热血澎湃：一是研发出让人类健康长寿的科技；二是研发出让人类变为多星球栖息种族的科技。"袁教授忽然说出了一句特别牛的话，弄得我不知道是该对他肃然起敬，还是该感到恐惧？

我闭上了眼睛，耳畔传来袁教授的喃喃低语，"我知道人类迟早会打开黑轴的秘密，但没想到是由我们打开！一开始我也没想到会陷得这么深，它……它太诱人了，高度发达的科技，一千岁的健康寿命，取之不尽的能源……啊！既然我们已经打开了黑轴的秘密，它就不会再关闭！"

当我们驶近真武庙时，我忽然叫秦悦停车，因为我发现就在草地上，斜着伫立了一块不大的石碑。"这块碑我们之前怎么没发现？"我小声嘀咕着，看看秦悦和宇文。

"看上去不像古代的碑！"秦悦说。

宇文凑上去，拂去碑上的灰土，上面显露出一行像是用刀刻上去的文字，"是俄文！写的是——我们打开了黑轴的秘密，它就不会再关闭！"

宇文喃喃地读出了碑上的文字，我们打开了黑轴的秘密，它就不会再关闭！这句话已是第三次出现，第一次是在桂颖留下的笔记本后面，第二次是从袁教授的嘴里，而这次是在这块草草刻成的碑上，是谁刻下这如咒语般的话语，是格林诺夫，还是阿努钦，抑或是柳金？还是那个有一半中国血统的梅什金？

而这碑文是对人类的忠告？还是得意的嘲笑？

目录

CONTENTS

引子 被智慧困住的人

我被刺耳的门铃声惊醒，从书房的沙发里坐起来，侧耳倾听，门铃声不断，还夹杂急促的敲门声，环视周围，是我的书房，会是谁呢？我迷迷糊糊地站起身，向大门口走去。我应该是还没睡醒，走到门口，就径直打开了房门。一个穿着斗篷的人突然冲我压过来，将我逼进了房间。

我惊得刚想大叫，却被那人逼到墙角，一副肮脏手套压在了我的嘴上。这人是谁？我瞪着惊恐的眼睛极力想看清楚对面的人，此人虽与我近在咫尺，我却无法从斗篷下看清这人的脸，现在怎么还会有如此穿着的人？难道他是从另一个空间穿越而来？弗朗索瓦、桂肃、桂豹变，一个个模糊泛黄的面孔闪现在我眼前。

待我恢复了平静，肮脏的手套也慢慢从我嘴上松开，然后缓缓向后退去，那人探出双手，摘去了头上的斗篷，露出一副可怖的面孔，这是谁？我完全没有印象，那是一张令人不寒而栗的脸，满脸戾气与愁怨。

"你是谁？"我不禁冲那人喊道。

喊完，我就向客厅退去，那人转身跟上来，每一步都沉重而迷茫，那人从喉咙里不停地说着含糊不清的话语，我根本听不清他在说什么。他在回答我刚才的问题？我惊恐地又冲那人喊了一句，"你是谁，找我干吗？"

那人听了我的话似乎更激动了，步步紧逼，喉咙里不断发出含糊不清的话语，我一退再退，最后靠在阳台的栏杆上，退无可退！也就在这时，我终于听清了那人嘴里说的是什么。

"我被困在这里太久了，太久了……"

"被困？你被困在哪里？"我也不知自己在说什么。

"帮帮我，帮我出去。"那人歇斯底里地吼着。

"你不是可以自由活动吗？怎么，怎么帮你？"我完全不知所措。

"帮帮我，求你帮帮我……"那人继续从喉咙里发出模糊不清的低吼，然后一步步逼近我。

"我该怎么帮你？"我边说边本能地闪身过去。

那人猛地冲向阳台的栏杆，阳台坚固的栏杆竟然瞬间化作齑粉，就在那人的身体飞出阳台时，奇怪的事发生了，明亮的天空瞬间变成黑夜，高楼林立的都市瞬间变成荒凉雪原。我吃惊地看着这一幕，浑身冰冷，寒风让我瑟瑟发抖，我辨不清方向，也不知道自己怎么会来到这里。我迷茫地在雪原上挪动脚步，艰难地在大雪中跋涉，周围的一切似乎都已静止，只有白色的雪。都是白色的雪，直到我抬头眺望，发现远处的雪山，才有了方向和目标。我开始向雪山的方向前进，虽然我并不知道为什么要过去。

我不知道自己在雪原里走了多久，雪山似乎有一种魔力在吸引着我，我越走越快，却又始终无法靠近。除了浸入骨髓的寒冷，我感觉自己的眼睛越来越难受，越来越无法看清远处的雪山，难道因为在雪地里走得太久，得了雪盲症？我痛苦而无奈地继续坚持，因为如果我停下来，就是死亡。慢慢地，我的意识越来越淡薄，思维越来越发散，胡乱地想着，我为什么从家来到了这里？那个奇怪的人又是谁？我忽然想到了在神迹遭遇的亚空间，难道刚才在我家也遭遇了亚空间？一连串的问题让我越来越痛苦，眼睛开始肿胀充血，我抬头，又看了看远处的大雪山，感到双眼一阵钻心的疼痛，我痛苦地跪在雪地里，双手捂着眼睛，不敢抬头，不敢眺望……

此时，一双脚出现在雪地上，那是一双坚定有力的脚，我跪在这双脚面前，缓缓抬起头，我的心剧烈颤抖了一下，那个穿斗篷的人又出现在我面前。他依旧面目狰狞，苍老痛苦，嘴里含糊不清地说着什么，我仔细倾听，还是那句——"求求你，帮帮我，我被困……困在这儿很多年了。"

难道他所说的被困之地就是这里？我将目光缓缓移向远处的大雪山，如果这人被困此地，那么现在我也被困在这里了？我心里一阵绝望，感到双眼剧烈的疼痛，我跪在雪地里，双眼无法直视雪山，耳畔如咒语般不停响着这人的哀求。也不知过了多久，我感觉眼睛好了一些，便又缓缓抬起头，那张可怖的脸上，双眼竟然成了空洞，空空的眼眶内流出两行鲜血，嘴里依然在含糊不清地念叨着，"帮帮我，帮我出去，我在这儿困得太久了。"我再也受不了了，双眼什么都看不见了，我陷入绝望恐惧……

第一章　智慧的起源

1

急促的手机铃声使我从噩梦中惊醒，我揉揉眼睛，确信刚才又是噩梦。我太累了，头脑里的东西也太多了，在急促的手机铃声中，我失神地回忆起刚才的噩梦，竟然是一个梦中梦，桂豹变在雪原中追杀一个中年男人，夺去了十六边形手环，那个白俄女人和混血小男孩逃出桂豹变的魔爪了吗？突然闯入我家的斗篷人是谁？他被困在哪儿？我又如何到了冰封雪原？最后那人双眼流血，他死了吗？我失神地拿起手机，是宇文的电话，电话接通时，我发现自己的手竟然在颤抖，手机里传来宇文焦急的声音。

"你快来一趟吧，我工作室被盗……哦，不，好像是被抢了，我就出去了几个小时，就被人给……"我只是听着宇文在手机里语无伦次地说着，"喂，喂，你在听吗？"

"在听，丢什么东西了吗？"我平静地反问道。

"没，我粗略检查一遍，发现没丢什么。"宇文紧接着又说，"秦悦一会儿就到，你也过来吧。"

"好吧。"我平静地答应下来。

在去宇文工作室的路上，我满脑子依然想的是刚才的噩梦，这一切噩梦都是源自夏冰给我寄来的那些资料。在那些资料中，我确信了之前的判断，桂家手中的那件十六边形手环是桂豹变从弗朗索瓦神父那里得到的，只不过他并不是直接从弗朗索瓦神父手中获得，而是从那个娶了白俄女伯爵的中年男人手中拿到的，而那个中年男人很可能就是照片上弗朗索瓦神父的那位得意门生和助手。

桂肃手上的另一件十六边形手环很可能来自云象。好神秘的组织，最后包括我手上的那件十六边形手环都被劫走，三件手环目前都已落入了云象之手。如此看来，蓝血团那最后一件十六边形手环就显得愈发重要了。可是，宇文那儿有什么招人惦记的东西呢？我狐疑地开着车，很快来到了宇文的工作室门口。

秦悦已经早我一步抵达，屋里一片凌乱，偌大的工作室的每个角落都被人翻过，秦悦戴着手套一边细致地检查，一边询问宇文："你最近惹到什么人了？"

"最近？我最近在做什么你还不清楚吗？"宇文耸耸肩继续说，"除了桂肃，就是云象组织了，或者干脆说他们就是一伙的。"

"你这儿有什么能让他们感兴趣的东西呢？"秦悦不解地问。

"我就是想不起来，标本？我从荒原大字和赤道王朝曾经带回一些有意思的标本，可那些东西他们也能搞到。"宇文一边回忆一边作答。

"目前来看，对他们来说最重要的就是四件十六边形手环了，除此之外，我想不出还有什么值得他们兴师动众的东西。"

"你是说智慧之轴？"秦悦问道。

只有我和伊莎贝拉曾在赤道王朝黑轴下面那堵隔离墙上见过智慧之轴的位置，我跟秦悦和宇文也提过智慧之轴，但他们显然无法理解智慧之轴的重要与伟大，伊莎贝拉那时的兴奋与激动，依然深深印在我脑海中。

"也就是说云象的最终目的是要去开启智慧之轴？"宇文问道。

"他们的意图已经很明显了，谁有能力开启智慧之轴，谁就能掌握黑轴文明最高的科学成就。另一方面，云象想要超越蓝血团，让所有的精英都拜倒在他们脚下，靠桂肃那些装神弄鬼的神迹是远远不够的，只有掌握黑轴文明最高的科学，才能让这个星球上所有天才的大脑信服。"

"可，智慧之轴在哪儿呢？"秦悦问道。

我欲言又止，四处观察一番，发现并无异常。但望着满屋凌乱的物品，我只是冲着秦悦和宇文摇了摇头。

"我又没有十六边形手环，跑我这来找什么？"宇文愤愤地说道。

这个问题我也没办法回答，只能帮着宇文将工作室整理干净，直到天黑才收拾妥当，发现确实没有丢什么，倒是帮宇文清理出来许多垃圾。我没好气地对宇文说："是不是你自己干的，为了让我们来帮你打扫卫生？"

"怎么可能？我吃饱撑的啊。"宇文说着抱出一大摞各种形状的盒子，扔在门口。

"这些东西都不要了吗？"我问道。

"里面都是空的，你要是不放心，就再检查一遍。"宇文满不在乎地说。

我盯着门口那些盒子看了一会儿，然后强迫症发作，还是走过去一个个打开一遍，确实都是空的。不过还是有个装饰精美的锦盒吸引了我，我拿起来仔细端详，然后回头问宇文："这个盒子也不要了？"

宇文瞥了一眼回应道："这盒子里面都磨破了，扔了吧。"

我打开一看，锦盒里面有一角已经被磨破，我刚想说什么，就听手机接二连三响起微信铃声。我拿出手机瞥了一眼，都是夏冰发来的，一条信息让我莫名地恐惧起来，这可以说是夏冰至今为止做过的最有意义的事情。

"你们之前不是一直想来蓝血团总部参观吗？总部高层非常欢迎你们来访，并给你们订好了机票，签证事宜我们也都替你们搞定了。"这是夏冰的微信。

接着下面是含有我们三人个人信息的机票和签证信息，我吃惊地扔了手中的盒子，心中暗自感叹夏冰和蓝血团怎么会有我们三人的信息？不过转念一想，对于蓝血团来说不过是小事。但蓝血团为何变得如此急迫，竟然连启程日期都给我们安排好了，明天下午就要从上海直飞北欧某国的首都。我将信息转给宇文和秦悦，他们也都相当惊诧，我赶紧找夏冰确认为什么如此匆忙。

那头沉默了好一会儿，才回复道："你们只要带好随身衣物和证件，其他东西带不带没关系。"

过了一会儿，夏冰才又发来信息："蓝血团的圣物丢失了，所以高层非常想见你们，因为你们知道许多有价值的信息。"

"蓝血团的圣物竟然丢了？"我不禁叫出了声，宇文和秦悦也惊呼起来。我马上明白了蓝血团的焦虑，也明白了现在的危急，如果云象得到四件十六边形手环，打开了智慧之轴，那么后果不堪设想。我都没跟秦悦商量，马上给予回复："好的，我们明天出发。"

夏冰马上发来了一条。

"你们到机场后，我会来接你们，然后直接去见领袖助理，你们早点休息。"

我们几个都难掩内心的激动，倒不是因为能见到蓝血团高层，而是预感到将要发生什么大事，又会有什么样的情报等着我们呢？

2

我们经过十多个小时长途飞行，终于抵达北欧某国首都机场，天已经快黑了。夏冰正在机场外等着我们。我们匆匆上车，夏冰很快就驶离了机场，驶过城区，穿行在林间公路上，夕阳透过稀疏的白桦林照射过来，更增添了几分伤感。

车里的气氛有些压抑，夏冰并没有与我们寒暄，一心只顾开车，我坐在副驾驶位置上，扭头看着夏冰，夏冰高高的鼻梁，显得眼窝更加深陷，浓浓的黑眼圈说明她最近一定遇到了焦虑的事。我首先开口问她："蓝血团的圣物什么时候丢的？"

"就在前天夜里。"夏冰快速答道。

"前天夜里？没人值守吗？"我继续问道。

"圣物有多重保护，存放在保险柜里。每天会有专人在早晚查看两次。"夏冰语速依然很快。

"圣物会公开展出吗？"秦悦在后排问道。

"不，只有蓝血团有重大活动时，圣物才会被请出，其他时候，圣物全都处于保护下，秘藏于保险柜中。"

"那这么看来，盗走圣物的人一定很了解你们内部的情况，知道圣物存放的位置，也知道什么时候最好下手。"秦悦推断道。

"对，我们正在调查内部。自从总部了解到桂肃和神迹的事后，非常震惊，虽然他们不喜欢桂肃，但没想到桂肃居然会与云象合作。"夏冰顿了一下继续说，"这就让高层觉得很可怕了，既然桂肃这么高身份的人都能背叛蓝血团，那么其他人也可能出于某种目的，被云象收买。"

"蓝血团的人应该不会轻易被金钱或美色收买吧？"

"是的，所以我说的是出于某种目的，就像桂肃那样，至死桂肃也不认为他背叛了蓝血团，也不承认他是为云象工作。"夏冰进一步解释道。

"那你们调查出什么头绪了吗？"秦悦追问。

夏冰微微摇头表示否定。

"暂时还没有，不过我们推测背后主使肯定是云象，而云象已经掌握全部四件十六边形手环，这是从来没有过的事，后果不堪设想。"

"谁要见我们？"我将思绪收了回来。

"领袖助理，如果你们聊得顺利，会有更高层的人见你们。"夏冰说完就把注意力转移到了驾驶上面。

公路上的车辆越来越稀少。弯曲的公路不断伸向森林深处，公路两边都覆盖着厚厚的积雪，这样的景象让我不禁回想起了昨天的噩梦。路面变得越来越枯燥，天已经完全黑下来，我产生了一丝恐惧，就连蓝血团总部也不安全了，还有什么地方……胡思乱想的时候，一个巨大的黑色阴影出现在公路尽头，那是用玻璃钢建成的三角体建筑，这大概就是蓝血团总部了。

车稳稳停在三角体建筑前，走近我才发现三角体建筑看似是用玻璃钢建造的，其实并不是，三角体建筑的外立面是一种不透明的像玻璃的材质，这让我想到了黑轴，想到了荒原大字的中央实验室。想到这，我的心里忽然生出一种奇怪的感觉，等会儿我们见到的领袖助理会是什么人呢？

夏冰领着我们走进三角体建筑，内部构造的复杂远超之前我们见过的同类建筑，长长的走廊两边安排了三个房间，里面的陈设极简而又不失温馨。我们放下行李，没超过十分钟，夏冰便来通知我们，领袖助理已经准备好了，我心里暗暗吃惊，看来蓝血团还挺着急的，我们又何尝不是呢？于是我们跟着夏冰，穿过长长的走廊，走到三角大厅。大厅竟然与我梦中所见一模一样，近乎完美的几何构造，无懈可击。三角大厅高大肃穆、气氛庄严，但现在大厅内还没有人，我们谁也没说话，默默地跟着夏冰，又走进一扇门，门后是另一条走廊，几乎与之前一模一样的走廊，但从走廊墙上的细节，能够看出是另一条走廊。

夏冰带着我们走到走廊尽头，推开大门，门的内侧是一间洁白素净的房间，准确地说更像是会议室。会议桌旁坐着一个金发碧眼的女人，这个女人让我觉得似曾相识。但我忘了是在梦里，还是在发黄的老照片上。女人保养得很好，让我无法准确判断出她的年龄，估摸至少四十岁。女人的面孔与眼睛却流露出更深邃的阅历，我们刚在会议桌边坐下，金发女人便开口说："欢迎你们大驾光临。其实我早就想邀请你们来，只是一直没有空闲。"

金发女人说的是汉语，虽然有些生硬，但她的中文水平还是很好的。她嘴上说的是客套话，却又让我们觉得并不是客套话。我刚想开口自我介绍，金发女人打断了我说："我对你们已有了解，咱们就节约点时间吧。"

"我们可还没了解你们呢。"秦悦忽然说道。

金发女人笑了一下说："我是蓝血团的领袖助理，你们看过我的照片吧，探索那片戈壁的时候。"

我心中忽然一惊，看着金发女人，快速搜索记忆库，好像只有一个女人符合。我不禁脱口而出："您是柳金？"

"你没死啊？"宇文惊讶到完全没顾及礼数。

"不错，我是柳金，我当然没死。"柳金笑道。

"那么其他人呢？"秦悦急切地问道。

"基地后来究竟发生了什么？"宇文也焦急地问道。

"基地后来发生的事你们不是已经亲眼看到了吗？"柳金笑着敷衍过去。

"还是有些谜团……"我也补充说道。

"对你而言也许算是谜团吧，那我们从哪儿说起呢？"柳金看了一眼夏冰继续说，"就从夏冰在桂肃房间内发现的那张照片说起吧。"柳金似乎有洞察人心的力量，接下来就是关键所在。

3

听柳金提到桂肃房间的照片，我的记忆也同步到了那张照片，那是桂豹变与中年桂肃，还有两个与桂肃年龄相仿的外国人。

"您见过那张照片？"我向柳金发问。

柳金微微摇头道："不，我没见过。但夏冰回来后，我让她看了我们的照片。"

"你们的照片？"我们疑惑不解。

夏冰接着说："是的，柳金给我看了许多他们年轻时的照片，尤其是基地最后阶段的一些合影，我发现桂肃那张照片上的一个人很像是基地一位重要人物。"

"果然，我猜就与当年基地有关。"秦悦说道。

"那人是谁？"我和宇文几乎同时追问。

"你们还记得格林诺夫的那位朋友兼助手——阿努钦吗？"夏冰说道。

"是他……"

我不禁陷入回忆，想起在基地的探索，难道这个阿努钦有问题，他没有死，逃出来后创立了云象，又与桂肃合作？我心里暗自做出不确定的假设。

"是的，我看了阿努钦所有的照片，确定挨着桂肃的人就是阿努钦。"夏冰进一步予以肯定。

"那这么说他没有死。"秦悦转向柳金继续确认道，"您也活得好好的，所以格林诺夫也没死，他是整个计划的源头，当然不会轻易死去，所以我们在戈壁基地没有发现你们几个的遗体，只有科莫夫将军死于袋狮爪下。"

柳金听着秦悦的话，微微皱起眉头，点头说道："你推断得不错，格林诺夫也还活着。"

"那么我是否可以怀疑，格林诺夫与他的好友阿努钦一起逃出基地，创立了一个新的邪恶组织？"秦悦逼视柳金，似乎仍对柳金有所怀疑。

柳金面色凝重，许久才开口道："你的推断似乎很有道理，不过……"

话没说完，突然白色会议室的大门被推开了，一个身材中等、头发灰白的男人大踏步走了进来，一边走一边开口说："我就在这儿，坚守着蓝血团这个又旧又古老的正义组织。"

我们全都是一惊，赶紧将视线聚集过去，发现来人就是格林诺夫。我打量着面前的男人，回想着基地的信息，面前的男人一副精明强干的样子，如果格林诺夫活到现在差不多接近七十岁了，但面前这个男人有着与年龄不相符的容颜与身体。柳金也是这样，难道他们长期研究黑轴，所以能青春永驻？我胡思乱想之际，格林诺夫开口道："基地覆灭后，阿努钦就失踪了，我们一度怀疑他没能逃出来，但后来我们发现云象组织的研究方向与我们当年的目标很相似，而且都是阿努钦所擅长的。"

"那你们也有怀疑？"我向格林诺夫确认他的看法。

"随着云象的不断壮大，我对他们的怀疑也与日俱增。"格林诺夫说道。

"基地事件之前，你们没有觉察什么吗？在基地事件之后，你们没分析原因吗？"秦悦问道。

"当然做过。我们认为最后那些怪兽被放出来是有人故意为之。当然，我们也需要检讨我们自己。我们年轻时太狂妄，没有敬畏，一心只想复兴黑轴文明闭源人的技术，但我们越是深入研究，越是发现我们的渺小和无知，后来我和柳金一直希望相关研究能够先停下来，但我却时常感到一双无形的大手，促使我们不断向前，不断加快……"

"您不是基地的最高领导吗？"我打断了格林诺夫的话。

格林诺夫苦笑两声，"是，我是基地的最高领导，但我后来越来越感觉自己无法控制基地，毕竟我也只是一颗棋子。就比如基地复活的那些远古巨兽，其实是阿努钦推动的，因为那是他的专业，是他所感兴趣的东西。他之所以能搞出来，一方面我们怀疑他背着我们找到高层，得到高层的支持。另一方面也是我们内心的魔鬼一直在蠢蠢欲动，极力希望搞出一些让高层感兴趣的东西，争取经费，将我们的研究进行下去，所以我们纵容了阿努钦的研究，当时他做出的东西也确实起到了效果。"

"所以到后面你们渐渐被架空了？"我问道。

"怎么说呢……"格林诺夫沉默了一下说，"至少我和柳金的感觉是这样。"

"那么照片上另一个男人呢？"秦悦忽然问道。

"我们没有认出来。但我们推断出了这张照片的拍摄时间是在基地事件之后，也就是二十世纪八十年代末期。"夏冰摇摇头说道。

"如此说来，桂家与云象很早就开始合作了……"我不禁陷入了沉思，忽然想起了噩梦里的中年男人，那个男人是弗朗索瓦的学生兼助手，也是黑白照片上的年轻人。于是我掏出了那张黑白相片递给夏冰，夏冰看后又递给了柳金与格林诺夫。

"照片上那个年轻男人你们认识吗？"

夏冰失魂落魄地说："我现在终于知道这个男人是谁了。"

"谁？"我们几乎异口同声。

"我的爷爷。"

我们惊骇不已。

"对，是我的爷爷。"夏冰转而看着柳金和格林诺夫。

我直勾勾地盯着夏冰，一瞬间想到了什么就脱口而出："梅什金是你的父亲，对吗？"

"没错。"夏冰眼眶有些湿润。

"难怪我第一次见你，就觉得你像是混血。"我回想着初次见到夏冰的情景。

夏冰肯定地说："我奶奶曾是流亡到东北的女伯爵。"

"我明白了，你的爷爷曾经是弗朗索瓦最得意的门生，他们一起研究神迹，他还有一位师弟就是桂豹变。弗朗索瓦临死时，将最重要的十六边形手环和研究成果都留给了你爷爷，因此桂豹变怀恨在心，利用家族势力追杀你的爷爷。你爷爷从云南一直跑到东北，但仍然没有逃出桂豹变的魔掌，最终死在桂豹变枪下，桂豹变也得到了十六边形手环。而你的奶奶则带着你父亲逃出魔爪，回到老家，然后就有了那位少年天才梅什金。"我一口气将所有的事都串到了一起。

"那么……那么夏冰的父亲又是什么时候生下夏冰的呢？"秦悦忽然问道。

"父亲从基地逃出来后，认识了一位留学生，就是我的母亲……"

"等等，也就是说基地发生事件的时候，你父亲也在基地，而且他也成功逃了出来？"

夏冰还没说话，格林诺夫便替她回道："没错，我和柳金逃出以后，在荒原戈壁上碰到了梅什金，他当时正在一块石板上刻字。"

"刻字？"我马上想到了那块刻着诅咒的石板，不禁喃喃说道："我们打开了黑轴的秘密，它就不会再关闭……"

"对，就是这句，他是天才，更是一位预言家。我们打开了黑轴的秘密，它就不会再关闭。"格林诺夫用俄语又念出了那句咒语，整个会议室里的气氛变得沉闷而压抑。

4

会议室里的人似乎都在回忆着往事，我率先打破了沉默。

"那么你们又是如何进入蓝血团的呢？"

"我和柳金很早就是蓝血团的成员，在基地建立之前就已经是了。"格林诺夫毫不隐瞒。

"这么说来，你们建立基地是受到蓝血团的指令，还是为了国家，或是完全出于兴趣？"我继续问。

格林诺夫愣了一下，柳金接过了话题："兼而有之。一开始正如你们知道的，是格林诺夫的兴趣，他拉上了阿努钦与我，因为当时我们在蓝血团中籍籍无名，所以蓝血团并不知道我们要做什么，朗道同时向蓝血团和我们国家的情报机关推荐了我们，最后是情报机关资助了我们。"

"蓝血团不在意吗？蓝血团不是一直珍藏着十六边形手环吗？"我大惑不解。

"这正是我们日后能成为蓝血团高层的原因。"柳金说着将目光移向格林诺夫，"格林诺夫是现任的蓝血团副总领袖。"

"副总领袖？"听上去很厉害的样子。

格林诺夫接着说："是的，你们已经知道十九世纪和二十世纪上半叶是人类文明科技爆炸式发展时期，各方面的科学大家辈出，但由于种种原因，尤其是经过两次世界大战的打击，蓝血团遭受重创，内部分裂。所以，我们加入蓝血团的那个年代，蓝血团已经岌岌可危，这也是无法迅速应对朗道的推荐的原因。"

"但当蓝血团发现你们对黑轴的研究取得重大进展的时候，又对你们产生了浓厚的兴趣？"秦悦问道。

"对，不过当时蓝血团完全插不上手，直到基地出事后，我们才受到蓝血团高层的重视，就回到蓝血团，专职为蓝血团工作，直到……"

"直到你们也成为蓝血团的高层。"秦悦接着柳金的话说道。

"是的，我们始终以振兴蓝血团为己任，这些年蓝血团也确实渐渐恢复了元气，只是没想到我们受到了云象的挑战，前所未有的挑战。"柳金的话语有些沉重。

"那么阿努钦呢？他是蓝血团的人吗？"宇文忽然问道。

"当然，他也是，不过和我们一样，只是蓝血团普通成员。"格林诺夫回忆道。

"又是一个背叛蓝血团的……"我喃喃自语道。

"你是怀疑云象的建立者都出自蓝血团？"夏冰问道。

"这不都明摆着的吗？云象为何能在短时间内快速崛起？又何他们对黑轴文明知之甚详？并且他们似乎比蓝血团还要激进，他们希望打开智慧之轴，获得闭源人所有的文明成果。"我对夏冰和蓝雪团的人提出了我的看法。

"而我们今天找你们过来正是为了智慧之轴，我前面说吾等以重振蓝血团为己任，这其实存在一个巨大的矛盾。"柳金说着环视众人，又继续说了下去，"不可否认，蓝血团从闭源人那里继承了一些特殊的基因，正是这些基因让蓝血团与众不同，但是蓝血团同时承担着一项重任，就是保卫智慧之轴，不让任何人染指智慧之轴。然而，随着现代人类科技的发展，许多先进技术被研发出来，让蓝血团的竞争力越来越小，这也滋生了一些人想打开智慧之轴的欲望。"

"云象组织就是这样一群人，现在四件十六边形手环都已流入云象手中。"我焦虑地说道。

"所以我们需要你们的协助，与我们一起去智慧之轴，阻止云象。"柳金坚定地说。

"可……可我们能做什么？我们甚至连智慧之轴的具体位置都不知道。"宇文无奈地说。

"非鱼和伊莎贝拉曾经见过智慧之轴的位置吧？"柳金问道。

"这……你们蓝血团不知道智慧之轴的位置吗？"我反问道。

"蓝血团也不知道智慧之轴的准确位置，只有一本古老的书里有一段晦涩难懂的记载。在那段记载里智慧之轴位于一座大雪山脚下，山下是一片如世外桃源般美丽的景色，我们根据种种记载也只能推断智慧之轴位于喜马拉雅山南麓的某国境内。"柳金快速说道。

"不错，我见到的那张图上也标记着智慧之轴就在喜马拉雅山南麓，但更精确的位置就看不出来了。"

"我们之前的预判是正确的，现在就需要抢时间了。"柳金与格林诺夫相视点头。

格林诺夫点头表示同意，接着说："我们在喜马拉雅山南麓的某国有一个长期据点，平时负责搜集相关情报，不过自从我们觉察到云象的行动后，已经加大了投入，翻建了这个据点，最近几天，我们的人已经陆续过去了。"

"怪不得我们刚才进来都没见到几个人……"宇文嘟嘟囔囔地说道。

"这里已经没多少人了，包括夏冰的父亲梅什金也过去了，还有一位神秘客人也快到了。"格林诺夫说道。

"梅什金……神秘客人又是谁？"我在脑中搜寻着记忆。

"说起来你们也认识这位客人……"

格林诺夫的话让我想到了袁帅，我猛然打断了格林诺夫问他："你们知道袁帅的下落吗？"

蓝血团的两位高层都愣了一下，摆了摆头，"袁帅大概已经落入了云象之手，我们也在为他担心。不过……不过你们不用担心，只要袁帅对他们还有利用价值，他就不会有事。"

"袁帅对他们还有什么用？"失望之余，我实在想不出袁帅有什么特殊作用。

格林诺夫与柳金沉默了一会儿，最后还是柳金说："毕竟他曾经多次经历了亚空间旅行。"

我心头猛地一沉，不知怎么，眼前浮现出噩梦里的那个穿斗篷的男人，他被困在了哪里？那里也有大雪山，难道他被困在了智慧之轴？根本没有时间让我们多想，夏冰就带我们回房间休息。次日一早，我们被直升机的轰鸣声惊醒，拉开窗帘，迎接我们的直升机已经停在了窗外，昨天早上我们还在国内，今天却……一切都那么不真实，想着即将开始的世界最高山峰之旅，不觉一阵阵心悸。

5

深夜时分，蓝血团的专机停在加市机场，一支由五辆越野车组成的车队已经等候多时，柳金与格林诺夫找到为首的壮汉寒暄几句，并向我们介绍说:"这是辛格上校,曾在特种部队服役,熟悉当地情况,我们在此地的安全由他负责。"

我们和辛格上校打过招呼,但面对这个裹着大头巾的外国人,我心里是一百个不放心,不知道这家伙有什么过人之处?上车之后,辛格指挥车队驶出机场。连续的长途飞行,让我身体很是疲惫,看看手机上的地图,车队在一路向西行驶。这边的路况实在堪忧,一路颠簸,但丝毫不影响我在车内睡去,待我醒来,新一天的阳光已经直射进车内,坐在副驾驶座上的我被刺得睁不开眼。

这是喜马拉雅山的阳光?我赶忙打开手机,借着断断续续的信号发现这里已经远离加市,位于喀利根德格河河谷西岸,这里只有一座雪山,便是世界第七高的道拉吉里峰。我抬头望去,公路尽头的巍峨雪山似乎近在咫尺,又好似远在天边,这就是道拉吉里峰,难道智慧之轴就在这座雪山下?我观察着车窗外的景色,与噩梦中的荒原完全不同,这里景色优美、人烟稀少,完全是一处世外桃源,被遗忘的香巴拉。

车队沿着河谷边的公路蜿蜒而上,最后驶离河谷,进入一大片草场,这里的景色很像西欧的某国,甚至比那里更美,我不禁陷入了陶醉,直到见到半山坡的树林中冒出的巨大正方体白色建筑,我才清醒过来,那里就是蓝血团的据点了。

车队停在了白房子前面,我仔细观察白房子,四周墙壁雪白,两侧开有很小的方形窗户,奇怪的建筑大门紧闭,没有人出来欢迎我们。我望向柳金与格林诺夫，柳金微微皱眉，然后步上台阶。我注意到白房子门口的摄像头微微调整了角度，对准了柳金，稍做等待，白房子的大门开了，柳金示意我们跟上，于是我们鱼贯而入。

外面虽然阳光强烈，里面却是一片漆黑，只有一排地灯发出微弱的光，指引我们前行的方向。眼睛适应光线以后，我们跟着柳金走进了一条走廊，走廊的尽头是十二级阶梯，阶梯尽头是一面墙壁，阶梯在墙壁前分向两边。而在走廊两边各有扇门，柳金推了推门，门没推开，壮实的辛格上前先推后撞，也没能打开走廊边的门。柳金拉住辛格，继续前行，当我们走上十二级台阶时，前面的柳金突然停住了脚步，我们也都停下脚步。柳金微微怔了一下，然后缓缓抬起右手，露出小臂，接着，柳金冲我们所有人用英语高声喊道："快，快退出去。"

所有人都不知发生了什么，惊慌失措地往外撤去。大门口只留下辛格的四名手下把守，眼见大门就要关闭，四个壮汉一起抵住大门，才让我们逃出。大门仍在缓缓关闭，直到夏冰最后一个撤出，大门才彻底关上。

"怎么了？发……发生了什么？"我气喘吁吁地问柳金。

柳金看看我们，稍稍平复了一下心情，掀起小臂上的衣服，我注意到柳金小臂的皮肤上泛起了淡淡的红色小点，说："出事了，我一进去就感觉不对。"

"这是什么？"宇文发现自己的小臂上也出现了密密麻麻的小

红点。

柳金摇摇头表示不知道。

"现在还说不好，可能是某种病菌……或者病毒之类的。别忘了，阿努钦就是干这个的。"

"这个该死的家伙。"格林诺夫脸上也出现了密密麻麻的小红点。

"梅什金呢？你们没跟他联系吗？"我发现自己手臂上开始有红点出现。

"昨天出发的时候还联系过。"柳金说道。

"那就是说昨天夜里这里出事了，人都不见了，还被人释放了病毒……"秦悦说着用携带的饮用水冲洗暴露在外的皮肤。

"我们快离开这里。"辛格招呼大家上车。大家匆匆上车，车队快速离开白房子。辛格又冲着讲机说："这附近只有一个村庄，那里有条从雪山上流下来的溪流，可以冲洗一下。"

柳金在对讲机里询问辛格："你们出发去接我们时，一切都正常吗？"

"正常。"辛格回道。

"那位客人到了吗？"柳金又问。

"客人由梅什金负责联系的，具体行程我不太清楚，我离开的时候还没到。"辛格答道。

对讲机里沉默下来，一段颠簸，我们前方出现了一个村庄，一条从山坡上蜿蜒流淌下来的溪流穿过村庄，安静的村子犹如一幅油画，静静地伫立在道拉吉里峰脚下。然而当我们驶进村庄时，才发现整座村庄空无一人，一片诡异肃杀之气。

走在前面的辛格显然也注意到了诡异的气氛，他举着枪跳下车，然后快速推开村中心的大宅院门，我跟着走进这座大宅子，里面满地尸骸，显然这座村子也遭到了袭击。辛格戴着手套检查了一具老者的尸体，又快速走进房子，我跟着他走进房子，里面横七竖八地躺着几具尸体，辛格这次没有再用手触碰尸体。我注意到尸体暴露在外的皮肤出现大面积溃烂，脓血正在慢慢渗出皮肤，那惨状让我一阵反胃，我赶忙撤出了这座大宅子。

在村庄中心，我快速观察了一圈周围的房屋，只觉天旋地转。这时，秦悦从另一个院子走出来，小声说："全都死了，没有外伤，应该全是被病毒入侵而死。"

"估计与我们刚才接触的是同一种病毒。"夏冰推断道。

"那我们快撤出去吧。"宇文催促道。

辛格从大宅子撤出来，小声对柳金嘀咕了两句，柳金对众人挥手，示意大家上车，车队继续向前，驶出了村庄。车队在山坡上狂奔了几公里，在一片树林里缓缓停下来。我注意到辛格带领车队一直沿着山坡上的溪流溯流而上。此刻，那条纯净的小溪就静静地在我们面前流淌着，辛格用试纸检测过后，断定溪流没有被污染，于是大家纷纷用溪水冲洗身体。仅仅是早上，我们就遭遇了如此危险，不知继续前进，还会遭遇什么？我不禁回头看了一眼雄奇壮美的道拉吉里峰。

6

我躺倒在山坡的草地上，看着自己手臂上密密麻麻的红点，这会儿时间既没有扩散，也没有消退，对于密集恐惧症患者，这密密麻麻的红点着实让人恶心。

"那林子里似乎有人。"秦悦忽然指着山坡下方的一片桃花林说道。

我噌地坐起来，这片美丽的香巴拉，山坡上满是绿油油的草地，正在盛开的桃花林一片片点缀其间，令人陶醉。我顺着秦悦手指的方向，发现在我们右下方六七百米的桃花林里，有两个身影在移动，他们似乎也注意到了我们，伺机而动。

我和秦悦管辛格要了两支突击步枪，率领两个同行的手下，小心翼翼地走出树林。我们弯下腰，快速向右下方的桃花林移动，快到那片桃花林时，我们停了下来，观察一番，那两人显然注意到了我们的动向，退进了桃花林里，隐藏在两棵树的后面。

我心想这两人躲躲藏藏，不像是云象的人，可能是村子里逃出来的村民。我们加快速度，冲进了那片桃花林。突然，我听到秦悦喊了一句"小心"。整个人就失去了重心，一下栽倒在地。

然后，一股巨大的力量压下来，有人从后面死死地勒住了我的脖颈，动弹不得。我刚想挣扎，就觉得背上的压力减轻了，耳畔传来一个熟悉的声音："鱼哥，怎么是你？"

我扭头一看，背后的人竟然是李栋。辛格的两个手下刚要扑向李栋，便被秦悦喝止了。我从地上爬起来说："怎么就不能是我？你小子从神迹出来后，怎么就消失了，没有音讯？"

"这也没几天啊……"李栋嘟囔一句。

我注意到他的身边还有一个人，身材矮胖，头发灰白，穿着一件套头衫，看上去五十多岁，与李栋颇有几分相似。李栋又开口说："这是我的父亲。"

"听李栋说起过你们，我是李樊。"身材矮胖的男人对我伸出了手。

面前这对父子，外貌反差极大，李樊身材矮胖，穿着却很年轻，有些不搭。李栋则身着黑色的冲锋衣，高挑帅气。我记得李樊是著名的天体物理学家，想到这里我伸出了手说："久仰大名。没想到今天在这里见到了。"

"你们不会就是柳金说的神秘客人吧？"秦悦忽然说道。

李栋父子俩愣了一下，李樊随即笑道："那你们也是柳金口中的神秘客人喽？"

"看来这次蓝血团动真格了，居然请了我们两拨外援。"我小声地说道。

李樊笑道："是啊，他们老是找我，我懒得理他们，只是这次听说有人要开启智慧之轴，不得不来看看。"

"看来你们都知道了……"秦悦欲言又止。

　　李樊和李栋点点头，我注意到他们的行李散落一地，身上衣服也沾着一些泥土，不由地想起刚才的遭遇，便问道："你们刚才也遭遇危险了吗？"

　　"是的，本来我们昨天白天就该到的，但路上耽搁了，直到深夜才到那栋白房子，然后就发现有些不对劲儿，我们就从白房子逃到了山下那座村庄，然后我们见到一群穿着黑色防护服、戴防毒面具的人，他们似乎释放了某种病毒，村子里很快传出来短暂的哀号，但只是很短的时间，村子里就完全安静下来，死一般的沉寂。"李栋说着他们的遭遇。

　　"我们也受到了感染。"李樊继续补充道，"更糟糕的是我们被那伙人发现了，遭到了他们的追杀，我们的车翻了，接我们的人为了保护我们也被杀了，只有……只有我俩逃出来了。"

　　"所以你们一直躲在这里？"秦悦问。

　　"这里靠近水源，又便于观察，所以我们就逃到这里暂时躲避，等待天亮，没想到居然遇到了你们。"李栋说道。

　　"你以为我们也是那伙人？"

　　"我们现在谁都怕。"李樊表情夸张地露出惊恐之色。

　　"好吧，现在暂时安全了，咱们先过去吧。"说罢，我领着李樊与李栋回到我们休息的桃花林。让我有些意外的是，柳金与格林诺夫似乎和李樊是老相识，他们寒暄良久，柳金才对我们说："你们知道十六边形手环是怎么丢失的吗？"

"难道不是在总部？"我有些懵。

"不是，是在加市到白房子的路上。"柳金面色沉重地说，"在总部怎么可能会丢？云象一直在等待机会，等待十六边形手环离开总部的机会。云象已经获得三件十六边形手环。多年以来，十六边形手环第一次离开总部，就出事了。他们袭击了我们的车队，劫走了十六边形手环，还杀害了我们的副首席科学家贝格博士。"

"副首席科学家？"我似乎听谁说过。

"对，贝格博士是一位了不起的天文学家。梅什金是我们的首席科学家。"柳金解释道。

"那现在蓝血团的首席科学家一死一失踪，损失惨重啊。"我说着看向正在大口吃面包的李樊，他的吃相颇为滑稽，黄油顺着面包流淌下来，我不禁微微摇头道："所以你们就请来了李樊教授？"

柳金点头回应："我们需要他的帮助。"

虽然听过李樊的大名，但看此人这副尊容，实在是无法相信靠他能解决问题。我一脸不解地又问柳金："那么，白房子呢？你们守护智慧之轴的关键据点就这么轻易被人给端了？"

"所以……"柳金沉吟片刻，"所以我们一直低估了云象的能力，尤其是近一年来他们的实力急剧增长，就像你们在神迹看到的，我们内部有许多精英都投靠了云象，或者与云象合作。至于说白房子，也一直处于保密状态，就像我昨天对你说的智慧之轴的具体位置我们也不清楚，这里是经过我们多年研究得出的地点，没想到云象的人这么快就摸了过来。"

"护送十六边形手环的车队是在哪儿遇袭的?"秦悦忽然问道。

柳金看看辛格,辛格在一份地图上指了下说:"这儿,距离白房子不到五十公里的公路上。"

我们盯着地图看了一会儿,像是明白了什么,我就对柳金与格林诺夫说:"你们在这里设置白房子,其中一个目的就是探究智慧之轴的具体位置吧?云象虽然获得了三件十六边形手环,但他们对智慧之轴的研究毕竟没有你们深入,比如智慧之轴的具体位置,云象估计是不知道的,所以他们还没有找到智慧之轴。因此他们用了一招引蛇出洞,从加市一路跟踪护送十六边形手环的车队,不但得到了最后一件十六边形手环,还摸到了白房子的位置。"

"他们为何还要攻陷白房子呢?"宇文问道。

"那是……那是因为白房子里还有他们感兴趣的东西。"秦悦将目光对准柳金说道。

柳金耸耸肩予以否定:"还会有什么呢?"

"想想还会有什么?他们已经有四件十六边形手环,他们也知道了智慧之轴的大致位置……"秦悦盯着柳金与格林诺夫,继续诱导他们。

这时,一直在狼吞虎咽的李樊忽然开口。

"无非还缺两样东西:一是智慧之轴更具体的位置;另一样是如何打开智慧之轴。"

柳金突然想到了什么，说："是这样，梅什金前两天跟我通话时，曾说他们有了新的重大突破。但我当时忙于处理十六边形手环被劫的事，没有跟他细聊。"

"你错过了一个机会。"李樊用手擦了擦嘴角的黄油，轻描淡写地说道。

"那我们现在该怎么办？"我明显感觉到了柳金的焦躁。

李樊将手在裤子上熟练地擦了一把，笑着说："这有什么怎么办？再探白房子呗，或许他们还没有得到想要的东西。"

"哦？真的吗？"我问李樊。

"如果他们找到了他们想要的东西，还来祸害这个村子干吗？"李樊说着打开一罐芬达，畅饮开来。

"可里面的病菌……"夏冰忧虑道。

这时，辛格对大家说："我们手里有四件防护服。"

"好，那就由我……"柳金迟疑一下，环视众人，最后说，"由我、非鱼、夏冰和李樊教授一起进去。"

大家没有意见，只有李樊并不乐意，"这玩意儿看上去不是一般的化学毒剂，也不是细菌感染，更像是一种病毒，你们喊我来时，可没说一开始就要面临病毒侵袭。"

李樊嘴里嘟囔，李栋拍了他一下后，他就闭上了嘴。车队缓缓驶下山坡，绕开那个可怕的村庄，在夕阳西下时，我们再次来到白房子门口。

7

我们四人换好防护服，再次走近白房子。我站在大门前，头上戴着厚厚的防护罩，调整了一下呼吸，还是觉得憋闷。就在这时，柳金抬手对准门上的摄像头砰砰两枪，将门上的监控设备彻底毁坏，紧接着大门没发出任何声音，就缓缓打开了。

白房子的里面就跟早上进来时一样，走廊通向正对着我们的宽大楼梯，两侧是紧闭的门。第一次进来时，柳金没能打开这两扇门，这次她索性也没去推，而是直接开枪，打开了左手边的门，里面是大大小小的铁皮柜子，有的还是保险柜，显然这里是蓝血团存放重要物品的地方。

柳金顺手拉开其中一个柜子，里面竟然全是崭新的突击步枪，我也伸手拉开身旁的铁皮柜子，里面全是手雷与子弹，足够装备十几个人。我和柳金继续打开这些铁皮柜子，里面竟然全是武器装备，而且都是崭新的没有用过的武器。我们又走到另一排铁皮柜子前，这些铁皮柜子也没有锁，打开其中一个，里面是全套的登山装备，一连几个铁皮柜里面都是登山和户外装备。再绕到另一排铁皮柜前，第一个柜子里都是药品，有抗高原病的、防冻伤的，有治普通感冒发烧的，让我意外的是竟然也有防细菌、病毒的疫苗，看来蓝血团为了这次行动，筹备已久，所有装备都很齐全。

最后还有几个较小的保险柜，柳金没有急于打开它们，而是仔细观察过后，才轻轻地探出手，我发现保险柜的门竟然是虚掩着的，柳金轻轻一拉，就开了。里面的东西让我们非常吃惊，只有柳金似乎早有预料，她从第一个保险柜中拿出了一沓崭新的钞票。接着又是一沓，我快速估算了一下，这里面至少有数百万美元，保险柜被人打开了，居然没有拿走钱，巨款就这样静静地躺在里面。柳金又快速打开第二个保险柜，同样被人打开了，里面是满满一柜子本地货币。第三个保险柜里是满满一柜子邻国货币。第四个保险柜里是满满的其他国家货币。第五个保险柜更是让人吃惊，竟然是满满的金条，码放得整整齐齐。

　　柳金明显有些急躁，她打开第六个保险柜，这个保险柜同样也被打开了，里面散落着各种文件。柳金拿出这些文件，快速翻看，这个柜子明显与前面那几个不同，里面的文件被翻过，而且很乱，前面几个虽然被打开，却整整齐齐的，根本没人动过。看来有人在寻找文件或是什么资料，他们对黄金与钞票都不感兴趣。面对金钱都丝毫不动心，还有什么更重要的东西？我马上想到了柳金提到梅什金的重要突破。李樊说无非还缺两样东西，一样是更具体的位置，另一样是如何打开智慧之轴。看来云象的人还没有完全掌握……

　　柳金没有时间多想，又接连打开第七、第八个保险柜，里面依然是凌乱的资料，我随手拾起一份来看，是一份有年头的论文，用英文打印出来的，题目是《论亚空间的存在》，作者就是梅什金，有意思的是题目旁边有一行小字，像是钢笔写上去的——"原发于一九九二年《自然》杂志，后撤稿。"这是什么意思？论文能发表于《自然》这样国际顶级的科学期刊，是每个科研工作者的骄傲，但为什么要撤稿呢？而且仅这句话我无法判断是《自然》杂志撤稿了，还是作者主动撤稿了，更无法得知撤稿的原因。

我狐疑着又拾起另一份资料，也是一份英文打印的论文，题目是《寻找反物质》，作者依然是梅什金。同样，在这篇论文题目旁边用钢笔写着一行小字——"原发于一九九五年《科学》杂志，后撤稿。"同样的问题，而且这两篇论文到底发了没有？我狐疑地看看夏冰，夏冰也注意到了她父亲的论文，我们又将询问的目光投向柳金，柳金却根本没有理睬我们。她快速看完保险柜里的资料，接着又打开第九和第十个保险柜，里面不是论文资料，而是一些档案资料，我粗略看了一眼，都是蓝血团人员的档案，还有为此次行动临时招募人员的资料。

夏冰趁柳金不注意，偷偷拾起梅什金的那两份论文，刚想藏起来，便被柳金发现了。柳金走过来，一把夺过这些论文，又扔回保险柜里，然后严厉地对夏冰比画了一下，夏冰无奈，只得跟着柳金走出了这间看似重要的房间。

柳金迈步向台阶走去，我匆匆跟出来，有些诧异，拉住柳金，指了指右手边的那扇门，柳金冲我摆摆手。既然到了人家地盘，就只好听人家的了。我只能跟着柳金走上台阶，一直步入台阶顶端。正对面是一面墙壁，楼梯在这里分为左、右两条。我跟着柳金走上左手边的楼梯，又是十二级台阶，原以为会是一个宽阔的大厅，就像那些豪华别墅，让我没想到的是如此豪华阔绰的楼梯过后，竟是一条狭窄的走廊。回头望去，右手边的楼梯上似乎也是一条走廊，我暗暗估摸着，这两条走廊应该会连在一起。

容不得我多想，柳金已经推开了走廊边的第一扇门。看似普通的小门里面却空间巨大，房间中央是一个巨大的雪山模型。看来这就是我们要去的道拉吉里峰。柳金走到雪山模型前，观察一番，来回踱步。我有些不耐烦，但也不好催促柳金，就见柳金指着巨大的模型，跟李樊简单比画了两句。我往四周环视，这个房间的周围是一圈木架子，上面摆满了各种岩石标本，这样的景象让我又想起了荒原大字的中央实验室。这些岩石都是附近的岩石标本，这是在为进入智慧之轴做准备。

智慧之轴会是什么样呢？我心里一遍遍想过，但仍然没有概念，大概与黑轴差不多。想到此处，我扭头发现柳金这些人还在雪山模型前比画。我又回到雪山模型前，整个模型中并没有标明哪儿是智慧之轴，也看不出来哪儿像有人工建筑，只是在道拉吉里峰一座山峰的南坡上，被挖去了一大块，像是模型的内部构造，这在模型制作中也常见。我的目光继续在雪山模型上游走，又发现在雪山脚下，一处绿色环绕的地方，有一块白色的标识，像是建筑遗迹，难道就是我们所处的白房子？但我仔细观察周围环境，却发现这个白色标识并不是白房子，再往山脚下走，还有建筑。

柳金终于看完了模型，领着我们走出了这个房间，打开紧邻的房间门，里面又是一个巨大的模型，所不同的是，这是一个巨大的天体模型。我扭头望了李樊一眼，这是他的专业，果然当李樊看见这个模型时，眼里闪过了一丝亮光，但这亮光仅仅是一瞬，很快便从李樊眼中消失了，他依然是一副玩世不恭的样子，绕着巨大的天体模型看了一圈，然后便快速走出了第二个房间。

8

李樊走在前面，径直推开了第三个房间的门，这里像是一个图书馆，书架上摆满了各种文字各个年代的书籍，甚至不乏珍贵的线装本古籍。由于戴着手套，我不方便翻开这些珍贵的书籍，只得匆匆浏览一番。我看向全是中文书籍的书架，忽然发现在这排书架尽头，近三分之一书籍都有一个共同的主题，不论是现代版本的书，还是线装本的古籍，全都与元代的历史有关。或许这是个巧合，我又转到另一排书架前，这排都是外文书籍，当我匆匆浏览一遍后，发现也有近三分之一跟元代历史有关，看来这并不是巧合，而是有意为之。柳金和李樊对这些书似乎并不感兴趣，他们已经走了出去，夏冰招呼我快点跟上。我只好放弃浏览。再给我多一点的时间，我会发现更多的共同点。

走廊果然是连成一体的，推开另一扇门，里面是一间偌大的会议室，空无一人。直到现在，白房子内也不见一个人，随着我们勘察的深入，我的心不禁紧张起来。小心翼翼地又推开一扇门，里面全是电脑，布置得像一个机房，我辨认出这里竟然有一台超级计算机。接下来一个房间全是各种试管，像是一间生化实验室，柳金只是匆匆看了一眼，便关上了这间实验室的门。接下来几个房间也是各个实验室，全都空无一人。人呢？我疑惑地来到走廊尽头，这里又是一段楼梯。

我在外面观察白房子时就估算到白房子里面应该有三层楼，果然爬上这段楼梯，我们来到了三楼。环形走廊两边是一扇扇小门，柳金似乎早就知道三楼的用途，她快速走过去，一扇扇推开门，只粗粗看一眼，便又关上门。我跟着打开两扇门，原来都是宿舍，我站在其中一间，环视整个房间，很整齐，就是没有人。柳金几乎查看了三楼每一间房，当我们绕着走廊走了一圈，只剩最后两间房时，柳金冲我们摇了摇头，可以看出她的焦虑与不安。身为蓝血团高层，能让她如此反应，怕是到了万分危急的时刻。

我对柳金比画了一下，便分头去推最后两扇门，我猛地推开房门，门只推到一半就被什么东西挡住了。开灯之后，发现门后躺着一个人，准确地说是一具尸体。我蹲下来仔细观察，是名男性，大概三十来岁，当地人的长相，全身红点，七窍流血，看样子没有村子里的人症状严重，不过结果都是一样的。

接着又是一具尸体，症状相似，不过这人是欧洲人长相。夏冰跟着我走进来，我们停下脚步，仔细打量起这个房间，一个普通的客房，像是宾馆的标间，两张床，靠门口是衣柜，靠里面有一张写字台和一张椅子，写字台上摆放着一台笔记本电脑，不过电脑屏幕已经被子弹打穿，显然这里曾经发生过什么。整个白房子之前应该有不少人在这儿工作，此刻却不见一个活人，别的地方连尸体也一直没发现，而在这个房间内我们发现了尸体，这里一定不寻常。很快我发现在房间的两张单人床中间又有两具尸体，不，不止两具，我走近才发现在两具男性尸体下，还有一位身材娇小的少女尸体。我和夏冰对视一眼，刚要去搬动尸体，却被身后的柳金阻止了。

我们向柳金投来询问的目光，柳金并不理睬我们，而是径直走到写字台前。她开始仔细检查起那台已经报废的笔记本电脑。我们回头再看李樊，李樊冲我们摇摇头，看来对面房间也没有什么发现。焦急的等待后，柳金走了过来，再次观察两床之间的三位死者。三位死者都是背朝上、面朝下，其中两个男性压在女性身上，看架势似乎想要保护女性，可最终还是没能逃过病毒的快速侵袭。

在得到柳金许可后，我和夏冰搬开第一具男性尸体，与前面发现的两具尸体类似，满身红点，七窍流血。接着，我们又搬开第二具男性尸体，症状相似。倒是最下面这具女性尸体，症状明显要比几位男性轻，身上只是有些红点，并没有七窍流血，看上去就和我们的症状类似。我不禁隔着防护服看了看自己的双手，与进来前差不多，可我目前感觉尚好，这女人为何症状不重却死在这里呢？

就在我疑惑之时，柳金已经蹲下来，翻过这具少女尸体，在她身上到处摸索，像是在搜寻什么东西。这是一张美丽的少女脸庞，皮肤略黑，可能是当地人吧，柳金显然应该认识这位少女，但我实在想象不出这么年轻的少女身上会有什么重要东西，让柳金如此细细搜寻，让四个健壮男性为了保护她舍弃性命。柳金在少女身上搜寻半天，却一无所获，她有些失望地站起来，看看我们，又看看李樊。李樊一副不甘心的样子，蹲下来，在少女身上搜了搜，然后将搜寻范围扩大到了床上、床下、床头柜，一阵搜寻后，李樊也是一无所获。

李樊沮丧地看着我们，夏冰两眼直直地盯着少女，就见夏冰走过去，缓缓地将少女重新翻过去，尽量恢复原来的样子，然后夏冰依旧盯着少女。突然，夏冰回头看看我们，然后手指着少女的右手，我注意到少女右手的方向是内侧的床下。我赶忙爬下去查看。刚才李樊已经检查过床下，这里还会有什么呢？我趴在床下看了半天，除了弄得自己气喘吁吁，一无所获。这时，夏冰示意我将内侧床的床垫抬起来，我忽然明白了什么，双手用力，猛地将厚重的床垫抬起，床板上并无他物，但夏冰迅速钻到抬起的床垫下，很快地从床垫下扯出一样东西。

我终于将厚重的床垫放下，刚想去看夏冰手上的那件东西，却被柳金一把扯过来，像是一块布，柳金打开看了看，又迅速收了起来，我和夏冰还没反应过来，柳金便急匆匆走出了这个房间。我们只好跟着柳金退出房间，又快速走下二楼。当我们回到一楼，路过走廊没有打开的那扇门时，柳金突然停住了脚步，她似乎有些犹豫，但在短暂的踌躇后，还是打开了那扇门。

9

我们跟着柳金步入这间奇怪的房间，偌大的房间内空空如也，就是字面上的空空如也，没有一件家具，没有一件物品，甚至没有一丝装饰物。水泥地面异常平整，墙壁、屋顶也很平整，只有房间中心的地面上有些异样，我们跟着柳金走到房间中央，地面上有一个正方形的痕迹，显然这是一个盖板，下面会有什么呢？我将目光移向柳金，柳金显然还在犹豫，我已经迫不及待地伸出双手，拉起了房间中心的水泥盖板，盖板超乎想象的沉，我费了很大力气，才将盖板整个拖了上来，一个黝黑的洞口显露出来。

柳金盯着洞口，终于下了决心，用手指了指洞口，然后第一个跳进洞中，我紧接着也跳了下去。洞里面很狭小，只容一人通行，让我费解的是这个洞也很奇特，洞内构造并不是普通的隧道，给一种幽深的感觉，就像那种全封闭的圆形滑梯，只不过这是个钢筋混凝土的封闭滑梯，让人窒息。它不像滑梯那么光滑，坡度也不像滑梯那么陡峭，我们穿着防护服不是滑下去的，而是很艰难地在洞内连滑带走。

柳金提着一盏马灯走到前面，跟着她艰难地步行一段之后，感觉洞越来越小，越来越难走，空气也逐渐稀薄起来。我的大脑快速地运转，这个洞明显是建造白房子时就开凿的，但它的形状为何如此奇特？蓝血团挖这么一个洞的目的是什么？洞壁并非天然的岩石，而是钢筋混凝土，显然这些钢筋混凝土是整个白房子的基座，既然是蓝血团有意开凿了这个洞，又为何不修得宽敞一点，平滑一点呢？看来这一切都不能用常规思维去推测，开凿这个洞的目的显然不是为了存放东西，也不像是地道，不会通向某个特定的地点。那还会有什么作用？

就在我百思不得其解的时候，柳金艰难地转过一道弯，前方豁然开朗，我推开手电，借着马灯的光亮，发现我们来到了一个偌大的空间，这个空间的四壁依然是钢筋混凝土，依然毛毛糙糙，不太平滑。再看我们脚下，一条向下的通道延伸下去，幽深黑暗，我拿着手电刚想继续走下去，却被柳金一把拉住。柳金对我和夏冰、李樊比画了几下，意思是撤回去。我无可奈何地冲夏冰耸耸肩，只得跟着柳金再次顺原路返回洞内。

回去的路线是向上走，所以更加艰难，我脑中依然在思考这个奇怪的房间、奇怪的洞。此刻又多了一个问题，从柳金的举止能够看出她是知情的，起初不想让我们进来，为何最后又带我们进来？她进来的目的是什么？只走到那个偌大空间就撤回，又是为何？我现在有点窒息，呼吸困难，大脑也被各种疑问填满，现在只想赶紧出去，走出洞口，走到白房子外面去，呼吸新鲜的空气，再将所有的疑问对柳金倾泻而出。

我的呼吸越来越急促，意识也开始模糊起来，我几乎不记得怎么爬出了黑洞，又是如何走出的白房子？当我被辛格的手下用水枪喷洒防护服时，头脑才清醒过来，在经过严密的消毒后，我终于脱去了沉重的防护服。

我起身就要去拿秦悦手中的矿泉水，却被秦悦喝住："先检查身体。"

说罢，一个医生模样的人就对我们四人进行了检查，还抽了我们的血，柳金一边收拾，一边对我们介绍说："这是赶来支援我们的伯曼医生，大家放心，在这里我们会得到蓝血团的全力支持。"

我瞥了一眼这位伯曼医生，从长相和姓名看，像是一个德国人。几分钟后，伯曼对柳金微微点头，柳金才拿起自己的水杯喝了一口。还来不及多想，我一把抢过秦悦手中的矿泉水，将一瓶水一饮而尽。就在我喝水的当口，柳金已经吩咐辛格："你带人穿上防护服，将那个房间里的武器、装备和贵重物品全部移出来，转移出来后仔细消毒。"

随后，柳金又对其他人说："伯曼医生给我们带来一批食物和物资，今晚我们就在这里宿营。"

"在这里？"李樊看看白房子，有些犹豫。

"对，天已经黑了，我认为我们在这里应该是最安全的。"柳金笃定地说。

李樊还想说什么，柳金又指挥其他人搭建营地去了，夏冰对我们耸耸肩解释道："她就是这样，因为她是蓝血团的大总管。"

"那个洞到底是干什么的？"我先对着夏冰问道。

夏冰也摇摇头："我也从未见过，很奇怪。"

"还有三楼那位少女，她临死前似乎还念念不忘床垫下的东西？"

夏冰跟我一样，也看到了。

"没错，对她来说是很重要的东西，是她当时藏在床下的，甚至我可以肯定袭击白房子的人，就是冲着那件东西而来。"

"嗯，被打穿的笔记本电脑也说明了这点。"李樊听到我和夏冰的议论走了过来，"正如我之前所预测的，那些人想要的东西无非是智慧之轴更具体的位置，还有如何打开智慧之轴。你们想想，首先需要的便是智慧之轴的具体位置，所以那件重要的东西应该是张地图。"

我的思路渐渐清晰起来，说道："云象的人不知道地图在哪里，甚至不知道地图以什么方式存在，他们以为在电脑里……你们说他们在电脑里找到地图了吗？"

大家面面相觑，夏冰想了一会儿说："很可能在那台电脑里找到了，所以他们才摧毁了电脑。"

"也可能他们时间仓促，翻遍那台电脑也没有找到，但也不确定地图是不是在电脑中，所以临走时就摧毁了电脑。"李樊推测道。

"但是……但是从那位少女最后的手势看，似乎真正重要的东西并不在电脑里。"我回想着，忽然又转而问夏冰，"你认识那位少女吗？她是你们蓝血团的人吗？"

"不，她不是。"我们身后忽然传来柳金的声音。

我们回身望去，就见柳金与格林诺夫正坐在一座临时搭建起来的帐篷里，招呼我们过去。不是说蓝血团反应迟缓吗？这几句话的工夫就搭起了一座帐篷，看上去蓝血团的速度并不慢啊。我狐疑着，跟着众人走进了帐篷。

10

柳金在桌子上展开了那件东西，果然是一张地图。我凑上前触摸了一下这张地图，看不出是什么材质，像是某种皮革，却有塑料的质感，颜色发黄且满是褶皱，大概有些年头了。柳金等众人都看了一遍后开口说："这就是我们在白房子找到的东西，我想云象的人就是为了这个东西来的。"

"没错，就是地图，他们得到了四件十六边形手环，却不知道智慧之轴的具体位置。"李樊双手捧起夹着咖喱鸡肉和新鲜蔬菜的三明治说道。

"那么……那么你们又是如何得到地图的？地图又是什么人绘制的？"秦悦盯着柳金问道。她依然对蓝血团有很强的戒心。

柳金似乎已经恢复了往昔的平静，说道："我们在这边有个据点，但不在某个固定位置，而是不断变化的。不断变化的原因就是我们在不断修正智慧之轴的位置。"

"白房子就是你们最新的据点？"我插了一句问道。

"没错。"柳金将目光转向我继续说，"我们一直在寻找智慧之轴的线索，锁定智慧之轴的具体位置。白房子大概是在一年前确定的，而且我们非常有信心，投重金在此修建了据点。"

"重金？"我扭头瞥了一眼白房子。

虽然已经进去冒险勘察了一遍，但实在看不出有投重金的痕迹。我刚想开口质疑，柳金又继续说："当然，我们所做的工作不仅仅是建造白房子，更是在附近做了很多工作，其中就包括这张地图。几十年来我们的人不断在世界各地寻找智慧之轴，特别是在这个国家投入最多，虽然我们已经推进到了这里，但依然无法锁定智慧之轴的准确位置，梅什金几天前对我说的重大发现，我想就是这份地图了。"

"不错，梅什金先生几天前曾带我们去过前面的镇子，我推测这份地图就是在那个镇子上找到的。"辛格回忆道。

"前面还有镇子？"我吃惊地发出感叹。

"你们亲眼见到的？"秦悦问道。

辛格摇摇头说："我们谁也没有见过，但我们回来时，梅什金先生从那个镇子上带回来一个女孩。"

"就是那个死去的少女？"柳金挥了挥手，两个壮汉抬出了少女的遗体，此刻她的面容是那么安详，就像是睡过去一样。

辛格点点头又说："对，就是这位少女。"

"我明白了，那个镇子上有人去过智慧之轴，并绘有智慧之轴具体位置的地图。"我的思路一下打通了。

"有人去过智慧之轴？"秦悦有些不敢相信。

"还是先看看这份地图吧。"夏冰提醒大家。

我们将视线转向地图，才发现这张看似简单的地图上，所有标识的文字都不认识，甚至是见都没见过的奇怪文字。

"黑轴文字吗？"我问夏冰。

夏冰却只是摇摇头，"不是黑轴文字，不是这个国家的文字，也不是藏文。我实在看不出来……"

我环视众人，蓝血团的精英竟也无人认识。最后我将求助的目光落在了宇文身上，毕竟他是文字和符号方面的专家，宇文也紧盯着地图，我通过他脸上的神态，已经确信他认出了地图上的文字。果然，宇文难掩激动之情，露出笑容，自言自语道："关键时刻，你们还是要靠我啊。"

"对对对，你可是文字和符号的大家，这上面的文字就靠你了。"我赶忙吹捧宇文。

宇文清清喉咙说："这地图上的文字是一种已经失传的文字——八思巴文。"

八思巴文？我又仔细端详了半天，果然很像我们在戈壁沙漠见过的那块元代石碑上的文字，这种文字我也略有耳闻，但我还是很认真地听宇文用英语给众人介绍了一遍。

"元代疆域空前辽阔，治下各民族都有自己的文字，元世祖忽必烈急需一种可以翻译所有文字的官方通用文字，他将这项重任交给了出身西藏萨迦派的帝师八思巴，八思巴则根据古藏文与梵文创立了一种新的、可以译写所有文字的拼音文字，就是所谓的八思巴文。"

"看来这地图与元朝有联系喽？"李栋问道。

宇文指着地图说："这倒不一定，从地图的材质和磨损程度看，有一定年头，但没有那么古老，也就是近几十年的产物。"

"近几十年？"我忽然想到了什么，"也就是说在几十年前还有人使用八思巴文？可八思巴文不是在元朝灭亡后就没人使用了吗？"

"我想是这样的，很可能在那个镇子上一直有人在使用八思巴文。"宇文说道。

"镇子里都是什么人呢？"秦悦大惑不解。

"很可能是夏尔巴人。"辛格说道。

"对，夏尔巴人，为攀登雪山而生的人，他们给登山者充当向导和挑夫。我们这次也准备请几位夏尔巴人带我们上山，如果前面小镇就有夏尔巴人，那正好可以请他们跟我们一起上山，他们很可能知道智慧之轴的具体位置。"柳金肯定地说道。

"不过夏尔巴人使用的语言是藏语的一支，从没听说夏尔巴人使用八思巴文。"我回忆着有关夏尔巴人和八思巴文的常识信息。

"或许前面镇子的夏尔巴人是一支比较特殊的夏尔巴人，隐居在深山中的夏尔巴人。"夏冰推测道。

宇文说着将长方形的地图竖起来，并招呼众人都围到他的身旁，"大家请看，这幅地图不是用现代经纬度方法绘制的，而是继承了古代地图的方式，如果以我的视角，图上绘制的是一条上山的路线图。"

"也就是攀登道拉吉里峰的路线图喽？"秦悦问道。

"虽然地图上没有道拉吉里峰的标示，但我想图最北面的雪峰就是道拉吉里峰，因为这里有一个标示。"我们顺着宇文手指的地方看去，宇文指着地图最北端的标示继续介绍，"这个标注是'魔鬼峰'。"

"魔鬼峰？"众人惊骇。

"对，道拉吉里峰山势险恶，是这个星球上最难攀登的山峰之一，所以又有'魔鬼峰'之称。"我补充道，"因此我判断这幅地图就是攀登道拉吉里峰的地图，大家再看这里。"说着，宇文的手指从地图最北端移到了最南端，"我们现在差不多在这儿，道拉吉里峰南侧，而在这里有一条河谷，在河谷东、西两岸出现了两条路线，白房子在河谷西岸，从这里北上，不远处有个镇子，就是这里……"

宇文的手停在了西线上的第一个标示处，我看着地图不禁脱口而出："这儿很可能就是梅什金他们发现的镇子。"

"不错，这个标注就叫'智慧镇'，是不是很有意思？"宇文露出一丝不易察觉的微笑。

11

"智慧镇？智慧之轴？"所有人都窥探到了其中的含义。

"看来绘制地图的人真的知道智慧之轴的存在，甚至……甚至去过智慧之轴？"秦悦说道。

"不仅如此，你们想智慧镇上的居民会使用八思巴文，说明整个镇子历史悠久，就算从元代算起，也有七八百年历史了，智慧镇，一开始就叫这个吗？"夏冰说着环视众人。

柳金马上懂了。

"你的意思是如果这个古老的镇子一开始就叫这个名字，那就是说很早很早以前，镇上的居民就知道智慧之轴。"

"不会吧，智慧之轴不是只有蓝血团的人知道吗？"李栋反问。

"古代也有蓝血团，从古到今，从不乏对智慧之轴感兴趣的人。"李樊吃完了一个三明治，吮吸着手指说道。

"那也是蓝血团的叛徒，蓝血团从来不会主动打开智慧之轴，只会保护智慧之轴，除非是智慧之轴遭遇劫难。"柳金似乎并不愿意相信曾有蓝血团的人寻找并试图打开智慧之轴。

"好了，我们继续……"宇文的手指从智慧镇向北移动，"这条路线比较直，似乎也比东线短不少，最终西线会到一个叫'狼脊'的地方，与东线汇合。"

"狼脊？你没翻译错吗？"我有些怀疑地盯着地图。

"没有，地图上的八思巴文翻译过来就是'狼脊'。"宇文很肯定地说道。

我的目光集中到了"狼脊"，地图上几乎是一条直线，直线上出现了几道淡淡的横杠，我搞不懂是什么意思。秦悦指着河谷东侧说："那么东线呢？我看东线似乎更长，而且经过的地方也多些。"

"对，东线蜿蜒曲折，显然比较难走，在山里绕，或者是在爬山。

从南向北看，东线在到达狼脊前经过了几个地方，第一个就是这儿。"宇文的手指落在东线第一个标注上说，"这儿的标注是'旧镇'。"

"旧镇？这么说来那个古老的智慧镇反倒是新镇喽？"我大惑不解。

"从字面上看就是这个意思。"宇文又确认了一遍。

"既然智慧镇都很古老，那么这个旧镇就更有历史了。不知道现在还有没有居民？"秦悦手指摩挲着地图上的标示。

宇文的手指缓缓滑动，很快他又指着东线上的第二个标注说："紧接着东线就会来到一个地方，叫'智慧宫'。"

"智慧宫？这名字怎么有些幼稚。"秦悦冷笑了两声。

"地图上确实是这么标注的，是宫殿的意思吧。"宇文解释道。

"宫殿？一会儿小镇，一会儿又宫殿，只有帝王的居所才称得上宫殿，这里难道曾经住着什么帝王？"我调侃似的说道。

"思路可以开阔点，皇帝敕建的建筑都可以叫宫殿，宗教建筑也可以叫，所以不一定是什么帝王居住过的地方，从未听说曾经有帝王来过这么偏僻的地方。"夏冰说道。

"好吧，那么然后呢？"我的目光又继续在地图上移动。

"然后东西两线在狼脊汇合，就并为一条路线，一路向北，这段路线似乎很直。"宇文的手指滑向北面，又在一个标注处停了下来，"从狼脊一路往北，就到了这个地方——智慧洞。"

"智慧洞？这一路难道都是用智慧命名的？"我对起名的人颇

为费解。

"看来是这样的。顾名思义，我想这里是雪山上的一个山洞，然后进入了山洞，很快就会来到一个叫'回旋谷'的地方。"宇文的手指不断向北。

"回旋谷？山洞里面还有山谷？不可思议。"秦悦紧锁眉头。

"我也想不明白，山洞里怎么还会有山谷？但地图上就是这么标注的，我们再来看这里。然后就来到了这里，叫智慧门。"

"智慧门？这儿是不是就是智慧之轴？智慧之轴的大门？"

"地图上有没有智慧之轴的标注？"秦悦追问。

宇文皱了皱眉回应道："我早就看过了，地图上自始至终没有出现智慧之轴的名字。不过，智慧门不远处还有最后一个标注，叫'智慧海'。"

我们的目光跟着宇文的手指，落在了地图最后一个标注上。

"智慧海？会不会就是智慧之轴？"我推测道。

"很有可能。海？轴？"柳金嘴里反复喃喃自语道。

我一把拿过地图，认真看着那几处地方说："虽然地图上没有出现智慧之轴的标注，但我想这就是通往智慧之轴的路线图，我们先去智慧镇看看，调查清楚地图和少女的身世，再请个当地向导，按图所示，向智慧之轴出发吧。"

"对，必须迅速，否则那个镇子也可能……"夏冰的话没有说完，但大家已然明白她的意思。

又是七嘴八舌讨论一番，格林诺夫突然发话了："今晚大家早点休息，明天一早我们就去这个智慧镇，或许那里会有一场恶战。"

"等等，我还有两个问题。"我打断了格林诺夫的话，环视众人问道，"第一个问题梅什金呢？我们在白房子里只发现了几具尸体，这里不会就这点人吧？"

柳金皱了皱眉回应说："这里除了辛格和他的手下外，至少还有五十人以上，其中一半都是我们蓝血团的精英。我估计他们被云象绑架了，也可能已经遇害。至于梅什金，我倒觉得云象还不会杀害他，因为他很重要，云象需要他。"

柳金说最后一句话时，目光落在了夏冰身上，我注意到夏冰复杂的表情，也觉出柳金话里有话。秦悦这时候插话道："但也不能否定一定可能，梅什金，甚至包括你们那些精英们，逃了出去，毕竟他们都是你们的精英嘛。"

"逃出去？"柳金迟疑起来。

"说不定他们就逃到那个智慧镇去了，在那儿躲了起来。"我胡乱推测道。

"智慧镇……"柳金看看我，话锋一转，"你的另一个问题呢？"

"最后一个问题，那个奇怪的房子和下面奇怪的洞是怎么回事？看样子是你们修建白房子时就一同建造的……"

"这个问题的答案你会知道的。"柳金脸上露出奇怪的笑容，并不正面回答我的问题，说罢，柳金便走出了帐篷。

第二章　沉溺智慧的冒险者

1

辛格和他的手下承担了值夜的任务，但我对他们依旧不放心，夜里醒了好几次，见平安无事才又沉沉睡去，最后这觉一直睡到天亮，才被秦悦叫醒。

众人坐在一起商议起来，柳金和格林诺夫认为现有人员包括辛格及其手下，我们和李栋父子，伯曼医生带来的支援力量，这么多人一起进山，目标太大。于是，柳金挑选出我、秦悦、夏冰、宇文、李樊、李栋、辛格、伯曼医生组成探险队，而辛格另外挑选了八名最健壮的手下担任护卫任务，其余人马留在白房子等待。

柳金带上了足够的装备，尽量摒弃用处不大的东西，毕竟后面需要登山，必须轻装简行。一切准备妥当，十八个人分乘五辆越野车，沿着河谷西岸进发。

这边的路况本来就差，何况又是偏远之地，柏油路很快变成了水泥路，水泥路又很快变成了碎石子路，最后连碎石子路都没有了。我们的车队在崎岖的山路上颠簸两个小时后，我不禁怀疑这鬼地方还会有人居住吗，他们怎么与外界联系？我看看正在开车的秦悦，又看看后排的宇文和夏冰，他们脸上也都出现了疑虑的神情。越过一个四十度的陡坡后，秦悦终于憋不住了发出抱怨："这鬼地方会有人吗？"

"难不成又是谷底人家？"我想到了那些原始的谷底人。

"原始部落可不会使用八思巴文。"宇文则提醒我们道。

"我想他们文明程度不低，却又因为某种目的与世隔绝。"夏冰推测道。

又是一个陡坡，剧烈的抖动让我们都闭上了嘴。就这样又在山路颠簸半个小时后，前面的路终于平坦一些了，而且是一路下坡。在这段下坡路行驶近一个小时后，我们驶进了一条山谷，我盘算着那个智慧镇应该快到了。果然，前方出现了一些木质建筑。

柳金的车在我们前面放慢了速度，秦悦也跟着减速，缓缓驶向那些木质建筑。首先经过的是一栋已经废弃坍塌的木头房子，接着又是几间废弃的木房子。我们的车速更慢了，所有人都注视着那些木房子。我放下车窗打量着木房子，又仰头望望天，原本晴朗的天空被厚厚的乌云遮蔽，一种阴森破败的感觉笼罩着这里。不过秦悦却说："一路走来，没有发现路上有车辙印，所以云象的人还没有进来，或者不是走的这条路。"

"那也就是说这个镇子是安全的喽？"宇文在后面说道。

"咱们经历了这么多，你觉得我们的敌人只有云象吗？这些阴森恐怖的地方，够我们受的。"我死死盯着车前方说。

终于，当我们穿过那些废弃的木房子，又拐过一道弯，前方的山谷中升起一缕炊烟，空中的乌云也散去大半，正午的阳光似乎驱散了笼罩在这里的阴森恐怖之感。我们的车队再次加速，很快就驶进了镇子。

镇子不大，以我们国家的标准来看，这里至多只能算是一个村子。一条泥泞的土路，路两边是一些破败的小木屋，粗略算来也就十几户人家。柳金的车停了下来，我们也跟着止步，透过车窗望出去，路旁就是全镇最高大的建筑，一栋破旧的两层木制小楼。

我跳下车，发现路两旁木屋里有许多目光在注视着我们，却没有人出来跟我们打招呼，即便是面前这栋两层小楼，也是大门紧闭，但我能感受到来自小楼里的视线。

小楼前面有个院子，柳金和我们的车没有冒失地开进院子，但辛格和李栋却直接把车开进了院子里。柳金在前引路，她走进院子的瞬间就停住了脚步，我不知道发生了什么状况，也只好停下脚步。柳金仰头朝小楼顶端望去，随后她的目光从小楼顶端一直落下来，似有所悟，我心想这破败的小木楼有什么可看的？柳金看了一会儿，径直走进院子。

我刚要迈腿跟着进去，却被夏冰一把拉住，"你不觉得小楼有点奇怪吗？"

"哪里奇怪了？"我扭头看向夏冰。

夏冰也像柳金那样从上到下仔细打量了一会儿才说："我……我

也说不好，只是感觉有些奇怪，别扭。"

"别扭？"

我又打量一遍这栋小楼，与周围的环境和远处的雪山相比，这栋小楼是有些异样，但我又说不出有什么异样。

秦悦和宇文催促我们快点走，我们刚走进院子，小楼的大门突然打开了，一个皮肤黝黑的汉子冲了出来，大呼小叫地拉住了辛格。汉子非常激动，咋咋呼呼地冲辛格说了一大通话，辛格似乎是听懂了汉子的言语，也对汉子说着当地的方言，宇文则低声对我们说："是夏尔巴人，那人说的是夏尔巴语。"

"夏尔巴语你也听得懂？夏尔巴人一共也就几万。"秦悦有些惊异地看着宇文。

宇文难掩得意之情："略懂略懂，辛格大概也会。"

"那他们在说什么？"我追问道。

"这个夏尔巴汉子好像挺激动的，他在问索朗桑姆在哪里？索朗桑姆在哪里？"宇文解释道。

"索朗桑姆？如果那个死去的少女是梅什金在这个镇子上找到的，索朗桑姆就是指的那个少女了。"秦悦推测道。

辛格不断安抚着夏尔巴汉子，然后不断回头看向柳金和格林诺夫。柳金稍有迟疑，走了过去，用英语对那个夏尔巴汉子连比画带说道："索朗桑姆和我们的人在山下……在山下都被一伙坏人抓走了，我们来这里找你，就是希望你能带我们上山，去救回索朗桑姆和我们的人。"

柳金故意隐瞒了索朗桑姆的死讯，我们几个互相看看，也不好说破。接着，柳金又拿出了一张梅什金的照片，夏尔巴汉子一看到照片上的人就激动地夺过照片，指着照片上的人，用夏尔巴语夹杂着英语说："就是他，就是这个人，他带走了索朗桑姆。"

让我们大感意外的是这个夏尔巴汉子居然会说一些英语，显然他曾经给国外登山者充当过向导和挑夫，看来柳金找对人了。

2

辛格和柳金又跟这个夏尔巴汉子说了一通，最终柳金对辛格吩咐道："你让手下在院子里搭起帐篷，其他人有感兴趣的，跟我进来。"

除了伯曼医生和辛格的手下，其他人都进了屋。小木楼进门是个宽敞的客厅，客厅面积与陈设都让我倍感意外，夏冰也低声嘀咕道："这屋子也很别扭。"

"我也有这种感觉，但哪里别扭呢？"我不断地扫视着客厅。

夏冰没有接话，就见夏尔巴汉子从一间小黑屋里捧出了一木盆糨糊状的黄色东西，放在客厅中央，然后示意我们坐下。

"这，这是什么？"我试着用英语问夏尔巴汉子。

"公则。"汉子答道。

"就是一种玉米做的糊糊，是夏尔巴人最常吃的食物。"李樊教授似乎什么都懂。

"请问该怎么称呼您呢？"夏冰也试着用英语问道。

"你们就叫我阿帕吧。"夏尔巴汉子说道。

阿帕？这也是个夏尔巴名字，看来阿帕能听懂简单的英语。

"阿帕，你以前跟登山队攀登过道拉吉里峰吧？"我又向他发出询问。

阿帕听我说完，两眼放光，有些激动地说道："是的，我曾经五次陪外国登山者攀登道拉吉里峰，两次成功登顶，三次没能登顶，所以我跟那些登山的人学了一点英语。"

"那你也陪我们登一次吧，报酬不是问题。"夏冰说道。

阿帕想了片刻，说："陪你们登山没问题，报酬也好说。不过……不过我最关心的是索朗桑姆，她人呢？"

柳金又开口回道："她和我们的人，就是……就是你在照片上看到的人，都被一伙坏人抓到山上去了，所以你得帮我们一起……"

柳金话没说完，阿帕就激动地说："那我不要钱，也得把索朗桑姆救回来。"

"索朗桑姆是你什么人？"李樊忽然笑着问道。

阿帕愣了一下，然后略带羞涩地说："我喜欢她，喜欢索朗桑姆。"

我已经猜得八九不离十，如此激动的反应一定是热恋中的人，我再次打量起这宽敞的客厅，不禁开口问道："那这是你们的家喽？"

阿帕赶紧摆摆手说："这不是我们的家，我们还没结婚呢。这是她的家，她被你们的人请走后，就让我住在这里，照看这里。"

我心里一惊，马山追问道："那她的家人呢？"

"她家早就没人了，她的爷奶很早就死了。前些年，她的父母也死了，就只剩索朗桑姆一个人了。"阿帕有些伤感地说。

就索朗桑姆一个人？我的目光又移到这宽敞客厅里，偌大的二层木楼，可见索朗桑姆一家也曾经兴旺一时，甚至是这个小镇上的名门望族，怎么会突然就剩她一个人了？我还来不及多想，柳金就掏出了那张地图对阿帕说："你一定见过这张地图吧？"

阿帕接过地图仔细观瞧后说："见过，我不认识上面的字，但能看懂上面的图，这是索朗桑姆家的宝物，也算是我们镇子上的宝物。"

"看来你们全镇都以这张地图为宝物喽？"柳金追问道。

"算是吧，因为我们每家的长辈都曾经对我们说过，这张图上有一个巨大的秘密。"说着，阿帕用手比画起来。

巨大的秘密？看来镇子上的夏尔巴人多多少少都知道智慧之轴，但又所知不多。想到这里，我对阿帕问道："照片上那人前几天来过你们这里？"

"是的，跟你们一样，坐车来的。"阿帕答道。

"他是想借索朗桑姆手里的地图吗？"我向他追问道。

"不，他开始想买，好像出了大价钱。但索朗桑姆说这是她爷奶留下来的，不能卖，所以最后索朗桑姆答应借给他看。"阿帕回忆着那天的情景，"那个人跟索朗桑姆磨了很长时间，最后他坚持要将地图借回去研究几天，索朗桑姆不放心，非要跟着一起去，没想到，没想到就……"

原来如此，但梅什金又是如何知道智慧镇上存有这幅地图的？这恐怕就要去问梅什金了。柳金将地图在阿帕面前完全展开，冲着阿帕在地图上比画道："现在那伙坏人绑架我们的人和索朗桑姆上山了，他们很可能去了这里。"

说着，柳金苍白的手指快速在地图上由南向北移动，最后她的手指停在了智慧门和智慧海附近，阿帕聚精会神地盯着地图，当他看到柳金手所指的地方时，双眼猛地睁大了，嘴里不禁惊道："这儿？！"

"对，就是这里，所以我们想请你带我们到这里，救回索朗桑姆和我们的人。"

柳金话音刚落，阿帕就连连摆手道："不，不，那地方不能去，绝对不能去，我……我还以为是要登道拉吉里峰呢，原来……原来你们是要去那儿，不，我不能带你们去，我也劝你们不要去那里。"

阿帕的反应让我们都吃了一惊。"为什么？这里海拔应该没有道拉吉里峰主峰高吧？应该比攀登主峰容易得多吧？"我问道。

"不，那是神灵居住的地方，比主峰还要可怕，还要艰难，所以千万不要去……"阿帕越来越激动，不停向后退却。

李栋也站起来，一把抓住阿帕，"别怕，我们这么多人呢。"

"再多的人都不管用……"阿帕高声叫道。

我竭力让自己镇定下来,问道:"你的反应如此激烈,难道你曾经去过?"

"我……不,我们这地方的人从小就被长辈们勒令不准去那里,从小就听长辈们说过许多关于那里可怕的故事。"

"故事?故事就把你吓破胆了吗?"李栋还不甘心,抓住阿帕肩膀,想让阿帕镇定下来,但阿帕却愈发激动,以李栋单薄的身体根本控制不住阿帕。

"难道你不想去救心上人了吗?"柳金突然发话,震得客厅里传出阵阵回音,阿帕一下子怔住了,他痛苦地靠着墙,蹲下来,不知所措。柳金语气和缓下来,又掏出一沓美元和两根金条摆在桌子上,"如果你陪我们走一趟,不但能救回心上人,还能获得一辈子用不完的财富。"

柳金不愧是蓝血团的大管家,威逼利诱,双管齐下。不过阿帕虽然镇静下来,却还是犹豫不决,最后阿帕对我们说:"不如你们到镇上其他家问问,也许有人愿意去,至少……至少多凑几个人,也是好的。"

柳金无奈地摇摇头,又看看我们,起身向外走去。最后只剩下李樊不想出去,他捧起阿帕准备的一个小木碗,给自己盛了一碗公则,津津有味地吃了起来。

3

我们匆匆吃过午饭，便分成两组行动，在全镇寻找能带我们去智慧海的向导。我和秦悦、夏冰、宇文一组，首先敲开了一栋小木屋的门，碰巧接待我们的老人正是阿帕的奶奶，她看了我用手机拍的地图，便连连摆手摇头，用夏尔巴语缓缓说："那地方是神灵居住的地方，我们的祖先很早就告诫我们不要靠近。"

阿帕奶奶的祖先？看来这个警告非常古老。宇文用夏尔巴语反问道："可我们很想去啊。"

阿帕奶奶面露惧色，更加猛烈地摆手，"不要去，千万不要去。凡人去了那里，神灵会震怒，雪崩、地震、暴雪也会一起降临。"

"奶奶，镇上有人去过吗？"夏冰让宇文换一种方式问她。

阿帕奶奶沉吟下来，眼角淌下两行泪水，然后不由分说，就把我们往外赶，嘴里还不停地叨叨着什么，当我们被赶出房门时，宇文小声说："真是邪门，一问这个就撵我们走。"

"这就是最大的收获。这说明镇上曾经有人去过那里，而且是阿帕奶奶认识的人。"夏冰如此说道。

"镇上的人似乎都对那里谈之色变。"秦悦小声嘀咕道。

我看镇上那些阴沉的小木屋，家家户户都关着门，对我们这些外来者充满恐惧与不安。我们又敲开一家门，里面一个中年男人探出头，但刚听宇文说了两句，便砰的一声关上了门。我摇着头，又继续去敲下一家，敲了几分钟也没人开门，后面几家也是如此。

当我们失望地回到院子里时，柳金那组早已回到了院子。看他们的表情，就知道什么收获都没有。我走到柳金近前小声说："看来还得靠阿帕。"

柳金点点头表示同意。这时，李樊从木屋内走出来，伸个懒腰，然后抹了抹嘴角的玉米糊糊。

"这儿天黑得早，你们是打算睡帐篷，还是住木屋里面？"

"那也要看阿帕的意愿啊。"宇文嘟囔着说道。

"我跟他说好了，做向导不行，借住一晚总是可以的。"李樊嘴角总是挂着一丝笑意。

"好，那我住木屋，再找他谈谈。"我打定主意之后，便让秦悦、夏冰、宇文住在木屋二楼，李樊、李栋父子，还有柳金与阿帕住一楼。

阿帕再次端上一个大木桶欢迎我们，我瞅着木桶里的液体问他是什么。

"巴鲁。"阿帕这样回道。

"就是一种玉米酿造的酒，你们可以尝尝。"李樊说着第一个接过阿帕递过来的木勺和木碗，毫不客气地给自己舀了一勺。

"李教授，您倒是对夏尔巴人的习俗很熟悉嘛？"秦悦职业病又犯了。

李樊只是笑笑，然后说："以前来这边登过山，在夏尔巴人家里住过，所以对他们的生活习惯略知一二。"

李樊略显发福的肥硕身体，实在与登山搭不上边，昨天初见李樊时，我很怀疑他能否与我们一起行动，秦悦显然也有疑惑。

"李教授喜欢登山？"

"是啊，年轻时候喜欢，别看我现在发福了，我也曾很苗条的。"李樊说着还拍了拍自己的肚子。

阿帕给我们每人都舀了一碗巴鲁，我尝了一口就跟阿帕攀谈起来："刚才我们在镇上转了一圈，你们这儿人不多啊。"

"是啊，能走的都出去了。"阿帕放下勺子说。

"他们出去都做什么呢？"夏冰问道。

"有去城里做小生意的，更多的还是发挥我们夏尔巴人的特长，去别的地方给登山者充当向导和挑夫。"阿帕答道。

"别的地方？这不就是道拉吉里峰下吗？"我有些费解地问道。

阿帕摆摆手表示并非如此。

"我们这里离攀登主峰的路线比较远，所以登山者很少，可以说几乎没有，因此镇上精干的小伙子都去那些登山者比较多的地方了。"

我似乎有些明白了，但新的疑问又生了出来。

"那你为何不走？"

阿帕沉默下来，不过我已经猜到了八九不离十。

"你是舍不得索朗桑姆吧？"

阿帕点点头道："我也曾劝索朗桑姆和我一起离开这里，去能挣钱的地方，但索朗桑姆一直不肯。"

"哦？她为什么不肯呢？你在这里还有奶奶，她都没有亲人了。"我追问道。

"我也反复问过她，她开始不肯说，后来有次她支支吾吾说，她父亲临死前，把那张地图交到她手上，并且反复跟她说不要离开这里，不要离开这里。"阿帕似乎陷入了回忆。

"不要离开这里，总得有个理由吧？"秦悦问道。

"索朗桑姆时常会坐在镇口的小山丘上张望，在我一再追问下，她后来对我说，她父亲临死时叫她不要离开这里，是说会有人来这里找她，会让她过上好日子。"阿帕补充道。

"会有人找索朗桑姆？难道她父亲能未卜先知？"我用中文小声嘀咕道。

"当然不可能未卜先知，她父亲临终前这么说，无非两个原因。一个是觉得小女孩无依无靠，对她去外面不放心，故意这么说的；另一个原因就是她家人知道什么秘密，要不怎么地图在她家？"秦悦也小声推断道。

"显然是后者，她家里人一定知道什么。"我十分肯定地说道。

"果然梅什金找上了门。"秦悦说着，扭头望向夏冰，"你父亲不会跟这个少女有什么关系吧？要不怎么能主动找上门？"

夏冰脸色有些难看，瞪了秦悦一眼没说话，我又对阿帕说："确实有人来找她了，可……"

话没说完，阿帕就打断我说："所以那天她特别高兴，没想到竟然会这样，怎么会是这样……"

说着，阿帕又激动起来，我看着阿帕焦急的样子，不免有些伤感，他还不知道索朗桑姆已经死了。我瞄了一眼站在我们身后面无表情的柳金，我不忍告诉阿帕索朗桑姆的死讯，只能按照柳金说的继续编下去。

"放心，我们的人也在坏人手上，我们会找回索朗桑姆的。"

阿帕依然激动，他问我们："那些坏人为什么要绑架索朗桑姆，她只是一个什么都不懂的女孩子。"

我一时语塞，不知该如何回复阿帕。宇文这时开口帮我解围道："我们刚才见到了你奶奶，她看上去身体还不错。"

阿帕怔了一下，然后稍稍平静下来。

"我不离开，还因为我要留下来照顾我奶。"

"我们把地图给她看了，她似乎很害怕。"宇文继续说道。

"是的，镇上的人都很害怕。"阿帕说道。

"可你奶奶似乎知道什么……"宇文在继续诱导阿帕。

"她能知道什么？无非就是我爷当年的那点事。"阿帕说完，似乎有些后悔。

"你爷爷怎么了？"我们几乎异口同声地追问道。

柳金不失时机却又似无意地整理起背包来，将背包里的美元和金条掏了出来，阿帕瞥了一眼，轻轻叹了口气，说："关于你们要去的那个地方，我们这儿有许多传说，传说那里蕴藏着数不清的宝藏，也是神居住的地方，所有企图接近的人，都有去无回。但是在很多年前，我爷还很年轻的时候，曾经有一伙人来到镇子上，希望镇子上有人能带他们上山，没有人敢去，我听我奶讲她当时刚生下我父亲，家里急用钱，最后我爷禁不住诱惑，收了那伙人二十根金条，那伙人先给了十根，说好回来后再给十根，但我爷却再也没能回来……"

4

当阿帕说到二十根金条的时候，我不由得看了一眼柳金拿出来的两根金条，心里不禁暗自笑道：咱们到底谁笨谁聪明，阿帕看上去憨憨的，却在不经意间出了价，很多年前二十根金条，换作今天那怎么也得给五十根啊。柳金也是一愣，旋即冲我笑了笑，然后开始慢慢从背包里一根又一根地掏出金条。我忙又继续问道："那么后来呢？那伙人也没回来吗？"

阿帕像是陷入了痛苦的回忆，并没注意到金条的数量。

"后来，后来……我从小就好动，天生就能适应高海拔的环境，所以常往山上跑。我父母和我奶就不断告诫我不要上山，并跟我讲了许多可怕的故事，那些故事并不能吓住我，但我奶跟我说我爷再也没有回来，却把我吓住了。于是我变得胆小，夜里常常被噩梦惊醒，可我每次详细地问他的下落，我奶却又不愿多说。直到我长大后发生了一件怪事。有一次我跑出去带一个外国登山队攀登道拉吉里峰，一切都很顺利，那天的天气很好，登山队成功登顶了，我没上去，一直留在最后一个营地等登山队下来，他们也准时回到了营地，到这儿一切都很顺利。可就在我们继续下撤时，天气突然变得糟糕，我心里有些焦急，领着登山队走错了一小段路，就在这段路上，有个队员突然发现雪地里有什么东西，我们就扒开积雪一看，所有人都被吓傻了，按理说我们经常会在山上看到之前登山遇难者的遗体，不会被吓到，可是……这次……这次我们发现的竟然是一截尸体。"

"一截尸体？"阿帕大段描述了用了英语夹杂着夏尔巴方言，所以我们都没听太懂，是宇文一直在给我们翻译。但当阿帕说出"一截尸体"时，宇文也愣住了，用夏尔巴语和英语反复跟阿帕确认，阿帕确实说的是一截尸体。

"开始那截尸体被冰雪包裹，冻得硬邦邦的，我们还没马上辨认出来，以为是个什么东西。但后来是登山队里面的一位医生，他先辨认出来的，准确地说那是一截大腿。"阿帕连比画带说道。

我们全都面面相觑，都被那一幕惊讶到了。宇文又继续跟阿帕确认。

"你说是一截……人的大腿？"

阿帕点头回应："对，一截……人的大腿，切得整整齐齐的。"

"什么意思？切得整整齐齐？"我们愈发不可思议。

"对，两头都整整齐齐，就像是某种机器切下来的一样，当时我们所有人都被吓住了。"阿帕在自己大腿上比画道。

"后来呢？"

"后来我们又在附近找了一阵，什么也没找到。他们谁也不要这截大腿，我便收起了那截残肢。说来也怪，这时候天气就转好了，我们便抓紧时间下撤。"阿帕说到此处，脸上忽然露出懊恼之情，他拍了一下自己的胸口，又说，"当时我不知道，早知道这截大腿是我爷的，就该在那附近再搜一搜。"

"什么？是你爷爷的？"在场所有人都震惊了。

阿帕又捶了一下自己胸口继续说："对，是我爷的，我拿回来后，那截大腿就化开了，我奶一见就晕了过去。等她醒来，对我们说，那截大腿上包裹的布料就是我爷临走时穿的裤子，那是她亲手做的，所以记得清清楚楚。后来我们又请有经验的人看了，那截大腿是属于二十多岁年轻人的，跟我爷也对得上。"

"你爷爷不是陪那群人去地图上标注的智慧海了吗？怎么他的遗骸会出现在主峰附近？"我敏锐地嗅出了异样。

"是啊，这正是可怕之处。"阿帕面露恐惧之色，颤巍巍地又继续说道，"那次登山队的路线跟地图上完全不同，是常规攀登道拉吉里峰的路线，与地图上的智慧海根本是两个方向，所以我想到这儿就不寒而栗。"

"也许是当年那伙人迷路了，然后你爷爷误入了那里。"宇文做出了上述的推测。

阿帕连连摆手反驳道："当年我爷之所以敢带那伙人去智慧海，除了那伙人出价高以外，也是因为我爷是全镇登山水平最高的年轻人，他方位感极强，从来不会迷路。就算是我爷迷路了，你们知道从地图上的路线到发现我爷那大腿遗骸的地方有多远吗？那完全不在同一座山峰上，相距很远，而且两座山峰间都是巨大的绝壁，根本无路可走。"

"所以，所以你爷爷是怎么过去的？"我们都愣住了。

"更可怕的还有我爷那截遗骸为何被切得整整齐齐？是什么造成的？山上可没有任何机器。刀？那得多大多锋利的刀？"阿帕不断地摇着头。

我们面面相觑，震撼之余，竟一时不知该说什么。我扭头看看柳金，拿金条的手悬在了半空，显然柳金也被这个故事给惊到了。就在这时，李樊喝了一口巴鲁后，反问道："那你奶奶是怎么说的？"

阿帕听这一问，像是惊醒过来。

"我奶，对，就是因为这事，我不断地追问我奶，她才终于跟我提到……提到了一件可怕的事。就在我爷跟那伙人上山之后，她一直心神不宁，常常失眠，大概是在第四天夜里，我奶突然听到山里传来一声巨响，紧接着整个大地都震动起来，她经历了一场前所未有的大地震。地震还造成了巨大的雪崩，铺天盖地的雪几乎要将我们镇子淹没，这之后又连续下了几天暴雪……"

"你确定是先听到山里传来一声巨响，然后才地震的？还是先地震，后有巨响？"夏冰追问道。

阿帕愣了一下给出了回复："这个我记不清了，我要回去再问问我奶。"

"你爷爷就再没有回来？"宇文又补上了一句。

"对，我爷从此就再没回来。"

"那伙人也都没有回来？"秦悦也追问道。

阿帕痛苦地摇摇头，没再说话。这时，柳金走了过来，拍了拍阿帕，然后缓缓用英语说："原来是这样，那你不想破解你爷爷失踪之谜吗？还有救回你心爱的姑娘。"

阿帕许久才重新抬起头露出坚定的神色，"我想，我想破解我爷失踪之谜，更想救回索朗桑姆。"

柳金点了点头，然后将背包里的金条一股脑地倒出来。

"我知道这一路会有危险，所以我可以出四十根金条，外加三万美元，这些钱足够你和索朗桑姆，还有你奶奶过上衣食无忧的日子。而且你不用担心，我们可不比当年的人，看看我们的装备，我们应该可以的。"

"可我还是放心不下我奶，刚才我拒绝你们，就是因为我奶。她要知道我带你们去，肯定会伤心的。"阿帕的语气松动了。

柳金又拍拍阿帕劝他说："你可以跟你奶奶说，你只是陪我们去攀登道拉吉里峰，而不是去什么智慧海。另外，我们的目的地也并非智慧海，而是那伙坏人，那伙绑架了索朗桑姆的坏人。所以，如果我们在途中截住了那帮坏人，救出我们的人还有索朗桑姆，我们就不用冒险去智慧海了，这下你总该放心了吧。"

听了柳金这番话，我心里暗自冷笑，柳金什么都替阿帕想好了，威逼利诱，软硬兼施，还上纲上线上价值观，最后连怎么骗阿帕奶奶都想好了。阿帕这时总算冷静下来，但他忽然又问道："那帮坏人为什么要去智慧海呢？"

"这也是我们想知道的。"柳金话语坚定，滴水不漏。

"那好吧，我答应你们，明天早上就陪你们进山。至于这些金条，你先给我一半就行。"阿帕还挺讲规矩。

柳金摆摆手让他安心，"不用，我们相信你，一次性支付也没问题。不过你暂时不要让你奶奶看到这些金条，否则她会起疑心的。"

阿帕点了点头，从屋里翻出一个布袋子，毫不客气地收下了四十根金条，然后冲我们说："感谢你们的信任，我今晚回去跟我奶告个别，明天一早就在这里集合，我带你们进山。"

说罢，阿帕走出了木屋，径直向他奶奶居住的小木屋走去。此时，李樊点起一根烟，凑到柳金身旁，看着远去的阿帕说："你就这么相信这小子？"

"钱已经不重要了。"柳金轻轻地说道。

5

夜幕降临，镇子里泛出了些许灯光。吃完晚饭，我和秦悦跑到街道上溜达了一圈，不知是因为我们的到来，还是本来如此，我们没有见到一个人，家家都紧闭屋门。秦悦指了指阿帕奶奶家，那栋小木屋里也摇曳着微弱的灯光，在这个不通电的镇子，只有这些微弱烛光能给人以温暖。

木屋里寂静无声，我本能地凑上去，隔着门，没有听到阿帕的声音，也没有老人的声音，甚至没有听到任何声音。我和秦悦对视一眼，只好往我们今晚住的小木楼走去。

"你说阿帕会把那么多金子藏在哪里？"秦悦忽然问了一句。

我又回头看了一眼阿帕家回道："这谁知道，只要他明早能如约而至就行。"

"按照阿帕的叙述，他爷爷那次很可能是遭遇了地震，地震连带雪崩，将他们全都吞没了。"秦悦将白天的故事归纳汇总到了一起。

"雪崩会把尸体残块崩到另一座山峰上？"

"如果阿帕所说属实的话，我想那伙人就是冲着智慧之轴去的，但他们显然没有十六边形手环，所以也就无法打开智慧之轴。最终不知怎么导致了大地震，阿帕奶奶是先听到一声巨响，巨响会是什么？"

"大爆炸？大爆炸导致大地震，大地震又导致大雪崩，产生了能将人崩到另一座山峰的力量。"我按照秦悦的思路说道。

"怎么样，这样就合理了吧？"

我摆了摆手表示否定。

"现在下结论为时尚早。我们对智慧之轴依然所知不多。比如索朗桑姆手中的地图究竟是何人所绘，这镇上有人懂八思巴文吗？"

秦悦一时语塞，我们说着回到了院子里，看见格林诺夫与伯曼医生正在帐篷里喝酒，便与他们寒暄了几句，了解到伯曼医生不仅医术高超，他的家族还有喜爱探险的传统，所以这次他才愿意与我们同行。

我们回到小楼里，柳金正在看书，李樊、李栋父子在小声讨论着什么。踩着吱呀作响的木质楼梯，上到二楼，宇文已经睡了，夏冰突然招呼我们过去。

"你们来看，这儿有张照片。"

照片？这大山之中，照片应该很少，能留下来的应该都挺重要的。果然，我和秦悦站到夏冰身旁，才发现二楼正中的木板墙上，悬挂着一个木框，木框里是一张发黄的黑白照片，木框外没有玻璃。那照片不知是被烟熏过，还是当初洗的时候就有问题，显得模糊不清，只能大概看出来这是一张合照，背景就是这栋二层小楼。在小楼前，照片正中是一位身着夏尔巴服饰的年轻女性，她手里抱着一个孩子，而她身边站着一个同样身着夏尔巴服饰的高个子男人，男人个头很高，脸部有些模糊，不过能够看清男人拄着一副拐杖，似乎腿脚不好。

"看上去像是索朗桑姆的爷爷奶奶，或者是外公外婆？"我胡乱猜测道。

"照片上看，当时这栋房子还挺新，说明那会才建好不久，你们觉得呢？"

"就这一张照片也不能说明什么。"

"目前只发现了这一张。"

"那就没什么用。"

"也许以后会有用。"

面对秦悦的态度，夏冰不服气地嘟囔了一句。

我又盯着照片看了一会儿，也没看出更多的名堂，只得钻进睡袋睡觉。这一觉睡得很好，直到楼下传来一阵敲门声，才把我从睡梦中惊醒。我看了一眼时间，才凌晨四点半。天还没亮，是谁敲门？很快我就听到了阿帕的声音，看来他没爽约，已经来报道了。天不亮就来了，难道这就是四十根金条的力量，让阿帕天不亮就蹦出来了？

我们只好穿衣收拾，待我们几个拖着行李下来时，柳金已经拿出那幅地图，与阿帕讨论起路线来了。宇文首先问了一句："你奶奶答应了？"

"我按昨天你们教我的说了，我奶最后同意了。"阿帕眼里放光，估计他在这里待得太久，早就憋不住了。

"就按我说的一定没问题。"柳金说着，又指着地图上智慧镇后面的路线问，"你刚才说镇后面这条路被堵死了？"

"是的，从我记事起，镇后面那条路就是被堵死的。听我奶说就是在那次大地震后，山上滚落的巨石完全把这条路给堵死了。"阿帕确定地说道。

"看来地图绘制于那次大地震之前喽？"我不禁脱口而出。

"这个……这个我倒没想过，应该是吧。"阿帕指着地图上那条路的一个位置说，"大概就是这里，听她讲这里原来是个山口，后来完全被封死了，所以我们必须从东边这条线路进山。"

东边的路线也就是那条标注着旧镇、智慧宫的路线，想到此处，我心里不禁一沉。

"那我们岂不是白走了西线这段？"

"不，你们没有白走。"阿帕使劲儿挥着手说，"首先，你们只有走西线才能到智慧镇，才能找到我，东线那个旧镇是没有人的。"

"没人？"

"没错，旧镇早就荒废了，从我记事起，那边就没人了。据我奶说，那里很早以前就没人了。"

"所以你们这里其实应该叫新镇？"我看着这栋破败的建筑，实在无法将它与"新"联系到一起。

"新镇？我倒没听过这个叫法。我们这里一直叫智慧镇。"阿帕说道。

"对了，阿帕，我正想问你呢，你们这儿为什么叫智慧镇啊？"我追问道。

"这个……这个我从没想到，从我生下来，甚至从我奶那会儿就一直叫这个名字。"阿帕进一步解释道。

"好吧，那我们就算为了你，没有白走。"我盯着地图说道。

"不，不，你们走这段不光是能见到我，我等会儿还会带你们走一条近路，地图上没有的近路。"说着，阿帕的手指又落在了西线被阻断的地方，"就在这里，大地震堵住的山口附近，有条山路可以翻过中间的山，穿过河谷，到达旧镇。"

阿帕的手指在地图上比画了一下，我大致看明白了他的路线。

"你的意思我们先到旧镇，再从东线这条路进山？"

"对，我想你们所说绑架索朗桑姆的坏人，应该是从这条路进山的。"阿帕在东线比画着。

"看来确实如此。"

柳金小声嘀咕道。随后她便吩咐众人吃完早饭，准备出发。

我不忘多问阿帕一句："翻山的话，我们的车能过去吗？"

阿帕朝门口我们的车看了一眼，说道："我觉得差不多吧。如果顺利，车可以一直开到狼脊下面。"

"也就是东西两线汇合的地方。"我盯着地图比画道。

"是的，后面就必须徒步前进了。"阿帕叮嘱道。

我们吃早饭的当口，伯曼医生替我们检查了身体，让我们感到奇怪的是，在前天晚上伯曼医生给我们处理后，我们身上的症状明显减轻了，皮肤上的红点少了许多，人也没有任何不适感。我有些好奇地问伯曼医生："您给我们用了什么药，这么快就控制住了？"

伯曼医生笑笑回我："药不重要，我想主要是你们进入白房子时，里面病毒的毒性已经大大降低了，再加上你们及时撤离，所以现在才会平安无事。"

"大大降低了？"

"对，因为病毒的毒性是会随着时间降低的。"伯曼医生一个个看过去，我们几个的症状全都消退了。

就这样，天刚大亮的时候，我们就出发了，阿帕奶奶的木屋虽然亮着灯光，但却没有人开门出来。

6

从智慧镇出发，因为宇文所具备的语言能力，阿帕与我们同车。而夏冰则换到柳金的车上，我们也顺理成章地走在最前面。这次换我驾驶，阿帕则坐在我后面，跟副驾驶的宇文不停地说着什么。我根据阿帕的指引，出镇后转了个弯，又开上了镇外崎岖不平的山路，再按照地图指示的方向，沿着西线一路向北。这条路上杂草丛生，有的灌木和杂草竟有半人多高，显然有很多年没有车和人经过了，不过让我们有些意外的是，走过这一段后，虽然杂草茂密，路却变得平坦许多，就这样我们披荆斩棘一个多小时，一块巨大的石壁挡在我们面前。

清晨的阳光照射在石壁前，泛起微微金光。再看周围环境，两山耸峙，阿帕指着前面的石壁说："这就是我对你们说的山口，面前巨大的石壁就是那次大地震后形成的。"

宇文在对讲机里将阿帕的话翻译给所有人，阿帕刚要说什么，对讲机里突然传来柳金的指示："一号和二号车下去看看，其他车注意警戒。"

一号和二号？我们是第一辆车，就是一号。第二辆车上是柳金、夏冰、李樊与李栋，我们全都下了车，李栋却坐在驾驶室里没动。柳金、夏冰和李樊则穿过半人高的杂草，向我们走过来。我和秦悦挥舞工兵铲，砍去面前一片杂草和灌木，又向前步行了一段，越往前走，越觉得面前这块石壁的巨大。

终于，我和秦悦不约而同地感叹道："这么大的石壁！"

我回头看看柳金，不明白她为何一定要下来看看。柳金单手叉着腰，仰视面前的石壁，阳光刺眼，她眯起双眼，眼角的皱纹暴露无遗，这个神秘的女人，就像她的年龄一样，让人捉摸不透。

柳金盯着石壁看了半晌，什么话没说。不过，在我们身后的夏冰小声说："要让这么巨大的石壁从山上崩落下来，那得多大的能量？"

夏冰的话提醒了我，我忙连比画带说地问阿帕："这上面是不是有个湖？"

阿帕没懂我的意思，宇文也一头雾水，我忙对宇文说："一般在这种山区，特别是这种峡谷地形，地震、泥石流会形成堰塞湖，这块石壁如此巨大，上面的堰塞湖不会小。"

"那整个智慧镇几十年来都处在堰塞湖的威胁下喽？"宇文

问道。

"也不能这么说，如果地震改变的地质构造足够坚固，堰塞湖也会处于长期稳定的状态，就目前看，这里几十年来都处于稳定状态。"我解释道。

宇文确认了我的意思又问阿帕，阿帕连摆手称自己不知道。我仰头再次望向这石壁，有谁能登上去呢。想到这里，我又看看柳金，柳金与李樊私语几句后，招呼我们上车。再次出发后，阿帕指挥我们向右拐。杂草茂密，有的地方杂草甚至比人还高，完全看不到任何道路，阿帕不断地比画着，宇文不断地修正着，我驾车跃上了一条小坡，披荆斩棘，很快驶进了一片森林。

森林不算茂密，我们的车以每小时三十公里的速度在森林里穿行，时不时会有一些小动物被我们的闯入而惊醒。就这样，我们在森林里行驶了一个小时后，前方出现了一条河，阿帕让我停下来，他跳下车，观察了一下河面的情况，然后对宇文挥手道："水位不深，可以过。"

于是我带上阿帕，猛踩油门，快速通过了河床，后面几辆车也跟着越过河床。大大小小的鹅卵石颠得我们很是难受。

"这条河也许就是上面堰塞湖流下来的。而且……而且你看这些鹅卵石，都是原来的河床，说明这里河面曾经很宽。"

"那我们必须快速通过啊，万一……"

"不能再快了，再快会翻车。"

我和宇文简单聊了几句。

在满是鹅卵石的河床上颠簸了半个小时，接着我们又闯进了一大片芦苇丛，根本没有路。而且我敏锐地发现芦苇丛的下方是湿地，我们的车很可能会陷在里面。秦悦在后排不断地指挥起我来，好在这片芦苇丛不大，我们有惊无险快速通过，又驶进一片森林。我放慢了速度，观察前方，长出一口气，"看来我们渡过东线和西线中间的河谷了。"

"是的，过来了，前面再翻过一座小山，就快到旧镇了。"阿帕说道。

"后面的路应该好走了吧？"宇文嘟囔道。

"但危险也临近了。"秦悦小声说道。

在阿帕的引领下，我们驶出了这片森林。阿帕所谓的小山，其实就是一道满是杂草的山梁，这种山梁对我们的越野车来说，并不成问题。越过这道山梁，我们在灌木丛一路俯冲下来，当我们冲出灌木丛时，一条碎石子路出现在我们面前。

车队全部走上碎石子路时，秦悦通过对讲机霸气地叫停了车队。除了柳金，也就秦悦有指挥整支队伍的魄力。秦悦下车仔细观察，她是勘查前面碎石子路上的车辙印。当柳金走过来时，秦悦皱着眉头冲我们摇了摇头说："奇怪，没发现车辙印。"

"到旧镇还有多远？"柳金问阿帕。

"不远了，一个小时……一个小时肯定到。"阿帕比画道。

"好，所有人加强戒备。"柳金似乎预感到了什么危险。

再次上路的时候，秦悦非要亲自驾驶，而我就挪到了副驾驶的位子上，宇文与阿帕坐在后排。秦悦开车，宛如风一样的速度，我只能提心吊胆地坐着。阿帕口中一个小时的车程，秦悦只用了半个小时就走完了。当前方冒出一栋建筑的屋顶时，秦悦发现后面的车竟然都没跟上来，这才放慢了速度。

我们的车缓缓驶进镇子，正如阿帕所说，这是一座早已废弃的镇子，寂静无声，不见一个人影，街道两边尽是残垣断壁，虽然现在是正午时分，却让我感到了深深的寒意，我本能地抓住了放在脚下的突击步枪。

7

等了一会儿，柳金他们赶上来了。我们小心翼翼地走下车，宇文和我都本能地举起了枪，阿帕倒是一脸轻松。

"放心，这里还是安全的。"

"你经常来？"宇文问道。

"也不算经常来，但自从我记事起，就没在这里见过一个人，我奶也说她也没见过。"阿帕肯定地说道。

"鬼镇……"我嘴里喃喃自语道。

"没有发现车辙印。"秦悦凑近我小声说道。

我观察着周围，发现我们正身处一个十字路口，看来这是小镇的中心，四条笔直的街道空空如也。柳金观察过后，慢慢地按下我端枪的手臂。

"不用这么紧张，大家各有分工，辛格的人会保护我们。"

我回头看，辛格带着他的手下已经环绕车队散开，警觉地注视着周围。这时，李栋和夏冰也走过来了。李栋观察着周围缓缓说："你们不觉得奇怪吗，这里的规模远超智慧镇，为何会被废弃呢？"

"确实如此，从我们目前所在的十字路口可以看出，这个镇子繁荣时，规模应该相当大，而且更重要的是，如此偏僻的镇子，大部分的建筑都是砖石建筑。"夏冰观察得更加仔细。

我也觉察出了异常，从各个方面来看旧镇都比智慧镇更重要，而它却空无一人。我短暂思考后推断道："这些砖石建筑，显然不是夏尔巴人建造的，特别是在几十年前，更不可能是夏尔巴人建造的，也不属于夏尔巴人。"

"那会是谁？"秦悦问。

"旧镇显然是因为这些房屋的主人所兴，也是因为这些房子的主人离去而废。至于他们是谁……"忽然，我发现在镇子西头有一片郁郁葱葱的树林，而在绿荫掩映下，隐约现出了一座有尖顶的建筑，于是我一指尖顶建筑，"到那儿看看，我们或许就知道这个主人的身份了。"

众人向我手指的方向望去。

"那是什么？"李栋喃喃说道。

"像是一座庄园。"宇文回道。

阿帕也指着那个方向兴奋地说："对，对，去那儿看看，那儿有座大房子，很大很大的房子。"

看来阿帕曾经去过那里，柳金盯着那里注视良久，然后挥了挥手下达了前进指令。

于是我们又上车，在十字路口左转，驶进了那一大片绿荫，也仿佛走进了桃源乡。这所庄园非常之大，但是荒废已久。就在庄园中心，一栋巴洛克风格的欧式建筑伫立着，我不禁暗暗吃惊，忽然生出一种恍若隔世的感觉。

车队稳稳地停在了欧式建筑前面，下车仰望，白色的外立面，饰以红色与金色，整栋建筑虽然破败，但依然可以看出当年的富丽奢华。建筑整体呈长方形，除大门上方是三层外，其余部分都是两层。宇文喃喃道："这种建筑多见于十九世纪或二十世纪初的欧洲，很像当时那些有钱人建的庄园。这种样式的建筑怎么会建在这里？"

"这也不奇怪，这个国家当时属于英属印度，所以印度及周边区域至今仍留有许多欧式建筑。"我解释道。

"那你的意思是这里以前的主人是英国人？"秦悦问道。

"应该是吧，问题是英国人来这里干什么？"我还是非常不理解。

"有块铭牌。"

秦悦扒开被杂草掩盖的墙角，那儿露出一块嵌入墙壁的铭牌。

铭牌上面已经斑驳的字母是英文和一个数字，我们还在辨认的时候，宇文读出了铭牌上的文字。

"皇家地理学会，一九〇〇。"

"这栋建筑的主人是皇家地理学会？一九〇〇年，那倒是跟建筑对得上。"我又抬头看了一眼这栋建筑。

"我们快进去吧，搞不好今晚要在此过夜。"柳金催促道。

李栋推开了已经形同虚设的大门。大理石的地面颇为讲究，门廊两侧落满灰尘的墙上是两排画像，都是西方人长相，估计是皇家地理学会历史上的杰出会员们。还来不及细看，柳金就让我们散开，清查一遍这里的房间。我、秦悦、夏冰三人直接上了二楼，这里的结构与一楼相似，走廊两边是房间，粗略看去年代久远，这些房间已人去楼空，只有二楼正中，对着镇子的那个大房间，吸引了我的目光。

这个房间有七八十平方米，算是整个建筑里最大的一个房间，推开房间东侧的落地门，是可以俯瞰庄园、远眺镇子的大阳台。当然房间布局还不足以吸引我，关键在于这个房间里的陈设，与其他空空荡荡的房间不同，这个房间里该有的还都有，阳台前面是宽大的办公桌，办公桌后有一张宽大奢华的椅子，办公桌前则是两把相对简单的椅子，靠门的位置东、西两侧，各有两个书架，一切陈设都是十九世纪晚期的风格，精致、考究、奢华。

我走到办公桌后，拂去桌上的灰土，发现桌上有一个倾倒的相框。拾起相框看去，精致的镀金相框里面有一张黑白照片，虽然年代久远，但依然清晰可见照片上的人像，一个身材瘦削的年轻人与一位留着大胡子的中年人。他们是谁？看长相和穿着像是十九世纪的英国人。这时，夏冰在我身旁指着照片下端空白处。

"好像有字。"

我仔细辨认一番后说："似乎是签名啊，英文签名。"

"太潦草了，又是英文……"秦悦也凑过来看。

秦悦话没说完，夏冰已经缓缓地说出了那个签名："约瑟夫·胡克。"

约瑟夫·胡克？这名字有点耳熟，但却一时想不起来，他是谁啊？当我的目光看向夏冰时，夏冰似乎知道这个人。

"约瑟夫·胡克，英国十九世纪最著名的地理学家、植物学家、探险家，达尔文最好的朋友，他对进化论的完善作出过贡献。他曾经去过世界上许多地方考察，其中包括喜马拉雅山脉南麓，并且我记得他有一本书，就叫《喜马拉雅山日记》。"夏冰做出了百科书式的说明。

"胡克就是这个大胡子吗？"秦悦问道。

"对，就是他。"我再次肯定道。

"那么这个年轻人是谁呢？会是这间办公室的主人吗？他是胡克的粉丝吗？"秦悦连着问出了几个问题。

此时，我脑海中已经闪出了一个人，但我还不敢肯定，直到我打开办公桌的抽屉，在里面发现了一大摞报纸。这些杂乱的报纸大都是英属印度加市出版的报纸，年代久远，大都已经朽烂，手拿起来，便碎裂开来。我只好趴下来查看，这些报纸的出版年代各不相同，但都在一八九○到一九○四年间，都是有关英国对喜马拉雅山脉一带考察的报道。这个年代让我想到了他。于是，我说出了自己的推断。

"这里的主人很可能是……是荣赫鹏。"

8

"荣赫鹏是谁？"秦悦问道。

"弗朗西斯·荣赫鹏，虽然出生在英属印度，但他是英国人。荣赫鹏既是探险家、科学家、作家，同时又是政治家、外交家、军人，他主要活动在十九世纪末二十世纪初的印度及周边地区，荣赫鹏带了一支几百人的队伍，曾经入侵中国西藏，也曾长期在克什米尔和喜马拉雅山一带考察，后来回到英国，还当上了皇家地理学会的主席。"我大致介绍了荣赫鹏这个人。

"不过荣赫鹏与胡克、达尔文的考察性质不同，他首先是个军人，所以他的考察不是科学性的，更多的是为了英国利益服务的，甚至可以说他背后就是英国政府。"夏冰补充道。

"所以他才有钱在这偏僻的地方建这么大的庄园。"秦悦嘟囔道。

"应该是吧，这样就能解释得通旧镇的种种反常现象。新的问题就是英国人当年为何对这里这么感兴趣，不会也是为智慧之轴而来吧？"我马上想到了我们此行的目的。

"不排除这种可能性。荣赫鹏那会儿就知道智慧之轴了？"夏冰感到不可思议。

"胡克、达尔文，那个时代最知名的科学家，或许与蓝血团也有千丝万缕的联系。"我陷入了沉思。

秦悦在满是灰土的书架上一阵翻找，除了一些英文书籍，就是一些已经朽烂的资料，我过去随便翻了翻，都是些普通的考察资料，对我们似乎没什么价值。夏冰则在写字台下的抽屉里翻找，她从一个抽屉里抱出一大摞资料，仔细翻看。过了许久，夏冰拿着一沓纸张招呼我们过去。

"这些都是喜马拉雅山一带的地质、水文、气象、动植物的考察资料。"

"行了，现在时间紧迫，这些对我们没太大作用，不用看了。"我被这些霉烂资料发出的气味搞得头晕。

夏冰却将手中的资料递给我补充说："你们看看这个，这么厚一沓资料，讲的都是狼。"

"狼？"我和秦悦疑惑道。

"对，喜马拉雅狼，是一种很独特的狼。它大概在两百年前被人类发现，并一直被认为是灰狼的一个亚种。"夏冰从这沓资料中抽出一张黑白照片，显然这是一百多年前英国人拍摄的，黑白照片上有几只狼正伫立在不远处的雪地里。夏冰指着照片上的野狼说："当时摄影技术可没现在发达，能在野外拍到狼很不容易。你们注意看这些狼的体型比常见的灰狼略小，这是为了适应喜马拉雅山残酷的高寒环境，而在它们胸部与喉部的白色斑点，都是喜马拉雅狼的显著特点。"

"照片看不清啊。"我盯着黑白照片看了半天，也没能看清什么白色斑点。

"这照片上当然看不清，以上都来自文字资料。当然，文字资料里最有意思的是，学界一直将喜马拉雅狼当作灰狼的亚种，直到近年用DNA手段才发现喜马拉雅狼是一个全新的种类，但在这些文字资料中，却已经认为喜马拉雅狼是一个独立的种类，并列举了它们的特征。"夏冰进一步解释道。

"有什么特征呢？"我问。

"极其凶狠、耐力惊人、擅长群体作战。"夏冰道。

"这都太笼统了，再说狼和我们有什么……"我话说一半，马上就担忧起来，"你怀疑狼脊是？"

秦悦也是一惊，夏冰点点头说："对，为何这里会有这么多研究喜马拉雅狼的资料？而地图上又标注了'狼脊'，是东、西两线汇合之处，也就是说不管从哪条路过去，想要继续前进，就必须通过狼脊。"

"狼脊这名字怪怪的。"秦悦对名字发出吐槽。

"第一次看到地图上这个名字时，我就觉得很奇怪，不过我可没想到那儿真的有狼。"我喃喃自语道。

"快看看抽屉里还有什么？"秦悦催促着，拉开了最底下一个抽屉，抽屉里现出一把老式的转轮手枪，秦悦拿起手枪摆弄一下，"一八八八年出产的雷明顿转轮手枪，里面的子弹还在。"

秦悦注意枪时，我忽然发现就在这个抽屉里还有一个落满灰尘的正方体，拂去上方的灰尘，我这才看清竟是一个已经锈迹斑斑的魔方。我拾起这个魔方，感觉整个魔方有些沉，在手里摆弄了一下，可以简单转动，但不如现代魔方灵活。夏冰从我手中接过魔方，也试了试，颇为不解。

"这魔方看上去像是普通的三阶魔方，但又不太一样，更重要的是它在这里出现，与一八八八年的转轮手枪放在一起，本身就很反常。"

秦悦也拿过魔方扭了两下问："有啥反常？"

"魔方是二十世纪七十年代匈牙利的建筑学教授鲁比克发明的，他发明魔方的初衷是为了帮助学建筑的学生增加立体概念，没想到后来作为益智游戏风靡世界。"夏冰加以解释。

"二十世纪七十年代？那这里怎么会有魔方？"我大惑不解。

"会不会是后来别人放在这里的？"秦悦问道。

夏冰拿过魔方又仔细端详一番说："我开始也是这么想的，但你看啊，这个魔方的制作材料，像是某种金属，所以现在已经生锈了。而现代魔方都是用塑料制造的，可见这个魔方并不是现代意义上的魔方。"

"也就是说，在鲁比克发明魔方之前，这世界上已经存在类似魔方的东西喽？"我盯着面前这个锈迹斑斑的魔方有些出神。

秦悦又从夏冰手中拿过魔方，使劲儿摆弄了几下，摇着头说："铁的魔方可不实用啊。做这个东西目的何在？"

"这正是我奇怪的地方。"

夏冰还想说什么，这时门外传来宇文的声音。

"差不多了吧？有什么发现吗？"

"没什么太大发现，只是搞清楚了这栋房子的主人是十九世纪末二十世纪初英国著名的探险家荣赫鹏。"秦悦说出了我们的调查结果。

宇文走了进来跟我们交换意见。

"一楼我们调查完了，结论跟你们一样，所有残留的书籍资料最晚截止于一九〇六年。"

"一九〇六年？你们得出了这么准确的数字？"我将锈迹斑斑的魔方扔回了抽屉。

"对，楼下有个资料室，里面所有的报刊资料和往来文件都截止于一九〇六年，不过从一九〇四年起，资料和文件就减少了，到一九〇六年就全没了。而在一九〇四年之前的一段时间，是资料最密集的时期。"宇文如此说道。

"一九〇四年之前的一段时间……哦，这不奇怪，荣赫鹏最出名的一件事就是在一九〇四年领导了一支所谓的探险队，入侵中国西藏，所以在此之前一段时间内的资料文件最多。然后他在一九〇六年回到了英国，从此再没有返回过这边，所以此处的资料文件都截止于一九〇六年。大概率是随着荣赫鹏的离去，庄园以及整个镇子都荒废了。"

"一座镇子因为一个人的离去而荒废？建在大山里的镇子本就交通不便，难道当年这里的人只是为了荣赫鹏的考察服务的？"秦悦小声问道。

"那就要看他的考察目标是什么了，如果这个目标足够吸引人……"

话没说完，宇文也明白了我的意思。

"你是想说荣赫鹏是为了智慧之轴而来，甚至他在整个喜马拉雅山脉的考察都是为了智慧之轴？"

"如果是这样的话，那么他很可能是在遭遇很大的挫折后返回了英国。"我接着说道。

"他返回英国也许是为了下一次更大的行动，只是……只是不知什么原因，荣赫鹏再也没有回到这里。"

夏冰说完，房间内突然安静了下来，大家面面相觑，直到楼道上传来李栋的声音。

"你们快下来吧。"

我们刚走出房间，就在二楼的走廊上碰到李栋。

"今晚不在这儿宿营吗？"

"不，柳金说她在镇子东头的树林里发现了一处比较大的建筑，现在时间还早，她想到那儿看看，今晚或许在那边宿营。"

东头的树林里？我狐疑地下到一楼，就见柳金刚从辛格的车子上跳下来，阿帕也跟着跳下车，柳金冲我招呼道："那边好像有一座庙，我们在天黑前赶紧过去看看。"

"庙？"

"对，看上去像是喇嘛庙。"阿帕比画道。

"你以前去过吗？"

"我知道那边有座庙，但那座庙有些……有些让我害怕，所以我从未进去过。"阿帕面露胆怯之色。

我看看时间，距离天黑约有两个小时，于是我们全员上车，驶出庄园，向镇子东头的树林驶去。

9

我们的车再次穿过镇子，从最西边的庄园，来到最东边的林子边。阿帕指着前面的林子说："就在林子里，那个庙。"

秦悦放慢了车速，缓缓驶入林子。短暂的颠簸后，前方的山坡上隐约现出一座白色的建筑，一座藏式的喇嘛庙。车队停在喇嘛庙前，我走下车，仰头望去，白色建筑犹如一座缩小的城堡，而城堡的大门就那么敞开着。走近一看，才发现其实已经没有门了。

"英国人建造的小镇，怎么还有喇嘛庙？"李栋嘟囔着说道。

"不奇怪啊，小镇上没几个英国人，大部分都是当地人，他们信奉喇嘛教，只是我看不出来这座庙属于哪个派。"殿堂里面空空如也，只有殿宇中央有一座高台，但高台之上并无佛像，我无法确定佛像是被毁了，还是本来就没有。如果本来就没有，那么这里可能就不是什么喇嘛庙了。我逐渐加快步伐，在殿堂内来回绕了几圈，最后还是发现了端倪。

"这儿的墙壁上还残留有壁画，说明此地确实曾经是座庙，只是佛像可能被毁了，毕竟佛像一般都是金属做的，比较值钱。"

大家粗粗看了一圈后，秦悦不无失望地说："这里什么也没有，没什么价值啊。"

阿帕突然冲到众人前面，指着殿宇中央的高台说："那……那下面还有一个小屋。"

小屋？高台下面？我一个箭步跃上高台，发现高台正中有几块落满尘土的木板。宇文、秦悦、李栋也都跃上高台，我们七手八脚地挪开那些木板。果然，下面出现了一个洞口。柳金示意其他人在外面守卫，只有我们几个走了下去。李栋提着一盏马灯，我们拿着几支电筒，很快就照亮了下面这个不大的空间。夯土墙壁，四四方方，地面散落着一些木板和杂草，除此之外，并无任何异样。

"下面这个洞是做什么的？"李栋好奇地问。

"从没见过。大家分开来检查一遍，如果没什么发现，就出去吧。"

我话音刚落，夏冰突然叫起来。

"这是什么？"

我们围过去，就见夏冰在墙角翻开一块木板，底下现出了一些奇怪的东西，像是某种动物的皮毛，凑过去仔细查看，却又不是。我探出手，触到了那些东西。

"奇怪，像是某种动物皮毛，但不是新鲜的，又还没腐烂，也不是半腐烂状态。"

"那是什么？"

秦悦细细查看后推测道："像是突然停止的半腐烂状态。"

"突然停止的半腐烂状态？"众人费解。

"对啊，当这件动物皮毛处于半腐烂状态时，外部环境突然发生了某种变化，造成腐烂过程瞬间定格。"秦悦解释道。

"外部环境突然发生了某种变化？"我细细咀嚼着秦悦的话。

"像是狼的皮毛。"宇文又搬开了旁边一块木板，那处于定格的半腐烂状态皮毛看上去更加完整了。

喜马拉雅狼？我想起了荣赫鹏抽屉里的那些研究资料，不禁喃喃自语道："看来附近真的有喜马拉雅狼。"

"但这些皮毛却有些奇怪。"秦悦又检查了一遍，"这并不是一只半腐烂状态的狼，而只是处于半腐烂状态的狼皮。"

"狼皮？"众人不解。

"也就是说它早就被人剥下来了。"秦悦肯定地说。

"剥下来了？谁干的呢？"我怔怔地盯着面前的狼皮遗迹发呆。

秦悦扒开另一小块木板，从角落的杂草中拾起一个小本本。

"可能就是这个人。"

我一把拿过这个小本本，看上去是某种证件。证件很有年头，上面的字迹已经模糊不清，不过我还是辨认得出来。

"是英文，英属印度当局发放的通行证，一九二八年十月发放的，持证者是：艾米尔·特林克勒。"

艾米尔·特林克勒？大家七嘴八舌地讨论着，我忽然想到了一个人。

"艾米尔·特林克勒，德国人，德国探险家，年轻的学者，他曾经在中国西部考察，让我想想，对，他曾在一九二七年从克市进入新疆考察。"

宇文似乎也想起了这个人。

"我好像也有点印象，特林克勒很有才华，却始终抱怨生不逢时，因为那时亚洲大陆最伟大的探险时代就要过去了，而他在新疆的考察也并不顺利，处处碰壁，所以我记得他后来曾经写过一本书，那本书的名字就叫……叫什么来着？"

"《未完成的探险》。"我说出了那本书的名字。

"对，就是这本书，因为他在新疆的考察不成功，所以才叫这个名字。"宇文想了想，又皱起眉头，"可从未听说他来过这里啊？"

"确实没听说过，在他不成功的新疆之旅后，他于一九二八年离开新疆，回到了英属印度。"我回忆着他的生平这么说道。

"看来他并没有离开，而是又辗转到了这里。"秦悦说道。

"你们再看下这个，我不认识上面的字，像是德语？"李栋拾起秦悦刚才翻开的那块小木板，递给宇文。

宇文接过木板，我们这才发现木板背面密密麻麻、模模糊糊地写了几行字母，不是英文，也不是法文，而是德文。宇文拿着木板凑到马灯前，翻译出了木板上的文字：

我因为那个美丽的传说而来，追随你们伟大的足迹来到这片神秘大陆，约瑟夫·胡克、弗朗西斯·荣赫鹏、马尔克·奥莱尔·斯坦因、阿尔伯特·冯·勒柯克、尼科莱·米哈伊洛维奇·普尔热瓦尔斯基，渴望如你们一样在这里建功立业，但为什么我会如此失败，在新疆四处碰壁，在这里又陷入绝境，此刻外面天昏地暗，我在这里肝胆俱裂，我该怎么办？怎么办？

"看来这段话是特林克勒写的，他似乎在这儿陷入了绝境，这木板上的文字像是遗言。"李栋说道。

"不仅仅是遗言那么简单，这段话信息量很大啊。"我说着让宇文重新再翻译一遍，当宇文刚读出前两句时便被我打断，"这两句是什么意思？美丽的传说是什么？"

大家面面相觑之后异口同声："智慧之轴吗？"

"他说追随你们伟大的足迹，后面说了一大堆名字，都是那个伟大探险时代对亚洲探险的探险家。关键是他这几句都是笼统说说，还是具体有所指，他提到的探险家里面，像是斯坦因、勒柯克、普尔热瓦斯基，我印象中这几个人都没来过这里。如果具体有所指，难道这几位也来过这里？"说着，我又示意宇文继续翻译。当宇文翻译到最后几句时又被我打断，"最后特林克勒很沮丧地说失败，在新疆四处碰壁，这是我们知道的，而后面他又说在这里陷入绝境，是怎样的绝境？他没有明说，只是笼统地说外面天昏地暗，他在这里肝胆俱裂，这是什么意思呢？"

大家依旧面面相觑，都望着这个黑暗的空间，想象着当年特林克勒在这里遭遇了什么？是什么让他肝胆俱裂？这里竟然是他最后的避难所。

10

柳金让大家先撤上来，才开口问我："这个特林克勒最后是什么结局？里面没有他的遗骸啊？"

我摇摇头回道："这个就不太清楚了，毕竟他在历史上也不是多有名的探险家。"

"我想他可能没有死在这儿，还有我猜特林克勒是偷偷来的，那时候这里是英国人的势力范围，而英国人并不喜欢德国人，所以特林克勒很可能势力单薄，最后遭遇了危险。"夏冰猜测道。

"好了，我们快离开这，这里……"柳金话说一半，转而又说，"今晚还是在庄园里过夜吧。"

于是，我们趁着天黑前，驶过旧镇，回到庄园。大家分配好房间，我、宇文、阿帕被分配在二楼最宽敞的那间办公室里。夜幕降临后，我关紧了房间的门窗，幸好这间房的门窗都还算完整。匆匆吃过晚饭，我们便钻进睡袋，有辛格的人守夜，所以不用我们值夜，我正好睡个好觉，明天以后，可能就睡不安稳了。

愿望终归只是愿望，半夜时分，一阵突发的巨响将我从睡梦中惊醒。宇文和阿帕也惊醒过来。我钻出睡袋，就见我们房间的那扇漂亮的彩色玻璃窗，被狂风吹开了。铁质的窗框又一次拍打到墙上，啪的一声，看上去结实的彩色玻璃竟碎裂了一地。我赶忙冲过去，关上窗户，宇文也冲了过来，跟阿帕一起将书架抬到窗后，一起合力挡住了漏风的窗户。

"怎么突然起了这么大的风？"我大声冲宇文喊道。

"太诡异了，这窗户一百来年都没有坏，怎么咱们一来就……"宇文颤抖了一下。

"阿帕，这边经常有大风吗？"我转而问阿帕。

阿帕只是摇头，嘴里又念念有词地说着什么，宇文听懂了阿帕的夏尔巴语，轻声轻语地对我说："不要去触怒神，就会风平浪静。"

"我们怎么就触怒神了？"我嘀咕道。

阿帕倒也没再说什么，待外面的风小一点后，又钻进睡袋里睡了。我和宇文也钻进睡袋，却再也睡不着了，我露出脑袋小声地问宇文："你说那个特林克勒最后在这里遭遇了什么，让他如此恐惧？"

宇文想了想说："会不会是地震、雪崩，对了，你说阿帕爷爷带领的那伙上山的人，会不会就是特林克勒？"

我粗算了下时间说："不，不可能，时间对不上啊，特林克勒是一九二九年来的，不太可能是阿帕爷爷。"

"那就是说还有一伙人，这么说来对这里感兴趣的人不少啊，前仆后继，这个肝胆俱裂，那个天崩地陷。"

"明天去智慧宫，我估计会有更惊人的发现。"

"是……"

我还想继续说什么，宇文已经没有了声音。我也只好无奈地闭上眼。但今夜真是见鬼了，向来随便就能睡着的我，竟然失眠了，没有噩梦，只有不断闪现的一幕幕。黎明之前，我终于眯了一小会儿。

似醒非醒之间，我被宇文叫了起来。此时，天色大亮，队伍要出发了。我匆匆收拾行装，临出门时，我忽然怔了一下，又跑回来，打开书桌下的抽屉，那支转轮手枪和魔方还在，我犹豫片刻，抓起魔方，匆匆下了二楼。

说起半夜的那阵邪风，大家都面露惧色，可还来不及闲聊，柳金就催促大家赶紧上车。我们在清晨第一缕阳光普照旧镇时，向北驶去。北面这条路昨天没有走过，我注意到这条路两边全是坍塌朽烂的木制建筑，而且这条路很短，没开多久，就驶出了旧镇。

穿过一片森林后，碎石子路便隐匿不见了，周围的景色倒愈发雄奇绝美。我们依然带着阿帕走在最前面，我一路欣赏着景色，一路警觉地观察着周围，依然没有发现其他的车辙印。地势越来越高，一个小时后，我们就像驶入了油画，土路变成草地，我们完全置身于绿色当中，远处的雪峰时而让人感觉遥不可及，时而又让人觉得就在头顶。

就在这时，对讲机里传来柳金命令停车的声音。我们全都停下来，就见柳金拿着望远镜跳下车，站在山坡上四下瞭望，随后柳金放下望远镜问阿帕："智慧宫还有多远？"

"不远了，已经能看见了，下了这个山坡就到了。"阿帕边说着边用手指着右前方的山坡。

我们所有人都是一惊，目光全都顺着阿帕手指的方向望去，就在那绿色的山坡上，似乎有一大块平整的台地，台地上，肉眼已经依稀可以看见一根石柱。

"我看到了一根石柱……"

"这么远都能看到，那根石柱会有多高？"夏冰惊叹道。

秦悦将另一个望远镜递给我，我举起了望远镜，仔细搜索，很快就捕捉到了那根石柱，确实很高。在望远镜里，石柱顶端似乎有些纹饰，我缓缓移动着望远镜，继续在台地上搜寻。突然，一个黑影在镜头前晃动了一下。我心下一惊，愣住了，赶紧调整焦距，再仔细看去时，就什么都没有了，我不禁轻叫出了声："那台地上刚才闪过一个黑影。"

"黑影？是什么？"刚放下望远镜的柳金又举起了望远镜，"什么都没有啊。"

柳金放下望远镜，又用询问的目光看向另外几个手拿望远镜的人。辛格摇头，格林诺夫也耸了耸肩，李樊一直端着望远镜在搜索，旁边的李栋急不可待地想接过父亲的望远镜，最终李樊将望远镜交给李栋，然后失望地摇摇头。

"除了那根柱子，什么也没看见。不过从那片台地的面积上看，智慧官不会小。"

"智慧官你去过吗？那究竟有什么？"夏冰问阿帕。

阿帕点点头回道："我只去过一次，那里有很多大石头，奇怪的大石头。"

奇怪的大石头，一闪而过的黑影？这时柳金挥手示意大家上车，并让大家加强戒备，应对突如其来的危险。

危险？白房子的惨状显然是云象所为，为何至今未见云象的人？难道他们因为没有得到地图，还在我们后面？我不禁回头望了一眼，此处竟然可以远眺旧镇，不见一人，依然死寂。再次上车，我们一路在草地上飞驰，冲下山坡，秦悦的速度飞快，直到阿帕不停拍着椅背大叫起来："就在这儿，就在这儿。"

秦悦才猛地急踩刹车，将车停下来，我透过车窗观察，秦悦还是开过了一点，就在我们后方有一个陡坡，陡坡上面似乎就是我们刚才在望远镜中看到的台地。后视镜中的辛格正在指挥一辆越野车冲上陡坡，但显然坡度过大，越野车发出巨大的轰鸣，试了几次，冲到一半，又滑了下来。

秦悦将车停好，走到陡坡边观察了一会儿，便冲辛格和柳金摆手道："坡度太大，我们的车冲不上去。"

柳金也放弃了，她看看时间，最后跟三号车的格林诺夫耳语了几句，随之她吩咐道："一号车的几位，还有我和夏冰先上去，其他人在下面休息警戒。"

说完，柳金又冲辛格比画了一下，两名辛格的手下跟过来，负责保护我们。我们收拾停当，只带必要装备和枪，便爬上了陡坡。上面的台地会有什么等待着我们？恢宏的巨石宫殿，还是暗处的危险？想到这，我不禁微微颤抖了一下，本能地举起了手里的突击步枪。

11

我们走上了台地，映入眼帘的是一大片绿油油的草地。草不高，隐约可见一些巨大的石块散落其间。

"宫殿呢？"秦悦小声问道。

我指指草地间散落的石块说："喏，这些或许就是智慧宫。"

"你是说智慧宫已经不存在了，变成……变成了这些废墟？"秦悦说着，脚下碰到了一块碎石。

我捡起脚下的碎石，上面的纹饰依稀可见。

"对，就是这片废墟，这上面的纹饰似乎很有年头了。"

"能看出来是什么时期的吗？"夏冰问。

"仅凭这点还看不出来，不过……我们很快就能看出来了。"我说完就大步向前，一直走进了草地深处。

终于，当我走到整个台地中央时，察觉到了一种难以名状的震撼。

"这里的规模真的很大，草地周围，三面被树林包围，一面临山崖，这片草地因为是当年的建筑遗迹，所以无法长出高大的植物，也说明智慧宫的地基相当坚固。整片台地是个不规则的正方形，每边长度都在两公里左右，这应该就是智慧宫的范围。"

"看那根石柱！"宇文指着山崖边的石柱喊道。

"这就是我们在望远镜中看到的那根石柱吗？近看也并没那么高大……"秦悦有些疑惑。

"过去看看就知道了。"说着，我又向悬崖边走去。

没走几步，一块巨石就在我们脚下冒了出来，紧接着又是一块，这里显然是一处大型建筑的遗址，只是这巨石的尺寸实在超出了我的想象。巨石大半隐没于泥土中，仅露出草地的部分体量就已十分惊人，我来回在每块巨石上测量了一下，不禁叹道："每块石头边长都在两米左右，可见智慧宫原本规模极为庞大。"

"如此惊人体量的宫殿是为谁而建的呢？又为什么建在这里？"

我没回答秦悦的问题，继续向悬崖边的石柱走去。在正午阳光的照射下，我走到石柱下面，仰头望去，柱身呈圆筒形，直径近一米，石柱有一部分已经陷入土中，但仅是露出地表的部分就至少有三层楼高，可见石柱当年的宏伟。石柱柱身光滑无纹饰，直到石柱顶端才出现了精美的纹饰，而在一圈精美纹饰之上，是四尊雕刻生动的狮子，分别朝向四方，伫立在柱头上，众人围在石柱周围，无不惊叹。

"走近才发现这石柱竟雕刻得如此精美。"夏冰叹道。

"这是……这石柱怎么这么眼熟？"秦悦问道。

"这是阿育王石柱吧？"宇文推测。

我点点头表示确认。

"对，这就是阿育王石柱，眼熟是因为现在印度国徽上就是阿育王石柱柱头的图案。"

"嗯，四尊狮子……"宇文也想起来了，"阿育王是印度历史上最伟大的君主，他于公元前三世纪第一次统一了南亚次大陆，并将佛教定为印度的国教，使佛教得以广泛传播，也才有了后来佛教的东传，可以说如果没有阿育王，就不会有后来佛教的发展壮大。"

"阿育王的统治被分为两个时期。"我接着补充说，"阿育王的前半生被称为黑阿育王时代，他主要的功绩是东征西讨，征服了南亚次大陆。后半生被称为白阿育王时代，这个时期因为阿育王见到战争中死了太多的人，逐步皈依佛教，希望用佛教来解决世间的纷争。阿育王于是将自己的法令和对佛教的尊崇都刻在石柱上，命人立于南亚次大陆的各个地方，现今存留的阿育王石柱还有二十余根，没想到这里居然有一根，而且是如此完整精美，我印象中从没有关于这根阿育王石柱的记载。"

"那就算是我们的新发现喽？"宇文说着又仰头望向这根阿育王石柱。

"算是吧，阿育王石柱上是有铭文的，赶紧找找这根石柱上的铭文。"我边说边探出手臂，在石柱柱身上来回摩挲，很快我在柱身上发现了一些凹凸的痕迹，我们赶忙抹去石柱上的浮土，一些符号显露出来。

"果然有文字，是……是印度最古老的婆罗米文字。"宇文辨认出石柱上的文字并翻译出了石柱上的铭文，"天爱喜见王在灌顶后三十年，闻此有智慧之海，遂遣人遍寻之。并于灌顶后三十二年，亲临此地，突逢劫难，触怒我佛，惟伏地请息雷霆之怒，发人建宏大宫室以奉之，并立此柱礼拜之。"

"天爱喜见王在灌顶后三十年，这已经是阿育王晚年了，看来阿育王晚年也听到了智慧之轴的传说，所以派出很多人寻找智慧之轴，并在两年后亲临此地。"

秦悦此时打断了我，说："宇文翻译的是'智慧之海'，地图上的八思巴文也是'智慧海'，智慧海就是我们要找的智慧之轴吗？"

"我想应该是同一个意思，只是翻译上的差异而已。"夏冰答道。

"我也是这么想的。铭文下面就有意思了，你们怎么看'突逢劫难'？"我给大家出了一个题目。

大家纷纷陷入思考，秦悦首先开口道："难道是大地震？跟阿帕爷爷遭遇的那次一样？"

宇文也频频点头说："总之是很大的灾难，所以铭文后面才会写到这次劫难让阿育王都感到害怕，以为触怒佛祖。他跪在地上请求佛祖平息雷霆之怒，又命人在此地修筑宏大的宫殿或者是庙宇供奉佛，这根石柱就是为了此事而立。"

"那么就又有一个问题，阿育王、阿帕爷爷遭遇的劫难，比如大地震，是因为他们企图进入智慧之轴而发生的吗？"

"显然是这样啊。"夏冰说，"我甚至可以推测，特林克勒也是遭遇了类似的劫难，才在木板上写下遗言。再大胆一点，曾经因为荣赫鹏到来而兴盛的智慧镇，为何在荣赫鹏走后，一夜之间荒废？"

"你的意思荣赫鹏在一九〇六年也企图进入智慧之轴，因而引发一场大劫难，智慧镇因此被毁？"秦悦提出假设并反问道。

"我们现在已经知道历史上至少有四组人企图去智慧之轴。分别是古代的阿育王、近现代的英国人荣赫鹏、德国人特林克勒，还有阿帕爷爷那次带领的人，而这四组人都没有成功，并且都引发了灾难。"

"看来智慧之轴不好找，也很难进去，甚至很难靠近。"我喃喃自语地说道。

"那我们这次是不是又要引发一场劫难？"宇文惊恐地瞪大了眼睛。

"好了，不用在这儿瞎猜了，会不会引发劫难，我们很快就会知

道了。"柳金打断我们的推测，环视众人，最后将目光落在了身后的
雪山上。

12

我们的目光随着柳金移向智慧宫的后面，那片白茫茫的雪山让我
看得出神，我们甚至还不知道智慧之轴究竟在哪里，是在终年积雪的
雪山之巅，还是在变幻莫测的半山腰？或是还有什么我们无法理解的
所在？我慢慢地将思绪拉回到眼前，这将近四平方公里的台地，我们
才勘察了一小部分。于是我对众人说："大家分开来，在这块台地上
再找找，看看能有什么发现。"

大家两人一组，分散开来，在台地上一排一排搜索。一个小时
后，依然只是找到一些巨石基础和残垣断壁，我不禁皱起眉头拉住阿
帕问道："这里就只有残垣断壁吗？有没有什么残留的建筑？"

阿帕先是摇摇头，然后像是想起了什么，冲着我们前方的树林比
画起来。

"那树林有个小山坡。"

"小山坡？"我疑惑起来，怀疑阿帕没听懂我的问题，我问的是
建筑，并不是什么小山坡。

宇文走了过来，又将刚才我问的话用夏尔巴方言问了一遍，阿
帕又冲宇文比画了一番，宇文也疑惑地对我说："他确实说的是小
山坡。"

　　小山坡？我顺着阿帕比画的方向望去，正对阿育王石柱的树林里，也就是台地东边地势比较高的地方就是阿帕说的小山坡吗？为了聚焦，我的眼睛几乎眯成了一条缝，慢慢地，慢慢地，我看出了一些端倪，台地东面的小山坡显得有些突兀，似乎是人工所为。而且与北面和南面的树林相比，东面山坡上的树林明显要稀疏许多，树木也要矮小许多……看到此处，我猛地睁开双眼，这个小山坡有名堂，我快步向东面的小山坡走去。

　　走近台地东面的小山坡，脚下的土明显要比一般的泥土坚硬，又往上爬了一段，我已经确信了我的想法。

　　"这座小山不是自然形成，应该是人工夯筑而成。"

　　"那这上面也该有建筑喽？"秦悦问。

　　"上面的建筑或许已经不存在了吧？"宇文推测道。

　　我没说话，继续往山坡上爬。接近坡顶的地方，我脚下一个趔趄，险些摔倒，回头看去，夯土中现出一块坚硬的东西。秦悦和宇文扒开泥土，一块很大的金属物件终于得以重见天日。我拂去金属物件上面的灰土，这件东西竟然露出了金色光芒。

　　"是黄金！"宇文开心地惊叹道。

　　"不一定是黄金，但至少也是鎏金的。"秦悦给他泼了一盆冷水。

　　但让我震惊的并不是黄金，而是这件金属物件。

　　"这件东西比黄金价值更大。"

　　"哦？它是什么？"大家问道。

　　"这是一件被严重扭曲的瓦当。"我向大家宣告道。

　　"瓦当？"宇文马上反问，"瓦当不是中国古代建筑上特有的吗？而且这件不像啊。"

　　我刚想做出解释，夏冰抢先说："这的确是只有中国古代建筑才会使用的瓦当，所以非鱼说它的价值比黄金大。你们想想，这里怎么会出现中国古代建筑用的瓦当？"

　　我赶紧抢过话茬说："这东西在此处被发现，它的价值远不止这一点。首先，它的出现，包括整个山坡都是夯土所成，说明这里本来有一座中国式建筑，至少是类似的建筑。其次，我刚才仔细看了，这件瓦当确实是鎏金而成，里面是铜制的，铜质鎏金在古代是很奢华的，所以可见山坡上的建筑曾经多么光彩夺目、金碧辉煌。最后，也是最重要的，这件金属制成的瓦当为何被扭曲成这样？"

　　"说明这座建筑被毁时，遭受了巨大的力量，这股力量可以把金属扭曲变形成如此这般。"宇文推测道。

　　"是的，这也正是我想说的，想象一下这股力量吧。"我的话音刚落，秦悦已经在附近又发现了几块同样扭曲变形的筒瓦、瓦当、滴水。

　　我们继续向山坡顶端攀爬，越来越多的砖瓦出现在我们脚下，夏冰拾起一块石块，就在她拾起来的瞬间，这石块就化为了齑粉，随风飘散。

　　"这些石块、砖瓦也承受了巨大的力量，竟然碎裂成了这样的小块。"

我们终于登上了山坡顶端，这里有一小块平地，石块砖瓦更加密集，显然当年那座建筑就建在小山的顶部。就在这块平地中央，一尊佛像端坐在土中，佛像顶部似乎也受到过强力挤压，变得有些扭曲。我蹲下来，仔细查看这尊佛像，不禁疑窦丛生。

"这尊佛像似乎是藏传佛教的，而且是非常少见的前弘期的佛像。"

"这说明什么？"秦悦一脸不解。

"阿育王建的宫殿，怎么会出现藏传佛教的佛像呢……"我用双手在佛像上摩挲，当我摸到佛像底部时，惊奇地发现佛像并非端坐在土中。我惊讶道："这……这不可能！"

"怎么？"众人不解。

"佛像竟然是悬浮在地上的。"我惊得从佛像下抽出了手。

此时，从我的角度看过去，整尊佛像就像是悬浮在地上，佛像明显与下面的夯土有一段距离。大家面面相觑，最后还是秦悦俯下身，趴在地上，往佛像下面望去。过了一会儿，秦悦抬起头拍了我下。

"你再仔细摸摸下面。"

我于是再次伸手探到佛像下面，当我的手触碰到佛像最底下时，摸到了一个硬东西，再细细摸索，好像是个圆形的金属柱子，佛像就连接在这根金属柱子顶端，只是很大一部分都已脱离，只剩下一小部分还连接在金属柱子上，我急忙呼唤宇文过来："工兵铲，往下挖。"

宇文递给我工兵铲，我往下猛挖了一刻钟，佛像下面渐渐显露出来，但因为下面都是夯土，异常坚硬，所以暴露出来的还不够多，于是我将工兵铲扔给宇文让他继续挖。

宇文只好继续向下挖去，随着夯土被一点点挖开，佛像下面显露出来的越来越多，当佛像下面被挖出近半米后，我们清晰地看见佛像确实不是坐在夯土上，而是坐在一根生锈的铁棍之上。

13

铁棍看上去深深地插在夯土之中，我不禁疑惑道："我从未见过如此奇怪的佛像，佛像立于铁棍之上，而铁棍又深深地插在夯土之中，这是啥意思？"

"或许下面的铁棍原本并不是铁棍，而是类似于阿育王柱的柱子，铁棍外面很可能包裹着什么东西，比如木头什么的，外面的东西因为年代久远而不存，只剩下这铁棍。"夏冰做出如此推测。

"就算如此，这铁棍又为何会插入坚硬的夯土当中？是当初有意为之，还是……"秦悦没有继续说下去。

"你是想说铁棍插进夯土中，也是因为受巨大的外力作用？"夏冰反问道。

"甚至你刚才所说铁棍外面的部分，也很可能是因为这巨大的外力作用而损毁的。"秦悦推断道。

　　我没说话，而是推开手电，又爬到佛像下面查看，看一会儿，又用手探到下面摸了一下。我关掉手电后对宇文说："下面好像有文字，你继续往下挖。"

　　"哪儿有文字？"宇文不情愿地拿起工兵铲，又继续往下挖。

　　"佛像和铁棍上好像都有文字。"随着宇文挖下去，越来越多的符号出现了，直到铁棍上的符号全部显露出来。我才示意宇文停下来，"我用手机把下面的符号都拍下来，你们几个用手电给我照亮一点。"

　　在秦悦和夏冰的手电照射下，我缓缓地移动手机，将佛像下面和铁棍上的符号全部拍了下来，又用视频录了一遍，最后递给宇文说："喏，你来翻译吧。"

　　宇文皱着眉头，盯着手机屏幕看了半天。

　　"奇怪，不是印度婆罗米系文字，竟然是古藏文。"

　　"古藏文？跟佛像是一个时代。"我小声嘀咕道。

　　宇文缓缓翻译出了佛像下面的文字：

　　在桑耶寺的白塔建成之后，大赞普……大赞普从莲花生大士那里听说摩揭陀……摩揭陀国有佛祖如来的真身舍利，遂命大军翻越雪山，远征天竺，欲奉请佛祖真身舍利回我……我大蕃供奉。恒河两岸，彼各小国，无敢犯我军威，望风投诚，愿为藩属。我大蕃军兵不血刃，渡过恒河，抵达摩揭陀国，国人于佛塔之中取出佛祖舍利，送往大蕃，献给伟大的赞普。越明年，莲花生大士又对大赞普说雪山之南，泥婆罗……泥婆罗国有智慧海，得之可……可通晓世间万物，遂再命大军翻越雪山，征泥婆罗，不想一路艰涩难行，大军被困此地。大赞普御驾亲临，大军振奋再行，竟又遇雪崩、地震、山洪，遂不复行。大赞普至此处，再诵读阿育王铭文，悔……悔当初不听阿育王启示，遂命堆土筑台，上立莲花生……莲花生大士之像，留待后人。

宇文断断续续地翻译完了佛像底座上的文字，我不禁长舒一口气。

"原来如此，看来不仅阿育王来过这里，历史上的另一位大人物也来过此地。"

"谁？我好像听到了莲花生大士？"秦悦问道。

"是的，这段历史都因莲花生大士而起。莲花生大士是印度历史上著名的高僧，又是藏传佛教的奠基人。这段文字一开始提到的桑耶寺，就是莲花生大士创立的第一座藏传佛教寺庙。按照这段记载，在桑耶寺建成后，莲花生大士对大赞普说印度的摩揭陀国有佛祖的真身舍利，这里虽然没有明说是吐蕃历史上哪位赞普，但通过历史记载可以推断出文中所说的大赞普就是吐蕃王朝历史上最伟大的赞普赤松德赞。正是赤松德赞将莲花生请到吐蕃，广传佛法，奠定了佛教在吐蕃的地位。也正是在赤松德赞时期，唐朝因为安史之乱由盛转衰，吐蕃乘势崛起。而这段记载提到的则是吐蕃大军为了迎取舍利，远征印度的历史，这个时期，吐蕃的疆域空前辽阔，国力也达到了顶峰。"

说到这里，我停下来环视众人一圈。

"前面这些历史上都有记载，关键是下面一段提到，第二年，莲花生大士又对赤松德赞说到在雪山之南的泥婆罗国，也就是今天的尼泊尔有智慧海，注意下面这句话——得之可通晓世间万物。正是这句话打动了赤松德赞，于是大赞普再发大军，来到泥婆罗国，但他们这次却很不顺利。至于如何不顺利，这段记载并未明说，只说艰涩难行，被困此地。于是赤松德赞听说后，御驾亲征，来到此地，不过显然他的到来，并未扭转局面，大军在短暂的振奋后，遭遇了雪崩、地震、山洪，遂不复行。"由于大家似乎并不熟悉这段历史，我又结合翻译过来的文字做了解说。

"看来赤松德赞与阿育王，还有那些后来者，都遭遇了同样的灾难。"夏冰喃喃说道。

"是的，所以当赤松德赞铩羽而归，又路过阿育王石柱时候，后悔不已。这说明他当年进山也是走的这条路，曾经读到过阿育王石柱，只是自负没有当回事，直到失败后才领悟阿育王石柱上的铭文其实是最好的忠告，可惜已经晚了。于是，赤松德赞在这里堆土筑台，上立莲花生大士的像。大家注意最后一句，宇文你翻译的没问题吧？是留待后人的意思吗？"

宇文又盯着手机屏幕仔细确认，最后使劲点点头。

"没错，就是这意思！"

"堆土筑台，上立莲花生大士像，留待后人……我总觉得这句话别有用意。"我喃喃地说道。

"能有什么玄机？这和阿育王石柱上的铭文一个意思，就是忏悔完，讲明立佛像的原因。"秦悦说道。

我摇摇头，"不会那么简单。宇文，你再看看后面几张照片，铁棍上面也有铭文。"

宇文继续翻看，慢慢念出铁棍上的铭文：

神圣赞普，赤松德赞，恪遵祖训，谨遵圣典，谐和天地之教，功德圆满，众口交誉，勒铭于金，永不圮毁，传大法王，丰功伟绩，军威所向，开土拓疆，如斯等等，详志它方。赞普赤松德赞，天神化身，四方诸王，无不宾服，睿智聪明，武功赫赫，疆土辽阔，南北东西，广袤无边。吐蕃大国，富强繁荣，境内众生，安居乐业。赞普心发菩提行，胸怀广阔，得澄超凡出世之妙谛。恩惠广施，贵胄黎民，来世今生，咸受其泽。万众尊号，曰大觉天神化身。

"果然是赤松德赞，我之前的推断完全正确。"我颇为得意地小声说道。

"这是什么意思？"

"这段文字与西藏发现的一段关于赤松德赞的铭文很像，就是称颂赤松德赞的功绩，似乎并没什么特别的含义。"

我回答了秦悦的疑问后，起身在山坡顶端走了几圈，看着满地碎裂的砖瓦构件。突然，我发现在北侧的密林里有个黑影闪动。

"看，那边好像有什么东西。"

14

望远镜中看到的黑点再次出现，我忙端起枪冲下小山坡，一头扎进了北面的密林。这片林子明显要比小山上的树木茂密，看来这下面并没有人工建筑。我快速在密林中穿行，荆棘和树杈划在衣服上，也划在脸上、手臂上，前方闪动的黑影似乎又消失了。我停下来，回头看看，其他人也跟着奔进了树林，再向密林深处望去，黑影却不见踪迹。

我怅然若失地站在密林中，大口喘着粗气，举枪的双手慢慢变得酸痛、麻木，难以支撑时，我缓缓地放下枪，准备掉头往回走，却被秦悦拦住去路。秦悦冲我做了个噤声的手势，然后指了指前方的密林，我不解其意，秦悦却举起了枪，难道那个黑影又出现了？我顺着秦悦手指的方向望去，没有黑影，也没有人影，什么都没有。

秦悦继续向前走去，我也跟着往前走了两步，发现就在离我们不远的前方，密林深处影影绰绰现出了一些东西，那些东西像是就伫立在土里。难道又是什么佛像？我狐疑地向前走了几步，每一步都小心翼翼。终于，我看清了那些东西，是一些石头，像石笋一样，从地下生长出来。我停下脚步，和秦悦对视一眼问道："这是什么东西？"

"我还要问你呢，你不是见多识广吗？"秦悦反问我。

"像是从地底下长出来的石头……"我仔细观察不远处的这些石头，每块的形状都不相同，有高一点的圆锥形，也有矮一点的圆锥形，还有长条形、圆柱形、梯形等各式各样的，直到有一件很像十字架的石头出现，我才不由得心中一惊，我又向前走了两步，发现刚才看到的那些奇形怪状的石头只是一部分，还有很大一部分石头都扑倒在地上。

宇文靠近外形很像十字架的石头，用手在上面摩挲片刻后，不禁失声叫了出来："这上面也有字！"

"是的，每一块上面都有字。"秦悦蹲下来接连查看了几块石头。

"所以……"宇文瞪着眼睛看着我。

我有些颤抖地抹去身旁一块长条形石块上的泥土，一行歪歪扭扭的刻字出现在眼前，是一排繁体汉字和另一排我不认识的文字——亦集乃路哈纳木。

"这是什么意思？"秦悦问。

我没急于回答秦悦，而是铲去石块底部的泥土，另一行繁体汉字显露出来——至元十七年七月。

"这又是什么意思？"秦悦追问。

"亦集乃路是元代的一个地名，哈纳木可能是个人名，至元是元世祖忽必烈的年号。"说着，我又铲去旁边另一块石头上的泥土，上面只有繁体汉字——金州丰宝。石头下面依然还有一行繁体汉字——至元十七年八月。

　　我往前又走两步，一块圆锥形的石头写着——广元路宋林，至元十七年七月。

　　秦悦也学着我的样子，抹去两块石头上的泥土，上面的繁体汉字赫然是——嘉定府黄永平，至元十七年七月；巩昌路李冲，至元十七年八月。

　　夏冰找到的另外两块石头上的文字是——兴元路江大河，至元十七年八月；哈密力帖木儿，至元十七年七月。

　　我又辨别出两块倒卧在地的石块，一块上面刻的是——麓川路安木吉，至元十七年八月；另一块上面刻的是——真定路霍山，至元十七年七月。

　　此时，宇文也读出了那块十字形石头上的文字："这上面是一种很古老的希腊语言，翻译过来是'来自罗马的勇士瓦西里'，下面一行是一二八〇年七月。"

　　"这块呢？"我指着旁边一块较大的石头，上面的文字我不认识，却又非常多。

　　宇文略加辨认解释说："这是古藏文，很多地方已经模糊不清，不过还是可以看到乌斯藏……萨迦……怯薛军……帝师八思巴……后面全都看不清了……"

　　"好了，现在已经很明显了，这是墓地。所有的石块都是墓碑。"我肯定地说道。

　　众人一听，都吓得不约而同地退了半步。我伫立在这墓地之中，环视四周，心中在暗自估算。

"这里仅是我们看到的，至少就有上千块有名有姓的墓碑，还有我们没发现的，跟那些没名没姓合葬在一起的，保守估计这片墓地至少安葬着几千人。"

"这么多啊？"大家无不惊骇，顿觉此地气氛诡异。

"看来又有一位雄主知道智慧海的存在，并且觊觎此地。"我喃喃说道。

"而且他也失败了。"聪明的夏冰接着说道。

"对，就是忽必烈。阿育王是公元前三世纪，赤松德赞是公元八世纪，相差一千多年，赤松德赞之后又过了五百年，这里引起了忽必烈的兴趣。"我看着周围无边无际的石碑，继续说，"虽然我们没有看到什么石柱，什么碑铭，但这些坟墓已经说明了一切，所有墓碑上的地名都是元代的地名，所有墓碑刻制的时间都是至元十七年七月和八月，也就是公元一二八〇年。"

"这说明忽必烈的大军在公元一二八〇年的七、八月来过这里，也遭遇了同样的失败，并且损失惨重。"宇文说道。

"不仅如此，至元十七年七、八月份这个时间也很诡异，这里就要提到另一位重要人物——大元帝师八思巴了。"我向大家提出了新的线索。

"就是地图上八思巴文的创立者？"秦悦问道。

"对，就是那位八思巴。他是少年天才，不仅是萨迦派的法王，还是大元的帝师，小小年纪，就深受忽必烈的宠信，正是因为八思巴的努力和贡献，青藏高原才纳入了元朝的版图，也使元朝变得空前强大。刚才我叫宇文翻译这块已经模糊不清的石碑上，出现了萨迦和八思巴的字样，所以我推测元朝的这次行动，很可能是八思巴亲自领导的。"我推测道。

"那时间又怎么诡异了？"秦悦追问。

"因为八思巴就在这年的十一月英年早逝了。"

"你的意思八思巴的英年早逝，与这次对智慧海的行动有关？"秦悦似乎明白了。

"很有可能，时间上太巧合了，所以虽然我们没有什么铭文，依然可以通过这些墓碑推断出，在至元十七年七八月间，忽必烈派出了大军。刚才宇文翻译中提到了怯薛军，怯薛军不是一般的部队，这是元朝专门宿卫皇帝的禁卫军，全都由勋贵功臣子弟和军中最强壮者充任。忽必烈为了这次行动，派出怯薛军。由此可见，忽必烈对此次行动的重视。"

"最精锐的军队依然难逃劫难。在至元十七年七八月间，由帝师八思巴亲率的精锐怯薛军来到此地，寻找智慧海，最后很可能也是遭遇了地震、雪崩、山洪、泥石流等，几乎全军覆没。几千怯薛军勇士最后长眠于此，帝师八思巴在回到萨迦后，也很快病逝了。"

我听完夏冰的推断，缓缓点了点头。

"现在我们已经知道了六次对于智慧之轴的探索，都以失败而告终，我不知道我们是不是第七次，但我有一种预感……"

"什么预感？"众人问道。

"我们也难逃一劫。"我喃喃说完，扭头向密林外走去。

15

我走出密林回到平台上后，忽然思路变得开阔，仅是忽必烈大军就有上万人，如果这里是他们进山寻找智慧之轴的基地，这个平台就小了，远不够大军驻扎，所以当年智慧官的规模绝对不止眼前这四平方公里的平台。既然东侧的小山已经被证实是赤松德赞后来所筑。那么，东面很可能还有遗址，想到这里，我又径直朝东面走去，只是这次我没上山，而是沿着小山底部绕着向山坡后方走去。

碎裂的砖瓦不时出现在脚边，我也不时往北侧的密林里张望，依稀可以看到密林深处的墓碑，影影绰绰，难以计数。我们很快就绕过小山坡，来到一片稀疏的林子，林子里出现了一块块巨大的方形石块，我的判断果然没错，这里曾经也是智慧官的一部分。超出我想象的是，这里的巨石多已碎裂，很快我便在满地的碎石中辨别出了元代的碎砖瓦、吐蕃时期的建筑构件，还有更早的阿育王时期的碎石。

我一步步往前走去，突然前方出现了一个大坑，我们全都停下脚步，小心翼翼地靠近坑边。大坑旁明显有挖掘上来的土方，我仔细观察眼前的大坑，显然这不是自然形成的，而是有人挖掘而成。

"这……这大坑是谁挖的？"秦悦也看出这大坑不简单。

"这不是一般的大坑，而是探方。"我解释道。

"考古用的探方？看上去是挺像的。"夏冰说道。

我又在探方边来回比画了一番，说："对，这就是考古用的探方，这个大坑是个十米乘十米的标准探方，不过因为年代有些久远，探方经过风吹雨打，有些变形。"

"那这个考古探访，不是英国人干的，就是德国人干的喽？"宇文问道。

"英国人的可能性比较大。"夏冰说道。

我盯着眼前的探方，忽然觉得有些奇怪。

"你们不觉得这探方比一般的考古探方要深得多吗？"

"对，我也觉得奇怪，从地面到探方底部有八九米深了。"宇文说着还比画了一下。

"下去看看吧。"我注意到在探方一侧有供人上下的台阶，虽然年代久远，台阶有些坍塌了，但依然可以一用。

我顺着台阶慢慢下到探方底部，感觉自己仿佛进入了地下世界。走到探方其中一面的剖面，这里很清晰地展现了四个不同时代的断层，我指着最上面的那层介绍说："最上面的一层是我们现在的地表，第二层应该是元代忽必烈大军在此活动的地层，第三层应该是公元八世纪吐蕃王朝时期的地层，第四层就是阿育王时期的地层了。"

"这几个地层似乎都很浅？"夏冰问道。

"是的。首先，这里的地层不是连续的，说明并不是一直有人类活动的痕迹，而只是这三个时期有过人类活动。其次，这三个地层都很浅，说明这三个时期人类在此活动的时间都不长。"

"可为什么探方会挖这么深？"夏冰又问道。

"这……这正是探方奇怪之处。上面几个地层很浅，最深的阿育王时期的地层离地表最多也不过一米，而探方却向下挖了将近九米深。"

我停下来，注视着脚下的地面，厚厚的浮土下面，或许就有我要的答案，我猛地用脚在地面上划了一下，地表的浮土被划去一条，厚厚的浮土下，闪现出一道诡异的亮光。

众人全都注意到了浮土下的异常，秦悦与宇文拿着两把工兵铲，快速铲去地表的浮土，一大块平直光滑的地面显露出来，地面散发着奇异而诱人的光芒，所有人都吃惊地看着眼前这一幕。

"显然这属于黑轴文明……"一直没言语的柳金从嘴里蹦出了一句。

"探方挖这么深，就是在找这个。"夏冰喃喃自语道。

"智慧宫的历史看来远不止阿育王的时代，它远远早于公元前三世纪，甚至连智慧宫的名字很可能也不是阿育王所起，而是更古老的流传。"我缓缓说着，举起相机拍了几张照片后又说，"显然这里在黑轴文明时期有过宏大的建筑，可能是宫殿，也可能是城市，更有可能是为了修建、保卫智慧之轴而建的基地。"

"基地？我们散开再找找，看这里还有没有黑轴文明的遗迹。"

柳金迅速作出布局。

我们散开来以后，各自在这片稀疏的林子里来回搜索，很快我们又在不同位置发现了两个探方，这两个探方与第一个探方大小和深度几乎一模一样。三个探方相距都在两公里以上，而且处于不同的方位。显然，当年不惜人力打下如此探方的人，非常想搞清楚智慧宫的范围。盯着离小山坡最远的探方，我不禁有些失神。

"整个遗址范围大大超出了我们的预估，而且这个相距最远的探方已经看不到阿育王、吐蕃、元代那三个地层，但下面依然有黑轴文明的遗迹。"

"也就是说，当年黑轴文明遗迹的范围远远超过那三个时代的遗迹。"夏冰跟我的想法一样。

"是啊，而且到这里依然不是尽头，只是挖探方的人已经失去了耐心，没有往下继续探下去。"我回头望向小山坡，此时日头已经向西去了。

柳金从探方中爬出来，拍拍手叫停众人："好了，天快黑了，我们今晚得宿营在这里了。"

我们只得往回走，我走在最后面。几乎正对着小山坡顶的那尊莲花生大士像，我不时抬起头，望向山坡顶的佛像，离得远时看不太清，走近又被夕阳刺得睁不开眼。我心里惴惴不安，总觉得似乎遗漏了什么。在我们走到小山坡下时，我向大家提议道："你们从山坡下绕过去吧，我还要去确认点事情。"

"上面还有什么看的？"秦悦看着我。我没回答她的问题，径直走上了山坡顶部。

16

秦悦也随我走上了山坡顶部。我围绕着山坡上的莲花生大士像转了几圈，秦悦急得直催我："还有什么可看的？赶紧下去吧。"

"等等啊……"我盯着莲花生大士像，拉住秦悦。抬头看看就要落下的夕阳，目光又落到莲花生大士像上，我觉得这尊莲花生大士像有点异样，我闭上眼，温暖的夕阳照在我的脸上。我在思考这尊莲花生大士像有什么不同之处，当我重新睁开眼时，我指出了面前的莲花生大士像的异常。

"一般莲花生大士像都是右手持金色五股金刚杵，左臂上倚放着三叉杖……"

"这怎么了？这尊莲花生大士像是右手持金刚杵，左臂上倚放着三叉杖的啊？"秦悦不解。

"不，不，我说的不是这个，而是……角度。"

"角度？"

"对啊，普通的莲花生大士像右手中的金刚杵，与左臂上倚放着的三叉杖所对的角度不同，但你看这尊莲花生大士像，右手中的金刚杵与左臂上的三叉杖似乎所指的是同一个方向。"我激动地说着。

秦悦在我指点下也看出了端倪。

"是啊，金刚杵和三叉杖似乎都冲着北面。不过，你之前不是说莲花生大士像，包括山坡上的建筑都遭遇过外力的重压，也许这尊佛像也在外力重压下，扭曲变形了呢？"

"不排除这种可能。不过……虽然遭受过重压，佛像整体完好，金刚杵和三叉杖的位置似乎没有改变过。"

"那么你是怀疑……"

我拿出电子罗盘，仔细勘察。

"我怀疑金刚杵与三叉杖的所指方向都是正北偏东三十二度。"

"正北偏东三十二度？"秦悦的目光望向我们头顶的雪峰，那里就是北方。

我的目光没有看向雪峰，而是落在了小山坡下的平台上。此刻，宇文、夏冰、柳金和阿帕正伫立在平台上，回头望着我们。我的目光从他们身上一点点向前延伸，最后落在了正对着莲花生大士像的阿育王石柱上。我拿着电子罗盘，快速冲下了山坡，在众人惊愕的目光中，以最快速度跑到了阿育王石柱前。秦悦和众人气喘吁吁地跟了过来。我激动地指着阿育王石柱上四尊石狮子近乎喊着说："我原本以为阿育王石柱上的这四尊石狮子是朝向东、南、西、北，但我刚才在山坡上望过来，却发现这四尊石狮子的朝向并不是东、南、西、北四个正方向，而是有所偏差。还有，原本我们没有细看，以为四尊石狮子雕刻是一模一样的，但实际上朝北的那尊不论外形和神态都是不一样的。"

众人在我的指引下，都举目紧盯着阿育王石柱顶端，朝北的那尊石狮子与另外三尊确实不太一样，其他三尊神态安详庄严，而朝北这尊显得有些紧张和不安，显然这尊石狮子大有玄机。我站在阿育王石柱下，与朝北的这尊石狮子保持一致，拿着电子罗盘，得出了惊人的结论。

"朝北的这尊石狮子的朝向竟然也是正北偏东，竟然也是三十二度。"

"哪有如此巧合？"秦悦惊道。

"显然是古人在提示后人。阿育王留下了石柱，赤松德赞又留下了莲花生大士像，他们显然都是有意为之。特别是赤松德赞，你们还记得莲花生大士像下面的铭文吗？"

宇文马上激动地说出了铭文的最后一句："大赞普至此处，再诵读阿育王铭文，悔当初不听阿育王启示，遂命堆土筑台，上立莲花生大士之像，留待后人。"

"对，就是这个留待后人。赤松德赞显然是刻意为之，希望有后人能够找到智慧海，也就是智慧之轴。"我说着仰头朝正北偏东三十二度张望，那里的雪峰被厚厚的云层所包裹，神秘而又散发着魅力，吸引着历史上那么多英雄前仆后继。

"看来这就是我们的方向了。"柳金说着拿出了那幅八思巴文地图，"地图上只是一个大概的草图，并没有具体的方位，现在我们终于有了。"

"看来这幅地图很可能是从忽必烈那次行动后流传下来的……"宇文推测道。

"那怎么解释旧镇呢?"秦悦反问。

宇文一时语塞,我则帮他解了围。

"这幅地图最早的雏形可能是从忽必烈那时流传下来的,后来又经过不断修订与补充。"

"你们怎么去了这么长时间?"这时,李樊与李栋父子从平台下的陡坡走了上来,他们看夜幕即将来临,在下面等得不耐烦了。

柳金这时候发话道:"叫下面的人都上来吧,今晚我们就在这平台上宿营。"

"平台?"宇文本能地看着平台北侧的密林,那里是埋葬了几千怯薛军勇士的墓地。

众人都对那边心有余悸,柳金看看周围,最后指向了平台南侧,紧邻陡坡的林子说:"在那儿宿营吧,离车近些。只将必要的东西拿上来,其余东西就放车上,明天一大早我们继续前进。"

大家没有异议,便七手八脚地将帐篷和睡袋从车上搬下来。当我们搭好帐篷时,天也黑了下来,我们升起一堆篝火,聚拢过来。随着夜幕降临,雪山脚下的气温也直线下降,我们吃着带来的干粮,烤着火,柳金和格林诺夫、夏冰、李樊他们还在讨论明天的计划,我已经太累了,便独自回到帐篷里,盘算着这两天的发现,很快便进入了梦乡。

17

半夜，一阵狼嚎将我惊醒，我猛地坐起来，身边的宇文、秦悦睡得正香，我有些怀疑刚才是不是我听错了？我仔细倾听，又传来一声狼嚎，这次我确认了。虽然听上去狼嚎像是山里面传出来的，但我还是紧张起来。

我穿上外套走出帐篷，篝火已经熄灭，外面寂静无声。奇怪的是辛格的手下不知去哪儿了？他们应该在外面守夜啊，我绕着营地来回走了两圈，还是没见到辛格。正在奇怪的时候，忽然发现林子外面有些动静，于是我循着声音，向林子外走去……

走着走着，林子外闪出一道光亮，但那道光只是一瞬，便消失不见了。我心里疑惑，不觉加快了步伐，林子外又是一闪，一道火光闪现，我盯着那道火光，停下脚步，多么诱人的火光。在这寂静的夜晚，远古不凡之地，那是什么？是辛格的手下，还是神的启示？火光很快不见了。熄灭了吗？我又迈开步伐，朝向刚才光亮的地方寻去。

让我不解的是，我们的营地离林子外并不远，为何会走这么长时间？难道我走错了方向？我再次停下脚步观察周围，此时已经离开营地几百米，却仍然在一片稀疏的林子里。我不是向林子外走的吗？就在我狐疑的时候，林子外又闪过一道光，我不知道那是什么发出的光亮？于是继续朝发光的地方寻去……

光很快又消失了，我难道走了一条相反的道路？望着前方漆黑一片，我决定点到为止，返回营地。此时，营地却不见了，我独自伫立在林中，怅然若失，那个噩梦又闪现在眼前——在雪原中迷失方向的人、被困住的人，难道我也被困在了林子里？想到此处，我不禁浑身一颤，就在这时，那道光又出现了，这次我没有急于奔向那道光，而是利用光亮寻找营地。没有，竟然没有发现营地，我应该只走出来几百米，不会看不见营地啊？

我的目光重新聚焦在那道光上，无论如何，这次我一定要追上它。我准备妥当，猛地发力，向着光亮的地方狂奔过去。果然，那道光也开始剧烈晃动起来，我确信那不是什么自然形成的光，而是有人在跟我恶作剧。我快速穿行在林子里，以最快的速度逼近那道光。越来越近，眼见我就要追上那道光时，脚下突然被什么东西绊了一下，我向前栽倒在地，再往前望去，光又消失了。

我硬撑着身体站起来，发现自己所处的林子变得茂密起来，繁茂的藤蔓与茂密的林木纠缠在一起，树林变得阴森而诡异。回头张望，似乎来时的林子没有这么茂密，还是得往回走，不能再往前走了，那边不是林子外面，而是密林深处。打定主意，我回身向后走去，就在此时，身后密林深处传来了声音，我伫立在原地，仔细倾听，奇怪而整齐的声响，哗啦哗啦……声响不断从密林深处传来，越来越清晰，越来越整齐，像是正有千军万马在默默集结。我的身体开始不由自主地战栗，这是怎么了？我极力让自己平静下来，但是我无论如何也控制不了身体，我感到身后又射来一道光，这道光明亮而闪耀。理智清醒地告诉我，不要回头，不要回头看，但我还是不由自主地转过了身……

密林深处，明亮的光向外发散，一队队整齐的兵士骑着高头大马，整齐划一地向我走过来，他们盔明甲亮，一身白衣。根据我渊博的历史知识，马上就辨认出那是忽必烈大汗的怯薛军。不，我撞见了鬼，我怎么会遇到忽必烈大汗的怯薛军？难道他们是那些死去的灵魂——亦集乃路的哈纳木、金州的丰宝、广元路的宋林、嘉定府的黄永平、巩昌路的李冲、兴元路的江大河、哈密力的帖木儿、麓川路的安木吉、真定路的霍山，还有罗马的瓦西里……

这支复活的军团一步步向我逼近，我想逃却怎么也迈不动步。

"不，不是我害了你们……"我小声在嘴里嘀咕着，目睹大军逼近我。他们人数众多，却又异常安静，只有整齐的马蹄声与兵器偶尔碰撞的声音。

复活的军团离我越来越近，那是怯薛军的面孔，他们面色各异，却又都面无表情，更让我紧张的是，他们似乎有人发现了我。我们之间的距离不到二十米，他们一定发现了我，我的心脏狂跳不止，终于向后退去，脚下每退一步，都觉得轻飘飘的，仿佛不是自己的双腿。复活的怯薛军离我越来越近，我甚至可以清晰地看见他们的眼睛与盔甲，但……但奇怪的是，我却感受不到他们的呼吸与心跳，他们难道都是亡灵？

复活的军团走到我的面前，就像根本没看见我，从我面前走过。

安静、整齐、肃穆而又阴森。突然，距离我最近的一个怯薛军士兵从嘴里蹦出了一句含糊不清的话："帮我，帮帮我们……"

这个怯薛军像是在对我说话，我本能地问道："帮？怎么帮？"

那名怯薛军像是听懂了我的话，猛地扭过脸，直直地盯着我，他面色惨白，双眼无神，还从眼眶中流淌出了殷红的鲜血。

"帮……帮我……我们……我们已经被……被困在这儿很多年了……"

闻听此言，我整个人都呆住了，居然跟噩梦中那个男人说的一模一样。就在恍惚之间，齐刷刷，几乎整个怯薛军团都扭过脸，盯着我，他们面色同样惨白，双眼空洞无神，眼眶中流淌出殷红的鲜血，嘴里不停地说着什么，如咒语般盘旋在林子里，他们在说："帮……帮我……我们……我们已经被……被困在这儿很多年了……"

我再也无法忍受，竟冲着复活的怯薛军团大吼起来，可却没发出任何声音，我绝望地捂住眼睛，却发现自己的眼眶中也流淌出了殷红的鲜血……

第三章　狼与智慧同行

1

我从睡袋中使劲儿地爬出来，才发现刚才又是噩梦。呆坐在帐篷里，回忆刚才的梦，怎么那么清晰，每一句话都是那么清晰。被困在这儿很多年了。这句话是什么意思？

就在我回味梦境的时候，一声刺耳的狼嚎传来，就是噩梦中的狼嚎。更让我心惊的是，狼嚎似乎离我并不遥远。身边其他的人都还在熟睡，我穿上外套走到帐篷外面，遥远的地方传来一声沉闷的声响，接着又是一连串的狼嚎，辛格的手下在即将熄灭的篝火边已经昏昏欲睡，听到这一连串的狼嚎，才惊醒过来。

我努力判断着狼嚎的位置，似乎在山里面，又似乎就在不远的地方，柳金也被狼嚎惊醒，从另一个帐篷走出来。我们对视一眼，她那灰暗的蓝色眼睛里露出了恐惧。我还是第一次从她的脸上看到恐惧。

我们都没说话，就这样静静地伫立在林子里。风声之中夹着不明的声响不断传来，经过长时间的等待，再次传来狼嚎。我曾在荒野中遭遇过狼，听过狼的号叫声，但此时此刻的狼嚎显得那么不一样。难道这就是荣赫鹏研究的喜马拉雅狼？我忽然觉得这次对智慧之轴的探险还是太仓促了，我们对这里一无所知，夜里的温度很低，在瑟瑟寒风中，我感到阵阵寒意。

柳金依然伫立在帐篷外，她身形单薄却穿得很少，我无法想象自己到了柳金这个年龄，还能否栉风沐雨、身涉险地？究竟是什么支撑着她？经历荒原戈壁九死一生之后，还对黑轴念念不忘，是蓝血团的信念吗？或许是吧。夏冰和秦悦这会儿也走出了帐篷，我扭头问身旁的秦悦时间。

"将近五点，天快亮了。"

奇怪的声响不断传来，狼嚎却没有再次出现。我们在帐篷外又站了一会儿，秦悦突然惊叫起来："不对，这声音不对劲！"

"怎么了？"我和夏冰同时扭头看向秦悦。

"这是水声。"秦悦警觉地听着。

我马上反应过来，跟着秦悦奔出林子，跑到台地边的陡坡上，这里声音更加清晰，是哗哗的流水声音。我和秦悦对视一眼，推开手电，小心翼翼地走下陡坡，很快在手电的照射下，下面的土路泛起了银光，是水。不知什么时候，从前方的山上不断有水流下来，水量似乎越来越大，越来越急，在陡坡下已经汇聚成了一条细流，没过了脚背。

"难道是……堰塞湖……"我没有说下去。

"别管堰塞湖了，先想想我们的车。"秦悦大声说道。

　　夏冰和柳金站在陡坡上，我们回头看着柳金，夏冰和辛格的手下也看着他们的领导。柳金则怔怔地盯着陡坡下的河流，我知道她在判断现在的形势。终于，柳金发话道："喊醒所有人，收拾东西，立即上车。"

　　此时，帐篷里的人也陆续被外面的动静吵醒，得到柳金的命令后，迅速收拾起来。十分钟后，所有人和装备都集中到了陡坡上。但也仅仅过了十分钟，陡坡下的细流，已经变成了河流，所有人都露出畏惧之色。

　　柳金下令："你们还愣着干吗？上车！"

　　"我们为什么不在台地上躲避？"宇文问道。

　　"是啊，我看这台地挺高的。"李樊也嘟囔道。

　　"那我们的车怎么办？"秦悦大声问道。

　　"一方面车上不来，另一方面台地上面就保险吗？现在水流还不大，如果爆发的是山洪，如果堰塞湖的水全都泄下来，台地也会被淹没。"柳金的语速很快，还加重了语气呵斥道，"少废话，听我的命令，赶紧上车。"

　　大家只好硬着头皮往车上搬运东西，流水很快没过了我们的脚踝。柳金带头走下陡坡，伫立在洪水中，指挥所有人。我大声地问柳金："上车后，我们该怎么办？"

　　"只有两个办法，要么赶紧顺原路撤回去，抢在洪水下来前撤到安全地带。还有一个办法就是冲上去，趁水还不大，冲到更高的位置去。"

"你想怎样？"我和夏冰几乎同时问道。

"冲上去！"柳金斩钉截铁地说道。

"冲上去？"我站在水里，看着前方越来越大的水势，疑窦丛生。

"非鱼，夏冰，你们理解我的意思吧？如果我们不冲上去，或许就会功亏一篑，云象也许就会……"柳金没有说下去。

我理解柳金的意思，这水很可能就是云象的人所为，他们抢在了我们前面，不希望我们上去，我冲柳金点点头。柳金又吩咐道："夏冰，你坐二号车，我上一号车，所有车跟我走。"

柳金上了后座，我想要去开车，秦悦却一把拉开我。

"还是我来，你给我指路。"

我只好坐到了副驾驶，或许这是最好的选择。来不及多想，秦悦已经猛踩油门发动越野车，迎着水流向前方冲去。我们很快就驶出几百米，人迹罕至的山里本就没有路，天还没亮，加上越来越大的水流，根本看不清前方路面，我不断提醒秦悦，不断修正方向，尽量往高处开去。

没过多久，流水变成了山洪，我回头看了一眼柳金，柳金紧皱眉头，死死地盯着前方，她身边的阿帕则是满脸惊惧，嘴里念念有词，不断祈祷。前方又是一个陡坡，我根本无法判断出陡坡的角度，秦悦似乎也有些犹豫，柳金却用中文大声冲我们喊道："冲上去，冲上去！"

秦悦下定决心，猛踩油门，迎着坡上倾泻而下的洪水，猛冲上去。我不敢想象这一下冲不上去会是什么后果？我紧张地闭上眼睛，耳旁只听到马达轰鸣，秦悦竟然冲了上来，我们的越野车也真是性能超群，在陡坡上剧烈晃动了一下，竟然没有滑下去。

随着越野车重重地落在陡坡上，我悬着的心才落下来。没时间多想，秦悦再次加速，一头向前方冲去。我赶忙观察前方的环境，天渐渐亮了，陡坡上的洪水要小很多，我们似乎暂时摆脱了洪水的威胁。这是哪里？周围都是差不多的树林，我完全辨不清方向。

秦悦似乎也不知道该往哪里走，凭感觉向一个方向开了下去，因为这里还不是安全的地方，洪水随时可能再次袭来，秦悦一路在树林里飞奔，对讲机里不断传来后续车辆冲上陡坡的汇报。我将对讲机递给柳金，柳金对后面车辆命令道："保持队形，跟紧……"

秦悦目光坚定，一直高速向前开，我不禁疑惑道："你辨得清方向？"

"向高处开准没错。"秦悦答道。

"对，开到高处安全的地方再说。"柳金也表示赞同。

前方又是一个陡坡，陡坡上倾泻下来的洪水似乎不大，但这个陡坡的角度实在恐怖。柳金还没发话，秦悦就加大油门，径直向陡坡冲了过去。我手心全是汗，双手紧紧抓住车门上的把手。

"你……你要冲上去？"

"不然呢？"秦悦大声反问。

"可……可这个坡度……"我几乎失声。

"总要试一试！"秦悦说完，就把油门踩到底，以极快的速度冲向陡坡。我心想她疯了，同时五脏六腑都颠倒过来。我们的车在陡坡上剧烈晃动，在接近坡顶的时候，车近乎达到了九十度，车头完全翘了起来，我心里一沉，觉得要翻下去了。

周围的一切陷入沉寂，可是我们的车头竟然又压了下来，重重地落在陡坡上，秦悦扭头看了我一眼，脸上露出一丝得意的笑容。

上坡之后，终于停下了车。我惊魂未定地向车窗外望去，这里的水流不大，有的地面甚至是干的。

再看看后面几辆车，就没有秦悦的本事了，纵然越野车性能优越，也无法一下子冲上这个角度的陡坡。好在这里的水小，于是秦悦下车，抛下牵引索，将后面的车一辆辆地拉了上来。做完这一切以后，天色已然大亮。

2

刚才秦悦拖车的时候，我和柳金观察起周围的环境，此处地势显然要比智慧宫高。我用电子罗盘反复测量，我们并没走错路。宇文叫来阿帕让他认路，阿帕观察良久说："我虽然没来过这里，但这里应该没错，是地图上的道路。"

"你去过狼脊吗？"我问到了地图上的下一个地名。

阿帕冲我一边比画一边说："有次，就是我去智慧宫的那次，我……我继续往山里走，结果迷了路，后来走出来的地方好像就是狼脊。"

"为什么是好像？"我追问阿帕。

"因为……因为我没去过狼脊，所以当时不能断定。"阿帕说道。

"那你后来确定了？"我继续问阿帕。

"我回去后，对奶奶和镇里的老人提起，他们说我到的地方就是狼脊。并……并且他们都说我命大。"

"为什么？"

"因为我没继续向山上爬。"

"爬？"

"是的。狼脊是山峰上一段陡峭的山脊，那儿已经有积雪了。奶奶和老人们都说狼脊上面绝不能去，几乎不会有人活着回来。"阿帕说道。

"为什么？因为有狼吗？"

"可能是吧，我没上去。"阿帕说着，眼里露出了一丝恐惧。

"狼脊那儿就已经积雪了……看来我们还要继续往山上走……"我喃喃说道。

"我们目前所在的地方，我好像有些印象了，那边有条上山的碎石子路……其实也不能算是路，但那似乎是唯一可以上到狼脊的路，非常陡峭，要小心……到狼脊之后，车就上不去了。"

我顺着阿帕手指的地方，依稀能够看到我们面前有一条沿着山腰蜿蜒向上的路，随着山势抬高，路边上就是万丈悬崖。我扭头看了看柳金，又看向刚刚完成牵引工作的秦悦。

"那边能上去吗？"

"试试呗。"秦悦一脸不在乎。

"对，试试，如果不行就弃车步行。"柳金看来打定了主意。

所有车都被拖上了陡坡，当柳金指着陡峭山路，对众人讲明路线时，秦悦之外的几名司机都面露难色。辛格和他的手下也是万里挑一的好手，他们现在也打起了退堂鼓。秦悦依旧一脸轻松，擦擦被水浸湿的鞋子对众人说："你们跟着我就行。"

车队稍做休整后，再次出发。秦悦在阿帕的引导下驾车走在最前面，根本没有路，只能挑比较平坦的地方走。很快就开始爬坡，随着地势不断抬高，坐在副驾驶位置的我，几乎不敢往窗外看，坐在车里，感觉自己两侧都是悬崖。

地基松软，时不时又跳出几块形状怪异的石头，颠得我非常难受，秦悦车技高超，尽量让车平稳，但我还是干呕不止，只是因为早上还没来得及吃饭，所以什么也没吐出来。不久，清晨的浓雾包围了我们，已经完全无法看清前方，秦悦开始盲开，速度更慢，就在一阵剧烈颠簸后，秦悦突然猛踩刹车，停了下来。

"怎么了？"我问道。

秦悦没有说话，而是静静地趴在方向盘上，注视前方，浓雾散去一些，我忽然惊恐地发现，前面完全没路了，我们的车头似乎已经悬在了半空中。

我的额头渗出豆大的汗珠，扭头看着秦悦，秦悦这时才淡淡道："别慌，我刹住了。"

阿帕这时在后排拍着椅背叫起来："拐弯，拐弯。"

在阿帕提醒下，我才透过重重白雾发现，原来山势在这里拐了一道弯，如果继续直行，就会坠入山崖。好在秦悦在能见度几乎为零的情况下，及时刹住了车。秦悦略微倒车，向左猛打方向，我们的车拐过一道弯后，又继续在悬崖边艰难行驶。

开了一段后，我们似乎钻出了浓雾，前方路况好了许多，但坡度却陡起来。秦悦猛踩油门，开始爬坡，一阵马达轰鸣后，我已经可以看见不远处山梁上的雪线了。看来仅仅刚才这段车程，我们就爬高了近千米，现在我们所处的高度，海拔至少有三千米，狼脊恐怕就在雪线的位置，我们离狼脊越来越近了。

就在这时，我突然听到一声沉闷的巨响，就像黎明前听到的巨响一样，只是这次巨响离我更近，似乎就在我们附近，不，就在我们头顶。我探出脑袋，盯着挡风玻璃向上看去，车身开始动了起来，是整个大地都颤抖起来。透过挡风玻璃，我看到了惊恐的一幕，成吨的巨石碎裂开来，正从我们头顶劈头盖脸滚落下来，我失声大叫起来："小心！小心泥石流！"

秦悦猛踩刹车，同时探出脑袋，朝山梁上望去，手脚熟练地操作车子向后倒去，身后传来柳金的大叫声："不，冲过去！冲过去！"

"时间不够，相信我。"秦悦也大声喊起来。

柳金还想说什么，秦悦快速倒车，我们和后面的车猛地撞在一起。这一撞，让柳金闭上了嘴巴。我拿起对讲机，大声吼道："后退！后退！前面有泥石流！"

一阵杂音过后，最后一辆车上的辛格用英语大声回道："我们没有退路！后面也有泥石流！"

我心里一惊，如果泥石流量太大，会将我们整个掩埋。就在我一愣神的瞬间，成吨的巨石夹杂着泥土整个倾泻下来，泥石流腾起巨大的尘土，劈头盖脸，我们完全被尘土笼罩，什么也看不清了。

还没等尘土散尽，我又听到另一种声音，是奇怪的声音，不属于这里的声音。还没等我反应过来，秦悦一侧的车窗上就出现了几个弹孔，幸亏秦悦反应迅速，及时躲避，才逃过一劫。与此同时，对讲机里传来一阵哀号，后面肯定有人中弹了。

秦悦和我同时抄起突击步枪，终于可以派上用场了。我打开车门跳下车，以车为掩体，对山梁上一阵猛射。秦悦也从我这侧的车门跳出来，与我并排射击，后面几辆车上的人也都撤了出来，背靠悬崖，利用车身掩护，向山梁上射击。

很快，我听到了另一种轰鸣声，是摩托车的轰鸣。就见从山梁上冲下来十多辆摩托车，每辆摩托车上都有一个黑衣人，云象终于动手了。这些黑衣人不但车技娴熟，枪法也很了得，辛格的手下已经有两人中枪。我们慌乱不已，根本不敢冒头，只能胡乱射击。这时，黑衣人在半坡处停了下来，几名黑衣人扛起了火箭筒，六枚火箭弹近距离向我们射来。轰的一声，又是轰的一声，我们根本来不及反应，中间和最后两台越野车中弹，车身整个飞了起来，然后重重地滚落到身后的悬崖下，爆炸起火。辛格的两名手下被烧成了火人，惨叫着坠入悬崖。

3

黑衣人继续射击，伯曼医生躲闪不及，左臂中弹。格林诺夫也险些中弹，幸亏辛格将他拉到了另一辆车后面。我顾不得许多，不断射击，已经打光了手中的一个弹匣，躲在车后，换好弹匣，刚要露头反击。几发子弹打在车引擎盖上，我吓得又缩回了脑袋。

惨叫声、呼喊声、子弹射击声、金属碰撞声……可就在这嘈杂混乱之中，秦悦突然冲我说道："不能这样，要是再来一次火箭弹，我们就全完了。"

"那你想怎样？"我大声问道。

"冲上去！"秦悦说出了一个令我意外的想法。

对她来说这绝不是想法，秦悦冲我们做出手势。指示我们到二号车的后边去。我和柳金不明白秦悦要做出什么疯狂的举动，但没有时间多想。一阵乱射掩护之后，柳金和阿帕撤到了二号车的后面。回头看时，秦悦已经钻进了一号车的驾驶室。冒着密集的火力，秦悦猛地发动车向后倒，撞上二号车的前保险杠，然后迅速猛打方向，扭转车头，车头高高翘起，又以近乎九十度的角度跃上陡坡，所有人都被这一幕惊呆了，包括山梁上那些黑衣人，他们没有料到秦悦会做出如此举动，以几乎不可能的动作，冲上了路一侧的山坡，并以最快速度向陡坡的山梁冲锋。

我才反应过来，秦悦要用车冲散黑衣人的队形，这想法也太大胆了。黑衣人密集的炮火如果一起攻向秦悦，不但冲散不了黑衣人，她自己也凶多吉少。不过，黑衣人也没想到秦悦会这么做。仓促之间，他们陷入了混乱……面对越野车的强劲冲锋，黑衣人的队形出现了溃散，秦悦没给他们机会，越野车如一头发狂的猛兽，直接撞了过去。

一个黑衣人瞬间就被秦悦无情碾压，另一个黑衣人被车撞飞出去十几米，其余黑衣人这才反应过来，纷纷夺路而逃。只有一个黑衣人逃出十多米后，才想起了什么，急忙停车，回头拔枪，想要对秦悦射击，可是秦悦根本没给他机会。停车，开门，跃出车门的同时，突击步枪喷出了火舌，黑衣人的枪还没举起来，就被打成了筛子。

接着，秦悦如入无人之境，接连对溃逃的黑衣人精准射击。一个、两个、三个……秦悦可谓弹无虚发，进入射程的黑衣人，无一漏网。见到其余黑衣人向不同方向溃逃，秦悦又回到车上，逆风而上。一直为秦悦提心吊胆的我端着枪也冲上山坡，这是我们唯一的反击机会。宇文、夏冰、李栋、辛格和他的几个手下，包括格林诺夫都端着枪，冲了上来。

我们的士气完全压倒了黑衣人，黑衣人被我们的火力压制，根本无力反击。我们不断冲锋，跟着秦悦的车冲上了陡峭的山梁，虽然又有两名辛格的手下倒下，但剩余的黑衣人基本都被我们击毙，只剩下最后两个。我这时惊异地发现，所有黑衣人的尸体都被他们抬上了山梁，包括在下面被秦悦碾压的黑衣人，一共十具尸体。

他们要干什么？我稍愣神，就见生存着的两人将十具黑衣人尸体全都抛下了山梁背侧的山崖。我们全都震惊了，秦悦也停下车，最后那两名黑衣人看着我们，并不开枪，而是在我们的注视下，纵身跃下身后的山崖。

山梁上狂风大作，衣着单薄的我们瑟瑟发抖，面对刚才震撼的一幕，我们默默无言，一时竟不知所措。清点战场，辛格失去了四名手下，还有两名手下负伤，伯曼医生负伤，阿帕像是受到了巨大的惊吓，神志有些恍惚。更让我们觉得恐慌的是我们身上原本已经消退的红点，此时正变得密集起来，我和柳金最严重，伯曼医生给自己简单包扎后，忍着剧痛诊治了我胳膊上的密集红点，不禁皱起了眉头。

"在白房子时，我……我就给你们打了一针，在智慧镇又给你们打了一针，后来看……症状似乎消退了……"

"可这……难道与刚才黑衣人有关？"秦悦问道。

"那两个小子，是不是在跳崖前释放了病毒？"宇文推测道。

"这……"伯曼摇着头说，"不可能，这里空旷，风又大，病毒暴露在空气中，存活不了多久……"

此时，柳金猛地拉起阿帕的胳膊，阿帕身上果然没有红疹，柳金去找来辛格和他的手下，凡是没进入白房子的人身上都没有红疹，而进入白房子的或多或少都泛起了红疹。

"这……这说明病毒不是黑衣人释放的。"柳金小声说道。

"或者这根本不是病毒，而是我们还不知晓的……"我胡乱推测起来。

伯曼却不置可否地盯着我，然后缓缓说："或许与这里的环境有关。这里海拔比较高，空气稀薄……"

"病毒这么智能吗？"秦悦震惊地说，"只在高海拔，空气稀薄的地区发作？"

"理论上也不是不可能，改变基因构造可以实现，只是很难，所以，不可能……"夏冰说着说着没了声音。

伯曼医生颤巍巍地拿出针剂解释说："海拔越高，空气越稀薄，这种经过人工变异的病毒就繁衍越快。我这个针剂并不能消灭所有的病毒，但可以阻止病毒的繁衍扩散，压制病毒对人体器官的攻击。我现在给你们用双倍的剂量……不过，不过我不能再陪你们继续前进了……"伯曼环视周围，最后将目光落在夏冰身上，"这些针剂由你收好，后面三天由你来根据他们的情况注射，一定要保存好，三天没有问题……如果三天后针剂没有了……你们又去了更高海拔的地方……那就凶多吉少了。"

说罢，伯曼医生根据我们每个人的情况，注射了不同剂量的针剂。最后，伯曼医生将剩余的针剂交给了夏冰。柳金拾起地上的弹壳，仔细观察，交给格林诺夫和辛格。

"云象终于直接对我们下手了，而且他们已经走在了我们前面。"

"我怀疑早上的洪水也是他们所为，他们所做的一切都是不希望我们上山。"夏冰说道。

"这么多年，云象一直韬光养晦，以至于在它发展壮大的阶段，我们根本不知道，云象也极力避免与我们直接对抗，这次看来他们是孤注一掷了。"柳金压低了声音说道。

"我们现在该怎么办？损兵折将，病毒困扰，还有两辆车上的装备都损失了，是不是退回去……补充……"李樊说到后面时，看柳金脸色变了，赶紧闭上了嘴。

柳金不失时机地说："我刚才已经说了，云象已经走到了我们前面，所以……李教授，如果你想抛弃我们，现在还来得及，你可以和伯曼医生一起下山。"

李樊摇摇头表示拒绝："下山？我觉得山下也不安全。"

柳金略做思考后，用命令的口吻吩咐道："伯曼医生受了伤，不能再跟我们一起前进。辛格，还有你的人也受了伤，就留下来吧。"

"留下来？"辛格有些迟疑。

"如果他们身体条件允许，也可以下山去等。"柳金补充道。

"你们更危险，我们会照顾好自己。"

伯曼医生摆摆手让我们不要在意他们，让辛格跟着我们一起走。

辛格也是同样的看法。

"前面的路已经被碎石堵死，车是走不了了，接下来我们所有人都要负重前行，背起剩余的装备。我们的装备和给养只剩这么多了，我刚才粗略检查，只够我们三天之用。"

"三天？我们要找到智慧之轴，还要返回？"我不禁迟疑起来。

"放心，下山快。"柳金就这么安慰了我一句，我只得无奈地笑笑。

4

我们收拾妥当，每人负重都在四十公斤以上，开始艰难地攀登。前面的路已被堵住，我们只能登上陡峭的山梁，翻过前方的碎石，用了半个多小时才回到那条碎石子路上。此时，李樊已经开始气喘吁吁，我测了下海拔高度，目前已是三千八百九十米，如今的高度已经能够引发高原反应，何况我们又背负着这么重的给养和装备。

负重六十公斤依然健步如飞的，只有阿帕。他走在最前面，指着不远处的雪线，大声对我们说："就是那儿，那儿就是狼脊。"

我紧跟着阿帕，盯着路面，看到各种大小的碎石，心中估算起了碎石的重量。扭头朝着左手的山梁望去，山梁、山坡上几乎铺满了大大小小的碎石，有些巨大的碎石似乎随时会滚落下来……再看右手边的悬崖，不但有碎石，还有几条清晰可见的大裂缝。

"这都是大地震留下的痕迹。"

"关键是哪次大地震留下的？最近的那次吗？"秦悦小声说道。

"最近的一次，很可能就是阿帕爷爷那次。"我抬头看了一眼走在前面的阿帕。

"从智慧镇后面那条被巨石堵死的路，还有遗迹来看，那次大地震力量惊人啊。如果再结合历史上的一次次记载，似乎有人接近智慧之轴，就会引起地震。"夏冰跟上来说道。

"如果是这样的话，那绝不是自然引发的地震。智慧之轴会引发爆炸，进而引发雪崩地震，让我想起了神迹。"宇文说道。

"你是说……"我也想到了神迹，"黑轴文明末期，闭源人引发了神迹的爆炸。当正物质与反物质相遇时……"

"湮灭。"夏冰忽然喃喃说道。

"对，我就是想说湮灭。当正物质与反物质碰撞后消失并产生高能光子，同时会产生巨大的能量。"

我们的对话引起了柳金的注意，她很轻松地就能跟上我们，完全不像上了岁数的人。柳金瞧了我们一眼，岔开话题，指着前方的雪线说："到那里，把帐篷卸下来吧，我们必须轻装简行，否则根本不可能到达智慧之轴。"

"我正想说，别说到智慧之轴，我们这样就是狼脊也爬不上去。"我表示了强烈的赞同。

话音刚落，最前面的阿帕突然停下了脚步。我紧走几步追上阿帕，忽然感到大脑有些缺氧，阿帕扶住我提醒道："不要跑，慢点。"

"怎……怎么不走了？"我问阿帕。

阿帕指了指前方，我才注意到离我们二三十米的地方，在碎石和黑色的烂泥中，夹杂着许多灰白色的东西。又向前走了几步，我已经可以断定这些都是人类的骸骨，也有动物的骸骨。骸骨密密麻麻的，一直向狼脊方向延伸。我喘着粗气问阿帕："这……这是怎么回事？"

"上次，狼脊下就有大片的人骨，还有动物的骨头。"阿帕平静地说道。

我们加了万分小心，踏进骸骨，秦悦随手拿起一根胫骨，观察一番。

"这些人骨不是近现代的，应该很有年头了。"

"古代的？"我问道。

"具体年代无法判断，但至少有几百年。"秦悦说着从地上又捧起半个已经碎裂的头骨，仔细端详一番微微笑了一下。

"这个头骨虽然碎裂了，但从整个头骨能够看出来不是蒙古人种。"

"那就不是忽必烈的怯薛军，也不是赤松德赞的吐蕃大军喽？"我快速判断道。

"孤证不立嘛。"秦悦继续向前走去，前方的碎石下，出现了一个比较完整的头骨，秦悦蹲下来观察一番说："是高加索人种。"

"也就是白种人喽，那只能是阿育王的大军。"我推断道。

夏冰也拿起一块骸骨研究了下，做出自己的判断。

"这些骸骨确实年代久远，有些一碰就碎。从骸骨来说确实像是高加索人种，不过还不能完全判定……"

"喏，这有更直接的证据。"宇文不知从哪儿找到一个黑色的小金属片说，"这是一枚银币，孔雀王朝的银币。"

我接过已经漆黑的银币说："确实属于阿育王的时代。可……可是阿育王大军为何会在这儿遭遇危险？"

我望着远处的雪线。此刻，那儿被白色的薄雾笼罩，危险或许就在前方，我们所有人再度紧张起来。我和秦悦举起突击步枪，和阿帕走在了最前面。一路上，灰褐色的骸骨不断出现，我已经开始麻木，举枪的双手微微颤抖，喘着粗气，一步步逼近雪线的位置，四千零七米，四千一百八十九米，四千三百零七米，四千五百六十二米，四千七百八十二米……不断加强的高原反应，折磨得我们头昏脑涨，背上的行李如山般沉重。终于，后边的李樊率先倒下了，我们只好停下脚步休息。

李樊吃了抗高原反应的药后，稍稍缓解过来，前方看似不远的雪线，我们已经走了快两个小时，从天没亮就遭遇洪水，再加上黑衣人的袭击、病毒、高原反应，我们实在是筋疲力尽，拿出携带的水和食物，坐在碎石与累累白骨中，吃了一顿迟来的早饭。柳金下了决心后，吩咐舍弃帐篷和其他不必要的装备，待李樊恢复过来，我们终于再次向雪线走去。

我们在碎石、烂泥与骸骨中，又艰难地走了半个多小时，终于来到了雪线附近，此地的海拔高度已是四千九百七十二米。骸骨与大地震的遗迹也更加密集，烂泥路似乎在这里就到了尽头。阿帕指着北面被白雾笼罩的高山大声道："顺着这条山路向上攀登，就是狼脊。"

我们齐刷刷向上望去，灰白色的云雾笼罩着山路，根本看不清狼脊的模样。我侧耳倾听，没有狼嚎，只有风声，我抬头又看看天，这变幻莫测的天气，实在难以捉摸。伯曼医生的针剂暂时控制住了我体内的病毒，但强烈的高反又让我头疼欲裂……我的目光落在云雾笼罩的山路上，几块灰白色的骸骨静静地躺在那里，当年阿育王的大军在这里全军覆没，我们也绝不会轻松上去。想到这，我的心情变得无比沉重。

5

我们在狼脊下休息良久，全都换上登山装备后，开始攀登狼脊，此时正是正午时分。攀登了大约一百米，我感觉到体力开始下降，这一百米几乎呈四十五度向上延伸，不知道再往上坡度是不是会更加陡峭。不过好在摆脱了那些让人作呕的骸骨，也没了烂泥和碎石，脚下的岩石光滑而干净。

阿帕依然背着最重的行李，走在前面，我紧跟着阿帕向上攀爬，狼脊的坡度越来越陡，我被迫用上双手，阿帕回头见我们狼狈的样子，咧开嘴笑了起来，"这段会有点陡，中间比较平缓。"

"你……你不是没上来过吗？"我看着阿帕问道。

"听镇上老人说的。不过中间一段虽然平缓，却要小心。"阿帕说道。

"平缓，为何还要特别小心？"我不解。

"你们到了就会明白的。"阿帕说完不再说话，脚下还在加快。

如今脚下已经出现积雪，好在积雪不深。严重的高原反应加寒冷让我步履蹒跚，距离阿帕越来越远，就见阿帕在前方停了下来，似乎在等我们。当我好不容易赶上阿帕时，测了下海拔高度，五千四百四十四米。回头望去，体感并不长的一段路，竟然升高了四百多米，怪不得我会感到如此疲劳。我喘息着，听阿帕指着前方说："看，前面平缓多了。"

"前面是中间一段吗？"我问道。

阿帕点点头回应说："我们已经爬了三分之一。"

"看上去不是挺平缓的，有什么危……"话音未落，我就发现狼脊的中段虽然平缓，却变得异常狭窄，周围被云雾包裹，能够看出狼脊中段两侧是万丈悬崖，我终于理解了"狼脊"中的"脊"字，这是真正的山脊，也明白了阿帕说要特别小心的原因。

就在我痴痴地凝视山脊时，天空飘下了雪花，我心里暗暗叫苦，本来就覆盖积雪的山脊，这下变得更加湿滑。就在我踌躇不前时，阿帕已经踏上了山脊，他的平衡感很好，虽然速度很慢，却几乎没有停下来。秦悦看我不动，拍了我一下。

"害怕了？"

"怕……"话还没说出口，秦悦就超过我，紧随阿帕走上山脊。我无奈地看看身后的夏冰，只得硬着头皮走了过去。这简直就是一段独木桥，我张开双臂保持平衡，在山脊上前行。

阿帕看到我的样子有些滑稽，便笑道："不用这么夸张，正常走就可以。"

我们跟着阿帕又向前走了百余步，每一步都很慢、很小心……这时，秦悦注意到我们脚下出现了脚印。

"看，刚留下的脚印。"

"为何一路都没看见，到这里才出现？"我放低声音问道。

"因为狼脊是通往智慧之轴的必经之路。"秦悦也压低了声音，"而且这里刚好有积雪。"

"脚印凌乱，他们人挺多啊。"我说着抬头向前方望去，脚印一直延伸进云雾之中。

"从脚印判断，他们的人数不比我们少。"秦悦说着又跟上前面的阿帕。

阿帕显然也注意到了脚印，他指着脚印反问我："这就是……那些……那些坏人？"

"对，我们必须追上他们。或许他们正在前方等着我们，就像刚才那些黑衣人，我们走前面吧。"

说罢，我和秦悦走到最前面。我慢慢适应了在山脊上的行走，继续在山脊上走了几十步，秦悦又停下来，原来是脚下的山脊上出现了一具骸骨。

"这怎么又……"

话没说完，秦悦就打断我，"看上去不太一样。"

"你厉害了，一眼能看出来？"我小声嘀咕道。

秦悦抬头远眺前方笼罩在云雾中的山脊对我小声说："你掩护我。"

我心领神会举起枪跟随秦悦过去。秦悦蹲下身子，看着这具骸骨说："蒙古人种，这不像狼脊下的尸骨那么脆弱，颜色也要白一些，说明这具尸骨年代更近一点。"

"是现代的？"

"不，也是古代的，具体年代看不出来。"秦悦说着继续向前走了两步，又一具骸骨出现在山脊一侧的崖壁上。

秦悦试着想靠近那具骸骨，我忙喊道："小心！"

秦悦白了我一眼，"你以为我真会过去啊，这具跟刚才那具似乎是同一时代的。"

我们继续迈步向前，脚下出现了越来越多的骸骨。秦悦观察之后发现所有尸骨都是蒙古人种，我推测道："可能是赤松德赞的大军，或者是忽必烈的怯薛军。"

秦悦没有说话，又往前走了一阵。一具奇怪的尸骨吸引了秦悦的注意力，她仔细观测了下。"这具看上去有点扭曲，他的死因很可能是因为这个。"秦悦从地上拿起一截胫骨递给我继续说，"这里的骸骨相对完整，所以可以很清晰看出他们临死前遭受的损伤，这个人为什么看上去有些扭曲，因为他的胫骨、腓骨、肱骨、尺骨竟然全部被折断了。"

"这个……也断了。"阿帕也拿起另一具骸骨的肱骨。

"对，这具不但肱骨断了，看头盖骨。"秦悦说着拿起那具尸骸的头盖骨，"从头顶完全碎裂了。"

"阿帕，你说这是狼干的吗？"我问阿帕。

阿帕有些僵硬地摇摇头。

"不，不可能，狼哪有这么大的力量？"

"喜马拉雅狼呢？"我追问道。

"喜马拉雅狼个头比一般灰狼还要小些，不会有这么大力量。"夏冰从后面赶过来说道。

"那这……会是什么造成的？熊？虎豹？"我内心不禁一颤，紧张地又端起枪，注视着前方。

"这种海拔高度很少有大型猛兽了，喜马拉雅狼、雪豹……"夏冰喃喃自语道。

"你看看这个吧。"秦悦说着从那具扭曲的骸骨下，抽出了一支锈迹斑斑的铁棍。

我接过铁棍观看一番。

"这是一支长矛的矛尖部分，从做工、形制、风格和锈蚀情况来看，这支长矛很像是吐蕃时期的。"

　　"那这些骸骨就是赤松德赞的大军喽。"秦悦又从骸骨下面拿出一截奇怪的锈铁棍继续说，"你再看看这个呢？狼和雪豹应该没这个本事吧？"

　　6

　　秦悦手中的锈铁棍完全被扭曲成了麻花状，这显然不是狼和雪豹能做到的，我接过铁棍的手有些颤抖地说："这……这肯定是一种很大的力量。"

　　"废话。问题是这是什么力量。"秦悦说罢也将突击步枪端在手上。

　　我们继续向前走，雪渐渐大起来，虽然我已经加了小心，但在走出二十多步后，脚下还是被什么东西猛地绊了一下。我一个趔趄重心不稳，挥舞双臂，想要保持平衡。秦悦赶忙拉住我，才让我保持住了平衡，没有摔下山崖。

　　我惊魂未定，瘫坐在山脊的积雪上。

　　秦悦扒开山脊上的积雪，露出了一个生锈的铁疙瘩。

　　"这是什么？"秦悦一头雾水。

　　阿帕用手掰了掰，铁疙瘩纹丝不动，我盯着铁疙瘩出神好一会儿才缓缓说："这东西像是早期一种测量海拔高度的仪器。"

　　"仪器？不会是吐蕃时期留下的吧？"秦悦问道。

　　"肯定不是。"我趴在地上仔细辨认铁疙瘩，"上面是英文，一万……一万九千英尺。"

"用的英制，肯定是英国人留下来的。"秦悦说道。

"荣赫鹏他们曾经到达过这里，可以断定英国人当年就是为智慧之轴而来……"夏冰喘着气说道。

我们队伍里除了阿帕和秦悦气色还好，其他人都在被严重的高原反应与严寒所折磨，李樊、格林诺夫已经拿出罐装氧气瓶开始吸氧了。

"一万九千英尺，就是五千七百九十米。阿帕，我们还要爬多高才能上去？"李家父子问道。

柳金也喘着粗气向阿帕发问："智慧洞、回旋谷、智慧门、智慧海不会一个比一个高吧？"

"是啊，智……智慧海不会是在山顶吧？"宇文也喃喃问道。

阿帕只是摇摇头。

"不，虽然我没去过，但听老人讲回旋谷是条山谷，地势比智慧洞低。"

"那智慧门和智慧海呢？"李栋继续追问。

"那我就不知道了。"阿帕摆了摆手。

"你不是有老人和传说吗？"宇文也问个没完。

阿帕还是摇摇头。

"老人和传说也没有提到过，我小时候，镇上最老的老人也只到过回旋谷……"

"为何不往前走了呢？"柳金也拿出罐装氧气瓶，吸了一会儿再次问道。

"这个……我不是跟你们讲过，关于智慧海有许多可怕的传说，能……能登上狼脊，走到智慧洞在我们那儿就已经是英雄了，可以夸耀一辈子。"阿帕语速很快地说道。

"所以关于这些……都是你小时候听那位老人说的？"李栋又问。

"是啊，大概在我十岁的时候，老人走了。镇上就再也没人登上过狼脊、去过智慧洞，更别提回旋谷了。"阿帕说着似乎有些兴奋。

"那你快……快要创造历史了。"宇文调侃了一句。

"那位老人是不是曾经跟你爷爷一起上过山？我指的是那一次，就是你爷爷出事的那一次，大地震那一次……"柳金连珠炮似的提问，甚至有些语无伦次，我还从未见柳金这样焦躁过。

阿帕被柳金连珠炮似的问题问得有点懵，他愣了一会儿才晃着手比画道："我曾经问过老人，但他没有回答我。"

"你奶奶总知道吧？你爷爷那次上山的人当中有……有幸存者吗？"柳金不断追问。

"我奶说没有人回来，镇上也只有我爷一个人给那伙人去做向导，别人都没敢去……"阿帕说着又像是想起了什么，"不过……不过后来有一次我奶说到过大地震后，镇上曾经派人进山搜寻过一次。"

"那这么说来，老人很……很可能是上山搜寻时登上的狼脊，到过智慧洞和回旋谷。"宇文做出如此猜测。

"如果是这样的话，说明阿帕爷爷与那伙人走得更远……"李栋喃喃自语起来。

"这可能吗？"柳金嘴里小声用英语说道。

"这至少说明狼脊上的智慧洞就是我们这次行动的最高处了，过了智慧洞，海拔就会降低，大家就能摆脱严寒与高原反应。"秦悦倒是很乐观的样子。

"那如此说来，我们翻过智慧洞就到雪峰的北坡了？"宇文仰头望向被云雾笼罩的雪山。

"这……不是很合理啊……一般来说从山南坡翻到北坡，是要翻过山峰或者山脊，没听说通过一个山洞就能从南坡到北坡的。"夏冰根据常理做出分析。

"是很奇怪。就像秦悦所说，至少我们不会再被严寒和高原反应困扰。"我虽然不解也赞同秦悦的看法。

"所以我们再加把劲儿，一鼓作气爬上去，争取在天黑前到达智慧洞。"秦悦使出鼓舞技能，激励士气低落的众人。

宇文又问阿帕："前面还要多久能……能登上狼脊？"

阿帕指了指被云雾笼罩的山脊说："我们差不多走了三分之二吧，如果顺利，就快能登上狼脊了，不过前面这段路不太好走……"

阿帕欲言又止，我追问道："比前面两段都难走吗？"

　　阿帕面露难色回应道："是的，听老人跟我说过，狼脊最难走的就是最后一段，前面两段，一段山势陡峭但山脊宽阔，一段山势平缓但山脊狭窄，而最后这段山势既陡峭，山脊也狭窄，所以……"

　　"也就是说我们既要忍受高原反应，又要冒着坠入悬崖的危险？"秦悦整理好行装问道。

　　"就是这个意思。"阿帕爽快地说道。

　　"还可能……"宇文想说什么，但秦悦冲他一瞪眼，他又闭上了嘴。

　　我们休整过后再次上路，秦悦和我走在前面，山势又再次陡峭起来，差不多有四十五度的坡度，我们脚下的山脊越来越狭窄，两侧就是万丈深渊。我和秦悦又将突击步枪背了起来，因为这段路必须手脚并用才能攀登，到这时我才真正理解了狼脊的危险与可怕。

　　又攀爬几十步后，我们脚下竟然出现了阶梯，我叫住秦悦往下看。

　　"看……看，阶梯。"

　　"人工开凿的？"秦悦有些不敢相信。

　　"是，是的，还能看出开凿的印记，但看不出来是什么人开凿的。"我的呼吸愈发困难。

　　"这个高度有人工开凿的阶梯，不可思议。"秦悦也有了高原反应。

　　"说明曾有大队人马通过，才会……"我喘得越来越厉害。

"也说明上面这段最难爬。"秦悦说着绕过我，走在了最前面。

我还想说什么，但强烈的高原反应逼迫我闭上了嘴，我趴在狼脊的阶梯上，瞅着秦悦又向前走了两步，突然停了下来……我凑到秦悦身边，压低声音，刚要开口，秦悦却冲我做了一个噤声的手势，然后指了指前方。我顺着秦悦的手指，发现就在离我们不远的阶梯上似乎有斑斑血迹，不仅仅在阶梯上，还有阶梯两边的山脊都有大片的血迹，一直向山崖下流淌下去。

"看来云象的人走……走在前面，凶多吉少啊。"我小声嘀咕了一句。

秦悦没有说话，继续向前攀登，没走出几步，又停了下来，她将重心放低，最后完全趴在阶梯上。这时，我终于看到了。前方是一匹皮毛金黄的狼，从云雾笼罩的山脊上缓缓走下，它脚步轻盈，双目如电，正注视着前方。我不确定金狼是否发现了我们，但我的心脏已经开始狂跳不止，据说狼的视野宽阔，视力却不太好，趴着不动或许是最好的选择。

我也缓缓地趴下来，如今我才明白此地叫狼脊的原因，也想起了在荣赫鹏办公室那么多研究喜马拉雅狼的资料。而对面的狼体形硕大，不是说喜马拉雅狼体型要比一般的灰狼小吗？我狐疑着继续观察，喜马拉雅狼一步步从阶梯上走下来，离我们越来越近，这时，其他人也都看到了狼，纷纷趴下来……

7

此时，我的大脑一团乱麻，忽然想起来以前在书上看过狼虽然视力不佳，但嗅觉极其灵敏。想到这里，我的心又是咯噔一下，我们这样一动不动，迟早还是能被喜马拉雅狼嗅到，尤其在这种人迹罕至的地方。秦悦小心翼翼地取下后背的突击步枪，我也试着以最小的动作取下背上的枪，但枪托还是撞到岩石上，那匹狼猛地转了一下头，盯住我们。

狼是群居动物，所以我判断附近还有别的狼，秦悦已经做好了射击准备。就在这时，从云雾中又走出了一匹、两匹、三匹、四匹、五匹、六匹狼，一共六匹狼分立在头狼两侧。让我大感惊诧的是六匹狼站立的位置，特别是站在外侧的狼，整个身体几乎都已经在悬崖外，但最外侧的两匹狼依然稳稳地伫立在山脊外侧，看得我不寒而栗。

狼群似乎已经摆好了进攻队形，这一切都发生在很短的时间内，我们已经丧失了先发制人的机会。就在秦悦调整姿势、准备扣动扳机的瞬间，头狼高高跃起，直向秦悦身后的我扑来，我浑身一颤，双腿无力，想要举枪射击，一时间却根本无法调整到那么高的角度。头狼如黑云压顶般扑到我的背上，秦悦想要救我，除最外侧的两匹外，其他四匹狼几乎同时如离弦之箭冲向秦悦。而最外侧的两匹也同时从山脊外侧绕开我们冲向我身后的宇文、夏冰……

哒哒哒，枪声乱作一团，根本分不清谁开了枪，我被头狼压着无

法射击。头狼狠狠地压住我，张开血口，猛地扑向我的脖子。我心想
小命这就要完，本能地拼命挣扎……此时，又是几声枪响，头狼挣扎
了两下，便跳了起来，我也不知是出于本能，还是经历过袋狮、古巨
蜥、大脚怪之后，功夫见长，趁势翻身举枪，才发现刚才竟然是柳金
开枪救下了我。

就见柳金双手各持一把手枪，左右开弓，扑向夏冰和宇文的两
匹狼，一伤一逃。接下来，柳金又对头狼连开数枪，头狼发出一阵凄
厉的嚎叫，扑向柳金。柳金一动不动并不躲闪，我吓得赶紧闭上眼
睛，不敢去看。只听到砰砰砰三枪，头狼虽扑倒了柳金，身上也中了
弹，血流不止。头狼像疯了似的撕扯柳金，根本不顾自己不断流血的
伤口。

夏冰、宇文、李栋拿着长枪无能为力，辛格带着人冲上来，拔
出廓尔喀弯刀，直接扑向头狼……此时，另一方的战场上，秦悦在四
匹狼扑向她时，扣动扳机，一排扫射，两匹狼一死一伤，剩下两匹将
秦悦扑倒在地，我扔掉步枪，学着辛格等人的样子，拔出刺刀冲向
狼群。

就在其中一匹狼要咬断秦悦喉管的刹那，我猛地一刀刺过去，
那匹狼一阵哀号，响彻狼脊。拔出刺刀，狼血溅了我一身。另一匹狼
扑向我，我与狼在山脊陡峭的阶梯上殊死搏斗，就在我要筋疲力尽，
滚落山崖之时，秦悦也弃枪拔出了刺刀，扎进了这匹狼的后背。狼的
哀号引来头狼的注意，头狼正与辛格手下那两名健壮的廓尔喀战士搏

斗，不落下风。这要是普通人可能早已全军覆没了，谁叫狼群今天不走运，碰到了我们这些怪人。

头狼见占不到便宜，又跃过我和秦悦，跳在阶梯之上，发出一声长长的嚎叫，这声狼嚎仿佛刺破云雾，传遍雪山。我们不明白头狼在做什么，全都怔怔地站在山脊上，喘着粗气，本来就有高原反应和严寒，这一番搏斗又让我们体力大幅下降。宇文站立不稳，已然一屁股坐在阶梯上，柳金被头狼抓伤，正依偎在格林诺夫怀里。头狼又是一声长嚎，秦悦重新拾起枪，举枪瞄准，就在秦悦要射击的时候，从狼脊上方的云雾中，又奔出来六匹狼，秦悦举枪的手微微一颤，还是扣动了扳机。

但秦悦这次有失水准，她的手臂剧烈颤抖，根本无法瞄准，一顿乱射，非但没有打中狼，反倒招来了狼的猛扑。两名廓尔喀士兵冲向狼群。这次，头狼先是一声短嚎，所有的狼全部扑向了两名廓尔喀战士，一番血腥搏斗过后，两狼受伤，其中一名廓尔喀士兵被扑倒，另一人连滚带爬地逃了回来，却也是血流不止。

头狼一下子咬断了被扑倒的廓尔喀战士的脖子，接下来在头狼的长啸声中，狼群对廓尔喀战士开始撕扯啃咬。顷刻之间，那名廓尔喀战士就已血肉模糊。秦悦几次举枪，想要解救那名廓尔喀战士，但只得放弃，直到狼群再次扑向她时才开枪射击。辛格、李栋、宇文几支枪一起开火，除了能威吓一下狼群，毫无作用。

狼群变得更加肆无忌惮，头狼再次扑倒秦悦，秦悦不得不再次与头狼展开殊死搏斗。我赶紧举枪射击，吓住后面的狼群，然后大声冲宇文和李栋喊："你们开枪掩护我。"

刚喊完就觉大脑一阵眩晕，动作僵硬迟缓，但我还是扑向了头狼。我和秦悦两人，还有头狼纠缠在了一起。我挥舞刺刀使劲扎进头狼背部，头狼一声惨叫，猛一挣扎，想将我的身体甩出山脊，我死死地抓住刀把就是不松手，头狼感到一阵剧痛，又是一声惨叫，使劲儿挣扎了一下，杀红眼的我，死不放手，任凭头狼如何挣扎撕扯，只是死死地握住刀把。我知道头狼越是挣扎，刺刀造成的伤害就越重。

头狼的血喷溅出来，秦悦在它身下，也是全力攻击。人与狼完全杀红了眼，只留下了生存的野性，头狼摆脱不掉我，转而抓着秦悦冲出山脊，我仍然死死不放手。头狼用力过猛，我手中的刺刀终于在它背部深深地划开一道血口，头狼哀号不已，毫无理智地再次向左侧山崖冲去，我和秦悦被头狼带着，一起往山崖下滑落。

秦悦被头狼攻击到已经神志不清，我赶紧松开一只手，想要抓住周围可以抓住的东西，但光滑的山脊又有什么能让我抓的呢？我们和头狼滑到了山脊的最边缘处……到这里已经无能为力，除非出现奇迹。我已经筋疲力尽，秦悦则昏迷不醒，只有头狼发了疯地挣扎。奇迹没有出现，我感到自己的身体已经完全脱离了岩壁，悬浮在半空中，正在重重地落下，地球的引力正在将我快速地拽向地面，坠落……

在这几次的冒险中，我曾很多次幻想过，生命的最后是跟秦悦一起，但怎么也没有想到是以这样的方式，我们竟然跟一匹狼同归于尽。耳畔响起夏冰和宇文的惊呼声，不过他们的声音很快就已远去，山崖下只有风声掠过……

8

我感觉身体软绵绵的，使不上劲儿，难道这是死去的世界？灰暗的天空，白色的雪花，侵入骨髓的严寒和强烈的高原反应，还有与狼搏斗之后坠入山崖的疼痛，让我意识到这并不是另一个世界，我们还在雪山，只是……我缓缓抬起双手，眼前是撕裂的手套与冲锋衣，刚才与狼群搏斗的痕迹还清晰可见，我放下双手插入雪中，一直向下，直到冰冷的雪水渗入手套，直插到底，插到坚硬的岩石上……我确信自己没有死，甚至还能站起来。我双手用力支撑，一使劲儿坐了起来，周围白茫茫一片，但这里不是狼脊，是一个完全陌生的地方。

我努力回忆今天发生的事，黎明时被突如其来的洪水包围，开车飞奔，又被黑衣人堵截追杀，遇到阿育王大军的骸骨。我们登上狼脊，在狼脊上发现吐蕃大军和英国人留下的遗迹，然后遭遇狼群，我和秦悦在搏斗中坠下狼脊，还有头狼……秦悦！当我想到秦悦时，猛地站起来，才发现地上的积雪已经没到了大腿。我艰难地拖动脚步，向前迈步，一步、两步、三步，艰难地向前走去，我不知道那是什么方向，我刚刚搞清楚了现状，是厚厚的积雪救了我。仰头望去，在我的右手边是灰黑色的山体，这上面就是狼脊。我又向前走了几步，找到了我的背包和突击步枪。我背上背包冲狼脊上大喊了两声，无人应答，只有回音传来。其他人还活着吗？我的心再次紧绷起来。

艰难地又往前走了几步，这边的积雪没有刚才厚了，只到膝盖。如果秦悦也坠落了山崖，必须有足够厚的积雪才能……想到这里，我加快脚步向前搜索，没有脚印，也没有秦悦，突然，在不远处的积雪中闪过一丝绿色，我赶忙调整方向，向那绿色走去，走近了才看清是秦悦的背包。我紧走两步扑向背包，可积雪里只有背包，依然没见到秦悦。

我失望地继续在附近搜寻，白茫茫一片，根本没有秦悦的踪影。我内心的焦虑不断加剧，天色愈发阴沉，还有半个小时天就要黑下来，焦虑、迷茫、疼痛、无助、恐惧、担心，各种情绪一起涌上来，我放声大喊起来："秦悦，你在哪儿？"

我不断变换方向，呼喊了五六分钟后，头有点发晕，身体在厚厚的积雪中摇摇晃晃。忽然，听到身后传来轻轻的声音。

"我……我在这……"

声音虽然轻微，却每个字都结结实实地锤在心间。我赶忙回头望去，就见在离我十几米的积雪中，晃晃悠悠地站立起一个人影。天色已暗，我无法看清面容，但我能认出那是秦悦。我不顾一切地狂奔过去，两个背包和枪都被甩落在了雪地中，当我要奔到秦悦面前时，她的身子晃动一下，又一头栽进雪地里。

我扑上前一把将她抱住，秦悦浑身冰冷，不过还没危及生命。我解开衣服将秦悦整个裹起来，给她取暖。雪还在下，我就这样紧紧地抱着秦悦，直到她再次睁开眼，我从未见过这么虚弱的秦悦。她看着我嘴角动了动，我听到她细微的声音："小心……小心……狼……"

"小心狼？头狼也还活着？"突然，我嗅到了一股奇怪的气味，这难闻的气味绝不是秦悦身上散发出来的，而是……我缓缓抬起头，从厚厚的积雪中探出脑袋，发光的眼睛从不远处的积雪中射出。这家伙居然也没死。我下意识猛地去摸枪，才想起来刚才见到秦悦太激动，枪扔在了雪地里。还有刺刀……这时，前方银光一闪，原来是我的那把刺刀还插在狼背上，可见当时我用了多大力气，这家伙却像是有神力护佑，刺刀插入那么深，又从山崖坠落，竟然没死。

我的心跳开始加速，没有武器要怎么对抗？头狼肯定早就发现了我们……它甚至不给我胡思乱想的时间，银光闪过，头狼高高跃起，扑向我和秦悦。我平稳下心情冷静思考，当头狼跃起时，我发现其不论高度和距离都大不如前，准确性也有所下降，因为我根本没有躲闪，头狼却没有扑到我。见状，我放低重心积攒力量，猛地向后边枪的位置奔去，希望能引开头狼。

头狼果然再次扑向我，在我摸到枪的同时，头狼也扑倒了我。这次头狼扑得很准，我和头狼在厚厚的积雪里再次进行了肉搏，我用枪托猛击头狼的身体，头狼疼痛难忍，低声嚎叫一声闪到一边，头狼脊背上不断有鲜血涌出，我心下更是多了几分把握，今晚就拿你充饥了。想到这里，我变成了凶狼的捕猎者，而头狼体力则越来越不支。

当我举起枪准备射击时，头狼再次发动绝命一击，我还来不及瞄准，只能改变姿势，抢起步枪，使出全力拍在头狼身上，头狼哀号一声，栽倒在雪地里。我决定发起反攻，往前一跳，骑在头狼身上，拔出狼背中的刺刀，顿时鲜血喷溅。头狼再次发出哀号，我顾不上许多，右手持刀，向头狼心脏猛插进去。

意外的是已经筋疲力尽的头狼猛地挣扎一下，让我的刺刀插偏了位置，从心脏偏到腹部，即便如此也够头狼受的。头狼长长的哀号后拼命挣扎，我也再次陷入缺氧状态，头狼趁机逃了出去。我刚要追上去，体力不支没有站稳，只能放弃追击。再看奄奄一息的头狼，竟爆发出了巨大的力量，猛地向雪地深处窜去，当我稍微缓过来点的时候，头狼早已不见了踪影。

已经到手的晚餐就这样跑了。我一天都没怎么进食。目前已经是饥肠辘辘，严寒、高原反应、伤痛、饥饿一起向我袭来，状态极差。我先捡起雪地里的背包和枪，秦悦也晃晃悠悠站了起来，我赶忙过去搂住秦悦。

"你还……还好吗？"我关切地问。

"没……没什么大事，就……就是一点皮外伤，大……大难不死，必有……"秦悦心态倒是挺好，冲我傻笑。

"行了，省点力气少贫嘴。"我搀扶着秦悦，忽然发现雪地上有一条长长的血迹，一直延伸向远处，这是刚才头狼逃走时留下来的。

我决定沿着这条血迹走下去，只是在雪地里搀扶着秦悦，有点步履艰难，速度很慢。没过多久，天慢慢地黑了。秦悦问道："我……我们……这是去……去哪？"

"带你去……去吃狼肉大餐。"我低声说道。

"狼肉好……好吃吗？"秦悦声音微弱。

"好吃，吃完就……就不冷了，高原反应也……也会消失，伤口很快就会好的。"我安慰秦悦说。

秦悦没说什么。即便是不长的距离，在这样的积雪中也要走半个小时，殷红的血迹也一直延伸下去，直到我们的前方出现了一面黑色的石壁。

9

血迹到这里就消失了，但其实血迹并没有消失，只是延伸到了黑色石壁上出现的黑黝黝的洞口里面。秦悦打起精神抬起头，她也看见了那个洞口说："狼洞？"

"那个该叫狼穴。"我纠正道。

"对，狼穴，我有点懵……"秦悦似乎缓了过来，挺直身子。

"头狼很可能躲在这里。"我握紧了手中的枪。

"如果……如果是狼穴，更要小心。"秦悦叮嘱道。

"管它是什么，都要进去看看。"说罢我就要进洞，没料到就在此时，一匹狼猛地从洞内扑了出来，我和秦悦侧身闪躲，那匹狼扑了个空。

　　扑过来的狼浑身是血，就是那头与我们缠斗的头狼。我心中暗暗吃惊，已经伤重如此，竟还能爆发出冲刺的力量。困兽犹斗说的就是这个意思吧。我的体力也见底了，不想再跟头狼周旋，于是举枪瞄准，就要扣动扳机，秦悦却伸手压住了我的枪……

　　我没明白秦悦的意思，我和头狼就这样在洞口对峙。一分钟、两分钟、三分钟，当四分钟时，头狼动了一下，又向前迈了两步，我紧张得要扣扳机，秦悦却再次压住我的枪，头狼缓慢地走了两步，突然倒在雪地里，剧烈抽搐几下后便不再动弹了。

　　我缓缓地放下了枪，长出一口气，秦悦小声问道："这就是你准备的晚餐？"

　　"还满意吗？"我望向秦悦。

　　"先进洞里看看吧，希望能在这里忍一晚。"秦悦仰头看看天气，雪还在下个不停。

　　秦悦的枪是找不到了，好在背包还在，她的背包里有一盏便携式马灯。我们打开马灯，钻进洞口，眼睛还没适应黑暗，首先感知的是嗅觉，洞里面的气味不难闻，似乎没有什么动物长期居住。

　　"好像不是……狼穴……"我压低声音说道。

　　"奇怪，这里……这里似乎没有高原反应……"秦悦也在细细感知。

　　"那……那可能只是你……你的心理作用。一般人适应一段时间，高原反应就……就会过去，我觉得现在我……我快过去了。"前方豁然开朗起来，我赶紧用马灯照过去，眼前是足有五十多平方米的山洞。

这个发现让我们惊讶不已，这肯定不是普通的山洞，这五十多平方米的洞室中间，有一张落满灰土的桌子，围绕桌子有几个箱子，桌子上还有一些物品。目睹此景，我警觉地举起了枪。秦悦提着马灯，我举着枪，小心翼翼地靠近了桌子。环视四周，在这个山洞另一侧还有一个洞口，那个洞口会通向哪里呢？

我给秦悦递了个眼色，我们的首要目标就是那个洞口。洞口要比外面那个洞口小，秦悦冲我比画一下，我们分立洞口两侧，倒数过后，我猛地持枪转身，对准洞口，里面黑漆漆的没有任何动静。秦悦举灯照亮，才看清里面的洞室明显要比外面小很多，大概只有十几平方米。

十几平方米的房间内，堆满了大小不一的箱子，箱子上落满灰尘。从箱子样式与落满的灰尘观察，不像是现在的东西，更像是几十年前的物件。更让我和秦悦诧异的是，在靠最里面的地方，依着洞壁摆着一排枪，而在这一排枪旁，还有一张锈迹斑斑的老式行军床。

"这里既不是狼穴，也没有人……"秦悦此时的气色明显好了许多。

"不是英国人弄的，就是德国人搞的。"我抹去木箱上的灰尘，上面闪现出一行字母，但却不是英文，我又抹去另一个箱子上的灰尘，同样的拉丁字母，看到这些文字让我已经有了几分推算。我抽出刺刀撬开了一个箱子，里面竟然是满满一箱手榴弹。我拿起一支喃喃说道："这种长柄手榴弹，像是二战时期德军装备的。"

"那这地方是德国人搞的喽？特林克勒？"秦悦想起了旧镇上的那个倒霉鬼。

"还不好说，这款手榴弹从一战末期到二战末期广泛装备于德军，特林克勒是一九二八年来的……"我想了想又说，"最关键的问题是特林克勒看上去势单力孤，在英国人的势力范围内活动，似乎不可能有搞来这么多武器的能力。"

"那会是谁呢？"秦悦观察着洞壁忽然惊叫起来，"这……这洞穴不是天然形成的。"

我正用刺刀撬开另一个箱子，里面是满满一箱用油纸包裹的东西。

"这是烈性炸药。我刚才发现这儿洞壁并不是天然形成的，而是炸药炸出来的。"

"怪不得有这么多的炸药。"我又用刺刀去撬另一个大一点的木箱子，撬开一看，里面竟是排列整齐的冲锋枪，"这是德制冲锋枪。这种枪是一九三八年的德军装备，那这些箱子的主人就不会是特林克勒了。"

"那会是谁？难道在英国人荣赫鹏、德国人特林克勒之后，还有其他德国人来过？"秦悦吃惊地看着我。

"我想起了一伙人……"我陷入沉思。

"谁？"

"曾经在各种记载，尤其是野史传说中传得沸沸扬扬的另一伙德国人，这伙德国人曾经深入藏区，对青藏高原进行过详细考察，而这伙德国人进入藏区的时间正是一九三八年，本来他们想从中国境内沿长江溯流而上，但最后选择了从印度、尼泊尔境内北上，一切都对上了。"

"这又如何……在野史中传得沸沸扬扬是什么意思？"

"因为这支考察队受到了纳粹党卫队的资助，据说希姆莱曾经对这支考察队寄予厚望，而这支考察队的目的又扑朔迷离，有人说他们去青藏高原，是为了寻找雅利安人的发源地，证明雅利安人的高贵；有人说他们此行的目的是为德国造原子弹寻找铀矿。但最离奇也是流传最广的一个说法，说他们此行的目的是寻找所谓的地球轴心……"

秦悦打断我说："我也听说过这个事，不过非常荒诞。"

"不管荒不荒诞，德国人是相信的。一九四三年，德国人在二战中已处于不利境地，希姆莱又派出了一支考察队，这支考察队由登山家、党卫队军官海因里希·哈勒、希姆莱的心腹彼得·奥夫施奈特领导，不过他们比较倒霉，刚到印度就被英国人抓了，最后只有哈勒与奥夫施奈特两个人逃了出来，他们继续往西藏进发，等他们到达拉萨时，二战早已结束，而纳粹德国也已经覆灭了。"

"所以这些也不是一九四三年那帮人的？"秦悦听出了我的意思又问，"那么他们属于谁？"

我直接给出了答案。

"我猜这些东西很可能属于一九三八年的那支科考队，他们的领导者是博物学家恩斯特·塞弗尔，另一个有名的是人类学家布鲁诺·贝格尔。不过德国人这两次考察都很神秘，所以纳粹是不是还曾经派出其他考察队，包括考察队中的具体成员，外界都知之甚少。"

"塞弗尔考察队？"秦悦喃喃道。

"对，就是塞弗尔考察队。目前来说，德国人对这里的兴趣远比英国人要大，英国人荣赫鹏掌握那么多资源，但在一九〇六年失败后就放弃了。而德国人至少我们已知的就有三批人有兴趣，一九二八年特林克勒很可能只是个倒霉鬼，连狼脊都没到就被迫放弃了。不过他回去后显然并不甘心，很可能是他的那次不成功的考察，吸引了希姆莱的注意，于是又有了一九三八年的塞弗尔考察队。"我给出了一个完整的推测。

"塞弗尔考察队后来不是回到德国了吗？那么装备为何留在了这里？"秦悦问道。

"这正说明德国人对这里的探索是前赴后继的。因为周边国家当时是英国人的势力范围，所以德国的考察队想来这里是很难的，只能偷偷摸摸来，考察队人数不能太多，带的装备也有限，所以他们的成果也非常有限。因此塞弗尔考察队将剩余的物资就藏在了这里，留给后来者用，可惜后来者哈勒与奥夫施奈特，都没有摸到这里。"

"这也就解释了德国人为何在狼脊下面偷偷摸摸炸了这么个洞，

作为基地。"秦悦环视这里说道。

"基地？对，这里很可能是德国人的前进基地。他们对这里的考察前赴后继，需要一个前进基地。"我进一步推测道。

"如果真像你分析的，那么德国人的目标显然就是智慧之轴，而且……而且他们对智慧之轴的了解要远多于英国人。"秦悦也推测起来。

"确实如此，否则他们不会一次又一次冒险深入这里。"

"将这些装备背到这里一定很艰难……"秦悦停顿了一下，突然她眼前一亮反问道，"你说阿帕爷爷那次……请阿帕爷爷上山的那伙人会不会就是塞弗尔考察队？"

10

秦悦的话提醒了我，但我细细算来又摇了摇头说："塞弗尔考察队距今已有七十多年，这个时间……似乎……"

秦悦眼里的光又黯淡下来。此刻，我腹中饥饿难耐，便指着外面对秦悦说："这里应该存有酒精之类的东西，咱们赶紧先解决肚子问题。"

我用刺刀又撬开几个木箱，里面是一些仪器设备。当我撬开一个小箱子时，里面是满满一箱酒精块。而在行军床旁边，一盏老式的马灯也还能用。于是，我搬出一箱酒精和老式马灯，兴奋地对秦悦说："天无绝人之路，塞弗尔考察队留下的东西，哈勒没用上，便宜我们了。"

秦悦在外面的大洞中找到一个半截铁桶。

"里面似乎还残留着一些油，不知道是汽油，还是煤油。"

"管它什么油，能点着就行。"我从包里找出打火棒，又从长桌上胡乱拽出一张纸，就要去点这张纸。

"等等……"秦悦阻止了我。

"我检查过了，这是一张没有字的白纸。"我将手中的纸递给秦悦。

秦悦反复检查过，确认是一张白纸才还给我，没想到已经很脆的纸还能点燃，我将点燃的纸抛入铁桶中，腾的一下，铁桶中的油就熊熊燃烧起来，我和秦悦很快便感受到了久违的温暖。

身子稍微暖和了，我便手握刺刀，准备去剥皮取狼肉，秦悦递给我一把匕首。

"用这个更顺手些。"

"在这儿找到的？"我看匕首也有年头了，但却寒光逼人，毫无锈迹。

"里面的一个箱子上。你去处理狼肉，我来烤吧。"秦悦说着晃了晃手里的刀。

我本来就没什么宰杀动物的经验，连家禽都没怎么杀过，现在却要处理一头狼。实在是强人所难，但我还能有什么办法呢？头狼都被我杀了，现在就是一匹死狼，饥饿与寒冷促使我很快学会了如何处理狼，我取下几大块狼肉，然后切成条状，缠绕在刺刀上，交给秦悦烤制。不久后，我便吃到了人生的第一口狼肉。

我和秦悦狼吞虎咽地吃完了一条，没有佐料，肉质有些粗糙，也品不出什么特殊味道，与驴肉有点像，或许加佐料会更好吃吧，但现在我们只想充饥。我又将另一条狼肉缠绕上，就这样，一口气吃了七条狼肉，我们才稍稍缓过来。秦悦将第八条狼肉放在铁桶上烤，我开始注意起洞内的长条桌。

这是一张可以折叠的铁质小长桌，非常适合野外使用，我们这一通折腾，长桌上的灰尘已被抹去大半，桌上的物品渐渐显露出来。一份印有黑十字标志的文件和绘图的尺子、圆规，以及一本小册子呈现在眼前。

我捧着那份印有黑十字标志的文件翻看良久，失望地摇摇头："是德文，我以前因为写论文需要，跟宇文学过一点德文，但整篇文章还是看不懂。"

"那这个小册子你也看不懂喽？"秦悦手里晃了晃那本小册子。

我接过小册子看看说："也是德文的，不过……"我似乎在封面上看到了一个熟悉的德文名字——Werner Karl Heisenberg，不禁心里一惊脱口而出，"沃纳·卡尔·海森堡。"

"海森堡？"秦悦似乎也觉得有些耳熟。

"没错，姓和名都没错，就是德国著名物理学家海森堡，量子力学的主要创始人。彭教授和桂肃都曾提到过海森堡的测不准原理，并用测不准原理来解释神迹的奇怪现象。"我又一次确认了小册子上的德文姓名。

"这封面上似乎还有一个人的姓名……"秦悦提醒着我。

这个姓名排位在海森堡之前，Otto Hahn？这是……我尝试解析这个姓名："奥托·哈恩？是啊，奥托·哈恩，也是德国著名物理学家，他发现过多个放射性元素，是哈恩发现了核裂变。"

"问题是这两位大科学家在小册子里写了什么？而这小册子又与塞弗尔考察队有何关联？"秦悦问道。

我翻看着这本只有二十几页的小册子，同样疑惑不已。

"我前后翻了几遍，都没看到版权页。"

"这又如何？"

"说明这是一本从未公开发行过的小册子。"我翻开其中一页说，"这页上有两张图，看图……这小册子仍然在说物理学问题。要是宇文和夏冰在就好了……"

"从未公开发行过的小册子，我觉得很可能是为塞弗尔的这次行动写的。"

"这个……"我陷入沉思，"德国当时人才济济，特别是在科学领域，德国科学家可说占了科研世界的半壁江山。纳粹上台之后迫害犹太人，许多犹太科学家都出走他国，海森堡与哈恩因为是日耳曼人，所以留在德国。事实上，他们后来领导了纳粹德国的原子弹计划。但要说他们支持纳粹也不大可能，更不会对希姆莱的行动感兴趣。唯一的可能就是……"

"就是智慧之轴……特林克勒不知从哪儿听到了智慧之轴的传说，就兴冲冲地来到这里，他一定在这里发现了什么，更加确信智慧之轴的传说。当他发现凭自己的力量根本不可能到达智慧之轴，更别提打开智慧之轴时，他就回国后到处宣扬此事，引起了希姆莱的注意，就有了塞弗尔考察队。这本册子一定与智慧之轴的秘密有关，像海森堡和哈恩这样的专家既不会对希姆莱感兴趣，也不会被塞弗尔说动，只有智慧之轴能打动他们。"

"一定是这样没错了。这本小册子要收好，等见到夏冰和宇文给他们看。"

"也不知道他们现在怎么样了？"

"我们把头狼整死了，他们应该没事。多半已经登上了狼脊，按照原计划在天黑前赶到智慧洞过夜。"

"智慧洞……"秦悦喃喃说着打了个寒战，此时铁桶中的油烧得差不多了，火势渐渐小了下去。

第八条狼肉烤得有点焦，秦悦说吃饱了，我就吞下了第八条狼肉，抹了抹嘴上的油，走到洞口看看。外面雪依然在下，寂静无声。

"这雪越来越大，明天可别把洞口给封了。"

"会……会有那么大？"

"谁知道呢？这鬼地方……现在重要的是今晚……"我回头看看小洞口，明白了塞弗尔考察队当年的用意，"我们今晚就在后面的小洞里忍一晚，明早早点出发去追大部队。"

秦悦看着小洞口，然后径直走进了小洞内。

"今夜不用值夜了，就用这些箱子堵住洞口。"

我将铁桶移到小洞内，添加了一些酒精块，再将能搬动的箱子，全部堵在洞口后面，这才稍稍安心。解决了安全问题还好，但夜里的气温下降得厉害，行军床冻得硬邦邦，看上去又摇摇欲坠，我和秦悦两人只好钻进睡袋，斜靠在还算平整的岩壁上，希望早点进入梦乡，摆脱这惊险、糟糕的一天。

11

可能是太累了，也可能是九死一生之后的放松，这一夜我睡得很香很沉，没有噩梦也没有危险，在这危机四伏之地，这个小山洞似乎成了唯一的避难所。等我被一阵冷风吹醒时，已是黎明时分。我一动，秦悦也醒了过来。

"看来这里……确实没有狼……"

"连狼都不愿意来的地方，我们竟在这儿过了一夜。"我冲秦悦笑笑。

"谁跟你过了一夜？赶紧去把剩下的狼肉烤烤，吃完我们赶紧上路。"

我从睡袋钻出来，铁桶中的火焰已经熄灭，而箱子里的酒精只剩下一半，我有些为难地看看秦悦说："剩下的酒精是用来烤肉吃，还是留着后面用？"

"后面？如果按阿帕所说智慧洞就是路线上最高海拔位置，那么后面温度不会这么寒冷……我们带的都是方便食品，也不需要酒精加热……不过我们并不能确定回旋谷之后……"

"新的一天，我们还不知道能不能见到明天的太阳，先解决肚子问题吧。"打断了秦悦的话之后，我搬开洞口后面的箱子，将剩余的酒精全部倒进了铁桶中。

秦悦没再说什么，我来到小洞外面，头狼的尸体还在那儿，已经冻得硬邦邦。我先将头狼拖到铁桶旁，先是稍稍化冻，再将余下还比较好的狼肉切下来，缠绕在刺刀上，开始烤制我们的早餐。

秦悦烤狼肉的时候，我再次回到大洞门口，惊奇地发现洞口大半竟然都已被积雪覆盖。昨夜的雪竟然这么大？我心慌起来，生怕我们被积雪困住，赶忙用工具扒开洞口的积雪。当我扒开洞口的积雪时，天已经蒙蒙亮了，外面的积雪更厚，完全覆盖了昨天我们与头狼恶斗的痕迹，好在此时雪已经停了。

我和秦悦很快吃完狼肉早餐，收拾好了背包。我背起突击步枪，秦悦看看箱子里的老式德制武器犹豫起来。我以为她会拿一支冲锋枪，她却将满满一箱手榴弹装进了包里，又将另一箱烈性炸药全部塞进了我的背包。我瞪大眼睛看着秦悦："这些炸药和手榴弹还能用吗？"

"应该没问题。"秦悦说到这里，从下面一个箱子里又取出一支手枪和几个弹匣别在腰间，看我还是将信将疑的表情，秦悦又说，"要不，我们扔两个试试？"

"别……"还没等我说出话来，秦悦就走出洞口，拔出引信，向远处抛出一枚手榴弹。轰的一声巨响，手榴弹在半空中爆炸，腾起一朵小蘑菇云。

我惊得半张着嘴，秦悦却拍拍我肩膀，"这是提醒所有人注意，我又满血复活，杀回来了。"

"提醒所有人……"

"要是我们的人听见了，可以判断出我们没死，还知道我们大致的方位。如果是敌人，我也可以吸引他注意，拖延他们的时间。"

"你的伤都好了？"

"休息一夜好多了，咱们快出发吧，宇文他们可能正在智慧洞等我们呢。"秦悦催促道。

"可……可我们怎么走呢？我们现在可是在狼脊下面啊。"

"笨蛋。当年德国人在这儿开了前进基地，那么就一定会有路通到上面，如果没有，他们也一定会炸出一条路。"

我想想也是这么回事，不禁笑道："看样子是恢复了。不过这条路要我们好好找找喽。"

走出洞口，我们在没到大腿的积雪中艰难前行，秦悦说似乎是在朝正北走，我环视四周根本找不到路，只有白茫茫一片，我忙叫住秦悦。

"你……你为何往那个方向走？"

"我猜德国人的路一定在北面……只有这样，他们才能更便捷地登上狼脊，或者直接通向智慧洞。"

我也没有更好的办法，只好跟上秦悦。走出二十多步，积雪变薄了，只能没到膝盖。又往前走了三十多步，积雪就只到小腿了，看来这里的积雪少了一些。继续前进五十余步后，回头再看昨夜我们栖身的洞口，已经看不清了。我们的路线虽然和狼脊走向是同一个方向，但角度却有差异，秦悦的路线越来越偏向于西边，与狼脊渐渐拉开了距离。

就这样在积雪中艰难跋涉了一个多小时，天色已经大亮，我们依然没有发现任何通往上面的道路。我不禁焦躁起来。

"我们的路线对吗……为什么不贴近狼脊走呢？"

"我预测德国人开凿的路一定不会靠近狼脊。"

秦悦的话似乎有几分道理，我只能继续跟着她跋涉。我们与狼脊渐行渐远，角度越拉越大，当我们与狼脊呈四十五度角时，秦悦停了下来。

"怎么了？"我紧走两步问道。

秦悦怔怔地注视着前方的积雪，然后微微抬起右臂指着前方。

"那有脚印。"

我发现就在离我们不远的地方，白色的雪地上，出现了一行浅浅的脚印，"看样子，不像是人的。"

"对，是狼的，而且可以断定和头狼是一个狼群的。"秦悦坚定地说道。

"狼群来寻找头狼了？还真是有情有义啊……"

"毕竟被我们吃掉的是头狼，也就是狼群的王。"

秦悦向前又迈了一步，靠近脚印，仔细观察后笑着叫我过去。

"路找到了。"

随着秦悦的目光移动，我发现狼的脚印一直向北面的山崖上延伸，或许那就是通往智慧洞的路。路找到了，但狼群的脚印让我们不得不警觉起来。我和秦悦小心翼翼，沿着雪地里出现的狼脚印继续向北，脚印在雪地上弯弯曲曲，形成了奇怪的麻花状，这里的积雪越来越浅，当地势开始抬高时，积雪已经降到我们脚踝的位置。

脚印沿着山崖蜿蜒而上，大雪覆盖了地面，但根据脚印可以看出来，小路很窄，稍有不慎，就会一脚踏空，再次滑落山崖，这次可就没昨天的好运了。清晨的云雾渐渐散去，当重新感受到高原反应时，我们看见了远处的狼脊。

此刻狼脊上空无一人，从这个角度看过去，才真正领略到狼脊的绝险雄奇，好似一架天梯，直冲云霄。我们前面的路也越来越窄，越来越陡峭，前方出现了一大块凸出山崖的石壁，将我们的道路拦住，而狼脚印也在这里断了……

第四章 以智慧为名的相遇

1

我们走到石壁前，秦悦仰头观察说："奇怪，狼是怎么过去的呢？"

"现在算是进退维谷了。"我感到有些丧气。

秦悦盯着石壁端详良久笑了，然后从背包拿出绳索。

"你……你想干什么？"

"傻子，你看……"秦悦指着石壁凸出的地方又说，"我说过塞弗尔考察队他们既然能上去就一定有路。"

我才注意到这块石壁突出悬崖的地方有两个凹槽。

"你想从这凹槽爬过去？"

"咱们有全套登山装备，正好派上用场。前人已经给我们开好了路，再说石壁不陡，应该不算困难。"秦悦说着就把绳索系在了腰间。

我也只好系上绳索，跟着秦悦踩进凹槽，双手戴着手套，死死抓住岩壁，我们的脚下已经悬空，随时可能坠入深渊。秦悦扭头冲我笑了一下。

"不要看下面。"

我双眼紧盯石壁，集中精神，什么都不去想。首先伸出右脚，完全凭感觉在岩壁上寻找凹槽，一步、两步、三步、四步、五步、六步、七步，当迈出第八步时，我的脚终于踏上了坚实的地面，悬着的心才踏实下来。

石壁后没有路，也不见狼的脚印，却是平坦的一大片雪地。我和秦悦快步在雪地上移动，很快来到了狼脊最上端。站在这里俯瞰狼脊，只觉天旋地转。秦悦仔细辨别着地上的脚印，昨夜的大雪覆盖了许多痕迹，清晰的脚印已经难觅踪迹，只能通过一些痕迹判断出大致的走向，秦悦指了指东北方向。

"痕迹是往那边去的。"

我用电子罗盘确认了一下。

"不错，按照阿育王石柱和莲花生大士像的提示，就是那个方向。"

狼脊上宽阔了许多，我们往东北方向走去，不敢太快，因为此处海拔至少在六千米以上，强烈的高原反应再次袭来……我们忍受着强烈的不适感，走走停停，约半个小时后，前方出现了一个大到让我们惊叹的巨大洞口。这几天无数次想象过智慧洞的样子，但面前的这个洞穴，仍然超出了我们的想象，巨大的洞口呈不规则的圆形，直径在三十米左右，秦悦停下脚步，不禁喃喃惊叹道："这个洞口竟然有十层楼高。"

"和我想……想象的完全不一样。"

"你想象是什么样？"

"我没……没想过这么大，不过这洞大归大，却让我有些失望……"

"哦？你觉得这里就是智慧之轴了？"

"那倒没有，不过我想……我想这智慧洞很可能是黑轴文明的杰作，现在看来这不就是一个天然的山洞吗？"

"雪山之上，能有这么大的天然洞穴，本身也很少见吧？"

"那倒也是。"

"所以必有蹊跷，进去看看。"秦悦停了一下，望着前方的雪地又说，"我刚才一路仔细辨别雪地上的痕迹，没有新鲜的脚印，说明今天早上没有人来过，也没有动物走过。这和我们的判断一致，宇文、夏冰他们可能昨晚已经到了这里。"

"嗯，现在时间还早，他们也许还在洞里。"我不觉加快了脚步。

当我们气喘吁吁走到洞口时，更加觉得自己的渺小。洞里似乎很干燥，地面是凹凸不平的岩石，没有积雪。我四处打量洞口，天然的灰色岩石，坚硬无比，我走到洞口一侧，用枪托敲击岩壁确认，是坚硬的花岗岩。我往洞内张望，却没看到人影，刚想开口呼喊宇文的名字，却被秦悦堵住了嘴，她冲我做了个噤声的手势，然后张望良久才缓缓松开手，压低声音说："洞内情况不明，先不要喊。"

"这洞口如此巨大，光线能照进去挺远。我都没看到他们人影……看来洞里面空间一定很大。"我推测道。

"所以情况不明，小心为妙。"秦悦说着掏出那把老式手枪，轻手轻脚向洞内走去。

我也将突击步枪端在手中。洞外的光线充足，五十米之内的视线都很好，但我和秦悦越往里面走，心里越是不安，已经走进来三十多米了，仍然不见他们的人影，也没见任何他们遗留下来的物品。

"难道……难道他们没有进洞？"我虽然将声音压得很低，还是在洞内传来阵阵回音。

"不可能，除此之外，他们还能去哪儿？"秦悦的声音中明显透出了焦虑。

我刚要继续前行，却被秦悦一把拉住，我扭头看着秦悦，她却转向右手边的洞壁。我顺着秦悦的目光发现，就在那块洞壁上，似乎出现了一些线条。会不会是宇文留下的消息呢？我扑到岩壁前，用手摩挲着岩壁，这块岩壁很明显要比其他地方平滑，我除去石壁上的浮尘，岩壁上果然出现了一些符号，我却不认识这些符号，只觉得似曾相识……我向后退了一步，借着外面的光线，再次端详石壁，才发现石壁上的符号远不止刚才看到的那几个。

高达近八米的岩壁上，密密麻麻、洋洋洒洒出现了至少八百个方块字，每个字都有一般手机屏幕那么大，我不禁惊叹道："好宏大的一篇铭文，不是黑轴文字，也不是任何一种现在在用的文字，而很像……很像……"

"八思巴文。"秦悦竟然认出了岩壁上的文字。

"对，和地图上的文字一样，是八思巴文。虽然我看不懂八思巴文，但不用说这肯定是忽必烈大军刻上去的，很可能就是八思巴本人刻上去的。"

"那也就是说……忽必烈比阿育王、赤松德赞走得要远喽？"秦悦问道。

"目前看上去是这样，除非有新的证据出现。阿育王不知为何止步于狼脊前，而赤松德赞大军很可能葬身于狼脊，忽必烈突破了狼脊，一路来到智慧洞，并且他们有充足的时间与能力在岩壁上凿刻铭文。"

"想想山下智慧宫的怯薛军墓地，有那么多的勇士，所以他们走得更远……狼脊没有拦住他们，至少到了这里，忽必烈的大军还安然无恙，再往下他们就很可能遭遇了灭顶之灾。"秦悦推测道。

"不，并不是因为忽必烈人多，而是因为后人会比前人掌握了更多的信息、更多的知识，所以后人可以走得更远，就像更后面的英国人与德国人，他们的人数要少很多，但他们应该比忽必烈大军走得更远。"

"何以见得呢？"秦悦低声问道。

"你看那儿啊。"我指着对面的岩壁说道。

秦悦迈步走向对面的岩壁，就在正对八思巴文铭文的对面石壁上，出现了几个孔洞。

2

秦悦伸手仔细在孔洞上摸索，说："这……这能说明什么？"

我过来仔细观察后说："这些孔洞不是原始工具所制，而是比较现代的工具凿出来的。"

"比较现代的工具？"

我耸耸肩后说："具体是什么我也说不好，不过你看这里。"

那里出现了红色的颜料，秦悦蹲下去查看后惊道："是英文，写的是海拔高度，一万九千五百英尺。"

"五千九百五十米，没有六千米，看来狼脊最后一段有近两百米高。"我回想着这一路不断升高的海拔，有些奇怪。

"荣赫鹏来过这里，英国人也突破了狼脊。"秦悦如此推断道。

"不止英国人吧，塞弗尔考察队也走得更远，只是他们很低调很神秘……"

"不如说他们的目的更加明确。"

"好吧，我在想阿帕的话，阿帕听老人说智慧洞就是这条路线的最高处。那么后面就应该往下走了。"我又望向了前方黑暗的洞穴。

"我明白了，阿帕说回旋谷地势比智慧洞低，当时我们还想不明白，如果说我们翻过了这座雪山，一般是从山峰或者山脊翻越过去，从洞怎么翻越呢？现在我明白了，智慧洞如此巨大，与我们想象的完全不同，我们不用翻越山峰或者山脊，而是从智慧洞穿过去。"

"所以你不觉得这个洞穴有些奇怪吗？半山腰突然出现的巨大洞穴，可以穿越到山背后。而且……这个直径三十米的巨大洞穴，我总觉得不是天然形成的？"我狐疑地盯着岩壁。

"你不是说这是天然洞穴吗？"

"是啊，刚才我说的只是……只是这样的感觉，但目前也没有证明他不是自然形成的证据。"说到这里，我们不约而同地扭头向洞穴深处望去，寂静、黑暗、阴森，没有宇文他们的声音与痕迹，或许这才是智慧洞与我想象中最大的不一样。

"再往前走走吧，说不定有更大的发现。"秦悦边说边继续向洞内走去。

我们又向前走了十多米，洞口射进来的光线开始减弱，洞内昏暗起来。我打开手电，照向前方，发现洞有点深，看不到尽头。越往里走，光线越暗，我们很快就被黑暗包围。秦悦拿出便携式马灯，照亮前路，但我们越往前走，心里越是嘀咕："他们怎么会不等我们？"

"会不会他们还在狼脊附近？"我胡乱猜测道。

秦悦想了想说："不，不可能，外面的迹象显示他们也应该进了洞内……"

我们沉默下来，洞穴内只剩下两人的脚步声与喘息声。我暗暗计算着步数，从拿出手电，往里已经走了近百步，前方没有亮光，也没有发现宇文他们。走着走着，秦悦突然猛地停下脚步，我吃惊地扭头望向秦悦，就见秦悦转身向右手边的岩壁走去，我跟上去，靠近岩壁的时候，秦悦提高了马灯，马灯的光亮照亮了石壁……

我走到秦悦身旁，端详了一阵岩壁，岩壁上并没有什么文字或者符号，我不禁小声问道："你看到了什么？"

"没，没什么，只是……只是感觉有些奇怪。"秦悦看看前方漆黑的洞穴，又回头向洞口望去。

洞口的亮光已经变得极其微弱，秦悦忽然朝后走去，我吃惊地看着她，她走了十几步后，停住脚步，然后转身，冲我招手，我狐疑地走过去。秦悦拉着我的手，继续向前，当到刚才岩壁的位置时，秦悦又停了下来，用极其细微的声音问道："你现在有什么感觉？"

"感觉？"我闭上眼，仔细感受了一下。现在很冷，氧气不足，头晕，不过还有一丝温暖的感觉，难道是因为秦悦抓着我的手？

秦悦不等我回答，又拉着我走到岩壁前说："你看，这儿的岩壁是不是不太一样？"

我再次仔细观察面前的岩壁。

"似乎……似乎颜色不太一样，靠洞口的岩壁呈灰黑色，而另一边岩壁呈白色。"

"质地呢？"秦悦又问。

我伸手在面前的石壁上来回摩挲。

"也有点不太一样，灰黑色的岩壁粗糙，而白色的石壁很光滑，有玉的感觉。"

"对，刚才我在光线照射下发现这个位置，洞里的岩壁发生了变化。"秦悦将马灯举到最高点，我们仰头望去，不仅是身旁的岩壁，整个洞穴在这个位置都发生了变化，前方的岩壁都呈白色，更加光滑而平整。

"难道我们发现玉矿了？这不发了？"

秦悦瞪我一眼，"玉矿有这么密集吗？整个山洞都是？"

"那这是……难道我们已经接近智慧之轴了？不，这不可能。"

秦悦没有说话，拿着马灯继续搜寻，当她走到另一边的岩壁前时突然惊呼起来："是宇文留下的……"

我赶忙跑过去。就见在这边的岩壁上，两种不同颜色岩石交汇的地方，出现了一道长长的划痕。仔细辨认，是一个大大的向前的箭头，箭头内还有一个三角符号，我盯着箭头符号说："没错，是宇文留下来的，三角符号是我们之间的约定，必须……必须是逆时针刻画的。"

"看来他们是进洞了，而且往前走了。"

"问题就是他们为何不等我们？"

"他们不知我们生死，对于柳金来说，阻止云象优先级更高，我们的生死恐怕并不是最重要的。所以她不会浪费时间来等我们，只有宇文会想着给我们留下记号，而且……而且他很可能是偷偷留下的。"秦悦平静地推断道。

"他显然也注意到了岩壁在这里的变化，所以在这里留下记号。"说着，我继续向前走去，对我而言，追上他们是当务之急。

离开宇文留下的记号没多久，我们回头望去，洞口那微弱的光已完全看不见了，四周全部陷入黑暗，秦悦在黑暗中小声说："我觉得……山洞好像在转弯……"

"转弯？"周围的环境让我根本无法判断。

我俩继续向前走，没一会儿，秦悦又压低声音道："似乎……似乎又转了一道弯。"

"这么短的距离连续转了两次弯？"我不知道是什么情况。

"或许还不止，洞穴似乎也在变小？"秦悦又将马灯高高举起，我注意到一直宽阔的洞穴确实变小了。

当秦悦再次说出"好像又转弯了……"的时候，前方影影绰绰闪出了一丝亮光，我们都怔住了，难道那里就是智慧洞的出口，就是雪山北面，我们穿越了雪山？

3

我和秦悦加快脚步，走着走着，前面那影影绰绰的光亮却消失了。接着，我们听到一阵诡异的呼啸声。那声音似乎是从洞口传来，又像是从洞那头传来，持久、稳定、凄厉，恐怖得让人心悸，诡异的呼啸就这样持续着，不知道伴随着声响会发生什么可怕的事？

不知过了多长时间，诡异的声响变小了，秦悦小声问："这是什么？"

"风声吧，这个山洞至少有两个口，当强风吹过时会发出声响，这么大的洞穴，更是会发出骇人的声响。"

"可……可有风吗？"秦悦敏锐地问道。

我愣住了，风？我仔细感受了一下，并没有风，而且从我们进入智慧洞就没有过风。按理说在这个海拔的山洞里，该有很大的风才对，而智慧洞却没有一点点风。我吃惊地望着秦悦说："那……那会是什么？"

"还好没有出现岔路，我们往前走吧。"

"岔路？或许我们看到的只是表象，智慧洞其实是一个复杂而庞大的洞穴，里面有很多岔路、小洞，这些岔路和小洞通往其他地方，我们听到的声音很可能是风吹进那些岔路和小洞发出的声音。"我推测道。

"可……可我们已经走了这么久，洞壁坚硬光滑，根本没看到岔路……还有，如果刚才那点光亮是另一边的洞口，那我们已经走了一大半，还没碰到岔路……"秦悦有些急躁。

"光亮现在又不见了……"我大脑中思考着一切的可能性，海拔六千米的雪山上，直径达三十米的圆形洞穴，洞壁平整，不见宇文他们，诡异的巨大声响。

"荒原戈壁的地下公路？"

"那是地下，我们现在可是在六千米的高处。"秦悦提醒我说。

我重新测了一下海拔高度。

"我们现在所处的高度是五千八百三十一米。刚才英国人留下的标记是五千九百五十米……"

"看来洞穴是一路向下的，这么一段已经下降了一百多米。"秦悦惊道。

"或许这就是当年闭源人开凿的山中公路，或者……或者是条时空隧道……"面对无法解释的一切，我只能开始发挥想象力胡言乱语。

此刻，那诡异的响声停止了，洞内恢复了死寂，静得我可以听到秦悦的心跳。我们只能继续往前走，在黑暗环境中停留太久，我们不约而同地加快了脚步。在完全的黑暗中，我们又前行了半个小时，前方再次闪出光亮，影影绰绰，还是那么模糊，但这次我们不想错过，于是以跑步的速度奔向那光亮。随着我们距离那光亮越来越近，光亮也越来越亮，我也确信这不是什么时空隧道。我拉着秦悦气喘吁吁，头昏脑涨，当那光亮呈一个圆形出现在洞穴尽头时，秦悦拉住了我。

"我们……我们走出来了？"

"对，看，那是洞口。"

"是智慧洞的出口，还是……还是我们绕了一圈？"秦悦忽然说道。

我拉着秦悦又朝前走了几步，仔细观察不远处的光亮，估摸离我们还有百余米，圆形的洞口，很高很大，很像我们进来的洞口，但……不可能，我们怎么可能又回到了洞口。心里惴惴不安，我拉着秦悦继续往前走，秦悦似乎有些抗拒，不过还是跟着我往前走去。

我们离光亮越来越近，洞里的光线也越来越亮，我关闭了手电，秦悦也关掉马灯。当我们走到离洞口五十余米时，已经可以看清洞口的一切，这个高大的圆形洞口，非常像是我们进来的那个洞口。我心里慌乱起来，如果我们又绕了回去，那就可怕了……我拉着秦悦继续往前走，四十米、三十米、二十米，等到我的双眼渐渐适应外面强烈的光线，我看到了洞外的情形。我停住了步伐喃喃说："太像了……不过这不是我们进来的洞口。"

"我们走出来啦。"秦悦话语中带着兴奋。

"没错，走出来了，穿过雪山了。这个洞口虽然也是高大的圆形洞口，但直径要小于我们进来的洞口。另外，你看这儿的岩壁，是白色且光滑的，与我们进来时的灰黑色粗糙岩壁不一样。还有这儿的海拔高度是五千六百八十米，又下降了一百五十米，比我们进洞时整整下降了三百米。当然最重要的是洞外的景致完全不同。"

说完，我拉着秦悦向洞口走去，当我们走到洞口面前时，一切豁然开朗，洞外展现在我们面前的不是惊悚的悬崖，也没有绝险的狼脊，而是一大片静静的雪原。雪原自然地向下延伸，坡度平缓，如果不是因为智慧之轴，这会是一个绝佳的滑雪场，可惜我们现在无心滑雪，秦悦怔怔地说："我们真的穿过雪山了。"

我一眼望去，茫茫雪原处于群山环抱之间，四周依然是高耸的雪峰，我不禁皱了皱眉。

"看来我们只是穿过了一座雪峰，并没有穿过整个雪山。"

"那也算是穿过来了，你看这里，能证明这洞口不是我们进来的洞口。"秦悦指向右手边的洞壁，就见在这侧洞壁上，又出现了一个大大的箭头，箭头里又出现一个逆时针刻画的三角形。

"宇文他们也是走的这边，他们去哪里了呢？"我再次向洞外望去，茫茫雪原上不见一人，也没有任何动物出没，甚至没有一丝痕迹。

这时，我忽然觉得脚下被什么东西硌了一下，忙低头看，有个奇怪的铁东西出现在我的脚下。我拾起那个锈迹斑斑的铁东西，只看了一眼便想到了什么。

"这……这不是在荣赫鹏办公室里看到的那个铁质魔方吗？"

秦悦也凑上来看着。

"对，跟办公室那个一模一样，只是这个好像……被踩瘪了。"

我手里托着这个被踩瘪了的铁魔方，不禁思绪万千，这东西怎么在智慧洞里？它比真正的塑料魔方早八十年，意味什么？如果没有特殊目的，那会儿的人为何要制作这样一个铁质的并不好玩的魔方？一个算是巧合，两个又算是什么……我胡思乱想着，秦悦忽然指了指洞口左手边的位置，那里出现了一些碎石堆，像是有人堆砌的。

4

我和秦悦多走了两步到碎石堆旁。

"这些碎石堆看上去是很久以前堆砌的……"秦悦喃喃说道。

"对，有火烧的痕迹，但不是最近留下的。"

我蹲下来，查看碎石堆上的火烧痕迹。

"你看，这有个罐头盒。"秦悦从碎石堆旁拾起一个空罐头盒。

我接过罐头盒查看，没有商标，也没有外包装，所以无法判断这个罐头盒来自哪里。我嗅了嗅罐头盒，已经没有任何气味。接下来，我们又在碎石堆周围发现了几个空罐头盒，同样没有外包装，没有商标。唯一可以看出来的是这些空罐头盒都是铝箔罐头盒。

"看来这里曾经有一伙人休息吃饭，可能是塞弗尔考察队，这种铝箔罐头盒是二十世纪初由美国人发明的。罐头盒在荣赫鹏那个年代还不普及，而在塞弗尔考察队的年代就比较常见了。"我做出了初步判断。

"这又是什么呢？"秦悦一直没闲着，她在最靠近岩壁的一堆杂乱碎石中，拾起了一根长长的铁棍子。

我接过这根长棍子仔细辨认，"像是刺刀，但又比刺刀小……"

"这棍子竟然没有锈迹？"

"我看到了，而且刀身还有精美的波浪花纹，应该是用大马士革钢做的……但是这刀不像是格斗用的，很像是西方人用的茶刀。"我做出了判断。

"茶刀？"

"以前外国人喝不到新鲜的茶叶，都是用茶饼，于是就需要茶刀来切割茶饼，就跟普洱的茶饼差不多。"

"那就是说塞弗尔考察队曾经在这里吃过罐头，还喝了茶，呵呵，挺有情调的嘛。"

我拿着精美的大马士革茶刀来回把玩，忽然觉得爱不释手。我的手在茶刀把上摩挲着，木制的刀柄质地坚硬，能看出来是好木料，但不知道是啥木种。我将茶刀捧起，发现茶刀刀柄的底部有些凹凸，我将底部朝向能照到光的地方，上面显出了几个字母——Пётр。

秦悦也看到了上面的字母问我："这是什么意思？"

我皱起了眉头，说："奇怪……这是西里尔字母，是俄文。英语和德语用的都是拉丁字母，如果这茶刀属于塞弗尔考察队，上面怎么会有俄文字母？"

"或许……或许是友人相送，或者塞弗尔考察队里有俄国人……那这俄文是什么意思？"

"我不认识，得拿给柳金看。"

"废话。"秦悦话音刚落，从洞穴深处又传来了那个凄厉的呼啸声。我强行镇定下来，仔细倾听，这声响由远及近，越来越响，耳膜不断被冲击，直至震耳欲聋，肝胆俱裂。

"这次好像声音更大了……"秦悦捂住耳朵。

　　我也不得不捂住耳朵，心脏开始狂跳不止，一种强烈的危机意识迫使我又放下捂住耳朵的手，端起突击步枪。我转过身来，望着黑暗的洞穴，不管是什么洪水猛兽或是风声，我都要看一看。我持枪站在洞口，几分钟后，那个声响似乎又小了……我和秦悦面面相觑，难道就像我刚才推测的，这呼啸声只是风吹过洞穴的声音？现在我们已经完整穿越了智慧洞，洞里并没有看到岔路或是小洞，难道……

　　就在我百思不得其解之时，凄厉的呼啸声突然变大变响，比之前又要响数倍，就像……就像我没戴耳塞，站在启动的飞机发动机旁边。我感到自己的耳膜就要被击穿，我扭头发现秦悦面对这么响的呼啸声，竟然放下了捂耳朵的双手，从背包里一下拿出了八枚长柄手榴弹，插在冲锋衣的各个口袋里，俨然做好了战斗准备。

　　我的心脏狂跳不止，一手持枪，伸出另一只手，从秦悦包里也找出四枚手榴弹装在冲锋衣口袋里。当我正在装最后一枚手榴弹时。突然，从洞穴深处冲出来成群的飞虫，乌泱乌泱，震耳欲聋，我本能地扣动了扳机，根本看不清那是什么。此刻，我只知道射击、射击、射击，只有这样才能给我稍稍带来安全感。

　　秦悦快速抛出了两枚手榴弹，爆炸声在黑洞中传出沉闷的声响，但很快就被震耳欲聋的呼啸声盖了过去……我和秦悦对视一眼，都觉得不可思议，那些飞虫得有多少，才能发出这么巨大的声响，来不及多想，我们边战边退退出了洞口，秦悦又抛出两枚手榴弹，手榴弹的爆炸声很快被呼啸声淹没。不过这次也并非毫无收获，几只被炸死的飞虫溅落在我们脚前。

"是蝗虫，而且是飞蝗。"秦悦一眼便认出了那几只巨大的灰白色飞虫。

"这么大的蝗虫？而且蝗虫不该是褐色的吗？"我的大脑快被这声响震裂了。

"这鬼地方什么都有可能出现，可能在雪山上进化了吧，变成灰白色……"秦悦边说边往后退。

"飞蝗从来不会出现在这么高海拔的地方……"

"还有空管为什么呢，这些该死的家伙离洞口很近了……"秦悦说着又抽出两枚手榴弹。

"真是见鬼了，难道飞蝗会比喜马拉雅狼厉害？"

"闭嘴，快跑吧。"秦悦话音刚落，还没来得及抛出手榴弹，就见一堵灰白色的墙向我们压过来，我和秦悦扭头向洞外的雪原狂奔。

乌泱乌泱的雪山飞蝗不断冲出洞口，如果我们现在正好在洞中间，简直不敢想下去，只能不顾一切地往雪原下狂奔。厚厚的积雪覆盖了这里的一切，根本看不清路，或许根本就没有路，平缓的雪原一直向下延伸，白茫茫一片，似乎看不到尽头……回头再看雪山飞蝗，这些该死的小家伙竟然全部冲我们飞来。秦悦转身迅速抛出两枚手榴弹，炸散了紧追我们的先头部队。

"这些家伙怎么一直跟着我们？"我又进入了缺氧的状态。

"可能它们在雪山上饿疯了。"

"你什么意思？"

"我们不就是食物吗？"

"你的意思是它们会吃人？"我惊讶地回头又看了一眼，刚炸散的飞蝗又重新组成队形，向我们俯冲过来。一只飞蝗冲在前面，直接砸在我头上，接着，又是几只，撞在我衣服上。成群飞蝗过后，一个个鲜活的人，瞬间变成累累白骨，我眼前快速闪过了这样的画面，吓得大叫起来，胡乱扣动了扳机，射出的火舌击中了许多冲过来的飞蝗，但都是杯水车薪。不断有飞蝗撞向我，我惊恐万状，停下射击，不断拍打身上，暴露在外的面部被一只飞蝗撞上，瞬间就是钻心的疼痛，我顾不上许多，残存的理智告诉我射击和拍打都不管用，我继续向下狂奔，试图摆脱这些已经盯上我的飞蝗，可是这些该死的虫子一路尾随，并且越聚越多，大有赶超大部队的意思。

就在这时，我的背后突然传来一声巨响，震得我一阵眩晕，回头一看，才发现是秦悦刚才向我身后抛来一枚手榴弹，手榴弹就在我身后爆炸，虽然炸散了聚在我身后的飞蝗，但也险些要了我的小命，我不禁冲秦悦吼道："疯了，你想炸死我啊。"

"放心，我有数。"秦悦竟还冲我一笑。

来不及多说，飞蝗大部队已经从天而降，离我们只有几米远。我们背负着沉重的背包，还有武器，在雪原上狂奔，原本已经好些的高原反应又变得强烈起来。头晕、耳鸣、饥渴、恐惧、寒冷包围着我们两人，我又想起了宇文、夏冰他们，他们人呢？手榴弹和子弹只能暂时延缓飞蝗的速度，根本无法阻挡这上百万只饥饿的飞蝗，继续这样跑下去，我们的体力会快速下降，迟早会被飞蝗追上，该怎么办？胡思乱想，头晕目眩，但求生的本能促使我俩一路狂奔，突然，秦悦脚底一滑，摔倒在了雪原上……

5

我看见秦悦摔倒，暗道不好，恐怕我们两人就要命丧飞蝗之口了，没死在喜马拉雅狼之口，却死在虫子手里，不甘心啊。我想要去拉秦悦，却发现这里的积雪明显要厚得多，我一脚下去，竟然没到了大腿。这么厚的积雪，怪不得秦悦会摔倒。在生命即将逝去的危急时刻，人的大脑总是有无数种可能，奇怪的想法在我脑中一闪，我顺势扑向刚刚要站起来的秦悦，然后搂紧秦悦，使劲儿往积雪下面钻，同时另一只手不断将旁边的积雪拨过来。

秦悦被我压在身下质问道："你干吗？"

"嘘，装死。"我使劲儿将秦悦向下压，直到积雪完全盖住我们的身体。

这个垂死之际想出的主意并没保护我们多久，上万只飞蝗马上充满了我们的上空，盘旋不散，我心里暗暗叫苦，这些低等级虫子竟然能识破我的冬眠装死之计。果然，现实总是被无情地啪啪打脸，飞蝗在我们头顶越聚越多，遮天蔽日。接着就有飞蝗就俯冲下来，前仆后继，不断冲进积雪中……冲进积雪的飞蝗，很快被雪困住，但架不住几百万只飞蝗的攻击，秦悦冲我叫起来："这样不行，它们迟早……"

"那怎么办？"

秦悦怔了一下，然后突然抱紧我说："就一个办法，抱紧我，跟我走。"

抱紧？我还没反应过来，就觉得秦悦在向下滚动，我们利用身体的重量在雪地里压出了一条路，但这赶不上飞蝗俯冲的速度，就在我已经能看到飞蝗俯冲向我的狰狞面孔时，我突然感到有种下坠的感觉。接着，我和秦悦快速滚动起来，在雪地里，像个轱辘一样滚起来……我赶忙死死搂紧秦悦，不断下落滚动，我意识到我们正顺着一个山坡滚下去，背包、枪支、手榴弹这些硬的东西，硌得我生疼。但求生的本能胜过一切，我们的速度越来越快，终于超过了飞蝗大军的追赶速度，但我没有一丝安全感，因为我们不知道这样滚下去，下面会是什么？也许是悬崖或者狼穴。

"你是怎么想起来的？"我大声问秦悦。

"你不是一直说要带我滑雪吗？"秦悦的声音在茫茫雪原，传来阵阵回音。

想到现在的滚动也可以算是滑雪，我暂时忘却了身上的伤痛，如果就这样一直滑下去……慢慢地，慢慢地，疼痛和寒冷再次包围了我，我才清醒过来，我们似乎已经滚到了坡底。刚想做点什么，那恼人的轰鸣声再次逼近，秦悦猛地睁开眼推开我，冲我大喊："快跑啊。"

我只得站起身，看看身上已经磨破的冲锋衣，回头看见从坡上俯冲下来的飞蝗大军，似乎比刚才更多了，这些该死的家伙简直没完了，是不是又从洞里飞出来许多……我来不及多想，赶忙追上秦悦，继续往前跑，这里的积雪较浅，海拔也要低些。边跑我边抬头观察四周，我们似乎滚到了另一座雪峰下，这座雪峰与我们在智慧洞外见到的雪峰不一样，通体灰白，光滑晶莹，我从未见过这么美的山体。我忽然想起了智慧洞中的灰白色岩壁，看来它们是连为一体的。

我和秦悦跑进了雪峰下的阴影中，两侧耸立着灰白色的岩壁，雪原上不时出现一些大小不一的巨大石块。飞蝗大军依然不依不饶，追着我们俯冲下来。无可奈何，走投无路，只能继续往前狂奔……前面的碎石越来越多，越来越密集，我头晕目眩起来，不得不放慢速度。突然，脚下一个趔趄，我被一块碎石绊了一下，瞬间失去平衡，一头栽倒在地。

跑在前面的秦悦听到动静，回头见我摔倒，赶忙回来拉我。一切都来不及了，我回头望去，因为地形变化，飞蝗改变了队形，几百万只飞蝗密集地集结在一起，甚至不断有频率不合的飞蝗被大部队驱赶出去。黑压压的飞蝗大军直冲我们而来，秦悦也惊惧不已，竟愣在我身旁，不知所措。我已经筋疲力尽，浑身酸痛，头晕目眩，实在没有力气再站起来。可……可是……秦悦，我用尽最后的力气，冲秦悦使劲了挥了挥手，从身体最深处迸发出声音："跑，你快跑。"

　　秦悦依旧伫立在原地，怔怔地盯着即将吞噬我们的飞蝗大军，昨日与喜马拉雅狼搏斗，坠入山崖，本以为大难不死，必有后福。谁料到今天，我们就要命丧飞蝗大军之口。就在此时，让我们震惊的一幕出现了，数万只飞蝗在距离我们只有七八米远的地方，便逡巡不前了。飞蝗似乎很犹豫，挣扎了一会儿，前面的数万只飞蝗开始掉头往回飞，后面还有更多的飞蝗逼过来。于是，飞蝗大军阵脚大乱，自相残杀起来。

　　混乱的飞蝗大军形成了一道厚厚的"墙壁"，不断有飞蝗坠落、死去，但无一例外，没有一只飞蝗飞过这面"墙壁"，偶尔有那么一两只闯过了"墙壁"，也迅速掉转方向，往后飞去。越来越多的飞蝗聚集在这堵看不见的"墙壁"前，"墙壁"越来越厚，越来越高，我和秦悦也很震撼，我半张着嘴目睹着眼前这不可思议的一幕。过了许久，才缓缓说："它们在干什么？"

　　"好像虫子们不愿意……不敢继续向前了。"秦悦小声嘀咕道。

　　"不敢向前？"我这才把注意力转移到了前方的路，我们处在耸峙的两山中间，雪原地貌似乎就到这里了，我们进入了一条山谷。

6

　　雪山飞蝗汇聚而成的"墙壁"最后叠加到了十多米高，而且越来越厚，密不透风。秦悦缓过神来拉起我，冲我喊道："我们赶快离开这里。"

我赶紧加快速度向山谷奔去。雪山飞蝗发出的巨大声响响彻山谷，我们进入山谷百余米后，依然可以听到。直到我们拐了一道弯后，四周才安静下来。我测了下这儿的海拔，又下降了数百米，只有不到五千米，怪不得头不那么晕了，身子也不冷了。我一边往山谷里走，一边仰头望着两边山崖上的怪石，并没有劫后余生的放松，而是又陷入了另一种恐惧。

我压低声音对秦悦说："这就是地图上的回旋谷？"

"我刚才也猜到了，可……我们就这么幸运？随便跑就跑进了回旋谷？"秦悦有点不敢相信。

"我们在洞口看到，雪原向下延伸，并没有路，如果没有熟悉的人带路，可能会走向任何方向，所以刚才我不确信这里是回旋谷，但……"我欲言又止，想起刚才百万只雪山飞蝗筑成"墙壁"的画面，顿时心悸不已。

"但你看到那么多飞蝗不敢进山谷，所以就相信这里是回旋谷了？"秦悦看透了我的想法。

"毕竟它们是这里的主人，熟知这里的一切。"

"注意看，地上有没有宇文他们的脚印。"秦悦提醒道。

"你说他们会不会也遭遇了雪山飞蝗？"我小声地问道。

"如果他们遭遇雪山飞蝗，有可能逃到别的什么地方，也可能跑进了这条山谷……"

"也可能凶多吉少。"我心里忽然升起一种不好的预感。

"嘘！"秦悦忽然对我做了一个噤声的手势，山谷前方出现一条岔道，就在那里，雪地上出现了一排清晰的脚印。

我端起枪，轻手轻脚来到岔路口，我们站在岔路口，探头望去，这是三条像是模子里刻出来的山谷，三座高耸的雪峰让我们有点头晕。

"真是奇怪，一般山谷很少会有岔路。这儿怎么……"

"脚印也很凌乱，不止一个人，至少在八到十人。"秦悦通过雪地上的脚印判断出人数。

"八到十人？很可能是宇文他们。"我也低头看着雪地上的脚印，这行脚印是从岔路而来，又向峡谷深处延伸下去。我似乎有些明白了，解释说，"脚印凌乱，说明他们也很可能在智慧洞内或者洞外遭到了雪山飞蝗的袭击，于是匆匆逃下雪原，从另一条岔路进入了山谷。"

"回旋谷会不会有好几个，甚至有更多的入口……"秦悦思虑片刻也接着说，"这就解释了刚才的问题，从雪原不管怎么走，都会走进回旋谷，因为回旋谷有很多入口，就像……就像一根根毛细血管。"

秦悦的比喻很贴切，但现在这么判断为时尚早，我向秦悦提醒道："岔路多的地方容易迷路，顾名思义，回旋谷是不是说这条山谷很容易迷路，很可能走着走着就会绕回到某个地方？"

"宇文第一次翻译出这个地名时，我就觉得很奇怪。回旋谷必然有它的含义。你说得对，一般洞穴里面会出现岔路，山谷则比较少，没想到这儿洞里面没遇到岔路，山谷里反而遇到了岔路，我们要格外小心。"

说罢，秦悦抽出那把与狼格斗过的刺刀，在岔路口一侧崖壁隐蔽处刻上了一个菱形的符号。随后，我们顺着雪地上的脚印，继续向山谷深处走去。走出五六十米，雪地上的脚印变得更加凌乱，秦悦观察片刻，推测道："这些人在此停留过，所以……我们也在附近找找，如果是宇文他们，可能会留下什么记号。"

我们反复搜寻了一番，让人失望的是什么也没发现，甚至连宇文留的记号也没有。无奈只能继续上路，我不禁犹疑起来。

"这些也许并不是我们的人，可能是云象……"

"你现在有什么感觉吗？"秦悦打断我忽然问道。

"感觉？"我闭上眼静下心仔细感受着。

秦悦猛地一拍我："没让你这样感觉。我说的就是最直接、最主观的感觉。"

"好像……好像不那么冷了……高原反应也不强烈了……手脚都暖和起来了……"我说出此时此刻最直接的感受。

"对，我问的就是这个，我也有同样的感觉。"秦悦停了一下又说，"而且这种感觉越往山谷里面走就越强烈。"

"另外你注意到了没有，地势是不断往下走的。"我提醒秦悦。

"我注意到了，地势虽然往下走，但现在的海拔不该这么暖和，而且……而且越往里走，积雪就越薄。"

"温度高了，自然就化了。你说这个雪峰会不会就是智慧之轴？参照之前我们发现的黑轴，里面应该自带人造小太阳，所以……"我没有继续说下去。

秦悦明白我的意思。

"所以我们应该已经很接近智慧之轴了。"话音刚落，前方山谷似乎又拐了一道弯。

我们加倍小心，顺着山谷拐过一道弯，除了雪地上的积雪越来越薄外，这里和刚才并无两样。雪地上的脚印继续向前延伸，两边的山石一模一样，我无奈地看看秦悦，只得继续向前走。

"你看，那儿像不像一头狼？"秦悦声音不大，却把我吓了一跳。

我抬头望去，秦悦手指的地方，是山崖上一块突出的岩石，的确很像是喜马拉雅狼。我扭头又向另一侧的山崖上望去，那儿也有几块岩石，奇形怪状，各具形态。我不禁对秦悦小声说："这里似乎跟刚才的山谷有了一些变化？"

"是的，但总体还是差不多，不知道这山谷什么时候是个头。"秦悦有些抱怨地说道。

我们又沉默下来，数百步后，前方的山谷再次拐弯，周围的环境依然和之前差不多。我又拿出海拔测量仪，想测一测这里的海拔高度，却吃惊地发现此时海拔测量仪上的数字在急剧下降，从四千二降到了两千……再到八百……一直到零，数字才不再动了，但只是短短的一会儿，海拔测量仪上数字又开始快速下降，负二百、负四百、负六百。看着不断下降的数字，我突然有点茫然。秦悦也注意到了这一变化，她吃惊地注视着数字的变化，赶忙拿出背包中的卫星导航定位仪查看，根据卫星导航定位仪的显示，不仅是海拔高度，包括经纬度，几乎所有数据都开始不断变化……

此时，我手中海拔测量仪显示的数字已经是负四千二，难道就在刚才我们从海拔四千多米的高山，已经来到了深达四千多米的地下世界？这……这怎么可能？究竟发生了什么？就在我感到窒息的时候，更奇怪的事发生了，海拔测量仪的数字最后定格在负四千二百八十七，我怔了一会儿，刚想拿给秦悦看，海拔测量仪上的数字又奇迹般地开始上升，负四千一百八十七、负三千九百八十七、负三千七百八十七，数字上升越来越快，几分钟后就恢复到了四千二百八十七，把我和秦悦都看傻了。就在我们一愣神的时间，海拔测量仪上的数字又开始快速下降，如此反复，秦悦手中的卫星导航定位仪也是如此，我们完全不明所以。

"昨天攀登狼脊的时候，我们的手机和通信设备就没信号了。现在竟然又出现如此奇怪的现象，这机器难道突然疯了吗？"我不知所措。

"不，我觉得机器没疯。"秦悦喃喃道。

"那就是这个地方疯了。"

"机器上的数字你不觉得是有规律的吗？"

"你是说一会儿到四千多米，一会儿又到负四千多米？"

"这个地方当然疯狂，机器只是用它特有的方式在反馈这里的疯狂。"

"可这到底代表什么？"

"也许夏冰或者李樊教授能解开这个谜团……"秦悦说完将卫星导航定位仪收好后，又说，"放弃这些机器吧，我们继续走下去，将会进入一个更疯狂的世界。"

更疯狂的世界？想到这里，我浑身颤抖了一下，继续向前走去。我们也不知在山谷中走了多长时间，天空阴沉下来，气温开始下降，看样子天色已经不早，雪地上的脚印仍然一直向前延伸，周围环境几乎没有什么变化，我开始产生厌烦，虽然现在看似没有什么危险，但我却感到深深的压抑……

秦悦终于停下脚步，怔怔地站在雪地的脚印上，低声对我说："我……我似乎明白了，这里为什么叫回旋谷……进入山谷的人会一直在谷里面转，慢慢迷路，怎么也转不出去，看我们雪地上的脚印，不论是宇文他们，还是云象的人，他们也一直在里面转，转不出去。我甚至可以估计……估计最后很可能我们会转回原地。"

"转回原地？你是说我们进来的地方？"我惊叹道。

"而那边几百万只雪山飞蝗在等着我们……你现在理解那些飞蝗为何不进山谷了吧？"

我忽然觉得有些恶心。

"所以我们只能被困死在里面！"

秦悦脸色苍白，但依然保持着镇定，她看看前方的山谷又看看天，小声说："天快黑了，我们再往前走一段，如果没有任何发现，我们今夜只能在这过夜了。"

"这儿？连个洞都没有。我们没被回旋谷困死，也没被飞蝗吃掉，今夜直接就被冻死了。"

"放心，冻死不至于。"秦悦冲我笑笑，然后轻轻地倒向了我。

我怔了一下赶忙抱住秦悦，她的身体是那么冰冷，似乎状态不是很好的样子。我看看前方的山谷，发现前面有一处凸出的岩壁，稍稍可以遮挡，便搂着秦悦走到岩壁下，今夜看来只能在这儿过夜了。

很快夜幕降临，气温开始急剧下降，又累又冷又饿，我给秦悦喂了一些吃的，自己也吃了点，摸摸秦悦的额头，有点发烫，再看秦悦的脖颈还有手臂，红色的疹子又泛起了，自己手臂上也泛起了红疹……不知这是从何时开始的，或许早上在高海拔的智慧洞时，就已经如此，只是我们一直没注意到。我冻得浑身战栗，翻开背包，才想起来伯曼医生留下的针剂都在夏冰那儿。

宇文、夏冰、柳金那群人到底去哪里了？山谷中的脚印是他们的吗？为何我们一直追不上他们？我被各种问题困扰，看看怀里的秦悦，我不知道我们还能否坚持到明天早上？我缓缓地闭上了眼睛……

7

感觉没过多久，我就醒了。揉揉眼睛适应下周围昏暗的光线，山谷前面好像有什么东西闪了一下，那是什么呢？巨大的好奇心驱使我站起来，但秦悦还在熟睡，我轻轻地将秦悦靠岩壁放好，犹豫再三还是向前走去。

前方的山谷拐了一道弯，拐过这道弯后并没有发现人，谷内依旧是死一般沉寂。由于担心秦悦，我想再走几步就回去，却不想走出几步后，山谷前方再次闪出一丝亮光。我心中疑惑，心想难道是宇文他们。然后，急走两步，却又停下，亮光……也可能是云象的人，或是……我注意到面前的山谷弯弯曲曲，变得狭窄起来。

不知为何，理智告诉我应当回去，但前方的亮光却像有某种力量吸引着我。我不由得又向前走了几步，亮光越来越亮，我加快了脚步，山谷越来越窄，越来越弯，亮光若隐若现，仿佛就在山谷的尽头。我不断加快脚步，山谷却又像是没有尽头，我不停地在弯曲的山谷里打转，始终没有走到山谷尽头，一窥那亮光的真容。

内心越发焦急。终于，当我几乎跑起来时，山谷突然消失了。我根本没来得及看清，就觉得一阵眩晕，待我重新聚拢目光的时候，眼前豁然开朗，我又来到了一片雪原。我怔怔地站立在原地，失魂落魄地回头看去，刚才的山谷不见了。我环视四周也都没有发现山谷，此刻我的周围是无边无际的雪原。没有山，没有谷，也没有悬崖，更没有尽头，雪原看不到边，一直通向天边。恍惚间我忽然有一种错觉，这还是在喜马拉雅山南麓吗？还是在我们这个星球上吗？

我感到孤立无助，内心被焦虑填满，寒冷和恐惧让我瑟瑟发抖，我竟扑通跪倒在雪地里，不顾一切捧起地上的白雪，涂抹在脸颊上，使劲揉搓，冰冷渗入每一寸肌肤，这……这是喜马拉雅的雪，可为何我会突然身处这个奇怪的雪原，就和噩梦中一模一样，对，就是那个人，那个可怕的男人带我来到的雪原，和这儿一模一样，他人呢？

想到此处，我浑身一颤，抬头再望向远处，不知哪儿投射来一束光，照亮了整片雪原，光线微弱，但我依稀看到在我身旁的雪地上，一道长长的影子似乎……似乎就在我身后。我颤抖地缓缓转过身，那个穿斗篷的男人就伫立在我身后，我想要站起来做好防御，却感到双腿麻木，一个趔趄，完全瘫倒在雪地里。

此时，那个穿斗篷的人开口了："你是来帮我的？"

"帮你？"噩梦中的场景再现了，难道噩梦中的雪原就是这里？

"是啊，帮帮我，帮我离开这里，我已经困在这里太久了……"穿斗篷的男人说着向我走近了一步。

我本能地边向后退缩边问他："你为何会被困在这里？"

"为何？我怎么知道，为何？在这里这么多年了，我也无数次思考这个问题，但我还是不明白，或许只有你带我出去，我才能看明白这一切……"穿斗篷的男人嘴里断断续续地说着。

我看不清那人的面孔，但从这嘶哑的声音判断，就是噩梦中那个人，让我带他出去？我自己还没弄清是怎么回事？怎么带他出去？我支撑着从雪地里站起来，鼓起勇气向前走了一步，问道："我怎么带你出去？"

"我……也不知道……"

"那你为什么说我能带你出去？"

"因为……因为你是这么多年来，唯一来过这里的人……"

这么多年来唯一来过这里的人？我心里咯噔一下，这个穿斗篷的人会是谁？他一直被困在回旋谷？但眼前的茫茫雪原还是回旋谷吗？我又问："你为何会被困在回旋谷？"

"回……旋……谷……"这三个字从斗篷里发出来时，我看到斗篷里的身体在瑟瑟发抖。他沉默了好一阵，然后突然发出可怕的笑声，随后从斗篷里又传来嘶哑的声音。

"因为……因为我和前面那些人一样，被欲望冲昏了头脑。但我和他们又不一样，他们出于各自的私欲，而我……则是为了真理……"

"真理？世上多少罪恶都是假真理之名？"我冷笑起来。

那人一怔，随即又狂笑道："好吧，你不相信，就……就让那些人对你说吧……"

穿斗篷的男人说着向后退了一步，随即抬起左臂，向我身后指了指，我看不见那人的手，听他这么一说，我愣住了……慢慢回身望去，就见雪原上不知何时，出现了一队人马，个个顶盔掼甲，骑在高头大马上，是忽必烈的怯薛军，从服饰上我判断得出来。当我猛地回头再去找穿斗篷的男人时，却发现那人已经消失了。

　　我又惊慌起来，这队人马何时出现在我身后的，却没有任何声响？我不由自主地向后退去，却听到整队人马发出了含糊不清的声音："放我出去，放我出去……"

　　"不，不是我……"看来怯薛军勇士们也在这儿被困多年了。

　　这队人马缓缓逼近我，没有任何声响，却犹如千军万马，让我肝胆俱裂。我不由自主地向来时的谷口退去，如果那里真的有谷口的话。我不时回头望去，没有人，没有那个穿斗篷的男人；也没有谷口，甚至没有山崖。我不停地向后退却，速度越来越快，心里慌乱，仍在估算，早就应该退到谷口啦，可身后根本没有谷口。我转过身，开始在茫茫雪原上狂奔，没有方向，没有坐标，周围无边无垠，却又像是一座巨大的牢笼，无论你怎么狂奔，周围都是茫茫雪原，我忽然理解了古时候将犯人流放到荒绝之地，自生自灭，估计就是这样吧。不，这比我见过的那些荒绝之地，还要荒芜、单调、可怕……

　　就在此时，从我对面的雪原上又来了一队人马，我回头看看，怯薛军仍然紧紧相逼，而对面来的人马又是什么人？这队人马也是一身戎装，装束是吐蕃时期的，难道是赤松德赞的大军？对面的人马速度很快，依然没有声音……我慌乱地不断观察，对面、后面，两支大军就像两列高铁，疾驰而来，就要撞在一起。我瞪着惊恐的眼睛，向另一个方向狂奔，没等我奔出多远，从远方的雪原深处，又有一支队伍猛冲过来，我根本来不及细看，完全怔怔地定在了原地，眼睁睁地目睹三队人马向我碾压过来……

8

我的身体猛地颤动,从梦中惊醒。彻骨的寒冷让我清醒过来,刚才又是噩梦?不,是一个奇怪的梦?我看着还在我怀里熟睡的秦悦,回想起刚才奇怪的梦境,那个戴斗篷的男人究竟是谁?他好像认识我,或者……或者我认识他?在茫茫雪原上无声狂奔的三队人马都是什么人?忽必烈的怯薛军勇士,难道他们没有被埋葬在智慧宫的墓地里?还有赤松德赞的吐蕃大军,他们也没有在狼脊上全军覆没?最后一队人马没有看清,影影绰绰,似乎是阿育王的大军。他们也没有在狼脊下全军覆没?他们都来到了这片雪原,而这片雪原究竟是哪里?回旋谷……一望无际的雪原看上去是那么宁静,却让我感觉深深的寒意,就像一座巨大的牢笼,无边无垠,却又深陷其中。

秦悦在我怀里动了一下,似乎醒了过来,我摸摸秦悦的脑门还是发烫,我无助地望着周围,寒冷、孤寂、单调重复的山谷,如迷宫般可怕。但当我的目光落在雪地上的脚印上时,便下定决心不能在这坐以待毙,想到这里,我轻轻呼唤秦悦:"醒醒,我们不能在这继续睡,必须要继续走。"

"可天还没亮呢?"秦悦似乎还很困倦。

"再这样睡下去,我们不是被冻死,就是被困死。"

"我现在是觉得好困……"

"我说的不是这个困。"我使劲摇晃着秦悦。

秦悦被我摇醒了，她睁着失神的大眼睛看着我问："现在几点？"

"不知道，天黑后我们就睡着了，我估计睡了有几个小时，也可能没多久，就打个盹。但我知道我们不能继续睡下去了。"

"好，那我们该去哪里？"

"我不知道，不管怎样，先找到宇文他们再说。"我打定了主意。

我将虚弱的秦悦拉起来，一只手搀着她，继续向山谷前方走去。雪地上的脚印依然很有规律，一直向山谷前方延伸，走出百余米后，山谷明显变窄了，也更加曲折，我想到了刚才的梦，不过此处的前方并没有亮光……就在恍惚之时，山谷的尽头意外地出现了。

没有亮光吸引，不知道山谷外是什么世界，我和秦悦不觉加快了脚步，我们即将走出山谷，眼前豁然开朗，竟是一大片雪原。我一下怔住了，难道这就是梦里的雪原，无边无垠，没有尽头，我赶忙回头往谷口望去，和梦里不一样，谷口还在，谷口两边的山崖也清晰可见，我仰头向山崖上望去，黑夜和云雾笼罩着山崖上方，看不真切。

再往雪原前方望去，阴沉昏暗，但又似乎有一些细微的光亮，可以照亮我们前行的路，我和秦悦又向前走了几十步，秦悦喃喃自语道："我们走出了回旋谷？"

"如果我们真的走出了回旋谷，那么这又是哪儿？"我的大脑在快速地思考。

"按照地图上标注的，回旋谷下面是智慧门。难道这里是智慧门？"秦悦胡乱猜测道。

"智慧门？门在哪儿呢？"那个奇怪的噩梦让我不敢相信我们走出了回旋谷。

"或许……或许门并不是我们通常说的门。"

"我们会不会绕出了回旋谷，但……又绕回到我们来时的雪原？"

"绕回去了？"我们担心地观察起了周围的地形。

"对，因为只有这样才符合回旋谷的名字。"

"没有雪山飞蝗，也没有喜马拉雅雪狼，我们进谷时的雪原是下坡，而这里却是平原。"秦悦说着又望过去。

"或许这个谷口……不是我们进去的那个谷口，你还记得我们刚进山谷，就遇到了一条岔路吗？雪地上的脚印就是从那儿出现的，当时我们就推断回旋谷很可能像是一个巨大的漏斗，有很多的谷口都可以进来。"我回想着岔路的模样。

"所以我们又从另一条岔路绕了出来？如果是巨大的漏斗，那么不管上面有多少个入口，下面总会有一个出口的，这里不会是出口吗？"

"你注意到了吗？我们在山谷里是跟着脚印走出来的，脚印依然在向前延伸。"

"所以你推断，宇文他们也……也绕回来了？"秦悦这样问道。

我不知该如何回答她的问题，我又向前走了几步，打开手电筒。

脚下一连串杂乱的脚印往雪原上延伸，直到远方。我也没有更好的办法，只能沿着脚印继续前进。我和秦悦打着电筒，走出了几百步。寒冷、饥饿、恐惧和焦虑包围着我们。

秦悦忽然停了下来，小声地说："不对，不对，我们已经走出几百步了，还是没有看到上坡，另外，我观察了半天，你有没有发现这里……这里太安静了，甚至没有一点点风。"

"我也觉得奇怪，这么空旷的雪原不该没有风啊。"

"不仅如此，你不觉得这儿的地面太平整了吗？"秦悦蹲下来看着地面说道。

"太平整了？"我也蹲下来查看。

"地球是有弧度的，但这里几乎看不出弧度。"秦悦观察得异常细致。

"是，确实奇怪。所以你认为……"

"我认为我们并没有转回进来的雪原，而是又来到了一片新的……姑且就叫它雪原吧。"

"这么说起来我们走出了大漏斗下面的出口？"

"我想是的。"秦悦突然话锋一转，指着前方的脚印说，"从我们走出的谷口看，脚印变得更加凌乱，说明他们也在犹豫，不断停下来观察、讨论、争执、徘徊，甚至有可能发生了冲突。"

"起了冲突？你是说宇文他们？"我心中大惊。

秦悦点了点头说："要知道，即便是互相了解、团结友爱的一群人，在迷茫、焦虑和恐惧当中，也会发生冲突，这是……这是最考验人性的时候。何况我们这支队伍本来就是临时拼凑起来的。"

当秦悦说起队伍起冲突时，我依然不肯相信，可是继续往前走了一段，地面上的脚印愈发凌乱，又走出百余步，雪地上的脚印变得更加杂乱，平整的雪地上形成了一大片混杂区域。秦悦停下脚步仔细观察，压低声音说："这里的脚印增多了。"

"增多了，什么意思？"我惊道。

"这里的脚印很杂乱，我看至少在二十人以上。"秦悦肯定地说道。

"二十人以上？你是说云象的人出现了？"

"不仅如此，从脚印杂乱的情况看，这里爆发过一场冲突。"秦悦如此判断道。

"冲突？那地上一定会有蛛丝马迹。"

秦悦趴在雪地上一边勘查一边说："我是这么想的，可是……我找遍了这片区域，雪地上虽然脚步凌乱，却没有发现任何其他的痕迹，连一点血迹都没有。"

"或许是你多虑了……"

"不，这么多的脚印，说明人很多，云象的人一定比我们多。甚至我们在山谷中一直跟着的脚印有可能并不是宇文他们……"

"那他们去了哪里？"我的心悬了起来。

秦悦没再言语，她独自走在前面，前方的脚印越来越密集，并出现了许多分岔，我走过去小声说："他们又分开了？"

"没那么简单？你看这些脚印，不像是人的脚印，像是……马蹄印。还有更奇怪的，像是一种大型猫科动物的脚印，还有……"

马蹄印？我马上想到了噩梦中的场景，难道这里就是噩梦中所呈现的那片雪原？我惊慌失措地望向周围的雪原，无边无际，再回头望去，已经看不见谷口和山崖。周围死一般沉寂、黑暗，我忽然有了一个奇怪的想法，仿佛这是一个巨大的舞台，而现在我和秦悦就站在这舞台中央的聚光灯下……

9

就在我胡思乱想之时，从远处悄无声息地走过来一队人马，他们距离我们越来越近，也发现了我和秦悦，但这队人马依然按照自己的速度，向另一方向走去。从这些人的衣着服饰判断，这正是我在噩梦里最后遇到的阿育王大军。他们整齐划一，面无表情，不仅有战马，还有老虎等珍禽异兽。他们从我和秦悦面前走过，目标坚定地朝着一个方向前进，那会通向哪里？

我和秦悦顺着他们的步伐望去，依旧是白茫茫的雪原，看不到尽头……我们两人全都愣住了，面对这样一队人马，内心的恐惧和诧异让我们不知所措。直到他们远去，秦悦才忽然猛掐我的胳膊，我发出一声惨叫。

"原来……这不是做梦？"

"废话，你怎么不掐自己啊？"

"那你掐啊……"说着，秦悦递过来胳膊。

我看她脸色惨白，只好拉住她的手说："这地方太邪门了，跟我梦中的场景一模一样。"

"但现在可不是梦境，阿育王的大军不是在狼脊下全军覆没了吗？即便他们穿过了智慧洞来到这里，也早该死了两千多年，怎么会……"

"所以这地方……会不会像神迹里的墙壁，可以回放历史上的往事？"我大胆推测道。

"也就是说这地方有记忆功能，可以将曾经发生在这的事记录下来。"

"对啊，不是用文字，而是用全息影像呈现出来。"

"可……可他们看上去并不像是全息影像，再说这又……"

秦悦话没说完，突然从斜刺里又过来一队人马，这次不是阿育王的大军，这支队伍看上去队形不整，仓皇失措，他们没像阿育王大军从我们面前列队而过，而是直冲到了我们面前。我和秦悦都很惊愕，我们注意观察着每一个人，他们除了面色不好，每一个人的脸都很鲜活，确实不像全息影像。从装束来看是赤松德赞的吐蕃大军，他们面色蜡黄，满脸疲惫，嘴里不断发出我听不懂的声音，可能是古老的藏语吧，但他们像是在求救。

我和秦悦怔怔地站在原地，吐蕃大军不断哀求，但他们开始时并没做出过激举动，直到一个身材矮小、穿着盔甲的男人突然冲到秦悦面前，面目狰狞地冲秦悦大叫一声。秦悦被吓了一跳，惊叫起来，拉着我撒腿就跑。我背着沉重的背包，迈着迟缓的步伐跟了上去。身后传来巨大的叫骂和嘲笑声，我不敢往回看，不知道吐蕃大军有没有追上来。

　　我们拼命地跑，也不知跑出多久，黑暗笼罩的雪原现出了些许亮光，我不知道这亮光从何而来，但至少让我们在这寒冷与黑暗的雪原感受到了一点暖意。我和秦悦大口喘着粗气，头昏脑涨，仍然不顾一切地往前跑，当我们终于停下脚步时，才发现我们奔跑的方向，正是那亮光发出的地方。

　　我紧张地回头望去，吐蕃大军并没追上来，可……可我们好像被另一队人马包围了，是忽必烈的怯薛军。他们都骑在高大的马上，排列整齐地呈扇形慢慢逼近我们。周围传来轻微的马蹄声与兵器碰撞的声音，看来这里并非没有声音，只是……所有声音都被调低了？当第一排怯薛军逼近我们时，并没有攻击我们，而是在我们面前停了下来。首领似乎是个将军，他叽里呱啦说了一通，音量不低，完全是正常人说话的音量。将军说的可能是蒙古语，随后他身边的另一位穿着锁子甲的将领用汉语说："你们从何处来？这里是哪里？我们在这儿迷路了，你们能带我们出去吗？"

　　这一连串的问题，也是我想知道的。我反问道："你们在这儿迷路了？很多年了吗？"

"是的，算起来应该很多年了，可是……可是感觉又像就在昨天……"锁子甲将军回忆道。

"所以你们不饿，也不用睡觉？"

"饿，倒是有点饿……这真是个奇怪的地方……"

"你们是为了智慧海而来吗？也是从狼脊爬上来，穿过智慧洞，进入回旋谷？"

锁子甲将军对我的问题似懂非懂地回答："我们只是执行帝师的命令，别的什么都不知道。"

"好吧，我简单点说，你们是不是爬上了一段特别陡峭的山脊？"

锁子甲将军点点头。

"遭遇了狼群的攻击？"

锁子甲将军又点点头。

"你们随后穿过了一个山洞？"

锁子甲将军继续点头。

"然后你们遭遇了雪山飞蝗？就是大蝗虫……"我见他似乎没听懂，又比画着说道，"你们遇到蝗虫了吗？"

锁子甲将军摇摇头。

"你们穿过山洞后，进入一片雪原，走过一个下坡，进入了一个弯曲复杂的山谷？"

锁子甲将军似懂非懂地点点头。

"最后你们来到了这里？"

锁子甲将军重重地点点头，然后不满地嚷道："咱们究竟是谁问谁？"

此刻，我心里有了一些底儿，对锁子甲将军说："我要回答你刚才问我的问题，首先我必须知晓所有的事。"

"那你现在都知晓了？"

"再等等，将军，我快要知晓了。"说罢，我回忆着在智慧宫的林子里见到的那些怯薛军墓碑，然后高声喊道："亦集乃路的哈纳木，金州的丰宝，广元路的宋林，嘉定府的黄永平，巩昌路的李冲，兴元路的江大河，哈密力的帖木儿，麓川路的安木吉，真定路的霍山，还有罗马的瓦西里……"

听我这一通喊，对面整齐的队列里骚动起来，锁子甲将军呵斥起来并质问我："你在干吗？"

我并不理睬将军，又继续喊："亦集乃路的哈纳木，金州的丰宝，广元路的宋林，嘉定府的黄永平……"

"在，我是黄永平。"

"我是宋林。"

队列中有人喊道。

我抬头瞥了一眼继续喊："巩昌路的李冲，兴元路的江大河……"

"我是李冲。"

"我是江大河！"

队列中不断有人喊道。

怯薛军开始骚动不安地说："你怎么知道我们的姓名？你莫不是菩萨转世？"

我心里暗笑，心想才多一会儿就成了菩萨转世。但我的举动触怒了将军们，锁子甲将军和蒙古将军对我呵斥道："尔是何处妖人，是尔将我们引入迷途，对也不对？"

"妖？我要是妖还不收了你们？"我也不知该如何辩解。

怯薛军越来越骚动不安，蒙古将军突然高声命令着什么，紧接着前排队列的怯薛军纷纷拔出腰刀，我看出他们虽然不情愿，但仍然不得不执行命令。就在他们催动坐骑，冲向我和秦悦时，我赶紧拉着秦悦往相反的方向奔去。

10

我和秦悦又狂奔起来，根本不知道是什么方向。方向在这里根本不重要，正常来说我们是跑不过马的，但我们跑了很长一段距离，最后累趴在雪地上时，才发现怯薛军没有追上来，我好奇地回头望去，发现他们的坐骑似乎不太听话，都在不远处的雪地里打转。也许是战马不太适应这个鬼地方，或是怯薛军根本就不想执行将军的命令。

我们躺倒在雪地上，大口喘着粗气，秦悦催促我说："快跑啊，他们离我们不远。"

"不用跑了，他们也跑不动，大概是放弃了。"

"你刚才问将军那些有什么用？"

"我现在明白了，狼脊、智慧洞、回旋谷至少在元代就已经有了，也有喜马拉雅狼，雪山飞蝗倒是可能没有，但没准是他们运气好没碰上。我对将军说出这些地名的时候，除了智慧海，其他的好像都没听过，说明地图上的标注是元代以后才有的……还有我喊的那些人都是智慧宫那片林子里墓碑上的名字，说明他们没有死，只是一直被困在这里，外面的人以为他们死了，所以给他们建了墓。"

"墓里都是空的？"秦悦吃惊地盯着我。

"还有……这里没有吃的，这么多年他们是怎么过来的呢？因为他们在这里并没有时间的体感，就像才被困了几天。"

"这里的时空有问题……"

"没错。我还有一个大胆的想法，我们一直转来转去的山谷并不是真正的回旋谷，或者只是回旋谷的一部分，这里才是真正的回旋谷，怎么转也转不出去的回旋谷。"我激动地晃动秦悦的肩膀。

秦悦愣了一会儿缓缓说："那么，我们也被困在其中了？"

我沉重地点点头答道："我现在可以预言，继续走下去还会遇到那些企图开启智慧之轴的人——英国人、德国人，还有一些我们不知道的人。"

话音刚落，远处似乎传来一声枪响。我们扭头望去，就在我们不远处有几个人影匆匆掠过，从穿着打扮看像是一个多世纪前的人，有夏尔巴人、印度人、西方人，他们被手持冲锋枪的人紧紧追赶，从穿着打扮和装备上推断，这些人出生的年代要比前面的人晚一些。我和秦悦趴在雪地里，静静地注视着眼前这一幕，直到他们消失在黑暗中。

"英国人和德国人吗？"秦悦小声嘀咕道。

"是的……"话音未落，突然又从黑暗中闪过一丝亮光，像是手电筒和马灯发出的亮光，我的心瞬间紧张起来，心想还会有谁，难道是宇文他们，或是云象的人？秦悦也在注视着那远处的亮光。

那些许亮光很快就变亮了，照亮了离我们约有百余米的地方，穿着厚重皮袄的两个人，沉默无言地在雪原上走过，他们戴着皮帽和护目镜，身上都背着沉重的背包，看不清两人的面孔，只能从装束上判断这两人也不是我们这个时代的人。

等到两人走远，秦悦小声地问："这两人又是什么人？胆子不小，两个人就敢来这里。"

"或许跟咱们一样，只是脱离了大部队。从装束上看，他们跟德国人的年代接近，可是……"

"怎么？"

"可是又有哪里不一样。"

"算了，反正不是我们的人，也不是云象的人。"秦悦说罢便从雪地里爬了起来。

我关切地问秦悦："感觉身体怎么样？"

"身上还有红疹，但也没有严重。头昏胸闷，还好。这里反倒没刚才冷了，可能是我们刚刚运动过的缘故吧。"

"这地方似乎一切都静止了。"

我嘟囔了一句，然后爬起来继续向前走去。

经过我们这通折腾，雪地上的脚印都没有了，我们完全没有方向，只是一味地向前走，默默地走。寂静的荒原上，只有我们俩的喘息声，脚踩在雪地上，却没有吱呀作响，整个雪原都是那么不真实。

也不知又走了多长时间，我看了一眼天空，也不知道这里会不会有黎明，分不分白昼黑夜。又走了一段后，我忽然觉得远处的天空有了一抹亮色，就停下脚步眺望远方。

"这是黎明的曙光，还是雪原的尽头？"

"我们就往那边走吧。"秦悦指着那抹亮色说道。

我无奈地点点头，继续走向那抹亮色，如果是黎明的曙光，那么这就是东方，或许天亮后，我们就能看清楚这一切。就在胡思乱想之时，前方的地平线上又出现了几个黑影，这个地方出现的任何人都让我感到厌倦，困在这里的都是意图染指智慧之轴的欲望之人，所以难免会起冲突。

秦悦也注意到那几个黑影，我们不约而同地握住枪，向着亮光走去。我举起望远镜再次望去，那几个黑影似乎是冲着我们而来，而且他们移动的速度很快，说明他们在跑，又是一场追逐？我们双方愈来愈近，当我再次举起望远镜时，我发现对面跑过来的是三个人，而跌跌撞撞跑在最前面的正是那个穿斗篷的人——就是在梦境中困扰我的人。

秦悦也注意到了来人，她抢过我手里的望远镜注视良久，喃喃说道："追穿斗篷的是一个穿羽绒服的男人，后面是一个须发皆白的老头，他似乎体力不支跟不上了。"

那几个人离我们越来越近，我和秦悦继续趴在雪地上用望远镜观察，首先见到的是最后那位须发皆白的老头。

"最后那老头看长相是高加索人种，穿着有些奇怪，像是也穿着一件千疮百孔的斗篷。中间那位穿着羽绒服，前面狂奔的人又披着斗篷，好奇怪的三个人，看装束都不像是一个时代。"

"要不是这鬼地方怎么能让那三个人碰到了一起呢。"

我继续观察，跑在最前面的那位的斗篷突然从头顶滑落下来，他惊慌失措地回头望去。

"跑在前面的人有点眼熟。"我又将望远镜对准最后那个须发皆白的老头，"最后那个老头也有些眼熟，哟，是弗朗索瓦，最后那个老头是弗朗索瓦神父！"

"弗朗索瓦神父？"秦悦大惊，急忙抢走我的望远镜。

"对，就是弗朗索瓦，我在照片里见过他，就是这身装束，除了他还会有谁？"我又将望远镜对着跑在最前面的人，有些扭曲的面孔虽然陌生，但我在记忆深处还是能找到线索，"第一个人好像是……像是桂豹变。"

"桂豹变？就是桂肃和桂颖的父亲，那个杀害弗朗索瓦和马明，窃取十六边形手环，成为蓝血团东方区领袖的桂豹变？他……他也来到了这里？"秦悦吃惊不小。

"对，看来他并没有死，弗朗索瓦神父也没有死，他们都到了这里，这也就能理解弗朗索瓦神父为何要追桂豹变了。"

"那么中间那位呢？是马明吗？"

"不是吧，马明被桂豹变杀死了。而且中间那位的装束也不对。"

秦悦迫不及待地夺过我的望远镜，他只看了一眼，就突然失声尖叫起来："爸爸！"

"爸爸？"我整个人都懵了。

秦悦突然想到了什么，一把抢过望远镜边看边说："是，是爸爸，他在追桂豹变。我明白了，爸爸他没有死，他在高黎贡山消失以后，追着桂豹变来了这里。"

"但他们是怎么来到这里的呢？"我完全搞不清楚。

秦悦没有回答，而是不由自主地往前走去，我也从雪地里站了起来，想拉住秦悦，却被秦悦一把挣脱，她往前快步走去，越来越快，渐渐地跑了起来。我生怕秦悦有危险，赶紧在后面追赶上去，这时我才发现弗朗索瓦、桂豹变、秦悦的父亲秦天锡虽然离我们越来越近，却是朝着另一个方向狂奔。

11

秦悦的情绪已接近崩溃，她向远方的三个黑点奔去。茫然无措的我，只好跟着秦悦也往那三个黑点跑去。我和秦悦的速度非常快，完全忘记了高原反应，就像在平原上奔跑一样，直到跑得头晕目眩，眼见离那三个黑点越来越近了，秦悦突然大喊起来："爸爸，爸爸……"

秦悦的声音很大，但在这个神奇的地方，响亮的声音却变成了沉闷的回响。不远处的三个人依然充耳不闻，自顾自地在雪原上狂奔。我停下来，用望远镜望向他们。桂豹变、秦天锡、弗朗索瓦还在狂奔。我回想着那个在噩梦中纠缠我的人，是桂豹变、秦天锡，还是弗朗索瓦？脑袋一阵眩晕，这一切是怎么回事？这些人都没有死，他们只是被困在了这里。

秦悦体力渐渐不支，步伐变得凌乱，身体越发颤抖。我赶紧跑了两步，扶住秦悦的同时，忽然感到天旋地转。难道这一切又是我的噩梦，耳畔依然回响着秦悦的呼唤，但周围的环境却起了变化，雪原瞬间消失了，我们仿佛进入一个特殊空间，周围被白光包围，这……这又是怎么回事？我吃惊地望着周围的一切，一切都发生在一瞬间，白光不断闪过，我发现自己又进入了夏冰所说的亚空间状态。

这种状态让我越来越享受，周边被白色而温暖的光包围，我感觉速度并不快，但理智告诉我这很可能是接近光的速度。如果这真的是光速，或是接近光的速度，那是人类目前为止也无法实现的速度。与我曾经的想象完全不一样，我扭头望向秦悦，秦悦也很吃惊。我又向四周望去，只有前面似乎有人，是桂豹变、秦天锡，还是弗朗索瓦？

我看不清前面的人，也无法靠自己的意志向前。

突然，我们周遭的环境又在瞬间起了变化，重重白光消失了，我们到了一座荒岛，荒岛周围是深蓝的海洋，而在荒岛上巨大的石雕像突兀怪异，我马上想到了复活节岛。还没等我开口惊叹，我们再次被卷入白光之中，很快又置身于连绵不绝的高大沙丘中，我还来不及分辨这是撒哈拉还是塔克拉玛干。两人再次被重重白光包围，这次白光消失后，我们惊奇地发现身处高山之巅、悬崖之侧，壮观的瀑布倾泻而下，震耳欲聋，这是天使瀑布？就在耳膜要被震裂时，周遭再次安静下来，白光笼罩之后，我们悄无声息地来到了一大片森林，我和秦悦迷茫地走了几步，透过浓密的树冠，望见了远处白雪皑皑的火山锥，这是哪儿？就在犹豫的一刹那，重重白光再度包裹了我们。这时，我想到了袁帅，袁帅的奇妙冒险，在极短的时间内，从地球的一个地方快速到达另一个地方，或许就是这么实现的。

胡思乱想之间，我已经无法判断所经历的时间，不知道之后还会去向哪里，亚空间旅行难道会这样一直延续下去？我忽然理解了回旋谷的含义，这才是真正的回旋谷，从最初蜿蜒曲折的山谷，到无边无垠的雪原，再到没完没了的亚空间旅行，这才构成了完整的回旋谷，或许闭源人是有意这么设计的，让所有觊觎智慧之轴的人都无法靠近，用回旋谷困住所有企图进入智慧之轴的人。想到此处，我陷入了无尽的绝望，曾经倔强的信心瞬间崩塌了，我们人类到底还是太渺小，无论做什么，不管如何努力，都是那么渺小，即便今天，我们依然无法挑战闭源人的技术。

　　但让我们意外的是，接下来我们哪里也没去。白光一闪之后，我站立不稳一个趔趄，连带秦悦一起摔倒在积雪中。我们似乎又回到了原地。我警觉地从雪地里爬起来，周围是茫茫雪原，我一时又无法确定这里就是我们刚才进入亚空间的地方，不，或许整片雪原都是亚空间。我一边想着乱七八糟的事，一边搀扶着秦悦从厚厚的积雪中站起，秦悦依然在四处张望，寻找秦天锡的身影，可惜周围白茫茫一片，不见一人，不但没有秦天锡，连桂豹变与弗朗索瓦也不见了，倒是离我们身后不远处的雪墙上，隐隐现出了一个豁口。

　　豁口？出口？秦悦也注意到了雪墙上的豁口，但她依然不愿离去，在我的苦劝之下，秦悦才不情愿地跟我过来。豁口不宽，却也足够两人并排而行，我无法判断这豁口是否就是我们走出来的谷口。本能促使我拉着秦悦进了豁口，里面蜿蜒曲折，高大的石壁取代了雪墙，我们离开了雪原，走进一条山谷中。

　　山谷中光线昏暗，我打开手电照向前方，雪地上并无脚印。

　　"看来这条路没人走过。"我嘴里喃喃自语道。

　　"不，这不正常。"秦悦话语中带着战栗。

　　"怎么……"

　　"爸爸他们去了哪里？"

　　"他们好像跟我们一起进入了亚空间旅行，似乎在我们前面，后来就没有再……"

"不，我不是说这个。我是说父亲他，还有桂豹变、弗朗索瓦，以及所有被困在这里的人，他们这么多年都没有再出去，我们又怎么能出去呢？"

"可……"我也不知道该说什么，但本能依然促使我拉着秦悦往前走。

秦悦没再说话，失魂落魄地跟着我，沿着山谷向前走去。我从没见过秦悦如此模样，或许父亲是她内心最柔软也是最痛的地方。正因如此，我更要将她带出去。想到这里，我拉着秦悦拐过一道弯，前方的山谷变得宽阔起来，我紧走两步，觉得前方有些变化，再往前急走几步。在手电照射下，隐约可见前方是一个谷口，山谷似乎延伸到这里，已经到了尽头。

秦悦也注意到了谷口，但我们没有一丝兴奋，反倒踌躇不前。我们并不相信这次就能走出来，而且说不定有更可怕的世界在等待我们。已经临近崩溃边缘的我们，只得走一步看一步。

当我们小心翼翼地走出谷口，才发现这哪是什么谷口，而是一个有三条岔路的广场，除了我们走出来的这条山谷，还有两条山谷通向不同的地方。我用手电仔细照过去，发现另两条山谷的雪地上都有脚印，脚印凌乱且数量较多，我顺着脚印的方向，向左手边的山谷望去，这条山谷会通向哪里？是带我们出去，还是将我们又带回可怕的雪原？我的直觉告诉我选择这条山谷，或许就能找到宇文他们。

于是，我叫上秦悦进了这条山谷，循着雪地上的脚印，在山谷里继续转弯。秦悦渐渐恢复了一点，也不知转了多少个弯。前方又出现一道弯时，秦悦突然拉住了我。我回头望着秦悦，秦悦对我使了个眼色，我顺着秦悦的目光发现雪地上的脚印在这里变得更加混乱，用手电照射过去，我发现在山谷拐弯处，影影绰绰好像有人。

12

我跟秦悦用眼神交流了一下，由于不知道山谷那边是什么。我们没敢说话，秦悦一把夺过我的手电筒，关闭开关，山谷顿时陷入黑暗。但在山谷拐弯的地方有一处光亮，我们又对视一眼，显然那光亮不像是月光，今夜也没有月光，那光亮更像是人为的。我警觉地停下脚步，端起突击步枪，秦悦则掏出了两枚老式的长柄手榴弹。

秦悦示意我继续向前，我们蹑手蹑脚地向前又走了几步，发现拐弯处的光投射在雪地上，影影绰绰有人影闪烁。难道是宇文和柳金？我的心悬了起来，紧张、激动又有些兴奋，但又想到可能是什么可怕的东西，比如喜马拉雅狼……接下来，山谷拐弯处的光亮忽然消失了。

我怔怔地望着刚才发光的地方，现在的情况更说明那里有人。或许那边的人也正如我们一样，静静地等待时机，等待我们暴露于视野之中。我和秦悦紧贴着岩壁，慢慢摸到离山谷拐弯处很近的位置。山谷中静得可以听见我和秦悦的心跳，秦悦冲我挥了挥手中的长柄手榴弹，我犹豫片刻以极低的声音说："做好准备，我先试试。"

说罢，我又向前走了一步，然后突然大喊一声："宇文。"

山谷仍是一片死寂，没有回应。但我能感受到那边的惊慌，我再看向秦悦时，秦悦已经又走出两步，贴着岩壁摸到山谷拐弯处，然后猛地朝那边奉上了一枚长柄手榴弹，但与此同时，我也听到了那边的脚步声，接着，一个冒着烟的手雷被投了过来。

我和秦悦都没想到这样的变故，刚想去拉秦悦却已经来不及，好在秦悦反应迅速，在手雷爆炸前，拽着我向后跑出七八步。巨大的冲击波还是将我们掀翻，爆炸声震得我耳鸣不止，但却一直没有听到那头长柄手榴弹的爆炸声，就在我们诧异的时候，终于传来长柄手榴弹爆炸的声响，秦悦脸上露出一丝笑容。

"看来是云象的人，我们快撤。"

话音刚落，硝烟中传来凌乱的脚步声，我一边向后撤，一边不甘心地打开了手电，那是一群穿着灰白色伪装服的人，他们簇拥的中心是一个高个子外国老头……我还来不及细看，对面就传来了枪响，秦悦厉声呵斥道："你疯了，关掉。"

我关掉手电筒的瞬间，子弹打在了我旁边的岩壁上，幸亏秦悦一把将我拉到一块突兀的岩壁后，才躲过密集的子弹。山谷中又陷入黑暗，对面传来轻微的脚步声，秦悦指了指我们来时的山谷，然后我们从岩壁后冲出，不顾一切地向来时的山谷狂奔下去，但身后的脚步声依旧清晰，其间还夹杂着细微但却坚定的命令声。

强烈的高原反应让我们不得不停下脚步，我拉着秦悦跌跌跄跄在山谷中徘徊，秦悦小声问："你……你看到了什么？"

"那个外国老头似曾相识。"我用缺氧的大脑不断地搜索记忆。

"你见过他？"

"不，应该没有。但好像在哪见过。"我说了一句模棱两可的话，随即想到了什么又说，"对，是照片，夏冰曾说在桂肃的房间内发现一张照片，上面有两个中国人，两个外国人。"

"但我们并没见过这张照片……"

"在蓝血团总部的时候，柳金给我们看过几张照片，夏冰认出了照片上的人就是在桂肃照片上的一个外国人。"

"你是说……"

"对，就是那个阿努钦，格林诺夫曾经的挚友。我现在虽然还不能肯定，但……直觉，直觉告诉我……"

话没说完，身后又传来枪声，我和秦悦只得贴着岩壁躲避，随之展开反击。但对方火力强大，我们手里的武器完全抵挡不了。短暂的交火后，我和秦悦败下阵来，秦悦在抛出一枚长柄手榴弹后，拉着我又跑过前面一个拐弯。我们靠紧岩壁，大口喘着粗气……

"我们这样子迟早会被他们追上……"秦悦喘着粗气说道。

"宇文和柳金究竟到哪儿去了？要是……"

"别指望他们了。"秦悦说着抬头望向头顶，我注意到就在我们头顶，山谷拐弯处的石壁顶端有一块凸出的巨石，秦悦盘算片刻，随后从包里一把掏出四枚长柄手榴弹，然后又掏出一根绳子，将四枚手榴弹捆在一起，还没等秦悦抛出手榴弹，我手里的突击步枪先开火了，因为追兵已逼近。

我一口气打完了满满一个弹匣，也没能阻止追兵的步伐，最后遭到他们火力压制。秦悦终于朝上抛出了手榴弹，四枚手榴弹一起爆炸的巨大威力，将突兀的岩石整个炸碎，碎裂的石块倾泻而下，不多不少，正好堵住了山谷。

不过这些碎石也只能暂时迟滞追兵的脚步，我们继续顺着来时的路退去，也不知拐过多少道弯，却一直没有回到那个三条岔路的广场，而且也不知从何时起前方的山谷再也没有了脚印……我和秦悦都有些慌乱，这是又走进了哪里？正在我们一脸懵的时候，前方的山谷又不见了，我们居然无意识地闯出了没完没了的山谷。此刻，我们置身黑暗之中，感觉又来到了一片雪原。

漆黑的世界没有声音，我的感觉告诉我这里不是刚才困住我们的那片雪原。

"难道我们走出来了？"我不禁疑惑道。

秦悦静静地伫立在雪原中，似乎是在感受这里的环境。当我壮着胆子再次打开手电时，秦悦终于开口了："这里不是困住我们的雪原，这是我们刚来的那会儿，遭遇雪山飞蝗的那片坡下的雪原。"

"我们兜兜转转，忙活一夜，又转出来了？"我不敢相信地说道。

"不是说回旋谷是亚空间吗？一旦进去就再也转不出来？"秦悦扭头问我。

此刻，我的大脑一片空白，是因为高原反应缺氧，还是这个无法解释的鬼地方已经超出了我的理解范围？我们为什么能转出来？而那些闯入回旋谷的人却会几十年、几百年，甚至上千年被困其间？出来就安全了吗？雪山飞蝗还会来袭击我们吗？

同时，我就得出了可怕的答案，因为那震耳欲聋的巨响已经从远方传来，正在快速地震撼着我的耳膜向我们逼近。我刚想打开手电，却被秦悦一把拦下，我们就静静地伫立在黑暗的雪原中，死死地盯着巨响的方向。

终于，当巨响迫近时，我和秦悦再也无法忍受，不由自主地向后退去，慢慢地，慢慢地，我们又退到了谷口。数百万只可怕的雪山飞蝗，遮天蔽日，吞噬一切，再次冲向我们。

13

我和秦悦只得又被逼回山谷，数百万只雪山飞蝗依然如昨日所见，不断汇聚在离谷口七八米的地方，堆砌成一堵高高的蝗虫墙，密不透风。秦悦抛出一枚长柄手榴弹，在蝗虫墙上炸出一个缺口，但刹那间，那个缺口又被成千上万的蝗虫封闭。我们只能无奈地向山谷内退去，如今经历了回旋谷的神奇与恐怖，才真正理解了这些飞蝗的行为。

我们就这样与飞蝗对峙着，见飞蝗没有要散去的意思，只得返回山谷，又在山谷中漫无目的地前行。这是一段从未有人走过的路，雪地上只留下了我们刚才留下的脚印，在山谷中绕过七八个弯，当我又要接近一个拐弯处时，秦悦突然一把拉住了我。

手电射出的光柱，照射在山谷拐弯处，从山谷后面隐隐闪过了另一个光柱。我赶紧关掉了手电，山谷后面的光亮也瞬间消失了。我和秦悦都明白山谷后面有人，与刚才遭遇的情况类似，我小心翼翼地端起枪，而秦悦则又抽出了两枚长柄手榴弹。我们还是贴着岩壁，蹑手蹑脚向前摸了两步，接近山谷拐弯处时停了下来。

侧耳倾听，山谷内寂静无声，但我的直觉却给我发出信号——山谷后面有人。秦悦走到我的身前，随时准备抛出手榴弹，就在我们做好一切准备之时，山谷后突然传来一声呼喊："非鱼？"

我和秦悦都是一愣，我马上听出是宇文的声音，于是高声回道："宇文？"

话音刚落，宇文和夏冰抢先转了过来。终于找到了大部队，我收起枪，紧紧抱住宇文，宇文激动地说："我还以为你们完了呢。"

"我命大，一时半会儿死不掉。"我戏谑道。

"你们为什么不等我们？"秦悦没好气地质问道。

夏冰愣了一下解释道："我们前天晚上在智慧洞里过夜，是准备等你们的，可你们一直不出现，昨天早上我们试着探索了洞里，就听到了恐怖而奇怪的声响……"

"雪山飞蝗？"我反问道。

夏冰点点头说："对，不可思议的雪山飞蝗。我们只得顺着洞一路狂奔，后面的遭遇你们应该也都遇到了。"

"你们不觉得智慧洞很奇怪吗？"秦悦问道。

"是奇怪啊，雪山上有那么长那么大的洞穴……"宇文说道。

"不，秦悦的意思是智慧洞简直是一条直线。"夏冰听出了端倪。

"对，智慧洞不像是天然洞穴，更像是机械所为。"此时，柳金带着众人走过来。

"机械所为？也是，太直了，特别是……你们注意到智慧洞中间有一道痕迹，岩石颜色内外不同，而且里面明显要比外面规整，完全像是机械所为。"

"我也注意到了，就是在那里听到了恐怖和奇怪的声响……问题是雪山之上的洞穴，会是什么机械开凿出来呢？"柳金也大惑不解。

"看来又是黑轴文明时期的产物，闭源人的杰作。"李栋感叹道。

"但闭源人开凿这个洞干什么用？仅仅是凿穿这座山峰？"秦悦又问。

"不，联想一下后面的回旋谷，好可怕的地方。你们也进入了那片雪原吧，无边无际，没有尽头，所有觊觎智慧之轴的人都被困其间……"夏冰断断续续说道。

"看来我们的遭遇差不多，不过被困其中的人并不都是觊觎智慧之轴的人。"秦悦没好气地嘟囔了一句。

格林诺夫与李樊从进山起就很少说话。他们反而是对黑轴最有研究的两位，我转而询问两人："您二位最有发言权，倒是说说这一切究竟是怎么回事？"

格林诺夫脸上写满疲倦，毕竟已是年届七旬的老人，他有气无力地说："正如你们在神迹遭遇的一样，这就是亚空间。所有被困其间的人都进入了亚空间旅行状态，他们被困其间，感受不到时间的流逝。"

"你们刚才被困其间，也在短时间内去了相距遥远的地方吗？"秦悦追问道。

格林诺夫点点头说："我们也经历了袁帅曾经的遭遇，确实……确实太神奇了，这证实了我们之前的判断，亚空间存在于正物质空间与反物质空间中间的阻隔层，当某些条件作用下，正物质与反物质相撞，亚空间可以使正反物质空间时间扭曲，从而发生瞬间到达或者瞬间消失的情况。"

"至于要满足何种条件，这就是闭源人的高明之处，我们至今还无法解释。"李樊补充道。

"回旋谷是闭源人有意设计的吗？"我转而询问李樊。

李樊气色尚好，但此刻他也没有了刚出发时的诙谐，紧锁眉头像是在思考着什么，断断续续地回复我："的确很像是闭源人的有意设计，为了阻挡任何觊觎智慧之轴的人。闭源人将在神迹的试验成果直接应用在了这里，在回旋谷中触发亚空间，将所有闯入者困入其中……不过似乎这里又有漏洞,那就是我们。"

"对,我们,我们为何又闯出来了?而历史上那些人却始终被困其中。"夏冰也提到这个漏洞。

"我提醒你们一句,我们现在并没有出去……"柳金始终保持清醒头脑。

"你们见到我父亲了吗?"秦悦忽然问道。

众人都是一愣。我向他们解释道:"我们最后在那片雪原中看到了秦悦的父亲,他在追老年的桂豹变,后面竟然还有弗朗索瓦神父。"

"这样看来,在德国的塞弗尔考察队后,还有人闯入这里。秦悦父亲一直追捕桂豹变进来,至于弗朗索瓦神父很可能之前就被困在其中,几十年后又遇到了老熟人。"宇文推测道。

"那弗朗索瓦神父是跟塞弗尔考察队进来的?"夏冰反问。

"根据我们在狼脊下的发现,再结合弗朗索瓦的情况,是有可能的……"我将在狼脊下发现德国探险队基地的情况说了一遍。

"漏洞,我们为何会出来……难道是因为我们自身有什么特殊?"李栋在我身后喃喃自语。

我忽然想到了什么对他们说:"这个漏洞不仅仅对我们有效,对一同闯入者也有效,我和秦悦刚才遇到了云象的人。"

"云象的人?"柳金和其他人的反应说明他们并没有遭遇那伙人。

"对，为首的似乎是个瘦高的老头，很像你们给我看的照片上的人。"我肯定地说道。

"阿努钦？"柳金和格林诺夫几乎同时惊呼起来。

虽然他们早已有心理准备，但听我这么说，依然感到震惊。震惊之余，连一向沉稳的格林诺夫也掏出了枪。就在这时，李栋忽然对大家做出了一个噤声的手势。接着，我听到在我们头顶传来一些细微的声响。

14

头顶传来岩石被踩踏发出的细微碎裂声。一束强光照射下来，紧接着又是一束，我还没反应过来，秦悦拉着我向崖壁靠去，并大声提醒众人隐蔽。

一连串子弹打在我刚才站的地方，辛格的两个手下刚想反击就应声倒地。其余人则马上奋起反击，我将突击步枪举过头顶，向上射击。秦悦小声提醒我这样没用。

她指了指前方，离我们不远处就是山谷中的拐角，秦悦的意思是让我们贴着岩壁转过去。我和秦悦率先贴着岩壁向转角移动过去，其他人也逐步从惊恐中恢复过来，跟着我们贴着岩壁转过山谷，岩壁下是射击死角，当我们转过去后，本以为可以摆脱头上的威胁，却发现在这条山谷中，有几十支枪正对着我们。

密集的射击逼得我们躲在山谷转弯处的岩壁下不敢露头。秦悦抛出最后几枚长柄手榴弹，暂时压制住了对方的火力，我们瞅准时机，一通密集射击。看到对方似乎渐渐哑火，我们分成两队，贴着岩壁向前摸索。

当我们推进到山谷中段时，对方的猛烈射击再临，我们被打得完全没有还手之力，只能各自利用岩壁隐蔽。辛格刚一露头，就被打中了手臂，他的手下已经全被干掉，自己也身负重伤。关键时刻，秦悦再次力挽狂澜，她用极其精准的枪法接连放倒数人。趁着秦悦的掩护，我爬到辛格身边，将他拖回岩壁下。辛格身上还有几颗手雷，我取下来交给秦悦，秦悦刚想扔出去，突然柳金冲对方用俄语大声喊道："我想我们需要谈谈。"

"我的朋友，你没有死在基地吗？"格林诺夫也大声喊道。

对方停止了射击，山谷中再次陷入可怕的安静。柳金又道："我们曾经并肩战斗，今天没有必要你死我活。"

我看看他们几个，不明白柳金和格林诺夫是什么想法。夏冰小声对我们解释道："柳金说硬拼不是办法，先跟阿努钦谈谈，如果不行，我们见机行事。"

此时，对方终于有了回音，也是俄语："我当然不会死，我的前半生都贡献给了黑轴，怎么甘心就那么死去。"

这个回答几乎可以肯定对方就是阿努钦，他是云象的领导人吗？这时，柳金又说："我们都为黑轴贡献了一生，今天又为何要你死我活？"

"我并不想要老朋友的命，只是你们那几个年轻人太冲动……"

"竟然怪我们太冲动。"秦悦小声怒道。

阿努钦停了一下，又继续说："如果我的老朋友，你们愿意跟我一起干，那我们就不用如此了。"

"你想干什么？"格林诺夫问道。

对方传来一阵冷笑。

"我想干的事不也是你想干的吗？"

"我当年只是出于对科学的好奇与探索，才开始研究黑轴，反倒是你，一直在鼓弄什么基因改造工程。"格林诺夫解释道。

"那只是雕虫小技，你说你是出于对科学的好奇与探索。不错，我也是如此。你问我想干什么，我的目的很单纯，就是出于对科学的好奇与探索，想打开黑轴的终极秘密——智慧之轴，这有什么错吗？"阿努钦说得冠冕堂皇。

"你的目的真的仅仅是这样吗？"格林诺夫反问道。

"信不信由你。"阿努钦一副无所谓的态度。

"好吧，在探索黑轴的道路上，我们曾经目标一致，我们都想了解黑轴，但现在你觉得我们适合打开智慧之轴吗？"格林诺夫质问道。

"有什么不适合吗？"阿努钦反问道。

"你们有能力打开智慧之轴吗？"格林诺夫继续质问。

"总要试试。"阿努钦态度坚决。

"想想被困在里面的那些人，你也看到了吧……"

阿努钦打断格林诺夫厉声说道："时代不同了，我们现在不但对黑轴更了解，也更有办法，最重要的是四件十六边形手环在我手上。"

说罢，山谷那头闪过一丝金光。宇文将阿努钦的话语翻译过来，让我陷入了思考。我们已经知晓四件十六边形手环的力量，现在它就在阿努钦手上，我们正身处回旋谷，四件十六边形手环在一起，会发生什么神奇的事，我实在不敢想象。

就在我疑虑的时候，柳金忽然说："让我们看看你手中的四件十六边形手环吧，我很期待它们在一起会发生不可思议的事。"

"是的，四件十六边形手环在一起，会发生不可思议的事，你们想想为何那些人会被困其中，而我们可以出来？"

阿努钦的话对我们所有人都是醍醐灌顶，他无意中回答了我们刚才的疑问。难道我们能够走出那片雪原，是因为四件十六边形手环？短暂的震惊后，柳金又开口了："既然如此，那我更要见见十六边形手环了。让我们看到手环，我们就跟你合作，请相信我们，我们也十分想进入智慧之轴。"

"你们蓝血团不是不愿意打开智慧之轴吗？"阿努钦停顿下来，柳金刚想说什么，阿努钦突然又严厉地反问，"你们蓝血团之所以不愿意打开智慧之轴，不就是想垄断知识吗？没有闭源人的智慧之轴，你们这些人，所谓的闭源人基因携带者就可以为所欲为，垄断知识，掌握这个星球。"

阿努钦说得头头是道，把自己塑造成了反抗权威的英雄，而我们则都成了维护精英的帮凶。柳金略思片刻，继续冲阿努钦喊道："蓝血团已经腐朽，你难道不知道在蓝血团内部，一直有另一派的声音，就是我们，我们希望通过打开智慧之轴，提升改造蓝血团。"

"哦，是吗？我一直以为蓝血团以保卫智慧之轴为己任。"阿努钦将信将疑。

"那是过去。即便蓝血团现在仍然有很多人以此为宗旨，也不代表我们，毕竟我们为黑轴付出了一辈子。所以来吧，朋友，让我们看看四件十六边形手环。"柳金语气缓和下来。

对方陷入了沉默。长时间的沉默后，山谷那一头又闪过了金光，一个身影从黑暗中走出来，那个身影渐渐走出阴影，显露出布满皱纹的瘦削脸庞，格林诺夫和柳金脸上都露出惊异的表情，格林诺夫率先走了出去，迎面朝阿努钦走过去。

"朋友，你怎么变成了这样？"

"你是说我的相貌吗？"阿努钦冷冷地反问道。

"我记忆中的你还是年轻时的容颜，那时候你充满朝气，秉持科学精神，向往未来，相信通过我们的努力，可以让这个世界更美好。"格林诺夫似乎陷入了回忆。

阿努钦冷笑了两声。

"我现在就没有朝气了吗？容颜虽然可以苍老，但我的心并没有变。没有朝气，我这把年纪会来这里？我丧失了科学精神了吗？没有。我不向往未来了吗？没有。我不想让这个世界更美好了吗？我正是希望改变这个肮脏的世界，让它更美好，才冒着危险来到这里。"

"你以为打开智慧之轴，就可以让这个星球更美好……"

阿努钦厉声打断格林诺夫："不错，看看这个肮脏的世界，所有人都在追求财富，他们丧失了理想，不论人们多么努力，也无法真正改变这个星球。看看吧，自那个伟大的量子时代后，当那些天才的大脑消失后，群星不再闪耀，消费主义横行世界，我们曾经可爱的星球，停滞不前。现在的人愚蠢至极，还不自知，不要以为鼓弄出什么互联网上卖东西，手机聊天，就改变了世界，放到更广阔的维度去看，它们一文不值。即便是现在这些技术的进步，也是仰仗于当年那些伟大科学家的坚实基础，现代人不过是在摘取前人的果实。想想吧，如果当树上的果实都被摘光，现代人还有什么？"

"所以你必须打开智慧之轴，将火种洒向人间？"格林诺夫平静地反问。

"对，我和我的同志们打开智慧之轴，会将火种洒向人间，我们不为利益，我们不会向那些可悲愚蠢的人们收钱，我们只为了他们过得更好，这样不好吗？我的朋友，来吧，看看我手中的十六边形手环，我们一起干吧！"

阿努钦说着，高高举起了双臂，他一只手上各握着两件手环，在昏暗的山谷中闪出金色的光芒。

"你的理想非常诱人，也很美好，甚至可以说很伟大。"格林诺夫沉吟片刻，又开口说，"如果真如你说的，你就是盗火的普罗米修斯，你会像神一样被人们崇拜。"

"那样难道不好吗？现在的人太过自我，不再相信神与权威，他们需要一个神的指引……"阿努钦开始絮絮叨叨起来。

15

格林诺夫与阿努钦的对话让我明白了他们的目的，他刚才所说可能都是实话，毕竟格林诺夫和柳金曾经是他朝夕相处的好友和同事。几十年未见，互相吐露真言。阿努钦的确是位科学家，甚至可以说是位没有被世俗沾染的科学家，他做这些并不为了牟利，而是想使这个世界更加美好，更加发达。但是，他的思想又很疯狂，他的私心更是可怕，他想将闭源人的智慧与知识带到人间，那么他就会成为神，被世人景仰的神。那么他想做什么，人们都会遵从，世界将会陷入真正的混乱。

当我还在想着打开智慧之轴的后果时，柳金也走了出来打断阿努钦的絮叨。

"那么，我们还打来打去干吗？盗火的普罗米修斯，这很好。"

说罢，柳金缓步走到阿努钦近前，慢慢探出右手，触摸到阿努钦手上的一件十六边形手环，接着又是一件，然后柳金又探出左手，再接着触摸起阿努钦右手上的另两件十六边形手环。当柳金的手离开手环时，阿努钦又开口了："怎么样？现在相信我了吧。"

柳金沉吟片刻，却转移了话题："当年基地出事，是你干的吗？"

"不，不是，那只是一个意外。"阿努钦肯定道。

"意外？"柳金又沉吟下来。

"对，意外，我没有必要摧毁基地。"

"我被关起来，是你举报的吧？"柳金又问道。

"不，我根本不知道你为何会被关起来，当时接到的命令是谁都不允许接近你。"阿努钦又肯定地说道。

"那么，你是怎样建立的云象组织？"柳金追问道。

这次阿努钦沉默不语，等了一会儿，阿努钦才淡淡地说："这个问题还是等我们打开智慧之轴时，再回答你吧。"

阿努钦没有否认他们就是云象的人，接下来柳金的话却让我吃了一惊，柳金竟然上去轻轻抱了抱阿努钦说："好吧，那我们就一起吧。"

柳金居然轻易地就答应了阿努钦，阿努钦突然说："我很高兴能跟你们再次并肩战斗，不过只限于你们，那些年轻人还是不要继续跟着我们了。"

说罢，阿努钦挥了挥手，从他身后走出十多个荷枪实弹的黑衣人。柳金大声呵止："不，他们还有用。"

"有你们俩就够了。"阿努钦也提高了嗓音。

柳金突然在背后做了个手势，夏冰心领神会，低声说："准备战斗。柳金会对付阿努钦。"

柳金会对付阿努钦是什么意思？我还没反应过来，那些黑衣人就已经越过了阿努钦与柳金，冲我们举起了枪，就在千钧一发之际，柳金大叫一声："谁也别动。"

就见柳金掏出手枪，一把抱住阿努钦，格林诺夫手持两颗手雷，也靠近阿努钦。我们面前的那排黑衣人顿时陷入两难，就在他们犹豫之时，秦悦率先开枪，以其精准的枪法，几乎一枪放倒一个。那些黑衣人匆忙反击，头顶也传来枪声，但如今形势已然逆转，五分钟激战后，下边的十来个黑衣人全都被击毙。

上边的黑衣人无法施展，我都能感觉到他们的急迫，柳金与格林诺夫仍然牢牢控制着阿努钦，一步步退到了崖下。对面的阴影中，依然有黑衣人蠢蠢欲动，但我估计他们已经折损过半，此刻不敢轻举妄动了。

阿努钦不断大叫："你们竟然骗我，你们这些该死的家伙。"

格林诺夫已经退到崖下，眼见柳金控制着阿努钦就要退到崖下。就在这时，从山崖上传来几声枪响，阿努钦应声倒地，柳金也险些中弹，好在柳金反应迅速，丢下了阿努钦，快速隐蔽到崖下。趁着混乱之际，秦悦突然冲出山崖，山崖上的人反应迅速，一串子弹贴着秦悦的移动轨迹打到了地上。

秦悦抓紧隐蔽到对面山崖，我们刚反应过来，她对着头顶的山崖就是两枪，两个黑衣人应声栽落下来，山谷中顿时一阵枪声，我们纷纷向前方射击。秦悦又向山崖上开了几枪，却无人还击，我们则全力向前推进，用山崖做掩护不断射击。

紧张的激战过后，前方全都哑了火，我们已经靠近山谷的拐弯处，这里又躺倒了七八个黑衣人。我扭头看去，只见柳金和格林诺夫趴在阿努钦身上，似乎在询问着什么，但阿努钦已经奄奄一息，不停抽搐着，直至完全僵硬下来。

秦悦和宇文继续向前搜寻残敌，我们则返回来，柳金从阿努钦手上取下四件十六边形手环，默然不语。我走到柳金身后小声问道："阿努钦就这么死了？"

"被自己人打死了？"夏冰也问道。

"或许他们想打死的是我，只是失手。"柳金喃喃道。

话音刚落，已经身负重伤的辛格大叫一声，随即扑倒在柳金身上，几乎同时枪声响起，辛格后背连中数弹，鲜血喷溅，接着又是一声枪响，我们头顶的山崖上又有一个黑衣人栽落下来，我本能地一闪身，那个人就一头栽倒在我的身旁，口鼻喷血，不停地抽搐。我回头发现是秦悦反应迅速击毙了山崖上的这个人。

对于这突如其来的一幕，我一时难以接受。我将还在抽搐的黑衣人翻过来，拉开他的面罩，他长着一张英俊的脸，是西方人的相貌，嘴微微地颤动，似乎在说着什么……我俯下身凑到他耳旁，听不清也听不懂他说什么，我忙冲宇文挥了挥手，宇文和夏冰都凑过来，仔细倾听，直到这个人停止了抽搐。

"他说的什么？"我忙问宇文。

宇文紧锁眉头地回道："他说的是……似乎是……"

"他说的好像是古老的拉丁文。"夏冰说道。

"对，这也是我奇怪的地方，他竟然说的是中世纪的拉丁文，至于……至于说的是什么，他反复在说'我看到了，我看到了……'"

"我看到了，我看到了……"我反复咀嚼这句谜一般的台词。

格林诺夫、李栋、李樊协力将辛格沉重的尸体从柳金身上搬下来，柳金浑身是血，也分不清是辛格的血，还是身下阿努钦的血，或是柳金自己也负了伤。柳金慢慢地吐出口气，众人上前检查一番，发现柳金并没有中弹，才舒了一口气。

"刚才你答应与这家伙合作，把我吓了一跳。"李樊惊魂未定地说道。

柳金硬是挤出笑容说："没办法，他们人多势众，还好阿努钦比较单纯，否则我们很难全身而退。只是……只是可惜了阿努钦，他其实也是个天才，不知道他什么时候有了这个疯狂的想法。"

"在基地的时候……他就已经有了一些……一些奇怪的想法。"格林诺夫喃喃自语道。

"哦，那时你就注意到了？"柳金转而问格林诺夫。

格林诺夫却笑着转移了话题："让我们来看看这些黑衣人都是何方神圣。"

秦悦扯下一个黑衣人的面罩，拍拍手说道："我已经调查过了，这些黑衣人来自不同国家，普遍来说都很年轻，但从相貌与身体特征上看，似乎都是年轻的学者，只有少数几个像是职业军人，当然只是从外貌上的推断。"

格林诺夫走到最后栽下来的那个年轻人旁边仔细辨认："这个小伙子我有些眼熟，好像在哪儿见过。"

柳金也靠了过来，说："我们是见过他，他是意大利博洛尼亚大学的博士生，叫维瓦尔第，曾经有人向我推荐，让他加入蓝血团。我去考察过他，他确实很优秀，后来还带他见过你，就在他要加入蓝血团之时，突然改变了主意。"

"原来是加入了云象。"格林诺夫有些惊愕。

柳金、格林诺夫、李樊又查看了几个黑衣人的尸体，又认出两个年轻人，都是他们曾经考察过的青年精英。李樊不禁感叹道："看来云象在抢人方面也是不遗余力啊。"

"这也就解释了他们的战斗力为什么不太行。"秦悦喃喃说道。

"但是这些年轻人却很果敢。"李樊又道。

"哼，都是被云象给洗脑了呗，就像在神迹那样，甚至我估计他们中有些人就是在神迹被洗的脑。"宇文嘟囔说道。

"这个维瓦尔第最后说的拉丁文是什么意思？"我边说边仰起头，又向山崖上望去。

秦悦始终保持着警惕，举枪瞄着山崖上说："他很可能在山崖上看到了什么？我甚至怀疑他们爬上去并不是要在上面狙击我们，而是为了站在高处看清这诡异的回旋谷。"

"那么他看到了什么？智慧之轴？"夏冰不解。

"还有一种可能，他在上面什么都没看见，这句话只是云象洗脑的一部分，他们毕生追求的就是'看见、发现、打开智慧之轴'。"格林诺夫补充说道，直到最后一句话时，他有意放慢了语速。

"这些疯子……"我感叹道，但转念一想，我们何尝不也被卷入了这场疯狂的行动。山谷中沉寂下来，我们战胜了云象，每个人脸上写满疲惫，心中充满紧张和焦虑，大家似乎并没有感到轻松。

16

接下来，大家各怀心思陷入长久沉默，几乎被遗忘的阿帕开口问道："现在这伙坏人都被打死了，索朗桑姆在哪儿？"

我们面面相觑，不知该如何回答，目光都落在柳金身上，只见她紧锁眉头沉默不语，秦悦忽然想到了在智慧洞发现的那把茶刀，她将茶刀递给柳金："您先看看这个东西吧？"

柳金疑惑地接过茶刀，当她的目光落在茶刀刀柄底部的时候，秦悦又开口道："底下的文字是俄文吧？"

柳金看到刀柄底部的 Пётр 时，眼睛瞬间睁开了，说："是俄文，像是一个人名。"

"人名？"

"是的，彼得。这把茶刀应该属于一个叫彼得的人。"柳金肯定地说道。

"我本来以为这是塞弗尔考察队的，年代似乎也差不多，但就是这个俄文让我很疑惑。"我说出了心中的疑虑。

柳金转向我怔怔地盯着我："你是怀疑在我们之前，曾经有俄国人来过这里？"

"谁知道呢，或许塞弗尔考察队里有俄国人。"我现在也无从判断。

柳金捧着茶刀陷入沉思。此时，李樊说话了："既然我们消灭了云象，保证了智慧之轴的安全，也拿回了四件十六边形手环。这次行动是不是可以结束了……这是一个好结果。"

格林诺夫看着李樊，没有表态，李栋却第一个跳出来反对父亲说："我们都走到这里了，怎么能半途而废呢？云象的人真的被消灭干净了吗？就……就只有这么些人吗？"

李樊冲儿子一瞪眼怒斥道："那你还想干什么？你能走出回旋谷吗？更不要说前面的世界，那可能是从未有人进入的世界。"

"走不走得出去总要再试一把，而且我们手中现在有四件十六边形手环。不是说拥有四件十六边形手环，就可以开启智慧之轴吗？不要忘了我们在神迹的遭遇，还有桂肃对我们说的……十六边形手环可以使量子态稳定，甚至变成凝聚态。所以……所以我们现在有了四件十六边形手环，不去试试就回去，我觉得太可惜了。"李栋显得很激动。

李樊仍然摇头规劝道："就算四件十六边形手环可以让量子态变成凝聚态，可以最终打开智慧之轴，但这一切都不是我们该做的，我们的任务是保护智慧之轴不被云象打开。"

"但问题是现在四件十六边形手环都已经现世，历史已经被改变，不由我们打开，难道还让其他蠢人打开吗？就算我们不去打开，我们没有资格打开，我们也需要去智慧之轴验证一下，看看是否如传言中所说那样，否则这一切还有什么意义。"

李栋没有退缩，反而说得李樊一脸尴尬，宇文站到了李樊一边："我觉得李樊教授说得有道理，我们的任务已经完成了，前面的路途也太危险，没有必要搭上大家的性命。"

"你是怕了吧？"李栋反唇相讥。

宇文还想说什么，却被格林诺夫拦住了。

"先不说那些大道理，从现实的角度看，我们的给养不多了，顶多还够四天，我们现在返回，给养正好够我们下山。而且，回旋谷的恐怖你们也都领教过，下面的路可能比回旋谷更离奇，我们能否像刚才那样转出来谁也不敢保证……"

"可……我觉得事情还没结束。"夏冰打断了格林诺夫的话。

"哦，姑娘，"格林诺夫有些诧异，但很快冷静下来，"你是说你的父亲梅什金吧？"

"对，云象的人如果都被消灭了，那么我父亲呢？还有……还有袁帅呢？"

夏冰的瞳孔中透着不安与焦虑，她的话让所有人又陷入了沉默。阿帕也怯生生地说："是啊，还有我的索朗桑姆……"

"你的索朗桑姆早死了。"李栋突然用英语脱口而出。

所有人都是一怔，虽然我们早就知道这事，但李栋突然说出来，却是让我始料不及。阿帕显然听懂了李栋这句话，疯了似的一把抓住李栋咆哮起来："你，你说什么？我的索朗桑姆怎么了？"

李栋被吓住了，向后退去，一直被阿帕逼到岩壁下，李栋才颤巍巍地说："没什么，没什么，我是估计……"

阿帕听不懂李栋的话，只是一味地咆哮着，宇文将李栋的话翻译成夏尔巴语，阿帕听懂后，继续冲李栋大吼："什么估计？"

宇文又将阿帕的话翻译给李栋，李栋无奈地解释道："这地方这么凶险，这伙坏人又心狠手辣，所以我推测你的索朗桑姆很可能在路上就已经死了，可能遭遇意外，可能被狼或是什么猛兽攻击，也可能是被那伙坏人杀死了……"

当宇文将这番话翻译给阿帕，阿帕疯了似的使劲摇晃着李栋吼道："不，不可能，我的索朗桑姆，我答应跟你们上山，就是为了找到她。我不相信，我不相信，活要见人，死要见尸。"

李栋被健壮的阿帕晃得头晕目眩，阿帕说着又检查了一遍所有死去的黑衣人，然后再次摁住李栋，咆哮着逼问李栋。我看到阿帕这副模样，内心不忍，刚想过去劝劝阿帕，秦悦却一把拉住我。就在此时，李栋在阿帕的逼问下，似乎惊吓过度，颤巍巍地用英语说：

"你……你的索朗桑姆……她确实死了，在山下白房子就死了。"

"什么？是你们害死了索朗桑姆？"阿帕显然不敢相信。

"不，不是我们，是那伙坏人，我们也死了很多人，我们……我们在索朗桑姆尸体旁发现的地图。"李栋把实话说了出来。

阿帕听懂后，整个人都僵硬了，过了好一会儿，才慢慢反应过来，嘴里不停地喃喃自语："你们这些骗子，你们也不是好人，你们这些骗子，都不是好人……"

阿帕失神地望着我们，一直沉默的柳金此时像是如梦初醒，她忙去拉住阿帕，阿帕却一把挣脱开来，大骂柳金是骗子。柳金冲阿帕解释道："你别冲动，带我们继续走，我们会给你所有的黄金。"

"黄金有什么用？没了索朗桑姆，要黄金有这么用？你们这群骗子，我要走了，我诅咒你们，就让雪山的愤怒惩罚你们吧。"阿帕说着晃晃悠悠、失魂落魄地向山谷一侧走去，那里是刚才我和秦悦从外面又走回来的路，虽然可以通向外面，但谷口几百万只雪山飞蝗正筑成墙壁，准备吞没所有的一切……

第五章 存在于过去的智慧

1

宇文和秦悦赶紧拉住阿帕，但阿帕去意已决，挣脱他们继续向谷口走去。当阿帕消失在山谷中后，柳金像是打定了主意，终于做出决断："我们得继续前进。"

"为什么？"格林诺夫和李樊几乎同时问道。

"因为这个。"柳金晃了晃手中的茶刀。

"这个……这个说明什么？"格林诺夫不解。

柳金没有正面回答格林诺夫，而是转而对众人说："我总觉得云象没有那么容易就被消灭，梅什金也没找到，所以……"

"所以你想打开智慧之轴？"格林诺夫反问道。

"打开智慧之轴我没想过，但我觉得就算为了找到梅什金，也该继续前进。至于说突破回旋谷，我想我们手中有了四件十六边形手环，是可以做到的。"

"稳定量子态，成凝聚态……"格林诺夫嘴里喃喃自语，他在思考着什么。

我也在盘算着，秦悦也还想去回旋谷里看看，找找他的父亲……夏冰与柳金当然也是执意要去的，李栋这位狂热的科幻爱好者更是不肯放弃，格林诺夫似乎被柳金说动了，宇文当然听从我的决定，只有李樊坚决反对我们继续前进。如果投票的话，支持继续前进的人占据多数。而且领导人柳金的意见更是重要。

这时，格林诺夫果然改变了主意："那我们就继续走下去试试。"

宇文的目光落到我的身上，我则看向秦悦，秦悦冲我和宇文点点头。宇文也就改变了主意，只剩下了李樊，无论李栋如何劝说，李樊仍然摇头，李栋甚至都用那些虫子吓他，李樊仍然没有改变主意。

最后，李樊从柳金手里接过四件十六边形手环，思考很久还是摇摇头，但最后还是做出了妥协。

"如果大家都执意要去，那我也就勉为其难吧。"

众人总算达成了一致，李樊失望地将四件十六边形手环交还给柳金，夏冰却叫住李樊，接过四件十六边形手环，仔细观察。我也想看看这四件东西在一起会是什么样的，凑了过去，结果还真是震撼。我从夏冰手上拿起一件十六边形手环，重量、质感、外观、色泽，都跟我曾经拥有的那件十六边形手环一样，但当夏冰将四件十六边形手环交还给柳金时，我忽然产生了一丝异样，总觉得哪里不对劲儿，却又说不出违和感在哪儿。

还来不及多想，我们在柳金的带领下，继续沿着山谷前进。大家默默无语，拐过几道弯之后，我们就来到了一条岔路，夏冰凭借着她惊人的记忆力，带我们走进了其中一条岔路，又在这条山谷中绕过几道弯。东方破晓，黎明时分，谷口就在我们面前。

大家面面相觑，不知道这个谷口外面会是什么，只能放慢了脚步，每一步都是那么犹豫与踌躇，似乎都是人生的重大选择。一步、一步、一步，我们最终走出了谷口，外面是一大片平缓的雪原，直觉告诉我，这就是那片困住了所有人的雪原。

大家在雪原上缓慢摸索，并做好了与那些古人遭遇的准备。让我们失望与意外的是，我们走了很长一段距离，一个古人都没遇到。我抬起头，仰望这里的天空，虽然这里也已亮起来，却觉得这种照明效果很不真实，就像昨夜感受到的黑夜一样。

我们在雪原上继续走着，没有阿育王的大军，没有吐蕃的人马，也没有忽必烈的怯薛军勇士，英国人、德国人，还有桂豹变、弗朗索瓦与秦天锡都没出现，周围只是无边无垠的宁静雪原……走在前面的柳金明显体力不支，她停下来大口喘着粗气，从背包中又掏出那四件十六边形手环，李樊盯着手环失望地摇摇头。

"稳定量子态，变成凝聚态？做梦吧，现在你们知道我们走不出去了吧？"

"不，不会的，有手环就一定能走出去。"李栋看上去很固执。

格林诺夫喘着粗气，盯着手环看了一会儿。

"我……我估摸我们已经……已经走了有几个小时，依然……依然没有走出去……"

"或许，手环根本不能使量子态变成凝聚态？"秦悦怀疑道。

"不，这不可能，我们在神迹……"李栋不愿相信。

我们正在争执时，宇文突然嚷嚷起来。

"你们快看，看那儿，右前方，那儿似乎有个洞。"

我们的目光都顺着宇文手指的方向望去，影影绰绰地有什么，就在右前方大约两点钟方向，白茫茫一片中，隐约现出了一个黑色的洞口。那是什么？我们全都惊讶得面面相觑，脚下不约而同地向那个洞口挪动，越往右前方走，积雪越厚，但那个洞口却像是有一种魔力吸引着我们，慢慢地，慢慢地，我们靠近了那里，才发现那儿根本不是什么洞口，而是一个被积雪覆盖的谷口……

面对这个谷口，我们全都愣住了，雪原看来也是有尽头的，这个谷口外会是什么？又是没完没了的山谷，还是我们进来的那片雪原，或是一片新的世界？大家面面相觑，每个人脸上都写满了困惑和犹豫。回身望去，身后是无边无际的雪原，眼前我们看来只有这条路。柳金看着手里的十六边形手环，难道这是十六边形手环的指引？还是手环改变了回旋谷里的量子态？柳金摇了摇头，将四件十六边形手环重新收好，第一个向谷口走去。

2

我们跟着柳金迈进谷口，里面如同冰雪世界。山谷狭窄，曲径通幽，我们向前走出一段，山谷又拐过一道弯，渐渐宽起来。我忽然感到有些迷茫，这里跟前不久走过的山谷颇为相似，难道我们又进了如迷宫般的山谷中？没完没了的回旋谷。

雪地上没有脚印，这是没有人走过的山谷，我们在山谷里转了一段，所有人的失望之情都展露无遗，看来我们仍然被困在回旋谷中，失望的情绪在我们当中蔓延，大家的脚步越来越慢……秦悦走着走着，突然停下了脚步，她怔怔地站在原地，缓缓弯下腰，在雪地里摸索着什么，随后从雪地里拾起一个金属物件。

"枪？"我脱口而出。

"不错，是二战时期德国大量装备的手枪。"秦悦看了一眼说道。

"看来又是塞弗尔考察队的遗物。"我推测道。

"我想应该是的，说明德国人也来过这里。"

"如果这里也是回旋谷的一部分，德国人来过也不足为奇。问题是这里究竟是回旋谷，还是已经走出了回旋谷……"宇文疑惑地说道。

"现在还不好说，再往前走走，或许能看出什么。"柳金说罢又继续向前走去。

大家又沉默下来，跟着柳金的步伐，又是一段单调沉闷的路程。在山谷中走了很长一段后，地面不断出现一些碎石，我觉出一些异样刚想开口，看到柳金停了下来。所有人似乎都发现了变化，夏冰说出了大家共同的感受："我觉得这里似乎与我们之前走过的山谷不太一样。"

"是的，我也发现了，从我们走进这条山谷开始，地势就越来越低，两边的山崖也逐渐高耸，虽然这个变化相当细微，但走到这里就很明显了。"柳金说着，伸手指了指我们头顶的山崖。此时，两侧的山崖已经有十多层楼高。

"我也注意到了，这不是山崖变高，而是山谷在往下走。除此之外，山谷变得越来越平直规整，刚才我们走了这么长一段，都没有明显的弯路，这和之前完全不一样。"秦悦说道。

"不，不是没有拐弯，而是很缓的弯。"格林诺夫进一步解释道，"之前山谷的角度很小，而这段山谷弯路角度变得很大。我们不但在往下走，还在以缓慢的弧度拐弯。"

我向前后张望了一会儿，点头确认道："不错。不仅没有那么密集的小角度，这儿的岩壁也变得更加平滑，不像之前的山谷那么凹凸陡峭。"

"似乎……"夏冰欲言又止。

"似乎是人为的，或者说是机械所为。"李栋说出了夏冰没说出口的话。

这让我想到了智慧洞："智慧洞也像是机械所为？这两者之间有什么关联呢？"

"现在看来，很可能是当年闭源人所为。试想一下，闭源人建造了智慧之轴，不管是他们建造期间，还是建造完成后，都会有路，或者是通道，通向智慧之轴。"柳金说道。

"你是说我们现在所处的就是那条路喽？"宇文反问。

柳金表示确认又继续说："至于之前困住我们的山谷很可能也是闭源人有意为之。"

"有意为之？凹凸陡峭，不规整都是有意为之？"夏冰反问道。

"或许自然与人为兼而有之。"柳金似乎也没有明确的答案。

"这里既然与之前的山谷不同，那么是否可以说我们已经走出了回旋谷？"秦悦忽然说道，然后拿出那支手枪，又接着说，"那么我们此时再看这支德国人的手枪，就不一样了……"

格林诺夫挥了挥手不予认同："现在下定论恐怕为时尚早，或许这也是回旋谷的一部分，一条不同的回旋谷。"

格林诺夫的话给大家泼了凉水，我们只好继续沿着这条山谷向前走，两侧的山崖越来越高，脚下的路则越来越低，到最后两侧的山崖已经高耸入云，看不见尖峰了。山谷内依旧不断有碎石出现，依然没有明显的拐角，而只是随着弧度缓慢地变化。终于，我望着前方看似笔直的道路停下脚步说："现在我们可以确定了吧，这不同于之前我们经历的山谷，这里没有脚印，没有不停地拐弯，没有那些古人，地势越来越低，两侧山崖越来越高耸，我敢肯定我们已经走出了回旋谷。"

"但这条山谷似乎也没尽头，不断向前……"宇文道。

"不，我有一种预感，这条山谷会将我们指引到地图上所示的下一个地方。"我肯定地指着前面。

"智慧门？"大家不约而同地说出了通过回旋谷后的下一站——

智慧门。

"对，就是智慧门，我估计智慧门就是智慧之轴的大门。"我说出了自己的判断。

"智慧之轴会以什么形态存在呢？还会有大门那么低级的东西？"李栋反问道。

"有大门怎么就低级了？难道智慧之轴会突然出现在我们面前？"秦悦反驳道。

"黑轴不就是吗？"宇文回忆道。

"既然智慧之轴收藏了黑轴文明全部重要的知识，按理说它的防卫措施只会比黑轴更加严密，所以有一道门不足为奇，只是……只是这道门是什么样的，这就是我们不知道的了。"格林诺夫说道。

"好了，既然大家都认同我们已经走出了回旋谷，那么就先回过头来看看这支手枪吧。"秦悦又掏出了那支手枪。

"你是想说，闭源人建造了回旋谷，有意困住所有觊觎智慧之轴的人，怎么会有人闯出了回旋谷？"我明白了秦悦多次提到那支手枪的用意。

"这也不奇怪，我们之前不就能闯出去吗？"宇文反问道。

"那不一样，我之前和非鱼聊过，我们认为有的入侵者有可能走出去，但请注意这个出去是指往外出去，我们甚至怀疑历史上的那些大人物很可能也曾被短暂困在回旋谷，只是他们闯出去了。但想从另一边闯出回旋谷，往智慧之轴前进，就没那么容易了。"秦悦推测道。

"所以你怀疑塞弗尔考察队曾经突破了回旋谷，并进入了这条山谷，甚至一直向前到达了智慧门？"宇文反问道。

"不错！很有可能，否则这里怎么会有他们的枪。"秦悦讲出了自己的推测。

"那就可怕了，说不定他们已经进入了智慧之轴，那我们……不，应该说那蓝血团这么多年来一直保卫的智慧之轴岂不是已经早就……"宇文没有继续说下去。

"不，不会的。"柳金反驳道，"即便塞弗尔考察队曾经突破了回旋谷，他们也不可能进入智慧之轴，否则要四件十六边形手环干吗？我更不相信闭源人当年精心设计的智慧之轴如此不堪一击。"

"对，退一步说，就算塞弗尔考察队进入了智慧之轴，他们也没能获得黑轴文明的技术，否则我们今天的世界不会是这个样子，人类历史早就被改写了。"格林诺夫也反驳道。

"或许就是他们，这支枪的主人引起了那次大爆炸……"我想起阿帕爷爷遭遇的大爆炸。

"可按照历史的记载，塞弗尔考察队后来完好无损地回到了德国，大爆炸……似乎与他们联系不上吧？"夏冰觉察出了什么。

"大爆炸，入侵者……"柳金与格林诺夫面面相觑，柳金的嘴角微微动了一下却什么都没说。

我们真的突破回旋谷了吗？望着两侧高耸入云的山崖，前方依然没有尽头的路，我忽然感到深深的恐惧，这条路的尽头是智慧门吗？那个造成大爆炸的地方就在前方吗？我忽然感到手臂有些痒，抬起手臂，发现手臂又泛起大片红疹，奇怪的病毒依然在我的体内，似乎在等待着一次机会，爆发。

3

夏冰为我们几个又注射了一针伯曼医生留下的针剂后说："所有针剂都用完了，如果下面……"

夏冰没有说下去，不过我明白接下来意味着什么。我们坐下休息片刻，吃了一些东西，抬头仰望狭窄的天空。这里是那么不真实，让我产生了恍惚感。

地势越来越低，手里海拔仪的数字依旧在不断地高速变化，但变化的区间却缩小了。在雪原时，海拔仪上没有显示任何数字，而当我们刚走出雪原时，海拔仪的数字在三千米到负三千米之间跳动，估计那会儿海拔就是三千米，而这里的海拔已经下降到一千八百二十四米。这个海拔高度让我吃惊，从六千米的高度已经下降了四千多米，怪不得这里已经没有高原反应，地面上也没有了积雪，不过这里依旧阴冷难耐。

由我和秦悦担任领头羊，我们发现前方的路又有了弧度，一个很大的角度。拐过这道弯再看电子罗盘和指南针，已经双双罢工，从空中的亮光基本可以判断我们似乎在绕圈子……

"难道我们进入了一个更大的回旋谷？"我说出心中的担忧。

"更大的回旋谷？"众人骚动起来。

李栋率先说："我觉得完全有可能，如果我们还是在绕圈圈，那就很可能进入了一个更大的回旋谷，或者说我们根本没有从回旋谷中走出来。"

"闭源人能建造一个回旋谷，也有可能建造无数个回旋谷……"

秦悦抬起了手臂，示意大家停下来。同时，我发现距离我们约二十米的前方，靠着山崖的下方散落着几块碎裂的石块，而在这些碎石中间，有个黑色的物体。我们互相看看，然后分散开来，缓步走去。

我们都屏住了呼吸，随着那个黑色物体离我们越来越近，我也越来越紧张。那黑色物体显然不是石块，不管那是什么，出现在这里就让人感到不寒而栗。接近黑色物体时，发现里面还夹杂着白色，等到我们凑近一看，剧烈的反胃感涌了上来，黑色物体原来是残破不堪的衣服，那些白色的则是从衣服里露出的白骨。

我曾经见过无数的骸骨，但这具骸骨却让我无比震惊和恶心。随着秦悦剥去骸骨上面残破的黑色衣服，慢慢露出的骸骨让我们更加不安和震惊，因为这具骸骨并不完整，他的下半身从盆骨处被齐刷刷切去了，而上半身则从眉骨处被整齐切去，宇文和李栋又向前搜索了一圈，也不见骸骨其余部分。众人围绕在碎裂的骸骨旁，无不震惊。

"难道这就是阿帕提到的……"李栋欲言又止。

"对，这就是阿帕说的被截断的骸骨。他爷爷与那伙上山的人最后都成了碎裂的尸体，只是他爷爷的那块尸体被冰封着，而这截尸体已经化为了白骨。"柳金说道。

"我当时听到阿帕的叙述，认为他是在吹牛，没想到……"宇文喃喃道。

"看来我们越来越接近谜底了……"夏冰唏嘘道。

"对，越来越接近谜底了。从遗留的尸骨看，这具尸骨不像是阿帕的爷爷。"秦悦对着白骨判断道。

"是那伙人的？"夏冰问道。

"换句话说，不是夏尔巴人的，而属于高加索人种，是白种人。"秦悦分析道。

"那伙人会是什么人？又是什么力量将这个人半截脑袋和下半身齐刷刷截断？"夏冰紧锁眉头。

"看来是闭源人为了保卫智慧之轴的黑科技。"李栋兴奋地嘀咕着。

"如果真是如此，那么……那么可以说阿帕爷爷领着那伙人走得更远，甚至他们到达了智慧之轴，只是在最后一刻功败垂成……"宇文如此推断。

"从我们已经掌握的线索来说，那伙人来这里的时间显然比塞弗尔考察队要晚，所以他们走得最远并不奇怪。"夏冰也推断道。

秦悦小心翼翼地将半截尸骨翻了过去，已经被撕裂的黑色衣物下，显露出一个也已经碎裂的包。

"是背包，看上去很有年头的背包。"

我上前想去翻开背包，我的手指刚刚触碰到背包，整个背包瞬间就变成了齑粉。我吃惊地看着眼前这一幕。秦悦轻轻抹去已经化为粉末的背包，里面有一些金属物品，其中最显眼的就是一支手枪。秦悦拾起手枪摆弄了一番，然后露出诡异的笑容，将枪递给了柳金，然后又传给格林诺夫。格林诺夫摆弄这支枪时，秦悦开口说："这是一支在二战中苏军大量装备的手枪，战后苏军虽然研制了新的手枪，不过这个型号仍然长时间装备了苏联与东方阵营。不过我看过了，这支手枪不是其他国家仿制的，就是原版货。"

格林诺夫仔细检查了这支手枪，越看眉头越紧："你的意思，这个人是俄国人？"

秦悦又检查了一遍背包中的东西，没有证件和其他文字材料，或许本来就没有，也可能早已跟这背包一样化为了齑粉。秦悦从包里又翻出一个军用饭盒与水壶，看样式也很古老。

"大概和这支枪差不多年代，可能……可能是二战或者是战后不远的某个时期。更直接地说就是二十世纪四十年代末或者五十年代初。"秦悦补充道。

"不错，五十年代苏军就开始装备这款手枪了。所以这具尸骸所属的年代不是二战期间，就是战后的四十年代末五十年代初。"我也做出了一样的推断。

我们的目光都落在格林诺夫与柳金身上，柳金沉默不语，格林诺夫则死死地盯着那具被截断的骸骨。

4

格林诺夫盯着被截断的骸骨看了好一会儿，又蹲下来仔仔细细地翻看了一遍，甚至连骸骨身上已经碎裂成条状的衣服也没放过。我还从未见格林诺夫如此细致，他几乎跪在地上，反反复复地查看背包和衣服的材质，然后又从背包里拾起一些测量工具，最后他手里拿着一个水平仪，站起来缓缓说道："我仔细看了，背包中所有携带的仪器都遭受过强大外力的冲击，全部处于损坏状态。而残存尸骨外观看似还行，但其实也遭受了严重的外力冲击。至于其他的，我还看不出什么……"

格林诺夫似乎欲言又止，他说完目光不自觉地转向柳金，柳金却像没有看到格林诺夫一样，冲我们挥挥手，示意我们继续向前走。我们只好跟着柳金继续向前走去。离开这具尸骨没多久，我们就又停下了脚步，因为前方的通道中，出现了巨大的碎石，随便一块巨石的体量都非常惊人，我估摸这些碎裂的巨石都在几十吨上下。而这些巨石完全堵塞了我们前进的道路。

"看来这里就是上一次大地震的震中。"夏冰判断道。

"震中？我估计我们很接近智慧门了。"秦悦说道。

"我们该怎么办？"宇文有些紧张地问道。

"爬上这些巨石，在巨石的缝隙中前进。"柳金声音不大却异常坚定。

我们跟着柳金爬上了第一块巨石，每个人都异常小心，因为这些碎裂的巨石横七竖八，互相支撑，有的下面露出巨大的缝隙，稍有外力，可能就会坍塌。当我们所有人站上连续几块巨石堆砌的高点时，后面通道中的景象终于展现出来……无数碎裂的巨石，大大小小，横七竖八，杂乱地堆在狭窄幽深的通道底部，一直通向前方，通向一个角度很大的弧度。转过前面这个弯，会是什么？

柳金也不说话继续向前走去，我们深一脚浅一脚，在巨石堆中摸索前行。我惊叹于柳金与格林诺夫两个老人的体力，完全不输我们年轻人，或许他们一直在等待这一天。我更惊叹于上次大地震的威力，显而易见那次的破坏力相当惊人，更让我惊讶的是，地震似乎是震塌了通道上方的巨石，而通道两侧的岩壁依然完好，当我们靠近一侧岩壁时，那些灰白色的岩壁上几乎没有一丝裂痕，非常坚固。

我不禁发出感叹："这里的地质构造原本是非常坚固的，如果这通道是闭源人有意开凿的，那闭源人的技术相当炸裂。"

"上次的大爆炸才更炸裂，那种力量居然能将这些巨石震裂……"

"等等。"夏冰打断宇文的感叹，忽然问道，"两侧的岩壁依旧平直坚固，那么这些被震裂的巨石来自哪里？"

夏冰的话让大家都不约而同地抬头仰望，两侧的岩壁一直向上延伸，高耸入云，除通道顶端的山崖还保持着原始的状态，通道两侧山崖没有一丝缺损的痕迹，我不禁脱口而出："只有一种可能，这些巨石来是从山谷顶部，从天而降的。"

"山谷顶部？从天而降？"众人若有所思。

"是的，我觉得咱们现在所处的巨大、狭长、幽深的山谷，原本并不是山谷，而是隧道或是山洞，就像智慧洞那样的山洞。"我大胆推测道。

"你的意思从智慧洞起，其实都是山洞，而因为历史上智慧之轴造成的大爆炸引起大地震、大雪崩，使山洞顶部坍塌，才形成了我们见到的长长的山谷？"沉默的教授李樊忽然问道。

我被李樊问愣了，从智慧洞开始，原本都是闭源人开凿的山洞？历史上多次大爆炸造成坍塌，变成了我们所见到的山谷？一个个问题冲击着我的认知，让我不得不从头梳理这次遭遇。许久，我失神地晃着脑袋说："不，我现在还说不好，我也只是胡乱猜测，这一段坍塌的巨石很可能源于上次的大爆炸。"

李樊的观点很有意思，不过走在前面的柳金冲我们挥挥手示意现在不要纠结太多。

"再往前面走走，或许就知道答案了。"

柳金此刻似乎有了几分把握，我们跟在柳金后边继续在巨大的碎石堆上艰难前行，时而爬到巨石底部，时而又攀上碎石堆顶端，不知走了多久，当我发现正午的阳光处于我们头顶时，我们才在碎石堆里走了一小段路。阳光很快就黯淡下去，我们跟着柳金又在巨石堆里走了很长一段距离，光线越来越暗，又转过了一个角度较大的弯后，柳金忽然冲我们大声说："看吧，你们要的答案来了。"

我们所有人都是一惊，赶紧跟上柳金，当我们登上一块高高的巨石顶端时，看到了巨石堆的尽头。而巨石堆的尽头，是一个黑漆漆的巨大竖长方形洞口。

大家喘着粗气，怀着复杂的心情盯着不远处的巨大洞口，我不知道是该高兴，还是恐惧。看来我的推断没错，正是上次的异动震塌了通道上部的岩石，面前这个洞口应该就是通往智慧门的道路。但此刻面对这个竖长方形的巨大洞口，却感到了面临深渊般的恐惧。

李樊此时又开口说："那具尸骨很可能是俄国人，还有那把刻有俄文的茶刀，显然在塞弗尔考察队之后，曾经有一伙俄国人到过这里。"

李樊看似不经意说出这话，但谁都能听得出来，他是冲着柳金和格林诺夫说的。柳金回头看看李樊，却没有回应，只是继续向前走去。而李樊的话却让我想起了什么。

"对了，你们被困回旋谷那片雪原中时，在塞弗尔考察队后，是否遭遇过两个人？"

"两个人？"格林诺夫好奇地盯着我。

秦悦也想起来了，我们就将遇到那两个奇怪的人的事叙述了一遍，格林诺夫听完若有所思，柳金却依旧向前，不肯停下脚步。大家只好跟上柳金的步伐，直到我们从巨石堆上爬下来，来到那个巨大的竖长方形洞口前，柳金才停下了脚步。

5

站在洞口前，感受不到洞里气流的变化。我狐疑着，又看了看海拔仪，海拔仪上的数字仍在不停地跳动着，一会儿从海拔负一千多米，跳到了海拔以上，并不断上升，一直到海拔一千五百米后，跳动的数字才缓慢停了下来，直到最后定格在一千五百零八米。

海拔仪上的数字在一千五百零八米停留了一会儿，便又开始快速下降，直到降到负一千五百零八米才停下来，看来洞口的海拔大约在一千五百米。我心里还在嘀咕，就听李栋在身后说："你们不觉得奇怪吗？我们可以说是突破了回旋谷，并向前走到了这里。这一切都少不了十六边形手环的功劳，而在我们之前闯进这里的那伙人，他们并没有十六边形手环，他们是如何突破回旋谷，并来到这里的？"

"他们肯定没有十六边形手环……"夏冰沉吟片刻，忽然想到了什么，"他们很可能是在无意识的状态下，冲出回旋谷进入这里的，我想正是因为他们没有十六边形手环，才没能进一步打开智慧门。他们很可能采取了某种特殊的过激手段，企图破坏智慧门，进而触动了智慧之轴的自毁装置，引发了大爆炸。"

"自毁装置？你的意思是智慧之轴已经不存在了？"李栋反问。

"不，现在还说不好，不过我们已经很接近答案了。"夏冰做出解释。

此刻，沉默不语的柳金盯着竖长方形洞口，稍微平稳下气息才回过头对我们说："你们对今天的发现一定很好奇吧？说实话，我也非常好奇，但请你们相信我，关于那具被截断的尸骨，关于那柄刻有俄文的茶刀，关于阿帕爷爷带领的那伙人，以及那伙人在这里的所作所为，我并不比你们知道得更多。如果非要问我的感受和想法，我只有一点跟大家说明。那是一段奇怪的回忆，一直困扰我的回忆……"

"一直困扰你的回忆？"格林诺夫也感到诧异。

柳金转向格林诺夫继续说："不错。连你也不知道的回忆。从哪儿说起呢……"柳金沉吟片刻，才又说道，"就从整件事的缘起开始说吧。那时候我还不认识你，也不认识阿努钦、科莫夫，我还只是一名莫斯科大学物理学系的大二学生，无忧无虑……"

一九六二年十月的某天，莫斯科大学阶梯教室，刚上完大课的系主任突然叫住了柳金。

"娜塔莉亚·弗拉基米诺夫娜·柳金同学，请你留一下。"

柳金一怔，看着同学们纷纷离开阶梯教室，不明白系主任为何要留自己。柳金收拾好书包，在座位上等待着。等到同学都走出了教室，偌大的阶梯教室里只剩下柳金与系主任。系主任收拾好讲台，透过厚厚的玻璃镜片看着柳金，表情严肃，让柳金心里惴惴不安。

系主任拎着皮包走了过来，走到柳金近前时，主任脸上露出了一些笑容。

“柳金同学，今天留你下来，是想对你说件事。”

柳金有些顽皮地反问：“是好事，还是坏事？”

系主任愣了一下笑道：“当然是好事，像你这样成绩优异又漂亮的姑娘，肯定是好事。不过……”

系主任沉吟下来，柳金又泛起嘀咕：“不过什么？”

“不过，你要是不愿意也可以拒绝。”系主任补充道。

“既然是好事，我怎么会拒绝呢？”柳金天真地看着系主任。

系主任笑道：“对，好事，绝对是好事。你一定知道朗道院士吧？”

柳金忽然听到朗道院士的名字，愣了一下，点头道：“当然，鼎鼎大名，他也是我的偶像之一。”

“看来我找你就对了。是这样……朗道院士需要招一名见习秘书，只需每周一、三、五下午去他那儿工作半天，报酬是每周一百二十卢布，你知道这个待遇已经很高了，与全职大学老师的工资差不多了。”系主任都流露出一丝羡慕。

柳金听后暗自盘算了一下，每周一、三、五下午正好没课，每周一百二十卢布的确是很高的报酬，当然柳金家境优渥，并不缺钱，她更感兴趣的是能见到自己的偶像，甚至可以与他一起工作。因此柳金已经在心里决定接下这份工作，只是她还有些疑问：“主任，这确实是个很好的工作，薪水高，还能见到我的偶像，但这么好的工作，您为什么选中了我？”

"因为你符合朗道院士提出的所有的要求。"系主任扶了扶眼镜，继续解释，"朗道院士提出的条件是必须是莫斯科大学物理学系本科生，不要大一和大四的，要女生，相貌要好。学业优秀，文字功底扎实，除俄语外，还需熟练掌握英语，特别是科技英语，另外还需掌握两门其他主要外语。打字熟练，会速记。还要有时间，会开车。性格好，与人友善。并且……并且朗道院士还希望这位女生家境要好，有教养，见过世面……"

柳金心里暗自盘算，朗道院士要求还真是多，这只是找个见习秘书，竟然有这么多要求？每一条要求都足以刷去很多人，而自己竟然全都吻合。柳金不禁感叹起来："这么多的要求，只是招一个见习秘书？"

系主任有些尴尬地笑着说："你知道的，朗道院士刚刚荣获了今年的诺贝尔物理学奖，像他这样的大人物……科学怪杰总是要求很高，甚至会有一些怪癖，可能并不那么容易相处，所以……"

"所以您一开始就说我可以拒绝。"柳金明白了系主任的意思。

"不过我还是希望你不要拒绝，否则我又要从头物色人选。要满足他那么多的要求可并不容易。"主任面露难色。

柳金笑了安抚他说："您放心，我很愿意接受这个工作。不过还有几个问题。为什么是见习秘书？"

"因为朗道院士有全职的秘书，只是因为他荣获诺贝尔物理学奖后，杂事缠身，所以急需再招一名见习秘书。"主任解释道。

"哦，那么我的主要工作是什么？"

"其实也很简单，由于全国甚至世界各地给朗道院士的信件太多。所以你的主要工作是每周利用三个下午时间收信、拆信、看信，分拣出重要的信读给朗道院士听，然后根据他的意见处理信件。因为朗道院士的健康状况不太好，所以你需要帮他回信，他口述，你来打字。"主任停顿了一下又说，"还有就是完成朗道院士交付的其他临时工作，其他临时工作都会在工作时间内完成，如果超过工作时间，会支付你额外报酬，放心好了。"

柳金听了具体的工作后，心里有些失望，看来这只是一份普通的秘书工作，不过转念一想，能给朗道院士读信，按他口述回信，已经是很好的机会了，可以增长许多物理学最前沿的理论知识。想到这里，柳金点头表示同意："那就请您转告朗道院士，我很愿意为他效劳。"

柳金回忆到这里，格林诺夫打断道："一九六二年十月，那就是我给朗道院士写信的不久前啊。"

"或许这就是我们两人的缘分，现在回想起来，今天我们所经历的一切，都与这份看似普通的见习秘书工作有关。从此之后，我的命运发生了翻天覆地的变化。"

6

两天后，莫斯科郊外某疗养院。柳金在一间充满阳光的大房间里见到了心中的偶像朗道院士。朗道院士脸上写满疲倦，显出与年龄不符的苍老，丝毫看不出刚荣获诺贝尔物理学奖的喜悦。见过一些世面的柳金也显得紧张和局促，其他人都退出房间后，偌大的房间内就剩下朗道与柳金两人。

柳金坐在T字形办公桌的一侧，盯着办公桌上的台历出神，朗道半倚在沙发扶手上，戴着眼镜正看着手里的一沓材料。许久，等朗道看完材料，才冲柳金笑着说："欢迎你，娜塔莉亚·弗拉基米诺夫娜，你的工作已经清楚了吧？我的要求会比较严格，希望你能理解。如果在我们共事过程中，我有言语不小心伤害到你，还请你见谅。今天是周三，今天和周五两次就算是你的实习期，如果没有什么问题，下周就请你来正式为我工作。你还有什么意见或者要求吗？娜塔莉亚·弗拉基米诺夫娜。"

朗道院士作为大科学家，又是长辈，竟然尊称柳金的名字和父名，让柳金颇为感动。她点点头鼓起勇气，落落大方地答道："感谢您的信任，列夫·达维多维奇，能为您工作是我的荣幸。"

"好的，那我们开始吧。"朗道的目光落在T字形办公桌上堆积如山的信件上，"娜塔莉亚，你也看到了，这么多的信件让我很头疼，有国内的信件，也有国外的，您需要先分别拣出，然后拆开阅读，国内的还好说，国外的信件就要看你的外语水平了。当你阅读完之后，根据你的判断，将所有信件分成两类。一类是比较重要，需要我看的。另一类是不重要的。那边有个纸箱子，所有不重要的信件，你就先放在纸箱子中，留存三个月后，用碎纸机集中销毁。而重要的信件，则需要你读给我听，在这过程中如果我觉得你读的信并不重要，我会随时打断你，你就将信也丢入那个大纸箱里。真正重要的信件我不会打断你，等你念完，我再判断是否需要回信，回信就由我口述，你来打字，打好后发出，就是这样。"

柳金回头看了看，在墙角放着几个空的大纸箱，而在大纸箱旁边，还放着几个红色的塑料盒子，柳金指了指红色塑料盒子。

"这是用来存放重要信件的吧？"

朗道点点头说："对，重要的信件都存放在这几个红色盒子里，现在我们就开始工作吧，我先休息一下，如果你读到了重要的信可以随时叫我。"

说罢，朗道便不再说话，开始闭目养神。而柳金则开始分拣堆积如山的信件，大约半个小时后，柳金已经根据信封上的信息将所有信件分成国内和国外两部分，国内部分又按各个州分好，国外部分也按国家分好。接着，柳金开始快速拆信阅读，很快就有一沓不重要的信件被扔进大纸箱，又过了一个多小时后，柳金拣出十封自认为比较重要的信，其中九封都是国内外知名学者或机构寄来的信件，只有一封是莫斯科大学地质学系研究生寄来的奇怪信件，这个研究生的姓名是德米特米·米哈伊诺维奇·格林诺夫。

柳金觉得这封信的内容有些怪诞，也看不出与物理学专业有什么必然关系，犹豫再三过后，将这封信放在了最后。柳金叫醒朗道，开始给朗道读信，前面的九封信被朗道打断了四次，柳金也将这四封信投入大纸箱。另外的五封信，朗道完整听完，通过口述让柳金回了三封，还有两封朗道说放在办公桌上，他会亲笔回信。柳金处理完前面九封信后，看看手表，已是下午五点，原本阳光充足的房间，完全黯淡下来。柳金犹豫了一下，还是展开格林诺夫的信读起来，朗道并没有打断，一直静静地听着，直到柳金读完，朗道依然没有说话，柳金偷眼看着沙发上的朗道，只见他双目微闭。不会是睡着了吧？就在柳金疑惑时，朗道终于开口了。

"无稽之谈，将这封信放到纸箱子里吧。"

柳金对朗道的反应并不意外，他将格林诺夫的信扔到大纸箱子里，抬头看向墙上的钟，下午五点十二分。此时，朗道从沙发中站了起来对柳金说："总的来说，你今天的工作还算合格，只是……只是你为什么会觉得最后那封信重要呢？难道那个人是你的校友，你认识他？"

"不，不，我不认识他，我只是觉得这人所说的虽然有些荒诞，但……但又有点意思，您就当是放松一下……放松一下。"柳金忙不迭与格林诺夫撇清关系。但柳金随后转而又问道，"列夫·达维多维奇，如果这封信是无稽之谈，您为何没打断我呢？"

听柳金这么一问，朗道一怔。他对面前这个小姑娘会提出这样的问题有些惊愕，朗道看着柳金，什么话也没说，只是打开房门，将柳金送了出去。此后一连两天，柳金都惴惴不安，生怕因为格林诺夫那封信让朗道不悦，连累了自己这份幸运的工作。

格林诺夫再次打断了柳金的回忆："怎么……我写给朗道院士的信，最初竟被说是……无稽之谈，这就是朗道的评价？"

"是的。这是朗道院士最初的评价，但并不是这封信最终的命运。"通过柳金的叙述让我们想起了在荒原戈壁发现的格林诺夫的信。

"那封信最终的命运是什么呢？"格林诺夫追问道。

"是啊，后来不正是受到了朗道院士的重视，才有了关于黑轴的研究，才建立了荒原戈壁的基地吗？"我们也追问道。

"命运……"柳金停顿下来，像是陷入了久远的回忆。

7

时间很快过去了两个月，来到了一九六二年底。除了上学以外，柳金会在每周一、三、五下午按时去给朗道院士处理信件，朗道院士对她的工作很是满意，一切都很平静。这个周一，柳金刚从朗道那儿回到学校宿舍，就接到了一个电话。让柳金感到诧异的是电话是朗道院士亲自打来的，朗道通知柳金明天下午两点到他的疗养院来一趟，有重要的事交给她办。

柳金心里起疑，那为什么刚才只字没提呢？刚回来就叫她第二天下午再跑一趟，周二下午还有课，看来是要请假了。想到这里，柳金有些心烦，每次从在市内的校园赶到郊外的疗养院都很耗时间，要坐半个多小时地铁，然后会有一辆车来地铁站接自己，又要颠簸半个多小时，才能到疗养院。每次晚上回去也要一个多小时，到学校就天黑了。虽然心中不愿意，但还是不得不答应朗道，因为朗道是自己的偶像，更何况朗道院士说了是重要的事。想到这里，柳金忽然感到一丝莫名的兴奋。

第二天中午下课后，柳金匆匆上了地铁，在地铁上胡乱吃了几口面包，按照预定时间赶到了疗养院，一路上柳金都在想着昨天电话里朗道的叮嘱，她从没见朗道如此婆婆妈妈，反复叮嘱她不要迟到。但当柳金来到那间充满阳光的房间时，竟空无一人。

柳金在局促与不安中等待了十多分钟，当墙上的时钟指向下午两点时，房门开了，朗道的秘书推开房门，却没进来，取而代之的是两位西装革履的男人，他们身材魁梧，腰板笔直，柳金觉得他们像是军人。果然，两人一边自我介绍，一边掏出了自己的证件。柳金感到有些混乱，这两人为什么会找来朗道的办公室，而朗道却不在？柳金根本没听清这两人的姓名，只看到他们的证件上显示这两位是情报机构的军官，一位是上校，另一位是少将。上校直截了当地说："我们此行，主要是带你去取一些材料，再交给朗道院士。"

柳金就这样稀里糊涂地又被带上了一辆伏尔加轿车，柳金只觉得这短短一刻钟，自己接受的信息量太大，朗道喊自己来说有重要的事，为何出现的是两位情报机构军官，还有一位是将军？取一些材料？既然这两位军官已经来到疗养院，为何不直接将材料带来，非要让我跟他们走一趟？看着窗外的街景，柳金判断出他们是在往市区走，这让柳金更加困惑，朗道如果一开始就知道是让自己跟情报机构的人去取东西，为何不直接让自己从市区去，而非要绕这么大一个圈子，从市区的校园到郊外的疗养院，再回到市区的……

柳金没敢继续想下去，她向两名情报机构的军官提出了自己的问题，但两人都以沉默作为回答。柳金越想越觉得不对劲儿，她提出了最后一个问题："我们这是要去哪里？"

坐在身旁的将军终于低声说出了一个地名："卢比扬卡。"

卢比扬卡？柳金当然知道这个地方，那里是情报机构的总部。在某个时期，曾经有许多人进了卢比扬卡就再也没有出来过。据说朗道院士就曾经被诬陷为外国间谍而遭到逮捕，在卢比扬卡住了一年后，才被放了出来，他算得上是奇迹，是少数能走出卢比扬卡的人。因为他是天才，所以总有命运眷顾。柳金胡思乱想着，难道自己做了什么出格的事，引起了情报机构的注意？柳金快速反思一遍后，确信自己做事沉稳，没有任何可以让国家盯上的出格事。难道是……是因为自己为朗道工作，而朗道院士做了什么出格的事？随着卢比扬卡越来越近，柳金的心情越来越沉重，不好的预感完全笼罩了她，她远远地看见了卢比扬卡那栋黄色的大楼，心情也沉到了谷底。

伏尔加停稳后，柳金被请下车，在检查过证件后，将军和上校带着她径直向大楼内走去，上校小声叮嘱她："不要多看，不要多问，不要多说。"

三个人默默无语，走到大楼深处。将军领着柳金进入电梯，柳金注意到电梯正在向下，步出电梯，四周全是坚固的墙壁，只有中间一条长长的走廊，闪烁着黄色的灯光。走出一段，再次被检查证件。此时，柳金已经辨不清方向，也不知道这是哪里。她想这是卢比扬卡的下面，这里是什么地方，监狱？讯问室？还是……柳金继续跟着将军与上校在走廊上前行，左转又右转，走廊空空如也，看上去全都一样。走廊两边的门都紧闭着，直到他们来到一扇双开大门前。

虽然这双开的大门看上去是木制的，但柳金还是敏锐地觉察出这大门其实是木头包裹的铁门，而且异常厚重坚固。铁门内有人检查了他们的证件，不光是柳金的学生证，还有那两名军官的证件，以及少将出示的一份文件，柳金没看清文件的内容，但注意到文件最后的签名是谢列平，这个名字她似乎在哪儿看到过，对，是情报机构的负责人谢列平，自己这趟任务看来果然重要，不但来接自己的是将军，手上还拿着情报机构老大签字的文件。

铁门内的军官检查了所有证件和文件后，并没说话，而是拿起桌上的红色电话，拨通了一个号码，军官只说了一句话，然后便一直做着肯定的回应。

少将和上校肃立在侧，柳金趁着这个当口偷眼观察四周。这是一个巨大的空间，一排排铁质的架子上全是整齐的档案盒，看来这里是情报机构的档案馆。这些档案盒里应该都是绝密文件吧？柳金正思考着，军官打完了电话，对少将点了点头，然后低声说："请你们在这儿稍等。"

说着，军官便又拨通了桌上另一部黄色电话，也只说了一句："他们来了。"然后便挂断电话。

少将和上校依旧笔直地站着，接待的军官也肃立着，注视着柳金。柳金不敢再偷眼观察，只能默默等待，焦急地等待了足有半个小时后，才有另两名军官推着一辆小推车走过来。推车的军官一男一女，看上去这辆小推车相当重，而上面全是印有绝密字样的档案盒，足有几十个。

看来这就是自己要带给朗道院士的东西，这么多绝密文件，确实是重要的任务。双方交接过后，少将、上校和柳金先后在一份文件上签字，这份文件上面还有几个签名，其中第一个就是情报机构负责人，而在文件下面还空着一栏，军官特别嘱咐道："一定请朗道院士在这儿签字后，将这份文件带回来，今晚我会一直在这儿等你。"

少将点点头后，敬了军礼，这才算是交接完毕，少将和上校推着小推车一直来到停车场，柳金忙帮着一起将这些绝密档案放入轿车的后备厢。随后又是出门手续，一路颠簸，等再回到疗养院时，天已经快黑了。

让柳金再次感到意外的是朗道院士正襟危坐地等在办公室，像是一直等待着他们。上校与柳金一起将绝密档案搬进办公室，朗道与将军共同查验了这些档案，整整二十盒，柳金在搬运的时候，就感觉这些档案盒里的重量差异很大，有的非常轻，有的特别重。

一切交接完毕，朗道在文件上签好字，少将和上校回去复命，房间内就只剩下朗道与柳金两人。柳金将档案盒码放好，长出一口气，朗道坐在沙发上，没有着急打开档案盒，只是注视着这些档案盒出神。柳金轻咳了两声，朗道似乎才注意到她的存在，忙说："天不早了，我派车把你送回学校吧。"

"可我有些不明白……"柳金满腹疑惑。

朗道像是洞察了柳金的内心想法。

"我知道你想问什么，不过这些都是绝密，所以我不能说，更何况我还没看，也不知道里面是什么，但我可以对你说的是对于这项工作我是非常抗拒的。"

"非常抗拒？恕我直言，列夫·达维多维奇，以您的威望，谁还能强逼您做不愿意做的工作？"

"有，就是你刚才看见的那些人，卢比扬卡的人。"

"情报机构？"

"对，当年他们还没有现在的规模的时候，我就被抓进过卢比扬卡。现在他们又来逼我，虽然表面上他们对我很尊重，但我实在不愿意看这些档案……"朗道显得很无奈。

"他们总要对您说这是项什么工作吧？"

"极其重要的工作，让我先看这些东西，说是我会感兴趣的。"朗道的目光死死盯着面前的档案盒。

"那他们直接送来就是，为何让我跟他们去卢比扬卡呢？"柳金费解。

"他们说这批档案太重要，本来是让我去卢比扬卡阅读的，但我不愿意，我的身体状况也不允许。于是他们让我亲自去取，必须见到我本人才将档案交给我，但我不愿去卢比扬卡，最近身体也每况愈下，所以我让他们派人送来，他们又说那些档案不见到我不能离开卢比扬卡……"

柳金听到这里已经明白了。

"所以最后就派我去取。"

朗道点点头说："即便他们的人带过来也不行，必须由我本人或我指定的一个人去取，他们才肯将这些档案运过来。而且从今天开始这里就加强了戒备，直到这批档案离开……所以你明天下午来的时候可能会比较麻烦。"

柳金说到这里，格林诺夫再次打断了她的回忆。

"这批档案如此重要，与黑轴有关吧？"

"那这么说来，情报机构在你们之前就已经接触过黑轴了……"李樊接着说道。

　　柳金面无表情继续说："当时我什么也不知道，后来我也没见过这些绝密档案，只是……只是现在我觉得这批档案是如此重要。"

　　"为什么？和我那封信又有什么关系？"格林诺夫又问道。

　　"现在想来，确是有莫大的关系，可惜当时谁也不会联想到一起。"柳金说着，继续回忆起来。

　　8

　　又是平静的两个月，柳金依旧像之前一样来朗道的办公室上班，只是进入朗道的那栋别墅时，多增加了一道检查，柳金知道那两个便衣是情报机构的人。二月二十日是周三，下午本该去疗养院工作，但这天一大早柳金就被宿舍管理员叫醒，说有重要的电话找她。柳金揉揉惺忪睡眼，本能地就想到了朗道。果然，电话正是朗道打来的，朗道在电话里急切地问柳金："你还记得有一封信吗？好像是莫斯科大学地质系的研究生写给我的，当时你觉得那封信有点意思，所以读给我听……"

　　这几个月给朗道读了太多的信，柳金对格林诺夫那封信已经没什么印象了。

　　"列夫·达维多维奇，那封信怎么了？"

　　"我现在希望尽快找到这封信，这封信当时没有引起我的重视，被丢弃在大纸箱子里了。"朗道语速越来越快，"不过大纸箱子里的信只存放三个月，可能已经被销毁了吧？"

"销毁？您别着急，我记得从我来为您工作，大纸箱子的信一直就没有销毁过，本来上个月底该销毁的，但大纸箱子没满，就……"

"那就好，没销毁就好，你能过来帮我找出那封信吗？"朗道语气焦急。

柳金无奈只好请假赶到疗养院。从上千封的信件里寻找格林诺夫的信。她在找寻的过程中慢慢想起来了那封信的内容，一直找到中午，柳金终于在一个大纸箱底层发现了格林诺夫的信。柳金注意到朗道打开这封信的双手有些颤抖，他静静地注视着信纸，反反复复看了好几遍，然后将信递给柳金，柳金又看了一遍信，她不明白这封曾被朗道叱为无稽之谈的信为何又引起了他的兴趣。

朗道在反复读了几遍后，终于对柳金说："回信吧，下周一下午两点到五点我要见到这个年轻人。"

"您为何……"

"因为我忽然对他的研究产生了兴趣。"朗道的回答轻描淡写。

"但下周一您已经有重要的安排了，要去科学院开会。"柳金提醒道。

"我知道，下午的会就推掉吧，就说我身体不舒服。至于……至于跟这个格林诺夫的见面，就安排在科学院的办公室吧。"柳金愣了一下，就听朗道随即又说，"那里方便一些，至少没有人盯着。"

柳金明白了朗道的意思，根据朗道的口述，打印好了一封回信，并在当天下午发了出去。然后，她在周五下午接到了格林诺夫的电话。这是柳金第一次听到格林诺夫的声音，相当普通，却又充满狂热与激情，他们在电话中再次确认了会面的时间。

格林诺夫听到这里眉头紧锁地说："原来是这样啊，命运随着信发生了逆转，你告诉我们绝密档案的事，是想说朗道对我那封信的态度逆转，产生浓厚兴趣，都与那批绝密档案有关？"

柳金点头称是。

"多年以来，我也曾经想到两件事存在某种微妙的联系，但我并无实据，今天我忽然觉得肯定有什么关联。"

"也就是说那批绝密档案与黑轴有关……那么那批绝密档案呢？"夏冰小声地问道。

"丢了。"柳金说道。

"丢了？"众人都是一惊。

"如此重要的绝密档案，怎么会丢了呢？"格林诺夫问道。

"是在疗养院丢的吗？"秦悦追问。

"不，不是在疗养院丢的。朗道院士和格林诺夫见面以后，我们就收到了情报机构的一笔经费，展开了对黑轴的研究，作为联系人的我不断往返于荒原戈壁与莫斯科之间。三年后，我完成了毕业论文，就在返回莫斯科参加毕业典礼时，朗道已经病入膏肓。我去探望他时，情报机构派人从他那儿运走了那批绝密档案，我作为当初的见证人，被要求又去了一趟卢比扬卡。"

　　"也就是说这批绝密档案是在送回情报机构以后，在卢比扬卡丢的？"夏冰问道。

　　格林诺夫抢着说："等等，你是怎么知道那批绝密档案丢失的？"

　　柳金轻叹一口气说："绝密档案被送回的第二年，我们在荒原戈壁遭遇了瓶颈，你给新任情报机构领导人安德罗波夫写了一封信，并让我回莫斯科去向他求援。"

　　"没错，是有这个事。"我们全都想起了在荒原戈壁见到的那封信。

　　"正是因为这次与安德罗波夫的会面，我们得到了他的全力支持，也改变了基地的命运。"柳金喃喃说着，又陷入了回忆。

　　9

　　一九六七年八月，柳金带着格林诺夫的求援信回到莫斯科，此时朗道已经病入膏肓，经常昏迷。柳金去过两次疗养院，朗道都处于昏迷中，过于虚弱，柳金没能与朗道交流。柳金在莫斯科除了见一些师友，便一直焦急地等待着安德罗波夫的回复。终于在等待近一个月后，柳金等来了那边的电话，安德罗波夫将于九月十六日晚上在卢比扬卡召见柳金。

　　这是一次常规的召见，安德罗波夫询问了许多基地的细节，并同意了格林诺夫和柳金提出的大部分要求，如果说唯一让柳金觉得反常的，就是整个会见过程，偌大的办公室中只有她和安德罗波夫两人，通常来说像安德罗波夫这种级别的大人物，都是有秘书记录谈话内容的，但这次并没有安排。最后，安德罗波夫按了一下桌上的电铃，然后又对柳金说："我还给你们派了一个帮手，谢尔盖·彼得诺维奇·科莫夫上校，他是一位完全可以值得信赖的同志。"

柳金听到这里，心里升起一丝顾虑，她张张嘴想说什么，却又没说出口。安德罗波夫像是洞穿了柳金的想法，又继续说："你们放心，科莫夫同志不会干涉你们的科研活动，他只负责基地的安全，及情报人员的管理。"

柳金心想现在人家是大金主，给钱又给人，派个人来也是正常的。柳金想到这里，倒也能够理解，便对安德罗波夫表示感谢："您放心，我们一定与科莫夫同志配合好。"

话音刚落，厚重的房门打开了，安德罗波夫的秘书推开门，科莫夫迈着军人的步伐走了进来。立正敬礼之后，向安德罗波夫报道。安德罗波夫挥挥手，又对柳金说："基地具体的情况我已经对科莫夫同志交代过了，接下来就看你们的了，希望你们能够尽快研究出成果。"

说罢，安德罗波夫站起身，冲柳金和科莫夫伸出了手，柳金和科莫夫依次与安德罗波夫握手后。科莫夫率先向柳金伸出了手。

"谢尔盖·彼得诺维奇·科莫夫。"

"娜塔莉亚·弗拉基米诺夫娜·柳金。"柳金也伸出了手。

柳金握住科莫夫的手时发现，那只孔武有力的粗糙大手，居然那么冰冷。她看了一眼科莫夫，这位上校非常年轻，很难将他年轻的面庞与冰冷粗糙的大手联系起来。此刻，科莫夫冲她咧了咧嘴，柳金也报以有些尴尬的笑容。

"以后希望你们多支持。"科莫夫说道。

"我们也需要你们的支持。"柳金客气了一句。

安德罗波夫又说："好了，具体事宜科莫夫同志会为你们安排好的。"

柳金瞥见墙上的钟已是晚上八点，她明白安德罗波夫是在下逐客令了。当下，她跟随科莫夫向门外走去，但柳金的心里却有点失落。今天的见面很顺利，安德罗波夫答应了他们的大部分请求，她到底有什么失落的呢？柳金脚步迟疑，科莫夫已经打开房门，请柳金先走，柳金却停在了门前。

科莫夫正感到奇怪，柳金突然回头，像是想起了什么对安德罗波夫说："我还有一项要求。"

"要求？你还是你们的？"安德罗波夫皱了皱眉。

"我们还有一项要求，请将几年前给朗道院士阅读的绝密档案给我们研究一下，我觉得那批档案与黑轴有关，所以请您务必答应我们这个的请求。"柳金很诚恳地说道。

安德罗波夫愣了一下，冲柳金笑了："我已经答应了你们那么多的要求，再答应你们一个也没什么。不过你知道我才到这里没多久，你说的绝密档案我并不甚清楚……谢尔盖·彼得诺维奇，那么你现在就陪柳金去找她说的绝密档案吧。"

"好的。"科莫夫听到安德罗波夫的吩咐，在门口又是立正敬礼。

"不，安德罗波夫同志，我需要得到您的手令，否则我们根本没有资格接触那批绝密档案。"柳金盯着安德罗波夫说道。

"哦？看来是保密级别最高的档案。"安德罗波夫竟也犹豫起来。

科莫夫转而问了柳金一句："你确定吗？"

"确定，之前那批档案就是我代表朗道院士来取的，我注意到档案盒上保密级别是最高的，而且检查极其严格，手续也很烦琐，是您的前任亲自安排的……"说着，柳金又转向安德罗波夫。

安德罗波夫听罢点点头，并在一张公文纸上书写起来，不久就将手令交给了柳金。认真看完手令，柳金才满意地与科莫夫离开了安德罗波夫的办公室。

柳金跟着科莫夫向地下的档案室走去，经过两道检查，最后科莫夫推开了档案室的铁门。里面的军官显然对这么晚到来的不速之客感到惊诧，柳金已经不记得几年前接待她的军官的模样，面前这个军官很年轻，看军衔只是少尉，应该不是几年前的那位。少尉对科莫夫敬了个礼，然后打量起柳金来，科莫夫于是对少尉说起要找的档案，少尉完全没有印象，柳金要求自己进去找，被少尉一口拒绝。

"不，你们没有权限。"

就在双方僵持的时候，柳金掏出了安德罗波夫的手令。

"我刚刚见过安德罗波夫同志，找那些绝密档案是他交给我们的任务。"

少尉接过手令，认真看了一遍后，又看看墙上的钟，无奈地说："还有十几分钟就要关门了，其他人都下班了，要不是你们，我也该准备关门了。既然你们有安德罗波夫同志的手令，我就带你们进去。"

说罢，少尉首先走到铁门后，将铁门反锁，然后还搜查了柳金与科莫夫，才领着他们进了档案室。巨大的档案室内，一排排铁质架子上面存放着厚重的档案盒，有的落满灰尘，看样子很有年头，有的则比较新，也没什么灰尘……柳金面对浩如烟海的档案，完全摸不着头脑，她将目光移到每排档案架旁，上面有编号与保密等级，柳金慢慢地看出了端倪，越往里面去保密等级越高。此时，少尉停下了脚步耸耸肩说："你们都看到了，这里的档案如此之多，你们又记不得档案的编号，怎么找呢？"

"我只知道那批档案是保密等级最高的。"柳金说道。

"好吧，那你们往这走。"少尉说完领着他们继续沿着档案架往前走，昏黄的灯光越来越暗，密闭的空间并没有风，但柳金却觉得头顶的昏黄灯光摇曳起来，她吃惊地抬头仰望，这里的灯没有全开，头顶的灯嵌入天花板，没有晃动，柳金低头再看，地上的灯光也并没摇曳晃动，怎么会这样呢？是幻觉吗？

柳金注意到少尉和科莫夫都停下脚步，回头注视着自己，柳金有些尴尬地笑着糊弄过去，继续向里面走。少尉将他们领到又一扇小铁门前，用两把钥匙打开铁门，柳金注意到里面这个更加幽闭的空间，才是存放保密等级最高的档案。柳金与科莫夫分头翻找起来，少尉守在门口，不停地看着时间，柳金知道自己的时间不多，因为安德罗波夫的手令只限一次有效，她边找边回忆着当初她接触到那批绝密档案的情形，自从她将那些绝密档案送到朗道手中，她就从未看过档案盒里的东西，只有朗道一个人看过那批档案盒中的东西，那是什么呢？

柳金手上翻找着，脑子里也在思考，她发现档案架上的编号是按年代划分的，年代？年代？虽然柳金已经记不清那批档案盒上的编号，但编号中有表明年代的数字，一九……四……五？似乎还有一九四六和一九四七，看来那批档案都来自那几年，柳金将这个情报告诉了科莫夫，于是他俩分头寻找。半个小时后，两人找遍了这里所有四十年代后期的档案，依然没有发现那批档案。少尉不耐烦地开始催促起来。

"保密等级最高的档案不多，你们都找几遍了，还找不到吗？"

柳金焦急而无奈，仗着自己有安德罗波夫的手令，她没有理睬少尉，继续将科莫夫找过的部分又翻了一遍，依旧没有。她和科莫夫再次扩大范围，将四十年代前期与五十年代前期的档案也都翻查一遍，还是没有发现那批档案的任何蛛丝马迹，它们就像凭空消失了一样。柳金心里愈发焦虑，她失神地走到门口，质问起烦躁的少尉："你们，你们这里的档案会丢失吗？"

少尉一听就急了。

"别胡说，我们这里的档案从来没丢失过。"

"是的，这里的档案每个季度都会有专人清查一遍，如有丢失，他们是要上军事法庭的。"科莫夫也说道。

柳金还不肯甘心，她又出来到外面那片保密等级稍低一级的档案架前，吩咐科莫夫与少尉一起帮她寻找所有四十年代和五十年代的档案。又忙了一个半小时，少尉不断地看着时间催促他们："都快半夜了，本来我还以为今天可以早点下班呢，没想到……"

科莫夫满头是汗地靠在一个档案架旁冲少尉笑道："辛苦你了，过两天我请你喝酒。"

少尉摆了摆手没再说话。柳金也已浑身湿透，体力不支，原本应该阴冷的地下空间，现在是如此闷热。柳金还是不甘心，但又无可奈何，她知道如果今晚从这里走出去，她手里这一纸手令就失效了，科莫夫和少尉已经没有精力再找，柳金强撑身体，又走进最里面那幽闭的空间，用尽最后的体力翻找一遍，最后当她虚脱般累倒在地上时，她终于放弃了。

柳金问少尉情报会不会销毁，或是有没有其他存放情报的场所，少尉摇着头冲柳金说："我不知道还有别的地方存放档案，也从未见过这里的档案会被销毁，你的想象力似乎过于丰富了。"

"好吧，或许是我想多了。"柳金嘴里喃喃自语道，然后彻底放弃了。

柳金的回忆到此结束。

格林诺夫不停地摇着头反问柳金："这些情况为什么到现在才对我说？"

"因为……因为一开始我就被要求保密。另外我始终无法证实这些档案与黑轴有关，尤其是在这批档案丢失以后，我更无法将档案与黑轴联系到一起。"柳金很平静地回道。

"那么后来呢？那批绝密档案就这么丢了？"夏冰追问道。

"或许……或许那批档案没有还回去，一直在朗道那里……"秦悦怀疑道。

"不，不可能，是我亲自送回去的。"柳金肯定地说道。

"您没看过档案盒里的内容，您确信档案盒里的东西还回去了吗？"秦悦质疑道。

"这……"柳金愣了一下，又肯定地说，"还回去时，他们应该都检查过，否则怎么可能让我离开？再说……再说我后来还见过朗道，又问过他关于那批档案盒的事，那是在朗道去世前的两周……"

10

一九六八年三月初，荒原戈壁的基地进展顺利，柳金又一次回到莫斯科，办完正事以后，柳金听闻朗道已经快不行的消息，便匆匆赶到郊外的疗养院。朗道的秘书一再拒绝柳金的求见，因为朗道已经陷入昏迷。柳金坐在别墅的大堂，看着医生护士进进出出，她知道朗道已经时日无多，天才的大脑即将停止运转。柳金忽然有一种强烈的预感，朗道似乎还保守着什么秘密，只有他知道的秘密。柳金再次对朗道的秘书要求道："无论如何让我再见一次，我有很重要的事。"

秘书最后还是动摇了。

"能不能见，要听医嘱。"

柳金就这样坐在大堂里等着，熬过一夜后的次日清晨，朗道的秘书叫醒了在沙发上熟睡的柳金："他醒了，但是很虚弱，所以你只有十五分钟。记住，就十五分钟。"

柳金强打精神点了点头，"十五分钟，应该够了……"然后，柳金走上别墅二楼，轻轻推开了卧室的门。

朗道闭着眼睛，躺在床上，气色很差，柳金从未见过如此模样的朗道，忽然有一种恍如隔世的感觉。朗道听见脚步声，缓缓睁开了眼。看见柳金，朗道微微抬了抬右手，示意柳金靠床边坐下，然后有气无力地慢慢说："我知道你会来的……"

"为什么？您怎么知道我一定会来？"柳金感到惊讶。

"因为，因为黑轴……"朗道特别加重了语气。

"黑轴？对，我们在那儿进展顺利……"

"不。"朗道突然打断柳金，"不，我说的，不是那儿……"

"不是那儿？"柳金更加疑惑。

"那边虽然重要，但我看到了更神奇的地方……"朗道用了很大气力说出这句话，随后便闭上了眼睛。

柳金忙趴到床边，轻声问："更神奇的地方是什么意思？"

朗道没有反应，就像是沉睡过去一样，柳金反复呼唤了数遍，朗道依然没有反应，就在此时，朗道的秘书带着医生走进了房间，严肃地对柳金呵斥道："请你离开，他需要休息了。"

柳金冲朗道大声说："列夫·达维多维奇，求求您快醒来，您还记得那批绝密档案吗？它们丢失了，从档案馆里丢失了，只有您看过那些档案，它们是不是与黑轴有关？"

当朗道听到档案丢失时，猛地睁开了眼，像是用尽浑身力气凝视着柳金。

"在档案馆里，它们怎么会丢……"

"确确实实找不到了，会不会被销毁了，或是转移到其他地方了？"朗道的秘书已经拉住柳金，请她出去，但柳金还不甘心。

朗道双眼迷离，慢慢地合上眼睛，柳金的心也渐渐沉了下去，但她还是不肯挪动步伐，朗道的秘书已经开始往外拖拽柳金，柳金死死抓住床尾，注视着已经合上眼的朗道，期盼朗道再次睁开眼，对她吐露哪怕一点有价值的信息。

朗道始终没有再睁开眼。

"请你不要再打扰病人休息。"医生也下了逐客令。

就在柳金要被拖出房间时，朗道突然摆了摆手，朗道秘书停了下来，柳金忙扑到朗道床前，就见朗道伸出颤巍巍的手，指着枕边的一个笔记本，朗道的秘书走过来，拿起笔记本，朗道并没有接，而是气若游丝地说："最后一页，有个电话，你去找这个人。"

说完，朗道的手臂重重垂下来，又陷入了昏迷。医生、护士、朗道秘书赶紧将柳金轰出了房间。柳金死死盯着朗道枕边的笔记本却无可奈何，她失魂落魄地回到一楼的大厅，瘫软在沙发上，也不知过了多久，柳金听到楼梯上的响动，睁开眼就见朗道的秘书走下了楼梯。她急忙上前询问。

"怎么样了，朗道院士苏醒了吗？"

朗道的秘书看了一眼柳金，面无表情地从文件夹中拿出一张纸递给柳金，然后严肃地说："请你以后不要再来了，这是你要的东西。"

这是一张被撕下来的纸，上面是一个电话号码和一个名字。

"尤里……"柳金喃喃地读出了这个名字，这不是一个完整的名字，只是个名，或是绰号？柳金怀着许多疑问走出别墅，回到市区，她便迫不及待地找到一部公用电话，拨打这个电话。没响几声，电话就被接通了，柳金大声问道："请问是尤里先生吗？"

那头没有回音，柳金感到奇怪，又反复问了几遍，电话那边仍没有回音。柳金心中疑惑，她静下来仔细倾听，电话那头传来一些杂音，就在这些杂音中，听力惊人的柳金听出了人呼吸的声音。柳金心中一惊，又对那边说："尤里先生，是朗道院士让我给你打电话的。"

没想到当柳金说出这句话后，电话就被挂断了。柳金赶忙继续拨打，第二次，电话又通了，可柳金还没开口，电话就又断了。柳金再拨打这个号码，电话里便是忙音，再也没有打通。

柳金回忆到这里，停了下来。秦悦焦急地问道："后来呢，后来打通了吗？"

柳金摇摇头说："这个号码非常奇怪，后来还打通过几次，但都没有人说话，再后来就从未打通过了。"

"朗道在弥留之际还见了你，给了你这个号码，说明这个号码很重要，那个叫尤里的人非常关键。"夏冰说道。

"你们没注意到朗道的留言吗？他说看到了更神奇的地方，那个地方在哪？"

"那个地方显然就是这里——智慧之轴。"格林诺夫答道。

李樊又转向柳金说："朗道对你说的是'看到了'？"

柳金回忆了一下，然后点点头表示确认："很奇怪，虽然年代久远，后来我也没有多想，但今天在这里回忆起来，朗道的话却是那么清晰。"

"因为这几天的所见刺激了你，将尘封的记忆重新激活，你现在明白我的意思了吧？"李樊话说了一半。

"朗道说看到了，很可能就是从那些绝密档案中看到了，这两天的所见与我尘封的记忆打通了，我越来越觉得在我们知道黑轴之前，就曾有俄国人关注过黑轴，他们甚至来过这里。"柳金点点头说道。

"所以情报机构才会留有那批保密等级最高的档案。"夏冰也明白了。

"但绝密档案呢，在情报机构的严密保管下，去了哪里？"秦悦发起追问。

"那就只有问尤里了⋯⋯"宇文喃喃说道。

"但我却一直没有找到尤里。"柳金说着,望向漆黑的隧洞,然后头也不回地向幽深的隧洞走去。

11

柳金的身影一点点消失在黑暗的隧洞内,我们也只好跟上去,黑暗马上就吞噬了我们。我们打开了所有能用的照明装备,不断向隧洞深处进发,隧洞四周规则的形制验证了我们之前的判断,在这荒绝的雪山深处,竟有如此规模的宏大建筑,这本身已经说明了一切,它不属于现代人类的任何文明,而只属于黑轴文明。

走了几步,我就判断出如今已经转过了隧洞外的大转弯,进入了一条比较直的隧道,我又好奇地拿出了海拔仪,上面的数字在一千五百米到负一千五百米之间不断跳动,也就是说我们所处的位置在海拔一千五百米左右,比上一次观测没有下降多少。

巨大的幽闭空间让我们心生恐惧,再加上连续几天高强度的跋涉,寒冷、饥饿、疲劳、恐惧一起袭来,我们步伐越来越慢。原本走在前面的柳金走走停停,气喘吁吁,李樊与格林诺夫则落在了后面,我和秦悦也渐感体力不支,只有李栋似乎还有能量,一个人冲在最前面,但也不得不停下来等后面的人。

当我们重新聚拢的时候,宇文突然幽幽地说了一句:"这地方让我想到了荒原戈壁的地下公路……"

宇文的话让我们都是一怔。除了李樊、李栋父子，其他人都曾去过荒原戈壁，柳金和格林诺夫还曾经是基地的建设者。我们都明白宇文所要传达的意思，秦悦也脱口而出："你是怀疑有一个地下世界，所有黑轴都是联通的？"

"如果闭源人曾经想过将所有黑轴连接起来，那是完全有可能的，不管是荒原戈壁，还是赤道岛，或是智慧之轴……"我不断地将我们已经得到的分散线索串联起来，"或许这个隧洞并不是普通的隧洞，而是为了亚空间旅行而建立的时光加速器。"

"我们在隧洞里走下去，很可能再度进入亚空间。"秦悦说道。

"是啊，别忘了，袁帅就是在荒原戈壁基地下面的隧道里消失的，然后他在短时间内去了很多地方，包括赤道王朝……"我说着转向柳金与格林诺夫，"不过我始终没想明白的是基地下面的隧道好像是你们建的？"

格林诺夫点点头说："不错，不过那并非我们心血来潮，而是我在研究荒原戈壁的黑轴时，发现在黑轴下面有一个巨大的隧洞，所以我们不惜人力物力，在基地下面修建了一条人工的隧道，打通到隧洞里。"

"难怪，那你们进过黑轴下面的隧洞吗？在里面遭遇了亚空间旅行吗？"我追问格林诺夫。

格林诺夫轻叹一口气。

　　"这么多年来我始终不甘心，因为当时我们只差最后一步，我们曾经进过那条隧洞，向前探查了一段，但没有什么发现，便被情报机构以安全为名叫停了。后来基地就出事了。"

　　"原来是这样啊。那里的隧洞与这里的一样吗？"我好像想到了什么再次求证道。

　　格林诺夫仰头观察我们眼前的隧洞，然后犹豫地说："不好说，我对那里的隧洞也了解不多，仅从外观上看很像，但又不一样。这里的高大一些，另外你刚才也测了海拔，海拔差别还是比较大的。"

　　"海拔高度，我们一直走下去，会不会越来越低，这条隧洞会将我们带向地下深处？"宇文问道。

　　"可能性很大，不过从目前来看，我们从隧洞外走到这里，海拔并没下降多少，还是比较平坦的。"

　　"谁知道呢，或许隧洞从物理上说并不是相连的，也就并不需要在同一水平位置上。隧洞只是为了激发亚空间旅行而建，就类似于我们的机场跑道。在黑轴文明高度发达的科技水平下，既有比我们先进的飞行器在空中飞行，也很可能拥有超光速的旅行方式。我们已经知道每一个黑轴都是闭源人的一个机场，我们也已经发现闭源人在黑轴文明晚期掌握了亚空间旅行的技术，那么闭源人很可能在每一个黑轴的地下，都修建了一个可以激发亚空间旅行的装置，这个装置可能很复杂，并不是我们看到的隧洞这么简单，但隧洞是一整套复杂装置里必不可缺少的，就好比我刚才说的机场跑道……"夏冰的长篇大论倒是至今为止最完整的解读。

"照你这么说，闭源人已经可以熟练掌握超光速的技术，这大大超过了我们之前的认识。我所知道的闭源人是在黑轴文明末期刚刚掌握亚空间旅行，包括量子态与凝聚态之间的转换等重大突破之时，便突然灭亡了。甚至……甚至我怀疑他们的灭亡，与他们接触并掌握这些技术有很大关系，很可能也是导致黑轴文明灭亡的原因。"我的话语在幽深的隧洞中传来阵阵回音，这回音短促而沉闷。

柳金没有参与我和夏冰的讨论，她缓了过来就继续向前走去，我们也闷声跟着往前进发。越往前走，我们体力下降越快，很快我就气喘吁吁，只得扶着洞壁停下脚步，柳金也停了下来。外面应该已经天黑了，我提议大家休息一会儿，吃点东西，商量下后面的行动。我的提议得到所有人赞同，只有柳金斜倚在洞壁上，久久注视着漆黑的前方，最后缓缓地滑了下去。

我赶忙冲上去扶住柳金，只见柳金额头渗出豆大的汗珠，脸色苍白，有气无力地瘫坐在洞壁旁，其他人也围拢过来，格林诺夫检查过后皱着眉头说："体力下降厉害，再加上她体内的病毒……"

夏冰给柳金喝了一些水又吃了点东西，柳金才慢慢恢复过来。

"刚……刚才走得太急了……"

"干吗走那么急？"格林诺夫问道。

"因为我感觉我们就快知道答案了……"柳金说道。

"答案？"

"对，我们为之付出一生的答案，所有的一切。"柳金说着，猛咬了一口面包，像是要快速补充体力。

我们携带的食物已经所剩不多，虽然没有食欲，但我还是硬逼自己吃下。我看着柳金苍白的面孔，心中的谜团依然非常巨大，或许同样的问题也一直困扰着柳金，这些谜团对我来说只是解谜消遣，而对她来说则是整个人生。想到这里，我向柳金问道："那么后来你打通那个电话了吗？"

柳金摇摇头说："没有，没有，但我还是找到了尤里，只是已经太晚了。那时候，基地早已毁灭，我则加入了蓝血团，其实蓝血团很早就接触过我，但我犹豫不决，直到基地毁灭……"

12

一九九八年，柳金他们的国家陷入经济危机，国内一片混乱，动荡不安。柳金与格林诺夫已经成为蓝血团的高层。莫斯科的一个科学会议邀请了柳金，会议组织也是相当混乱简陋，柳金失望之余，寻访了昔日在莫斯科的亲朋好友，也去瞻仰了朗道的墓地。

在朗道的墓碑前，柳金又拿出了那张写有尤里名字和电话的纸，柳金并没有忘记这个电话。在基地出事前，她就委托别人调查过这个电话，但电话的户主并不叫尤里，而是位长期在国外工作的专家，所以这部电话几年内都没有产生多少话费。柳金非常奇怪，她想到了两种可能，曾有人趁户主不在时住在这套公寓里。还有一种可能这栋公寓内的某户人家盗用了这部电话。不管哪种可能，对柳金来说都难以调查清楚，她曾想找科莫夫帮忙，调用国家的力量调查这个号码，但科莫夫这个人却异常严谨，他一口回绝了柳金的请求，而柳金又不想透露更多。

此刻，柳金已经不再稚嫩，她在蓝血团拥有了巨大的权力。她通过蓝血团的力量重新开始调查起这个号码。就在返回酒店的车上，她的手机响了，有人向她报告了一条信息，他们的人找到了这个尤里，而发来的地址正是当年她追查到的那栋公寓楼。柳金心生疑惑，马上命司机掉转车头，向郊外的卫星城驶去。

这是一座近乎荒废的卫星城，原来专为几个航天巨头企业所建，柳金追查到的那户主人，正是一位航天专家。当柳金的车驶进无人的街道时，天色阴沉，车窗外路过锈蚀的废弃厂区，高高耸立的烟囱透出一派颓废之气。柳金失望地摇摇头，一切皆已物是人非，当她再次伫立在公寓楼下时，楼里的住户已经换了好几茬，很多房间都已无人居住，玻璃破碎，墙皮脱落，柳金跟着她的保镖步入黑暗逼仄的楼梯，四楼的一扇房门已经被打开了，两个身着黑色皮夹克的人向柳金表达了敬意，柳金知道他们都是被雇佣的原特工。自己的国家解体，这些原本训练有素的特工都要自谋出路，调查尤里的下落，便是靠的这些前特工。

柳金的保镖掏出一沓美元，递给两人，那两人拿了钱，识趣地退了出去。柳金的保镖冲她点点头也退了出去，守在门口。这间不大的屋子里就剩下柳金，以及一个蜷缩在墙角的白发老头。

柳金打量着这个身材矮小的白发老头，他就是自己一直寻找的尤里吗？这老头藏着什么样的秘密？柳金在污损不堪的沙发上坐下来，一阵寒意袭来，不禁裹紧了身上的外套。她瞥见沙发旁的小桌上放着一瓶劣质伏特加和一个酒杯，还有吃剩的几片腌肉和不太新鲜的面包。柳金的目光将这间屋子里里外外扫视了一遍，简陋、寒酸、破败，所有家具都像是几十年前的。只有沙发前铺着的一张肮脏地毯，引起了柳金的注意，这张地毯做工精细，是上等的手织地毯，说明这间屋子的主人也曾经家境殷实。柳金扫了一圈后，目光落在白发老头身上。这老头须发皆白，衣衫褴褛，看上去已经很久没走出这间屋子了，再看老头眼窝深陷，满脸皱纹，形如枯槁，若是夜晚见到此人，完全不像是一个活人。

柳金与老头四目相对，柳金心里一阵发紧，她发现这老头虽然一动不动，却也在打量着自己。柳金瞪了老头一眼刚要开口，没想到老头却大叫起来，言语含糊，不停地嚷嚷着："求求你，求求你，别杀我。"

"杀你？"柳金冷笑了一下，"我不会也不想杀你，你可以放心。"

"那……"老头愣了一下，随之声音低了下来，"那你们找我干吗？"

柳金掏出朗道留给自己的那张纸递给老头。

"为了这个。"

老头颤巍巍地接过纸端详了半天，疑惑地摇头道："我，我不明白。"

"你是叫尤里吗？"柳金问道。

"对，我的名字是尤里，不过叫尤里的人多了。"

"不错，叫尤里的人是多了。那么就说说这个电话吧。"

"这电话怎么了？现在好像早就不用，不用这种电话号码了。"尤里顾左右而言他。

"对，现在是不用了。那几十年前，你对这个电话号码有印象吗？"柳金说着又打量起这间屋子，他可以断定这间屋子并不是电话号码原主人的家，但离原主人的家不远，应该都在一栋楼里。

"几十年前可不是每家都装得起电话的，您看看我这副模样，现在家里连电话都没有，何况是几十年前……"尤里显然不想承认这个号码与自己有关系，他絮絮叨叨不停地重复着。

柳金又笑了笑，拿起桌上的劣质伏特加喝了一口，又拿起一片腌白肉放入嘴里，已经很多年没吃过这样的东西了。柳金慢慢咀嚼着，细细品味着，当年的往事都清晰了起来，"这个号码的主人是一位航天专家，他当年就住在这栋楼里，可能是你的邻居，跟你认识或者不认识都不重要，关键是你盗用了他家的电话。"

尤里愣了一下哀求道："不至于吧，盗用别人电话，也值得你们追查这么多年……"

"我们感兴趣的当然不是你盗用别人的电话，而是你为何要盗用别人家的电话？只是为了占小便宜？"柳金顿了一下又逼近尤里说，"据我所知，当年住在这栋楼里的人，都是为航天企业服务的，家境都还算不错，你不至于出不起这点电话费吧？我想当年你也并不是现在这副模样。"

尤里撇了撇嘴想说什么，却又沉默下来。柳金再次说："或许我可以帮助你。"说着，柳金掏出一沓美元，放在小桌上。

尤里见到美元的时候，眼里放出了光芒。他的目光慢慢地从美元移到了柳金脸上。然后，尤里终于开口了："我知道你为什么找我。"

"嗯。"柳金心里一惊，知道要进入正题了。

"我是个小人物，没上过大学，这辈子没做过什么大事，又喜欢喝酒，还犯过事，整天东躲西藏……"说这话时，尤里灰色的眼珠子乱转，狡黠地冲柳金笑笑，伸手摸了摸小桌上的美元，又继续说，"所以我想你这样的大人物找我，只能是为了那件事。"

"呵呵，你是个聪明人。"柳金诱导尤里继续说下去。

13

尤里拿起美元清点了一下，又抽出一张对着窗外看看，嘴里说："那是半个世纪前的事了，那时候我还不到二十岁，在卫国战争中参军，跟着队伍一路打到了敌国首都。我们的团在柏林郊外打下了一个镇子，镇子上有一栋像宫殿一样的建筑。那天夜里，大部队乘胜追击，而我们排则被命令留下来，负责看守这个镇子，也就是从那个夜晚开始，我们所有人的命运都被改变了。"

"嗯？你记得那个镇子离柏林有多远吗？"柳金问。

尤里摇摇头说："我那会儿只是一个列兵，什么都不懂，就知道跟着我们排长，排长让我冲我就冲，让我隐蔽我就隐蔽，说起来我的隐蔽功夫都是那时候学的。"

"哼，你是挺擅长隐蔽的，找你不容易。"柳金冷笑道。

"怎么办呢，我不够强壮，又不够聪明，没多少文化，也没有那么多勇气，所以在战场上为了生存，我必须学会隐蔽。"尤里振振有词。

"好吧，请继续。"

"说到哪了，哦，那个小镇，在夜幕来临前，我们已经肃清了小镇，让我们没料到的是，就在当天夜里，在那座宫殿里，另一个班的班长领着一队人发现了一个很大的地下室，就在那里躲藏着十多名党卫军。这些党卫军装备精良，还很狡猾，我们一下子损失了十几个人，排长赶忙命令所有人去那里增援，我们和党卫军激战了两个小时，最后使用喷火器，才将那些党卫军全部烧死在地下室里。"尤里说到这里，双目放光，仿佛回到了自己人生的高光时刻。

"全死了？"柳金问道。

"对，我后来下去清点了尸体，整整三十具烧焦的尸体。其中有十二具是我们的人，另外十八具是党卫军。他们全都被烧得面目狰狞，但这又怪谁呢？我们给过他们机会，但他们都拒绝投降。"

"你肯定吗？"

"当然，我们排长上过大学，会说德语，他向在地下室的党卫军宣告战争已经结束了，他们的元首也自杀了，希望他们投降，但他们全都拒绝，最后就被我们活活烧死在里面了。"尤里说着，眼里露出了一丝恐惧。

"你知道他们为何不肯投降吗？"

"我猜是跟地下室里的那几个大铁皮柜子有关。"

"铁皮柜子？"

"是的，我们后来进去清点尸体，就注意到这个地下室很大，里面存放着八个很大的铁皮柜子。柜子都上着锁，我们打不开，便想砸开这些铁皮柜子，但被排长阻止了。他辨认出每个铁皮柜子上都有德语'绝密'字样，所以他决定暂时不打开铁皮柜子，而是向上级汇报，等待处置命令。但在那个时候，我们只剩下七个人了，光是守住这座宫殿都力不从心，不知道哪里还有隐藏的敌人，也不知道附近的敌人何时会突然突袭镇子，所以那天夜里我们害怕极了……"

"七个人？"柳金疑惑地皱起眉头。

"对，只剩七个人了，本来我们一路打到那里，减员就很严重，又无法及时得到军力补给，最后就剩十九个人，结果当晚中了地下室党卫军的埋伏，又死了十二个人，就只剩七个人了。排长就命我们封住地下室，所有人都集中在宫殿中，储备粮食，等待增援。但让我们没想到的是，这一等就是十天。这十天里，我们每天都提心吊胆，每当夜幕降临，我就觉得附近有人或是……"尤里欲言又止。

"或是什么？"柳金追问。

"或是鬼魂在镇子周边的林子里游荡，向我们包围过来。那个镇子还很容易起雾，那几天几乎每天早上镇子都会被大雾笼罩，直到中午才慢慢消散。即便如此，我们依然不敢走出镇子，甚至不敢走出宫殿。我们是胜利者，但我们每个人都觉得自己反倒被包围了。"

"这是你个人的感受，还是所有人的感受？"柳金打断尤里问道。

"是我们所有人的感受，请相信我，我们就在这种莫名的恐惧中坚持了十天，其实在第七天的时候我们就接近崩溃了，粮食和水都已耗尽，排长带我们出去寻找食物，刚走到林子边缘，就听到了恐怖的声响，我们就又退了回来……"尤里说到此处，灰白色的眸子盯着柳金，嘴里还发出了一种奇怪的声音，柳金听到这种声音时，浑身都泛起了鸡皮疙瘩，竟然感到不寒而栗。

柳金瞪了尤里一眼，尤里才停止发出这种恐怖的声响，继续说："就在我们弹尽粮绝，即将崩溃的时候，援军终于到了。另一个满编的小队过来换防，接管了整个镇子。但让我们诧异的是，和他们同来的是两名穿着黑色皮夹克的情报机构军官，一个是少校，另一个是大尉，他们出示了文件，说奉命接管地下室那些东西。"

"又是情报机构。"柳金嘴里喃喃自语道。

"是啊，少校命令新来的部队驻守在宫殿周边。"

"为什么？为什么不让新来的部队进入宫殿。"

尤里摇摇头说："不知道啊，我记得少校反复询问排长，问我们有没有打开这些铁皮柜子，后来我想起来，大概他们是不希望有更多的人接触那些铁皮柜。"

"所以只让你们参与此事？"

"是的，少校很快就对我们下达了命令，让我们七个人跟随他们，将八个大铁皮柜运回莫斯科，我们有些犹豫，毕竟因为这些东西死了那么多兄弟，但命令不敢违抗，再加上少校许诺我们事成之后，我们都可以被提拔为军官，所以我们也就听少校调遣了。"尤里说到这里，脸上露出了复杂的表情。

"你们完成了这个任务？"

"是的，相当顺利，我们将铁皮柜搬上卡车，运到最近的火车站，再搬上军列，两天三夜后，我们到达了莫斯科。同样由我们搬下军列，再用卡车运到了一个不认识的地方。"

"不认识的地方？"

"是的，我们完全不认识。我们的任务完成了，少校也答应兑现他的承诺，但我们几个还没等来好日子，就又随军列返回了战场。其后我们就霉运不断。"尤里语气变得沉重起来。

"霉运不断？"柳金也皱起了眉。

"没错，重返前线之后，当时战争基本已经结束。但我们的排长和另一个人却还是死在了战场上，被不肯投降的敌人放冷枪打死。随后，我们七人当中另外三人又在战后几年内相继生病死去……"

"什么？怎么会这样？那再后来呢，你成了军官吗？"柳金急切地问道。

尤里点点头接着说："后来他们还是兑现了承诺，但只有我和彼得两个人被破格提拔为少尉军官。"

"彼得？"

"对，最后只有我们等到了这一天，其他人都死了。"尤里眼里再次闪烁出光芒。

"那么，应该恭喜你啊。"

"不，你难道看不出来吗？我现在的这副模样，我只是个倒霉蛋，对，倒霉蛋。"尤里变得激动起来，他抛下手中那叠美元，躁狂而愤怒地吼道，"我们的霉运并没有因此结束，更可怕的霉运很快就来了，我现在非常后悔，我应该和我的战友一起战死沙场，那样我至少还是个英雄，而不是像现在这样，卑微而龌龊地四处躲藏，像个臭虫一样生活在阴暗中。"

"你们的霉运？"

"是的，几乎所有跟那些铁皮柜子相关的人都遭到了霉运，不管是那些负隅顽抗的党卫军，还是我们的小队，也包括情报机构的两个军官。"

"他们也出事了？"

"对，不过只是传闻，听说彼得与那两个军官都死了。"

"怎么死的？"

"具体情况我不清楚，我也是很偶然的情况下听说的，我当时并不敢确定，但我后来的确再也没有见到过彼得和那两个军官。"

"好吧，那我们来说说你的霉运吧。"柳金盯着尤里，她注意到尤里的双眼瞬间变得浑浊起来。

14

尤里慢悠悠地抬起浑浊的双眼，盯着桌上的酒瓶说："我的霉运，我的霉运都怪这酒，它是好东西，让我可以抵抗恐惧，让我忍受孤独，但它又是坏东西，害得我人不像人，鬼不像鬼。"

柳金从进到这个房间就闻到浓浓的酒味，她知道尤里是个酒鬼，现在听他不停地叨叨，不觉心烦，便打断尤里厉声问道："你是什么时候开始酗酒的？"

"就是完成那次任务后，看着身边战友不断倒下，我天天生活在恐惧和压抑当中，便开始偷偷喝酒，后来曾几次想戒掉，却怎么也戒不掉，怎么也戒不掉。"

"后来你跟彼得和那两个军官见过吗？"柳金再次打断尤里的叨叨。

"那两个军官曾经来找过我一次。"

"哦，什么时间，来干吗？"

"时间记不清了，大概是四七，还是四八年，真的记不清了，他们找我也没什么事，就跟我闲聊了几句，对，闲聊了几句就走了。"

柳金不耐烦地打断尤里："你认为那两个军官来见你，就是为了跟你闲聊？"

尤里怔了一下摇摇头，"我是真的没什么印象，他们也没跟我说什么重要的事，如果是重要的事，我应该会有点印象。"

"那彼得呢？他可是你唯一的战友了。"柳金追问。

"彼得？回国后有段时间我们经常见面，他很正直，也很努力，也讲义气。他知道我酗酒后，并没有向部队告发，而是帮我戒酒，但我就是不行，就是不行。"尤里似乎越说越陷入了对往昔的回忆，变得神神道道，不断重复着话语。

"那么后来呢？"柳金不得不再次打断他。

"后来彼得被调走了，调到外地，我们就很少见面了，很少了，不过还经常通信。到后来，他回信少了，我也就很少给他写信了，再到后来，他完全没了音讯，没了，就像人间蒸发了，无声无息，就没了，什么消息都没了……"

"是他先回信少了？"

"是，是他先回信少了，我才……"

"他被调到哪里了？"

"很奇怪，很奇怪，他每次来信的信封上都没有地址，问他他也没告诉我。"尤里不停地摇着头。

"邮戳呢？"

"邮戳？更奇怪，邮戳经常变，有时是列宁格勒，有时又是新西伯利亚，有时又变成伊尔库茨克，还出现过索契、巴库，还有……但我记不清了。"

"经常变？"柳金陷入沉思，"那么最后呢？他是什么时候跟你断了联系？最后一封信的邮戳是哪里？"

"我记不清了，我是个酒鬼，您不能对一个酒鬼期望太高，那样会失望的，呵呵，失望的。他跟我通信也就一年多吧，就失去了联系，我只能记起这些了，对，就这些了。"

柳金无奈地看着尤里又问："那么你呢，你又是怎么变成这副模样的，你不是被提拔成军官了吗？"

尤里听柳金这么问愈发激动："提拔？呵呵，就在我刚穿上新军装的时候，部队知道了我酗酒的事，我就被关禁闭强制戒酒，但是怎么可能戒得掉呢，他们就勒令我从部队退役，是强制退役。还好还给我留了点脸面，不是直接开除，然后给我安排了一个工作，就是到这里来当工人。我的未婚妻也离开了我，这些臭女人，没一个好东西，一切都背叛了我，背叛了我，只有酒，只有酒不会背叛我。可我的霉运并没就此终结，我对酒越来越依赖，最后连厂里也要开除我，我醉酒后一怒之下打了厂长，在大牢里蹲了两年。两年啊，您知道的，在那个年代坐过牢的人是没有希望的，没有希望的。"

"那么你为什么要东躲西藏呢？"

"因为我总感觉有人要杀我，要我的命。"尤里说着噌地从角落里直起身，双眼充满恐惧盯着柳金。

"有人要杀你？所以你认为我就是要杀你的人？"柳金皱起了眉。

"我不知道，但我相信直觉。这么多年，我东躲西藏，就是觉得有人要杀我，您知道的，我不是个勇敢的人，在战场上我就学会了一套躲藏的本领，所以他们抓不住我。"尤里说着说着又蜷缩在角落里，不停地喃喃自语。

"所以你偷用了邻居的电话，与外界联系？"

"对，我发现那家人常年在外国，所以我不但盗用了他家的电话，有时还跑到他家里去躲藏。"

"躲藏？这么多年来，你就一直躲在这栋楼里？"

"不，有几年我觉得自己就要被发现了，对，就要被发现了，所以我也跑出去了十多年，后来我跑不动了……再也跑不动了，就偷偷回到这里，躲在这里……"

"你说这么多年一直有人追杀你，那你真的遭遇过危险，杀手出现过吗？"

尤里脸上露出奇怪的笑容，傻笑了两声："呵呵，那都是我躲得好……躲得好！他们找不到我……找不到我，呵呵！"

"最后一个问题，你认识朗道院士吗？"

"朗道？"尤里一脸茫然地看着柳金，然后摇摇头，显然他连朗道的大名都没听过。

柳金陷入了沉思，有人追杀尤里，他有什么值得追杀的？难道仅仅因为他接触过那批铁皮箱子，或是他酒精中毒之后的妄想？长期压抑的生活，在酒精作用下，陷入了迫害妄想。柳金一时无法判断，按照常规逻辑，柳金并不相信有人会追杀这么个酒鬼，但当她又看到手中那张朗道院士留给她的纸条时，心头难免不罩上一层疑云。

15

柳金回忆完对尤里的寻访，格林诺夫像是想起了什么，"我想起来了，那年你好像跟我提过这个人，后来他……"

"他死了。"柳金平静地说道。

"死了？"

"被人杀死的？"

"为什么他总感到有人要追杀他？"大家七嘴八舌问道。

"我始终觉得是我害了尤里。因为就在我找到尤里后不久，尤里就死在了那栋公寓。我的人曾经去调查过现场，公寓内没有任何被侵入的痕迹。那个年代很混乱，警察说是邻居报警，他们到公寓时，尤里已经死了好几天，没有详细的尸检，当我的人追到火葬场时，尤里已经被火化了。他说他善于隐藏，他躲藏了几十年，警察都找不到他，但为何在我找到他之后就死了呢？"

"或许是他说出了心中的秘密，解脱了吧。"宇文喃喃说道。

"您刚才提到了一个叫彼得的人？"夏冰忽然问道。

"对，茶刀上那个俄文名字也叫彼得，这是巧合吗？"我也注意到了这个人。

柳金看着我缓缓说："彼得，这是再普通不过的名字，不过我不相信巧合，当你拿给我看茶刀上的名字时，我就想到了他。为何茶刀上会有俄文，难道曾有俄国人来过这里？我这一路上都在回忆，然后我就想到了很多往事，朗道的兴趣、情报头子的重视、丢失的绝密档案、尤里、运回莫斯科的铁皮柜、所有人的霉运，还有这个彼得……"

"如果将这些串在一起，似乎一切就都清晰了。"我激动地打断了柳金，"让我们倒退回去，在二十世纪上半叶，英国人和德国人都对这里产生了浓厚兴趣，进行了一次次的探索，但都以失败告终。塞弗尔考察队可能是当时走得最远、成果最多的一支，就像外界传言的那样，他们很可能肩负着纳粹的秘密使命。这个秘密使命很可能就是企图打开智慧之轴，获得闭源人的技术，但他们显然没成功。在'二战'结束以后，党卫军仍然疯狂地守护着这个秘密，而这个秘密最后被尤里他们无意中发现，他们付出惨重代价后，得到了塞弗尔考察队的成果，也就是那些铁皮柜。他们的发现很快就获得了情报机构的重视，尤里与他幸存的战友们又将铁皮柜运回莫斯科。其后，不管是巧合，还是有特别的原因，尤里所知的接触过铁皮柜的人都死于非命。"

"不，只有尤里自己是例外。何况你也说了，只是尤里所知道的人，尤里不知道的人呢？"宇文反驳说道。

"对，他是个例外，但却霉运不断，并一直东躲西藏。至于还有没有其他人知情，现在不好说，但仅是尤里知道的人就很让人震惊，或许有更多的人为此死于非命……我们暂且不说尤里，再说当年和他一起押运铁皮柜的人，尤里他们七个人，加上两名军官，一共九个人，按照尤里的说法都死于非命，其中排长和一人在返回前线后不久就战死了，另外有三人在战后不久又都病死。除了尤里，就还剩下三人，彼得和那两名军官。尤里说那两名军官曾经在四七年或者四八年找过他一次，就再也没见过。彼得在调往外地后，也失去了音讯，再后来听说这三人也都死了。这恰恰是最值得推敲的地方，这三人真的死了吗？如果真的死了，他们是怎么死的？而这三人又是什么关系？他们是一起死的吗？"

这些问题也是大家困惑的，秦悦率先说："你怀疑他们三人参与了对智慧之轴的探索，就是阿帕爷爷带路的那一次？"

"不错，阿帕爷爷充当向导的对象是塞弗尔考察队的话，显然时间对不上，但如果换成彼得参与的那次行动呢，时间是在二十世纪五十年代初，那么时间还是可以对上的。还记得我们被困回旋谷雪原中，德国人之后的那两个穿皮袄的人吗？"

"那两个人很可能就是他们。"秦悦惊得半张着嘴。

"很可能就是彼得，或者是那两名军官，也可能是队伍里的其他人。他们与之前那些古人一样，被困在了回旋谷的雪原中。"我推断道。

"为何是他们三人？我的意思是为何选择了彼得？"宇文还有些不解。

"尤里说过那两名军官曾找过他一次，情报机构的军官不会没事来找尤里闲聊，他们找尤里显然是有任务，他们在为后面的行动做准备，选拔人员。这件事处于保密状态，所以曾参与运送铁皮柜的人肯定是首选。但尤里因为酗酒被排除在外了，而彼得则没有任何不良嗜好，所以才选了他，他后来给尤里寄信，不断变换的邮戳，也正说明了这点。这就是他们命运的分水岭。"我进一步解释道。

"命运的分水岭吗……可惜他们的命运都不好，我们所有被卷入其中的人命运都不好，命运的分水岭，从我给朗道做见习秘书时就出现了。"

"不过我还有个疑问，绝密档案失踪了，那些铁皮柜里的东西呢？"我问道。

夏冰说："铁皮柜里的东西就是那些绝密档案吧。"

"但按照尤里所说，他们运回了八个大铁皮柜，朗道看到的绝密档案没有八个铁皮柜那么多吧？再说如果情报机构真的主导了那次行动，也会留下很多档案，所以朗道看到的绝密档案究竟是什么？"

"朗道看到的绝密档案有两个来源，铁皮柜里的和彼得考察队的。但他看到的大概只是最重要的精华部分。至于八个铁皮柜里，很可能不仅仅是塞弗尔考察队的档案，应该还有一些实物……"

"实物？"我们听着柳金的解释问道。

"没错，不管是什么吧，我们都不可能见得到啦。"柳金喃喃道。

没怎么说话的李樊突然说："有个问题，在没有十六边形手环的情况下，彼得他们那次的考察队居然能够突破回旋谷，不可思议。"

"确实不可思议，他们或许是唯一突破回旋谷的人。"格林诺夫说道。

"那他们又走了多远呢？刚才在隧洞外面，我们就看到了碎裂的骸骨，那可能就是彼得他们的，还有大爆炸、大地震的痕迹，而这隧洞里什么也没发现，或许他们也就止步于隧洞外了。"

"那我们就是走得最远的了。"柳金听了李樊的推断，喃喃道。

第六章　智慧门连接荒原

1

众人没有说话，沉默许久，巨大的隧洞内没有风声，死一般沉寂，只有我们的喘息声，不时在隧洞中演变成奇怪的声响。我们靠着洞壁瘫坐着，没有人起身，也没有人发出前进的指令，谁也不知道漆黑的前方是什么，大家似乎是知道自己的方向，却又在等待着什么。为了节约电池，我们关了大部分手电和马灯，只有一盏马灯在漆黑的世界里发出微弱的光芒……秦悦忽然在黑暗中提出了问题："后悔吗？"

"不，我不后悔。命运既然早已注定，我们只能走下去，或许才能改变命运。"柳金坚定地说着。

格林诺夫拉住柳金的手也说："对，命运早已注定。"

"我也是，命运早已注定。"夏冰平静地说道。

"哼，我倒是有点后悔，不该接受你的邀请。"李樊没好气地嘟囔道。

"我能说什么呢，听天由命吧。"宇文倒很豁达。

"听天由命？我天生就喜欢探险，所以没什么后悔的，至死方休。"我说完扭头看看李栋，"你呢？你最年轻，干吗要来这儿？"

李栋笑笑说："因为喜欢，一开始我就对你说过，我是狂热的科幻爱好者，对于我这样的人，这种千载难逢的机会，怎么能不好好把握。"

"小子，你谈恋爱了吗？什么千载难逢的机会，还好好把握。二十多岁的人，也不谈个恋爱。咱们老李家……"李樊接着教训起儿子来，听上去李栋似乎从未谈过恋爱，让李樊颇为着急不满。

"爸，您能别那么俗嘛，好歹您也是中外知名的科学家，整天讲这些没用的。"李栋打断了李樊的话，看来这对父子平日里没少拌嘴。

"这怎么是没用的呢？等这次出去了，你赶紧去谈个对象。"李樊还是没完没了地说着。

李栋噌地从我身旁站了起来，大声说："好了，我们也歇了挺长时间了，赶紧往前走吧，智慧门就在前面了。"

李樊还想说什么，见李栋打开手电向前走去，自己也只好闭上了嘴，跟随大家的步伐。让我大感意外的是，没走多久，隧洞便转了个弯，这个弯与我们之前遇到的转弯都不同，呈九十度的直角，我们所有人都愣住了，我又拿出了海拔仪。

"一千五百零四米，海拔没有太大变化，转过这个弯后，隧洞就由向东转到了向北。"

"如果如你之前推测的那样，我们走出回旋谷后，就在以较大的角度绕圈子，那我们处于这个大圆圈的正南方，差不多快绕一圈了。"夏冰敏锐地推断道。

"对，差不多吧，所以这个突然出现的直角转弯就很有意思了。为何会出现直角转弯，为何会在这里出现？"

"因为这里会通往智慧门。如果说我们绕了一个大圈子，那为什么要绕圈子？肯定是大圈子里面有什么。"我和李栋一问一答地说道。

"大圈子里是智慧之轴。我们围绕着智慧之轴绕了个大圈子，现在我们绕到正南方，突然出现一个直角拐弯，由南向北，将会把我们带向智慧之轴。而且这里地势平坦……"夏冰也激动起来。

李栋不等夏冰说完，已经朝前走去，秦悦则不忘了提醒大家："越接近智慧之轴越要小心。"

可是大家似乎激动起来，都忘记了疲劳和恐惧，不约而同地向前，向可能存在智慧之轴的正北方向走去。越往前走，我们的脚步与喘息声越急促，在隧洞里的回音也越短促，到后面，隧洞里竟然完全寂静无声，我们的脚步、喘气竟然都变得完全没有声响，脚下明明是结实的地面，踩上去却像是踩在棉花上，完全没有声响。

时间仿佛静止，眼前的隧洞依然没有尽头，智慧门没有出现，我们刚刚恢复的体力，下降很快，柳金和格林诺夫率先停下了脚步，他们大口喘着粗气。宇文、李樊也停下了脚步，秦悦和夏冰互相看看，又看看我，秦悦喘着气不住地摇头，"这……这地方太奇怪了，为何没有回音，踩在地面上也没有声响。"

"或许我们已经进入了……进入了我们现代人类无法解释的世界……"夏冰摇着头说。

"你是说我们已经进入了智慧之轴？"我惊道。

"不，我不知道。没有看见智慧门。"夏冰继续摇着头说。

"或许智慧门就不是我们想象中的门，毕竟如果它是智慧之轴的大门，不可能是我们所见过的常规模样吧。"我胡乱推测道。

"也许智慧门根本就不存在，因为没有人走到这么远，没有人能看到它的模样，一切都只是地图上的传说。"秦悦大胆推测道。

秦悦的话让我们又安静下来，真的是这样吗？我想了想还是摇摇头，"不，我相信地图，地图是前人用血换来的，不会错的。"

就在我们说话之际，即将走进前方黑暗的李栋突然大喊起来："我看到了，看到了。"

我们强打精神，又向前走了几步，漆黑的隧洞中闪出一丝光芒，那光芒诡异耀眼，无法形容。我们距离那光芒越来越近，耀眼的光芒震慑着我们，我不知道这世上有什么光芒比这更耀眼。那不是黄金，也不是任何贵金属发出的光芒，它更像是在漆黑阴冷隧洞深处发出的日光，温暖而炽烈。

2

我们全都怔怔地注视着前方，注视着耀眼诡异的光芒。慢慢地，那光芒黯淡下去，那扇门终于出现了，高高地伫立在众人面前。

"这就是智慧门？"宇文喃喃说道。

"我想是的，我们终于找到了智慧门。"夏冰小声说道，生怕惊扰到什么神灵。

"这大门与我们现代社会的门也没两样，看上去平平无奇……"李栋有些失望。

"那刚才的光呢？"秦悦问道。

"这绝不是普通的大门，绝不是……"柳金说着缓缓向大门走去。

我们也跟了走过去。当走到这扇大门前时，门就静静地伫立在我们面前，没有了刚才耀眼的光芒，显得平平无奇，甚至大门上没有任何纹饰。或许这正是智慧门的特殊之处，与智慧门相比，任何现代人类的纹饰或装饰都显得庸俗不堪。大门的材质也很奇怪，我根本判断不出它的材质，既不像石质，也不像木质，更不像任何我们已知的金属，我想到了建造黑轴的那种近似黑色玻璃的材质，但大门的材质跟那种又不一样。

此时，李栋抢先探出手臂去推大门，大门纹丝没动。李栋伸出双臂，用力去推，大门还是纹丝没动。李栋还想推时被秦悦喝止了。

"这门好生奇怪，一点缝隙都没有。"

"说明闭源人还是懂严谨的，大门做得严丝合缝。"宇文说道。

"不，不是严丝合缝，而是根本就没有门缝。"秦悦肯定地说道。

"没有门缝？"大家都是一惊。

我仔细看过去，确实没有门缝。我看了一圈众人，然后将脸贴到了门板上……就在这一刹那，我眼前一晕，整个人瞬间被耀眼的光芒笼罩，我吓得向后退去，秦悦一把拉住我，似乎有一种能量，从门内冲出，将我们纷纷击倒在地上。

"这是怎么回事？"我的双眼灼热，但前面的大门依然有一种魔力，吸引我死死盯着它。

"这就是智慧门。"柳金肯定地说道。

"门推不开，甚至连门缝都没有。"李栋说道。

"智慧门是智慧之轴的大门，当然不会那么容易被推开，也不会有什么门缝，让我们窥见里面。"夏冰说道。

"可是这门一会儿光芒耀眼，一会儿又平平无奇，而且都看不出是门，就像是一面石壁，这是怎么回事？"宇文问道。

柳金思考良久缓缓说："因为这扇门与我们现代文明的门不一样，智慧门是以宏观量子态存在的。"

"就像我们在神迹看到的……"我吓得瘫在地上，本能地又往后挪动了几步。

"也就是说我们面前的智慧门可能就是一块坚固的石壁，只有在宏观量子态稳定地转变为凝聚态时，才会是一扇门。智慧门，只有在某种特定情况下，才能进入，进入智慧之轴。"夏冰推断道。

"名副其实的智慧门。"李栋感叹道。

等到智慧门的光芒黯淡下来，我、秦悦、李栋又凑了上去，果然所谓的智慧门与周围的洞壁一样，只是由这种坚固材料制成的石壁，推不动，也打不开。就在我们被智慧门震撼时，从遥远的地方传来一声沉闷的巨响，接着脚下的大地颤抖了一下，震得所有人都瘫坐在地上，李栋惊叫起来："地震了还是大爆炸？"

柳金冲大家做了个安静下来的手势，大家冷静地侧耳倾听，时间一分一秒过去，却再也没有听到任何响动，隧洞里又恢复了平静。所有人都紧张地互视对方，希望从其他人脸上找到答案，格林诺夫打破了沉默："彼得他们会不会就是遭遇了这样的爆炸？"

"不，如果刚才是爆炸，如果他们当年遭遇的是这样的爆炸，我们现在早已经没命了。"柳金坚定地说道。

"会不会是隧洞口那边……"秦悦没有说下去，但大家都明白了她的意思。

"隧洞口可千万别坍塌。"宇文一脸担忧。

"好了，那声音距离我们很远，可能只是一次普通的雪崩。"柳金说出了自己的判断。

大家又沉默下来，柳金的说法当然不能令大家安心。所有人都瘫坐在地上，怔怔地盯着智慧门，不知所措。夏冰正死死盯着智慧门，若有所思，忽然开口道："你们还记得魔方吗？"

"记得，在智慧洞里有一个被踩瘪的魔方，而在旧镇荣赫鹏的庄园里也有一个魔方。"听夏冰提到魔方，我才想起还有这么个东西呢。

"我不知道那两个魔方是什么人所做，也不知道他们属于什么人，但我记得现在风行世界的魔方是在二十世纪七十年代发明的。"夏冰缓缓说道。

"结论呢？"李栋扭头看着夏冰问道。

"那两个魔方很神奇，它们的历史显然要早于二十世纪七十年代，甚至要早于我们现代文明。"夏冰若有所思。

"那两个魔方也是黑轴文明的产物？"李栋感到震惊。

夏冰微微点头说："没错，这么精妙的东西很可能是闭源人的杰作。"

"有证据吗？仅凭路上见过的那两个魔方的雏形？"秦悦也质疑道。

"那两个魔方与现代魔方相比，只是雏形。"夏冰接着话锋一转，"至于你说的证据，我有，因为我们现在就正处于一个巨大的魔方中。"

"巨大的魔方？"我被这一发现惊呆了，柳金与格林诺夫也都一脸惊愕。

3

夏冰面对智慧门非常冷静，像在沉思。她组织好了语言后才对我们解释道："我们按地图一路寻来，地图是前人用血换来的，是没有错。但地图是平面的，而实际上要想搞清智慧之轴，要以立体的三维视角观测。整个智慧之轴其实是一个大魔方，大魔方每边长度在九千米左右，是一个九千米乘以九千米乘以九千米的超级巨大立方体。而在超级巨大立方体中，又被划分为二十七块，每一块都是三千米乘以三千米乘以三千米的巨大立方体，从低到高，分为三层，每层九块。其中第一层九块都在海拔以下，第二层九块在地平线到海拔三千米之间，第三层九块在海拔三千米到六千米之间。当然我要说明的是以上所有数字都只是估算，黑轴文明的度量衡显然与我们不同，但其中又有某种微妙的联系。而进入这个超级大魔方的入口就在智慧洞，我们穿过的智慧洞，就是超级大魔方最上层朝南正中的那一块。"

我们被夏冰这一连串的数字惊呆了，秦悦不禁问道："所以智慧洞是闭源人开凿的？"

"这么说既对也不对，因为智慧洞外面一段是天然洞穴，闭源人加以改造，最后形成了我们所见的智慧洞。我们走过一段天然洞穴，大约是在智慧洞中段，就是大家都注意到的那个位置，两侧石壁颜色不同，就是从那里开始我们就进入了超级大魔方，只是当时我们浑然不觉。所以智慧洞很重要，它其实是进入大魔方的唯一入口。"夏冰继续发散她的思维。

"怪不得那里是海拔六千米。"我回想了起来。

"准确地说智慧洞是向下的，内侧洞口海拔比外侧的低了两百多米，不仅是智慧洞，我们进来以后其实一直是在向下走，这点海拔仪是准确的。"夏冰对我说道。

"对，从进入智慧洞，我们的海拔高度就不断下降，一直到刚才进入隧洞。"

"当我们走出智慧洞，却是一大片雪原，哪里有什么超级大魔方啊。"宇文质疑道。

夏冰回头指着我们来时的漆黑隧洞解释道："智慧洞后面的世界，其实是在多次大爆炸、大雪崩加上多年地质变动后形成的世界。智慧洞里面一直向下延伸的雪原，以及复杂如迷宫般的回旋谷，其实都是大爆炸导致坍塌后形成的，有隧洞外大爆炸的痕迹可以证明。当年闭源人有意设置了回旋谷，用以困住所有企图闯入的人，但准确地说，那并不是回旋谷，而是回旋洞，只是因为后来造成的坍塌，形成了我们现在看到蜿蜒盘旋的回旋谷。我还可以大胆推测一下，也正是因为多次大爆炸、大地震后，闭源人精心设计的回旋谷有了漏洞，才让后来的某些闯入者有机会冲出去。"

"冲出去？你是说我们和彼得那伙人？"秦悦问道。

夏冰摇摇头说："我说有机会冲出去的，是历史上那些古人，他们有的人被困在回旋谷中，有的人出去了，再也没有回来。就像我们第一次逃出雪原，若不是回旋谷出现了漏洞，所有人绝无逃脱的可能。至于我们现在和彼得那伙人，还说不好。或许是因为大爆炸造成的漏洞，或许是因为十六边形手环。"

"不，不可能，彼得那伙人不可能有十六边形手环，这也是他们最后功亏一篑的原因。"柳金严肃地打断了夏冰。

"那我们能走到这里，是因为回旋谷的漏洞，还是因为我们拥有十六边形手环？"夏冰反问柳金。

柳金一愣没有言语。李栋接着发言说："我们在神迹已经见识过十六边形手环的能量，彼得那伙人很可能只是因为巧合，利用回旋谷的漏洞到了隧洞外。他们没有十六边形手环，所以当他们遭遇到某种环境，很可能使正反物质发生了接触，引发了大爆炸。"

李栋的推断听起来较为合理，夏冰没有反驳只是淡淡地说："你说的也无法得到证明，只有一点是肯定的，十六边形手环可以释放能量，稳定宏观量子态。我接着说超级大魔方的构造，智慧洞后面的雪原和复杂的回旋谷其实都在大魔方第三层南面的第一个立方体。"

"我们转了那么久，其实都在一个立方体内？"秦悦感到震惊。

"对，不识庐山真面目，只缘身在此山中。回旋谷所在的海拔高度大约在三千多米，当我们冲出回旋谷时，非鱼曾看过海拔仪，虽说海拔仪上的数字不断跳动，但跳动的上限正好是海拔三千米。也就是说回旋谷里那片雪原的海拔高度是三千米，位于大魔方第三层的底部。当我们突破回旋谷以后，地势不断降低，此时我们已经进入了大魔方的第二层。"

"第二层？"我打断了夏冰的推断，"也就是说我们今天整整转了一天，都是在大魔方的第二层？如果像我们之前的推断，我们是在围绕智慧之轴转圈，那智慧之轴就是超级大魔方最中间的那块。"

"不错，智慧之轴就是大魔方二十七块立方体中最中间的那块。

因此我们在进入大魔方第二层后，一直在围着智慧之轴绕圈子，所以才走了那么长的时间，那条路才会有弧度地缓慢转弯。当我们绕到大魔方第二层正西方的立方体时，发现了碎裂的尸骨，从那儿开始不断出现大地震的遗迹，然后我们就进入了地下隧洞里，也就是说历次大地震造成的坍塌到此就截止了，我们进入了当年闭源人修建的完好通道。我们继续前进，海拔高度逐渐稳定在一千五百米左右，直到我们绕了整整一圈，到达大魔方第二层正南面中间的这个立方体，出现了角度很小的转弯，在转过这个弯后，隧洞变得笔直，一直通到智慧门前。我们现在所处的位置，正是大魔方第二层正南立方体与正中间立方体的交汇处。"

夏冰一口气说完了自己的推断，所有人都陷入了沉思。

秦悦话里有话地说："山下的白房子好像也是一个大魔方……"

"是的，看来有人对智慧之轴的理解远胜我们。"

对我而言，简直是一语惊醒梦中人。

"远胜我们，但那是蓝血团的人……等等，白房子是谁设计的？"秦悦的目光落在柳金身上。

柳金略一沉吟说："白房子是梅什金设计的。"

"他说过为何要那么设计吗？"秦悦追问。

柳金只是摇摇头。

夏冰急忙反驳说："白房子的设计与我们现在见到的超级大魔方并不一样啊。"

我回忆着白房子的那个奇怪房间，还有房间下的奇怪布置。

"是啊，房间下面的布置有点像，但又跟超级大魔方不一样。"

"梅什金设计白房子时，还没有参透大魔方的神奇之处吧。"秦悦嘟囔了一句。

我们慢慢接受了夏冰的"超级大魔方"假设，但问题是我们仍然打不开智慧门。我筋疲力尽，想要靠在洞壁上休息，但直觉却提示我这里并不安全，我本能地向后退去，直到退出百余步，才缓缓靠着洞壁瘫坐下来。

其他人也都向后退去，横七竖八地靠着洞壁坐下来。此刻，除了体力上的消耗，更让我觉得心累，大脑已经被各种信息撑满了，这一切到底是怎么回事，又将如何结束？看似平静的隧洞里，总让人感到焦虑不安，似乎那可怕的大爆炸随时都会降临在我们头上，我的大脑有一种枯竭的感觉，每一条毛细血管都在慢慢干涸……

4

突然，前方闪着一丝光亮，我拉起秦悦就往隧洞里跑，我不知道去向何方，也不知道隧道通向哪里，前面是无尽的黑暗，直到结结实实撞在坚固的岩壁上才停下脚步。我感到浑身酸痛，筋疲力尽地瘫倒在岩壁前。秦悦靠在我的身边，嘴里喃喃地说："你看到那道光了吗？那美丽震撼的光芒……"

"光？"

我努力回忆着，刚才前方只有漆黑，哪来的光？

"我看到了，前所未见的美丽，震撼人心的光芒。"秦悦说着直直地站了起来，怔怔地向前方望去。

我揉揉酸痛的胳膊，前面是灰白色坚固的岩壁，与隧洞中的岩壁一模一样，哪有什么光？我再扭头看向秦悦，她很陶醉地望着前方，难道她产生了幻觉？这时，身后传来急促的脚步声，还有金属碰撞的声响……秦悦扭头说："快跑，后面有人追过来了。"

"谁？谁在追我们？云象的人不都已经被消灭了吗？"

秦悦不由分说，抓着我就往前跑，还不断地喊："跑，快跑起来。"

我不知是出于本能，还是被秦悦忽悠住了，被她拉着奔跑起来。但我们前面就是那堵坚固的岩壁，马上就会因没有别的出路而撞在岩壁上，但让我惊诧的是，当我的脸与岩壁接触的刹那，我也看到了光，无比美丽震撼的光芒，自己像是飞了起来，根本停不下来。

接下来更震撼的事出现了，我们瞬间就被美丽的光芒所包围，直至完全融入那光芒中。奇妙的感觉传遍了全身，温暖、阳光，让人沉醉……但这种感觉不过是瞬间，很快就消失了。几秒钟后，光消失了，温暖的体感没了，我和秦悦重重地摔在了雪地上。

"这是哪儿？"秦悦观察着周围。

"像是回旋谷外的雪原。"

"我还以为我们穿过了智慧门。"秦悦有些失望。

我们互相搀扶着站起身，又向前走了一段，越来越确定这就是回旋谷外的那片雪原，但意外的是没有碰到雪山飞蝗，恐怖的几百万只蝗虫不见了。我不知道是惊喜，还是疑惑……没有雪山飞蝗阻隔，又逃出了可怕的回旋谷，我们可以下山回家了。但我总感觉哪里不对劲，在我狐疑的时候，身后由远及近，再度传来令人恐惧的声响。

"雪山飞蝗。"秦悦吃惊地喊着，就要逃走。

"等等！"我叫住她，这恐怖的声响尖锐刺耳，很像几百万只雪山飞蝗震动翅膀发出来的，但仔细倾听之下，却与雪山飞蝗不一样，更尖锐、更刺耳。我回头向我们逃出来的地方望去说："对，就是那里发出的声音，不是雪山飞蝗，是有人，就像我们刚才撞破洞壁一样，是身后的追兵过来了。"

结果是一样的，我们又开始在雪原上狂奔，只是这次更加吃力，因为在向上攀登。我不时回头望去，黑夜中看不清后面的追兵，但能感知到逼人的杀气。我也顾不上许多，死死抓住秦悦的手，我们这个时候可不能走散，脚下的积雪越来越厚，我们拼命地攀登，寂静的雪原上，只留下我们的喘息声。

也不知过了多久，仍然没有见到智慧洞的洞口，但后面似乎安静下来。我和秦悦停下脚步，伫立在厚厚的积雪中，侧耳倾听，终于听到了风声，呼吸到了清新的空气，虽然很冷，却感到莫名的兴奋。

"我们终于出来了。"我难掩兴奋对秦悦说道。

秦悦却一皱眉头厉声喝止我："别说话。"

雪原上再次沉寂下来，我看秦悦的脸色越来越沉重，慢慢地嗅到了一丝血腥味，秦悦向左手的山坡走去，越往那走，血腥味越浓，雪地上也出现了血迹，还有……

"这是什么？"我盯着雪地上一坨血肉模糊的东西。

"人的肝脏。"秦悦说着停下了脚步。

我急走两步追到她的身旁，眼前出现了一具尸体。那东西横躺在雪地里，内脏都已被掏空，四肢上的肉都不见了，露出白骨。

"显然是猛兽所为。"秦悦说道。

"喜马拉雅狼？"

"很像，至少是一群狼。"

"这群畜生居然还有那么多。"

"这是谁呢？"秦悦蹲下来，凑近那张看不出长相的脸。

突然，秦悦身子一颤站了起来。

"怎么，你认识？"我忙问道。

秦悦失神地注视着尸体说："是阿帕。"

我强忍着也凑过去查看，从残留的衣服和耳饰，能够看出就是已经离我们而去的阿帕。

"没想到阿帕竟然……"

我们站在寒风中，体会着彻骨的寒意。就在我俩不知所措的时候，脚下的大地突然剧烈抖动一下，接着传来一声沉闷的巨响。秦悦站立不稳，我赶忙拉住秦悦，秦悦回头指着回旋谷的方向："是那儿！"

"是什么？"我向回旋谷方向望去，却什么也看不见。

"爆炸，是爆炸声。"秦悦肯定地说道。

"难道有人触发了什么，又发生了大爆炸？那我们也要遭遇阿帕爷爷那可怕的一幕。"我拉着秦悦就往山坡上爬去。

山坡上的雪开始松动，不断滑落下来，更可怕的是周围突兀的黑色雪峰也开始崩落，大片的积雪伴随着崩落的巨石，不断砸下来……这还是远离智慧之轴和回旋谷的地方，我不敢想象那里发生了什么。就在瞬间，阿帕爷爷碎裂的尸体，巨大幽深的隧洞不断坍塌，大爆炸造成整个雪山发生雪崩，堰塞湖崩塌，恐怖的场景不断闪现，求生的本能促使我拉着秦悦不断向上攀爬，向上，再向上，那是我们逃生的唯一通道，穿过智慧洞，离开可怕的超级大魔方。但不管我和秦悦如何拼命攀爬，始终没有找到智慧洞，不断崩落的巨石和积雪，在我们身旁滑落下去。

我的双腿渐渐发软，是因为我们筋疲力尽，还是我们脚下的大地已经不复存在？我再也不敢回头去看，只能不断向上，就在这时，身后又传来一声巨响，这响声比刚才更响，像是从智慧之轴发出的。智慧之轴爆炸了？那整个大魔方也就万劫不复了。我不敢想下去，迈开腿，想继续向上攀爬，却发现脚下的大地开始碎裂，一块块向下滑落。我再一回头，发现两手空空，秦悦不知什么时候不见了。接下来，我站立不稳栽倒在地，我想呼喊……呼喊秦悦的名字，也想要喊救命，还没等喊出来，就被无数的碎石与积雪包裹，倾泻而下。

5

我的身体猛地一颤，从噩梦中惊醒，自己正倚靠在洞壁上，旁边是秦悦和李栋。往下依次是柳金、格林诺夫、夏冰、宇文，而李樊靠着李栋。我们现在仍在智慧门前的隧洞里。秦悦也醒了过来看着我，小声问道："又做噩梦了？"

"是，我梦见阿帕死了。"

"阿帕死了？"

"对，有人追杀我们，不，我不知道是不是人。后来我听到了接二连三的爆炸声，就跟刚才听到那声一样，像是从智慧之轴里传出来的……"说着，我探出脑袋望向智慧门，那里漆黑一片，没有任何异常。

"智慧之轴里面传出来的？那是你的错觉吧，我比较担心隧洞的入口。"

我明白秦悦是担心我，现在回想起之前听到的沉闷巨响，与噩梦中的巨响一样，让我有种恍若隔世的感觉，我也无法判断巨响究竟来自哪里。我和秦悦的对话惊醒了柳金，也可能她就本来没睡着。她轻叹了一口气说："现在外面应该是半夜了，也可能是黎明，长时间待在这样黑暗的隧洞里，常常使人产生幻觉。"

"幻觉？"我和秦悦盯着柳金。

　　柳金这几天苍老了许多，她拉伸了下身体，然后有气无力地说："就像我们在荒原戈壁的基地里，在那暗无天日的地堡和实验室里，人在里面待久了，完全丧失了分辨黑夜和白天的能力，也丧失了分辨黑白的能力，特别……特别是基地最后那几年，我完全被关在地堡里，不见天日。"

　　我和秦悦马上想起地堡内那个仅有十间牢房的小型监狱，最里面那间特殊的单人牢房，我们当时就推测柳金曾经在里面住过，还曾推测基地的最后时刻，有人救走了牢房中的人。想到这里不禁脱口而出："基地的最后几年，您一直被关在那间单人牢房里？"

　　柳金微微点了点头，目光失神地望着对面洞壁，往事又一幕幕浮现在眼前。

　　一九七八年末，荒原戈壁的基地在扩建后，已经高效运行了十年，这十年基地汇聚的人才越来越多，成果也越来越多。尤其是在基因技术领域，因为阿努钦的努力，复活远古生物的可能性已经越来越大。柳金却没有一丝兴奋，因为这一切都背离了她的初衷，她坚信这一切也背离了朗道的愿望。

　　在基地几个领导当中，柳金与格林诺夫的关系更好，毕竟她最初接触到的就是格林诺夫。格林诺夫也对她很亲近，柳金清楚两人的关系，只是他们早已将自己的命运与黑轴联系在一起，面对随时可能出现的风险，两人都选择了回避。

每年严冬，基地许多人员都会撤走，这天受寒流影响，高原上的气温急剧下降，基地里显得冷冷清清。柳金无意中在实验室看到了一个刚刚诞生的小怪物。她被震惊到了，她知道这是阿努钦的杰作，她想马上发作，但考虑到基地的运作和领导层的团结，她还是决定先告诉格林诺夫，格林诺夫要比柳金知道得更多，他显然也对此忧心忡忡。

"所以，我们必须做点什么，不是吗？"柳金盯着格林诺夫。

格林诺夫有些尴尬。

"娜塔莉亚，我也不希望他走这么远，但你要知道，他做的这一切，也是得到上面认可的，甚至就是上面所希望的。"

"但你是基地的负责人。"柳金还是盯着格林诺夫。

"你也应该知道，随着基地的扩大，我这个负责人越来越不重要了。我能怎么办呢？"格林诺夫耸耸肩无可奈何。

"你跟他是多年好友，也该劝劝他啊。"

格林诺夫听了柳金的话陷入沉思，然后点了点头说："好吧，我们去找他谈谈，就我们三个人。"

在阿努钦的实验室里，柳金与格林诺夫和阿努钦相对而坐，柳金无法想象这是一个多么疯狂的地方，她第一次在莫斯科见到阿努钦的时候，这人还是一个有些羞涩的生物系学生，而现在他已经变得狂热而偏执。

阿努钦很爽快地承认了是自己的杰作，并且显得很得意，这让柳金更加忧虑。柳金严肃地告诫阿努钦："你必须停掉这个项目，决不能让这些复活的远古生物有长大的机会。"

"我为什么要听你的？"阿努钦对柳金充满戒备。

"因为你这么做，既违背伦理，又增加了基地的风险，使基地暴露在风险中。"

"伦理？伦理于科学而言就是迷信，许多伟大的科学进步与发明都曾经是伦理不容的，但后来人们都理解了。就像刚刚英国人做的试管婴儿，你现在还理解不了，不代表我所做的试验没有意义。相反，那将是一项伟大的发明。"阿努钦说着将目光落在格林诺夫身上。

格林诺夫有些尴尬，但还是轻咳了两声说："我们觉得你还是太快了。"

"太快了？我恰恰觉得太慢了。"阿努钦打断格林诺夫。

"你想好如何收场了吗？"柳金质问阿努钦。

"收场？"阿努钦被柳金这一问，愣了一下，随之冷笑道："我们才刚刚开始，哪有时间去想如何收场，不趁着现在有高层的支持大干一场，想那么多干什么？"

柳金无奈地摇摇头，这个瘦削的阿努钦已经面目全非，她知道劝阿努钦回头已经不可能了，只是扭头看看格林诺夫，又盯着阿努钦说："既然如此，我只好向上面反映这里的情况了。"

阿努钦听柳金这么说，显露出了一丝惊慌，但很快就淡定下来，冷笑道："我知道你能见到安德罗波夫，不过他现在年纪大了，精力不济，工作也越来越忙，恐怕没有时间听你废话。就算他能听你啰唆，他会如何判断呢？"

"这不劳您操心。"

"德米特米·米哈伊诺维奇，您是我多年的好友，我们在高中就认识了，您一定可以理解我的吧？"阿努钦转向格林诺夫。

格林诺夫面露难色，沉吟许久，才像是下了很大的决心说："不，这次我不能理解你，也不会站在你那一边。"

"那你要站在她那一边喽？"阿努钦有些愤怒，目光转向柳金。

格林诺夫和柳金相互对视，短时间的沉默后，格林诺夫点点头说："不错，这次我要站在她那一边。虽然我发自内心并不希望我们三人变成这样，我希望你能停下来，我希望我们还能像以前那样。"

"是你，是你们俩背叛了我们最初的誓言。"阿努钦显得很愤怒。

"不，我们的誓言是通过我们对黑轴的研究，让人类变得更好。而不是现在这样。"柳金怒道。

"现在怎样？现在我们所做的不能让人类更好吗？基因技术可以挽救多少人的生命？"阿努钦越说越愤怒，让他愤怒的并不是柳金，而是格林诺夫，他认为格林诺夫背叛了他，所以他的愤怒一股脑发泄在格林诺夫身上。

格林诺夫还想说什么，却被阿努钦完全压制，平日里沉默寡言的阿努钦此刻就像是变了一个人，大谈着他对未来的改变，怒斥着格林诺夫的背叛。直到最后柳金怒道："够了，你应该离开这里了，最好回莫斯科找个疗养院休息一段时间。"

柳金这句话让阿努钦更加愤怒，愤怒中夹杂着恐惧，他冲柳金吼道："应该回去的是你。"阿努钦说罢摔门而出。这场三人会议最终不欢而散，柳金看着远去的阿努钦，内心笼罩上了一层愁云。

6

三人会议不欢而散之后，柳金用三天时间详细记录了基地目前的情况，重点揭发了阿努钦的问题，让柳金没有想到的是她将这份报告寄出去两天后，科莫夫便亲自带人拘捕了她。

卫兵退出去后，科莫夫的办公室里就剩下柳金和科莫夫两个人。科莫夫依旧表情严肃，他关紧房门盯着柳金，勉强挤出一点笑容说："娜塔莉亚，你知道拘捕你并非我的本意，刚才你也看到了，我只是奉命行事。"

柳金想起刚刚科莫夫带人来抓自己时，拿着情报机构的文件，虽然文件最后的签署人并不是安德罗波夫，但文件却是不容置疑的。柳金心里泛起疑问，难道是自己的信触怒了安德罗波夫。按理说安德罗波夫不会这么快看到信，而且即便看到了，他也不会就这样轻率地下令拘捕自己。要么就是他手下的人看到了信，擅作主张。柳金想不明白，于是她反问了科莫夫一句："那么请问您是奉了谁的命令？"

科莫夫指了指屋顶。

"当然是上面的命令。"

"上面为何会有这个命令？我做了什么？"柳金故意显得很激动。

科莫夫看样子没有把这次谈话当成是一次审讯，他故意没留其他人，也没有安排别人记录，一切看上去就像是普通的谈话。科莫夫有些迟疑，然后直接说："实话说吧，有人向上面举报了你，说你阻挠基地正常的科研，并偷偷与外国联系，出卖还处于保密状态的科研成果。"

柳金一听就怒了，但理智让她冷静下来。是谁，谁举报了我？柳金并不能确定，不过她还是想到了阿努钦。

"是阿努钦举报的我吗？"

科莫夫微微怔了一下，不置可否地摇了摇头，然后从办公桌上拿起一份材料。

"娜塔莉亚，就在刚才我的人搜查了你的房间，在你的房间内发现了许多翻译成外文的材料，我看了下，有不少是我们的科研成果。"

"你们居然搜了我的房间。不错，我是跟国外的同行有接触，但所有的信件都是经过你们检查的，里面谈到的东西很少涉及基地的科研成果。"

"娜塔莉亚，我们在加入基地时就曾经发过誓，关于这里的一切都需要保密……"科莫夫开始数落起柳金来，絮絮叨叨没完没了。

柳金知道这样跟科莫夫纠缠下去，对自己毫无帮助。于是她换了一个话题。

"您知道阿努钦现在所做的事吗？"

科莫夫又愣了一下，似是而非地点了点头又摇着头说："知道，他不是一直在鼓弄那些什么基因技术，还让我给他开绿灯吗？"

"没错，但你知道他已经越线了吗？"

"越线？"科莫夫摇摇头，困惑地反问道，"技术上的事不都是你们三个负责吗，我只负责基地的安全。如果他越线了，你可以制止他，如果你们制止不了，可以向上面反映问题，与莫斯科的联系不主要是你吗？你甚至可以直接找安德罗波夫同志。"

"不错，我是经常回莫斯科，我也可以直接去找安德罗波夫同志，可是……"柳金说到这里停住了，这是她现在困惑的，自己本该拥有很大的权力，可是为何陷入危机的是自己呢？难道高层对自己的态度变了，他们更相信阿努钦的话？柳金感到一阵心烦意乱，从未有过的焦虑与不安涌上心头，她看看面前的科莫夫，内心的骄傲与长久以来形成的优越感，此刻竟荡然无存。

"可是什么……娜塔莉亚，如果你有什么要说的，就现在都说出来，后面……"科莫夫欲言又止。

"后面，后面你们想把我怎么样？"柳金仰起脸盯着科莫夫。

科莫夫耸耸肩，一脸无奈地说："我和你毕竟共事了十年，所以我没有资格审问你，过些日子，莫斯科会派专人来审查你。"

柳金心里又是一沉，问道："为什么不把我押回莫斯科？"

"这我就不清楚了，我只是执行者，其他的事我都不知道。我想或许是因为你知道太多的秘密吧。"科莫夫说着收拾起办公桌，似乎就要结束这次谈话。

柳金向他提出了最后一个要求："请给我接通安德罗波夫同志的电话。"

科莫夫收拾好办公桌，回过身摇摇头，面露难色，"不，我没有这个权力。不过你可以放心，只要你在这儿，生活方面我会给你全面保障，除了没有自由，不会有人敢为难你。你的问题很快就会调查清楚，希望你也不要让我为难。"

柳金彻底绝望了。科莫夫按响了桌上的电铃，两名卫兵进来，将柳金押到了地堡里的小监狱，最里面的一间单人牢房似乎早就为她收拾好了，她的个人物品在经过检查后，也陆续被送了过来。

失去自由的柳金，不断回想着十多年间经历的事，科莫夫果然没有食言，吃的喝的用的都是基地所能提供的最好的，她所需要的东西都会按时送来。但是除了卫兵，没有人能接近她，包括格林诺夫也不行。莫斯科来审查她的人过了两个月才姗姗而来，他们一连七天，每天审问柳金，问的都是差不多的问题。后面三天，可能是这些人对技术问题不够精通，审讯室里又多了一个人，那个天才少年梅什金。

柳金有些惊讶，她仔细观察过梅什金，他就默默地坐在一旁，只有当审查的军官询问时，他才对一些技术问题做出客观解答。柳金已经厌烦了这些审问，她再次向这些人提出要见安德罗波夫同志，但同样遭到拒绝。柳金开始怀疑自己那份反映阿努钦问题的材料根本没有送到安德罗波夫手里，她不知道自己该怎么办，难道一直在这暗无天日的地堡监狱中度过余生，还是会被押回莫斯科去审判？

最后一天的审讯结束了，随后进来几个穿着白大褂的医生，对柳金做了一番检查，柳金不明白他们在检查什么，但以她的智商马上就发现了这些医生是在检查她的精神状态。审查结束之后，柳金的生活重新归于平静，没有人再来提审她，她想那些人已经回去了，等待她的可能就是最后的审判。柳金估计不会对她进行审判，因为她知道太多的秘密，那么会如何处理她呢？送去某个精神病院，说自己有精神病，还是一直关在地堡监狱里？如果一直关在地堡监狱里，或许自己还可能获得自由，因为她坚信不制止阿努钦的研究的话，一定会闯出滔天大祸。

再没有人审问她，也没有人来探望她，就这样一年年春夏秋冬，陪伴柳金的只有钢筋混凝土的墙壁。她每天能做的除了读有限的书外，就是面壁思考。

7

柳金回忆到这里，双手撑地拉伸了下腰，格林诺夫忽然小声说："其实那段时间，我比你还要着急。"

"我知道的。"柳金看着格林诺夫表示理解。

"明明是你举报阿努钦的问题，为何最后被关起来的是你，仅仅是阿努钦比你抢先一步，恶人先告状？"秦悦问道。

柳金失神地望着洞壁，没有说话。

"这个问题我和娜塔莉亚聊过很多次，我们觉得阿努钦很可能是抢先告发的，但绝不仅仅如此。至于具体的原因，我们也是百思不得其解。"格林诺夫缓缓地说道。

"两种可能，第一种可能是并非一次举报所致，很可能阿努钦或者还有其他人给上面打过好多次的报告。第二种可能是上面是支持阿努钦的，所以你的意见不重要。"秦悦推测道。

"无所谓啦。"柳金喃喃地说道。

"那你就一直被关在单人牢房，直到基地出事？"我问道。

柳金点头，双眼变得浑浊，道："不错，那是可怕的一天。"

一九八三年，柳金从新闻中得知安德罗波夫升为了最高领导人，上面却没有任何信息，柳金也不再对上面抱任何期望。她越来越觉得基地的危险。她所担心的事似乎也在接近临界点。

这天夜里，她听到了一些奇怪的响声，虽然微弱，却也足以惊醒她。她坐在床上倾听，却又听不到声音。刚才那奇怪的声音来自哪里，难道只是梦中的场景，噩梦，又是那个一直困扰自己的噩梦？基地的末日时刻？

柳金又躺下去，却怎么也无法入睡。她再次坐起来，走到铁栅栏旁，仔细倾听，又听到了一些奇怪的响动，微弱但确实存在。柳金将耳朵贴近铁栅栏，她发现声音是从地堡外传来的，是什么声音可以穿透这么厚重的地堡？柳金开始晃动铁栅栏，并大声呼喊起来："有人吗，卫兵，有人吗？"

没人应答，柳金感到更加困惑，往常监狱门口都会有一名卫兵值班，今天怎么没有人应答？不好的预感似乎要成真了，恐惧与焦虑一起向她袭来，但自己只能不断地摇晃结实的铁栅栏，声嘶竭力地呼喊着，依旧没人应答。

不知过了多长时间，那个奇怪的声响断断续续地传来，却始终没有人回应柳金，外面的大走廊上传来一阵脚步声，柳金拼命地呼喊，直到脚步声消失，也没有人应答。究竟发生了什么？难道自己一直担心的事发生了？

柳金感到绝望，深深的绝望，她不再呼喊，靠在铁栅栏上慢慢地滑下去。就在此时，外面又传来急促的脚步声，接着是金属碰撞的声音，外面的铁门被打开了。剧烈的金属碰撞声，刺激了柳金的神经，柳金猛地扭过脸，趴在铁栅栏上，她想呼喊，但还没等她喊出声，就看到了久违的熟悉面孔。

"是你……"

格林诺夫气喘吁吁地站在柳金面前，在昏暗的光线中，两人四目相对，似有千言万语，却又相顾无言，两人怔怔地互相看着对方，柳金率先问道："是不是出事了？"

格林诺夫狠狠地点点头，说："没错，基地出事了，全完了。"

"我就知道会有这一天，快放我出去。"

柳金的话提醒了傻愣愣的格林诺夫，他用钥匙打开了铁栅栏门，柳金迫不及待地冲出了铁门，真丝睡衣被铁栅栏门刮去了一条，两人短暂地相拥在一起后，格林诺夫拉起柳金就往外跑。

"我带你走吧。"

"去哪儿？"

"不管去哪儿，先离开这鬼地方。"

"鬼地方？这不是你多年来的心血吗？"柳金拉住格林诺夫。

"不，已经不是了，我现在只想要你。只要你和我在一起，去哪儿都可以，再不管什么黑轴，什么理想。"格林诺夫快速说着，越说越是激动。

"好，但我们还要回去一下，那里有关键材料。而且我们还有那么多人……"

"别管了，那些远古巨兽都逃出来了，我们不要那些材料了，也管不了其他人。"格林诺夫焦急地说着。

柳金却比格林诺夫更加淡定，她快步冲回地堡内的办公室，搜出一些重要的文件，被关在监狱的几年，柳金的外套全都被没收了。柳金只得来到格林诺夫的卧室，穿上一套并不合身的迷彩服，两人随后冲出了地堡，朝红区的铁丝网奔去。

外面大雾弥漫，临近红区的大门洞开，没有人影。柳金与格林诺夫走进红区，放慢脚步。柳金对这里太过熟悉，虽然几年没有出来，依然可以穿过迷雾，向中央实验室走去。越靠近中央实验室，声音越是清晰，巨兽的吼叫声、枪声、惊恐的叫喊声、奇怪的金属碰撞声。

当柳金走近中央实验室时，一个面目狰狞的人突然抱住了她，听不清他嘴里在叫喊着什么，柳金只觉得胃里一阵翻滚，那人很快又松开柳金，跌跌撞撞地向浓雾中狂奔而去。接着又是一个狰狞的面孔，呼喊着，漫无目的地朝浓雾中狂奔。

柳金和格林诺夫冲进中央实验室，在三楼的实验室里，格林诺夫将几份研究报告装好。刚下到二楼，就发现这里已经面目全非，一片狼藉。被猛兽撕碎的尸体，歪七扭八，被击伤的史前生物还在呻吟抽搐。

柳金听到下面还有人叫喊，接着是一连串急促的枪声，柳金忙向一楼望去，巨大的螺旋铁梯上，一个身着将军制服的人，统帅着几个士兵朝下射击，但那凶猛的袋狮与巨大的猛犸象，一起蜂拥上来，密集的射击根本无法阻挡这些史前巨兽，将军和士兵很快便被巨兽们踩扁。

柳金倒吸一口凉气，她回头冲着格林诺夫喊道："科莫夫，科莫夫他……"

还来不及说完，她就被格林诺夫一把拽了上来，说："快跑，我们不是那些巨兽的对手。"

说罢，格林诺夫拾起地上的突击步枪，冲着铁梯上的巨兽们一阵猛扫，打完整整一个弹匣后，格林诺夫狠狠地抛弃了手中的枪，拉着柳金向三楼跑去。两人跌跌撞撞在螺旋大铁梯上奔逃，格林诺夫又拾起地上的两颗手雷，往下扔了出去。他们根本分不清是人，还是兽，他们排斥着所有接近他们的物体，只是不顾一切地向外狂奔。

8

柳金与格林诺夫奔出中央实验室时，外面停着许多情报机构的车辆，其中一辆轮式装甲车上，有个人在向他俩招手："娜塔莉亚，这儿，这儿。"

格林诺夫还在狂奔，柳金却一把拉住他，柳金循声望去，叫她的人竟然是梅什金。柳金拉住格林诺夫，两人看见梅什金都有点吃惊。

梅什金正从一辆完好的装甲车里探出脑袋。

"你们还愣着干吗，快上来，我一个人也摆弄不了这玩意儿。"

柳金和格林诺夫互相看看，然后两人先后爬上了装甲车，格林诺夫钻进驾驶室，扒开梅什金，一边发动装甲车，一边冲梅什金嘟囔道："你就是纸上谈兵的理论高手，这玩意都摆弄不了。"

"对，对，我是理论天才。"梅什金回了一句。

柳金知道自从梅什金来到基地，格林诺夫就看不惯这位少年天才。她对梅什金的印象还行，直到上次组织派人审查她，梅什金充当了技术顾问的角色，或许他也是被逼的，但在柳金心里却将他当成了帮凶，从那以后对梅什金的印象一落千丈。没想到在这关键时刻，梅什金却救了他们两人。

格林诺夫驾驶着装甲车在一堆车辆里横冲直撞，眼见就要突破重围，一头凶猛的袋狮扑了上来，它没有丝毫畏惧，迎面重重地撞上装甲车，砰的一声沉闷巨响，格林诺夫本能地踩了刹车。袋狮被撞出半米远，就在格林诺夫愣神的工夫，袋狮已经重整态势，又扑向装甲车。它似乎根本没有被撞疼，趴在装甲车前，挥舞前爪，拍打驾驶室，格林诺夫赶忙关上驾驶室的盖板，袋狮一下下的拍打，震得盖板嗡嗡作响，没挨几下就发生了变形。

装甲车的上方传来梅什金的怒吼："你停下来干吗，撞啊，冲啊，后面全追上来了。"

格林诺夫瞬间清醒过来，他猛地打开驾驶室的盖板，发现斜侧方已经有两头巨大的猛犸象冲过来，而袋狮似乎有些累了，隔着窗户与自己四目相对，喘着粗气。格林诺夫猛地发动装甲车，几乎用上最大的动力，直接撞向袋狮，袋狮被撞出去一米多，但这家伙竟然又爬了起来，这次格林诺夫没有再给它机会，以最快的速度，一头撞了上去。

袋狮终于闪开了，伴随着远古巨兽的吼叫，装甲车发出巨大的轰鸣，一头冲进了迷雾。格林诺夫根据肌肉记忆，驾驶装甲车冲到了红区的大门前，猛地刹住了车。因为他面前正在上演恐怖的那一幕，红区大门紧闭，电网上爬满了恐惧的人，有人死不瞑目，有人奄奄一息，还有人疯了似的向大门的电网冲来，电网上的高压电发出骇人的蓝光。

"现在该怎么办？"柳金焦急地问道。

"后来我怕基地出事，又加固了电网，就是装甲车撞向电网，也不能一下子撞破，反而会被强大的电流瞬间反噬。"格林诺夫大声说着，不知所措。

梅什金坐在装甲车上面，观察之后，指着右手的方向，沿着电网向右开。格林诺夫不解其意，但也没有更好的办法，便按照梅什金的指示，沿着电网快速开去。看着电网不断闪过，柳金明白了梅什金的意思。

"我们最初建电网的时候，留有一个小门，后来封堵了这个小门。"

格林诺夫也想起来了。

"不，那个小门并没有完全被封堵，在你被囚禁以后。科莫夫和我担心出事，在加固电网的同时，又在小门的位置开了一条避难通道，也可以算是下水管道吧。"

不久，格林诺夫停下了装甲车。三人从装甲车下来，冲到电网边上，这里的雾气要更浓一些，三人焦急地俯下身，沿着电网寻找，他们知道自己正在跟死神赛跑。时间一分一秒过去，最后，梅什金率先看见了那个避难通道，这是修建于电网下面的涵洞，涵洞里有铁门，当柳金他们靠近时，发现这里已经歪七扭八地躺着几具尸体，貌似已经有人想到了这里，可他们却没能逃出去。

柳金狐疑地爬进涵洞，涵洞里铁门竟然是开着的，就在涵洞内部，密密麻麻又趴着七八具尸体。柳金注意到这些人都是基地的工作人员，大部分都是情报机构的人，而他们的死因多是身上中弹，看来这些人为了争夺出口，自相残杀。

格林诺夫来不及多想，跟梅什金拖出几具尸体，柳金用尽全力，打开了涵洞内厚重的铁门。三人爬出去后疯也似的在广袤的荒原戈壁上狂奔，这里是他们摆出来的大字，结果却没能引来地外文明的注意。此刻，这些荒原大字像是化成了魔鬼的脸庞，羞辱着柳金他们三人。仿佛在说，你们这些自诩为天才的傻瓜是多么可笑。

三人不顾一切地离开了荒原，奔向了茫茫戈壁。无边无垠的戈壁滩，很快耗尽了三人的体力。柳金率先瘫倒在戈壁滩上，接着是格林诺夫，梅什金也瘫倒在柳金身旁。此刻，他们终于逃出了魔窟，那个他们一手建立的基地。劫后余生，重获自由，但他们却不敢放松。三个人大口喘着粗气，仰望着湛蓝的天空，百感交集，不知该说什么。

过了一段时间，柳金第一个坐起来，然后颤颤巍巍地站起身向四周望去，没有人影，也没有远古巨兽，几乎没有人逃出来。柳金稍稍安了安心，坐在一块较大的石块上，梅什金此时也坐了起来，一边喘着气，一边掏出蒙刀，在石块上刻画起来。

"你在干什么？"柳金问道。

"刻字。"梅什金头也不抬，不断刻着。

"刻什么？"格林诺夫也问道。

"你看了就知道了。"梅什金使劲儿在石块上刻画着。

"为什么要刻字？"柳金又问。

"因为我们不能活得毫无印记。"梅什金刻得差不多了，抬起头，看看柳金和格林诺夫又说，"我们总得留下点什么，不是吗？"

格林诺夫搀扶着柳金，两人依偎着站起来，他们看见梅什金在这石块上刻了一句话，更准确地说像是一句咒语——我们打开了黑轴的秘密，它就不会再关闭。

9

当柳金在漆黑的隧洞中再次念出那句咒语时，我直接打了个寒战，原来这句话是梅什金刻上的。听完柳金的回忆，许多之前不甚清晰的线索全都串联起来，我迫不及待地又问："那后来呢？你们回莫斯科了吗？"

柳金摇摇头说："我当时不知所措，想要回去，但梅什金却坚决反对。他领着我们在戈壁滩上走了五天四夜，没有水也没有吃的，就在我们快要死掉的时候，我们遇到一户牧民，那户牧民救了我们。我们三人养好身体后，梅什金坚持要留下来，他给了我们一个地址，让我们不要回莫斯科，而去这个地址，会有人接待我们。"

"地址？你们会轻易相信他？"秦悦问道。

格林诺夫小声说："我一直对梅什金没好感，但他救了我们，他说如果我们回去，就算不会被追究责任，也将碌碌无为一生。而去他给我们的地址，将会遇到真正理解我们的人，会让我们的余生有意义。"

"你们就相信了？"我看着格林诺夫他们问道。

还没等两人说话，秦悦就反问道："那个地址就是蓝血团总部吧？"

柳金和格林诺夫点了点头，柳金说："没错，就是蓝血团总部。"

"这么说来，我父亲一直都是蓝血团的人，在来荒原戈壁基地之前就是蓝血团的人？"夏冰又追问道。

柳金再次点了点头。

"后来，当他也回到蓝血团总部时，我曾经问过他，他说他的命运就是蓝血团的命运，他就是为黑轴而生的。我一直没能理解他的意思，直到后来是你们查出来他与桂家、与弗朗索瓦神父之间的关系，我才理解了他的话。"

"他还说过……"格林诺夫欲言又止，等了一下又说，"他还说我们两人也是为黑轴而生的人，所以当他来到基地的时候，就注意到了我们。"

"所以你们可以不用通过考察，直接就被举荐到了蓝血团总部，所以蓝血团选择了你们，而阿努钦则去创立了云象。"我将这一切都慢慢联系在了一起。

"不，我们完全不知情，我们一直以为阿努钦已经死在了基地，或者没逃出大戈壁，也可能被情报机构抓住了，他知道太多，不会有好下场的……"柳金喃喃说道。

"他绝不会死在基地里，你们难道没怀疑过是他故意制造了那场灾难？"我反问道。

"故意，有可能吧。但那场灾难是必然会发生的……我们当然想过阿努钦，还有基地其他人逃了出来，他们很可能跟我们一样，没有回去，而是去了某个地方，创立了一个新的组织。随着云象慢慢浮出水面，我们的这种想法也越来越强烈。"

"好了，现在不是回忆往事的时候，我们休息好了，也该打开智慧门了。"李栋起身对大家说道。

短暂的沉默后，李樊再次反对道："我建议我们的行动到此终止，我们已经消灭了阿努钦那伙人，也来到了这里，已经确认智慧门完好无损。我还是那句话，我们的任务不是打开智慧之轴，而是保卫智慧之轴，既然智慧之轴安然无恙，任务也就该结束了。"

格林诺夫也随声附和道："对啊，李教授说得很对，我们该回去了，再不出去说不定会遇到大爆炸。"

"我们千辛万苦来到这里，怎么能在门前就退缩了呢，就差临门一脚了。"李栋坚定地说着，并向我们投来求助的目光。

夏冰犹豫不决，梅什金生死未卜，她肯定是想打开智慧门寻找父亲的。我又何尝不想看看里面的世界，但巨大的风险和不确定性，让我也犹豫起来。李樊此时激动地喊道："就算我们要打开，我们打得开吗？我们有本事打开吗？"

"我们有。"李栋说着盯着柳金，"四件十六边形手环都在我们手上，这是前人从未有过的，既然手环能带我们走出回旋谷，我相信它也能带我们打开智慧门。"

柳金面露难色，但她还是不由自主地掏出了四件十六边形手环，那手环看上去平平无奇，却像是蕴藏着某种魔力，可以让所有看到它、触摸它的人难以自制……就在我们盯着四件十六边形手环出神的时候，李栋已经一把从柳金手中拿过手环，然后大踏步向智慧门走去。

我们无可奈何又不能丢下他，只得跟上去。当我再次站在智慧门前时，李栋正趴在门上仔细摸着。

"灯。"李栋叫道。

几束光一起打在智慧门上，智慧门此刻就是一面普通的石壁，在光线照射下显得神秘诡异。突然，李栋大叫起来："快看，快看，这扇门看似平滑，其实上面有四个小凹槽。"

在李栋手指的指引下，我们都看见了，平滑的石壁上竟然有四个浅浅的凹槽痕迹，而凹槽的大小与形状，对应的正是四件十六边形手环。大家惊诧之时，李栋已经将第一件十六边形手环，插进了其中一个凹槽中，严丝合缝，丝毫不差。李栋再一使劲儿，十六边形手环竟完全嵌进了凹槽内，接着，李栋又如法炮制，将另外三件十六边形手环，分别插进了另外三个凹槽中。

这四件十六边形手环，就是为了有一天能嵌入其中制作出来的。我们所有人全都屏住呼吸，死死盯着眼前的智慧门……但傻等了几分钟，智慧门也没有任何变化，李栋又上前，使劲儿压了几下凹槽之内的手环，智慧门依然没有任何变化，也没有任何声响传出来。

　　我们全都面面相觑，这是怎么回事？难道手环不该插在这里？不，怎么看这四件十六边形手环就该插在这四个凹槽内，但为什么智慧门没有任何反应？既没有打开智慧门，也没有发生大爆炸。压抑的沉默后，李樊首先开口："只有一种可能，这四件十六边形手环有问题。"

　　说罢，李樊将其中一件十六边形手环从凹槽内抠出来，拿在手中观察，他又转而看看智慧门，所有人都焦急地等着，但李樊并不言语，而是伸手接连抠出另外三件手环，又是一番仔细观察后，李樊将四件手环分别递给了柳金、格林诺夫、夏冰、我，然后才说："你们都曾经见过十六边形手环，那么请确认这几件手环有没有什么问题。"

　　我们四人，包括曾经见过手环的秦悦、宇文和李栋都围拢在一起。我反复观察摩挲，发现这跟我见过的十六边形手环样式完全一致，材质也一样，但经李樊那么一说，又总觉得手上这件手环是有点奇怪。我摇着头，说出了自己的看法，夏冰也与我有同感，最后还是柳金与格林诺夫一致说："我们接触蓝血团珍藏的那件手环时间比较久，总之这几件手环粗看起来，和真的十六边形手环没有两样，但感觉还是不太一样，说不上哪里不一样，可能只是我们接触蓝血团那件手环时间长，完全是凭感觉。"

　　"不，我想只是因为我们现在缺少精密的仪器，否则还是可以鉴定出真伪的，你们的这种感觉，很可能是由于制作材料的原因。毕竟真正的十六边形手环，是黑轴文明闭源人最高文明的产物，它的材料是很难被复制的。"李樊肯定地说道。

"这……这怎么可能？我在神迹也见过手环……"李栋情绪显得很激动。

"确实如此，更可怕的是这几件十六边形手环与真的十六边形手环如此相似，几乎能够以假乱真，是用非常接近真品的材料制作出来的高仿品，说明什么？"李樊少有地严肃起来。

"说明仿造者手中持有真正的十六边形手环。"秦悦脱口而出。

"谁是仿造者？"宇文惊道。

"谁拥有真的十六边形手环，谁就是仿造者。"夏冰坚定地说道。

"云象……"我们几个同时脱口而出。

"阿努钦那伙人不是已经死了吗？这几件手环就是他们身上的……"我话说了一半，马上觉察出不对，"难道阿努钦没死？不，这不可能，他们的尸体当时就在我们眼前……"

"你们想想，如果这四件十六边形手环是假的，那我们是怎么走出回旋谷的？又怎么能一直找到智慧门……"李栋还是不肯相信，大声反驳众人。

"阿努钦那伙人带着这四件手环，也没有走出回旋谷啊。"秦悦一句话就让李栋哑口无言。

"对，这更说明这四件手环有问题，阿努钦本来就走在我们前面，如果这四件手环是真的，阿努钦他们早就走出回旋谷，也不会与我们遭遇了。"李樊声音不大，每一句却都给予了我们心头重击。

"那……"李栋想想又说，"那我们也带着这四件手环，为何能走出回旋谷，来到智慧门前？"

李栋的问题没人能够回答，包括李樊也都在思考，这是唯一说不通的地方，我们和阿努钦都带着假的手环，他们走不出回旋谷，我们为何能走出来？这不合理，更不科学。长时间的沉默后，还是李樊打破了沉默："这种情况只有一种解释……"

李樊欲言又止，所有人的目光都聚焦在李樊身上。他压低声音说："没错……我能……想到的只有一种解释……那就是持有真正十六边形手环的人离此不远，距我们越来越近了，我甚至已经可以感觉到他们的气息……"

李樊的声音越来越小，到最后完全没了声音。此刻，漆黑、阴森、巨大、死寂的隧洞深处，传来了一些细微的声音，有力而富有规律。

10

那个声音越来越大，不断从隧洞另一头传来，冲击着我的耳膜，这是人还是我们从未见过的远古巨兽？如果是人，阿努钦已死，还会是谁？那声响似乎离我们越来越近了，我们紧张地丢掉了手里被鉴定为高仿的手环，举起了枪。

　　我感到呼吸有些困难，长时间的寒冷、紧张、焦虑、搏斗、体力消耗，让我们举枪的双手不断颤抖，我感到自己已经筋疲力尽，根本没有力量举起枪，更不要说搏斗。我注意到手臂上的红色斑点越来越密集，浑身瘙痒，一阵阵细微的疼痛，像蚂蚁在撕咬我的每一寸皮肤。隧洞那头的声音越来越清晰，越来越逼近，我努力使自己保持镇定，判断着逼近我们的危险，有人的脚步，还有……

　　从黑暗中走出了一个个"魔鬼"，"魔鬼"们都穿着连帽的衣服，全身漆黑，又似乎泛起白色的光泽，是他们的身体在变换颜色，还是他们身上的衣服在变换颜色？直到他们走近，我才看清楚一共二十八个人，每个人都戴着特殊的登山眼镜，看不清他们的面容……这时，有一个人开口发出警告："放下你们的武器。"

　　这声音机械、平缓、沉稳，不，我甚至无法判断出是谁在开口说话？面前的人似乎没有动嘴，瞬间我产生了幻觉，开始怀疑他们是不是人类，难道是闭源人复活了，或是来自某个地外文明的外星人？

　　那个机械、平缓、沉稳的声音又传来了："放下你们的武器。"

　　放下我们的武器，凭什么？我心里暗自思忖地望过去，就见这二十八个人形"魔鬼"，双手都戴着手套，其中有十二个人手里都持有一种特殊的装置，我想那是某种武器，和我们手里的枪有些像，但又明显不同，那是什么？就在我诧异的时候，前面的一个"魔鬼"微微转动身体，也没见他动什么，他手里的装置突然射出一道光束，速度惊人，光束直直地射入我身旁的洞壁，我惊得赶忙躲闪，回头一看，坚固无比的洞壁竟然被射穿了一个洞，洞口不大却深不见底。

更让我后怕的是我根本来不及躲，那束光射过来时太快了。没有射穿我的身体是因为对方根本没想要我的命，这只是一次严肃的警告。就在我还在犹豫之时，其他人已经放下了武器。我嘴里不禁脱口而出："是激光。"

"不是你想象的那种激光。"

那个声音又传来了。我刚想开口说话，那个声音接着说："我们的科技已经远超你们，所以乖乖放下武器。"

"你们是云象的人？"秦悦问道。

"我们是真正的云象。"

"真正的云象？"我一头雾水。

那个声音停了一会儿说："云象内部是金字塔结构，你们之前见到的那些人，都是底层的。他们和云象的核心还有距离，所以你们始终找不到我们。"

底层的？这是我第一次听到关于云象内部的信息，居然是从对手嘴里说出来的。这个神秘组织的确难觅踪迹，但凡发现什么，马上就会断了线索。想到这里，我不禁向他问道："那阿努钦呢？他们也是底层的吗？"

那个声音回答说："他们只是稍高层吧，袁正可的人、苏必大的人、蓝血团的叛徒桂家、阿努钦的人，都是不同层级的，他们的等级一级比一级高，但即便是阿努钦的人，也不是云象的核心。我们才是云象的核心。"

这伙人才是云象的核心，连阿努钦都不是。这个结果瞬间颠覆了我的认知，阿努钦和桂肃，以及苏必大应该都是闭源人基因的携带者，如果他们效忠蓝血团，也都能成为蓝血团的高层，他们这样聪明的大脑竟然都不是云象的核心，那么什么样的人才是云象的核心？我不敢想象，难道他们和我们不同，他们既不是我们现代人类，也不是闭源人基因的携带者？

我侧脸看看其他人，似乎也都被震惊，夏冰像是鼓足勇气问："你们才是云象的核心，那让我们看看你们的真面目吧？"

那个声音没有再说话，一阵可怕的沉默后，四个"魔鬼"上前踢开我们的枪，负责监视我们。然后又是四个"魔鬼"上前，就见他们每人取出了一件十六边形手环，这才是真正的十六边形手环，看来我们的推断没错，阿努钦手上的手环都是假的。也就是说这伙人欺骗了阿努钦，阿努钦到死都不知道他手里的手环是假的。

我死死盯着"魔鬼"手上的十六边形手环，那四件手环似乎有一种魔力，特别是在四件手环同时出现时，这种力量让我惊叹，所有人的目光都集中在四件手环上。四个"魔鬼"靠近智慧门，却没有做出动作，有两位没拿着武器的"魔鬼"缓步走近智慧门，其中一人步履有些蹒跚。我没有认出这人是谁，却见夏冰的脸色起了变化。

那两人走到智慧门近前，探出双手，在智慧门上摩挲着。他们找好了位置，就是之前我们已经找到的四个凹槽。然后，两人动手，四件十六边形手环就被装进了智慧门上的凹槽。所有人的目光都盯紧了凹槽内的十六边形手环，包括那些戴着护目镜的"魔鬼"们，我敢肯定他们的眼睛此刻也聚焦在凹槽内。

起初，凹槽内的十六边形手环没有任何变化，我无法判断时间，就在我稍稍眨了下眼的时候，四个凹槽内的十六边形手环，几乎同时转动起来，转动速度越来越快，后来，我们的肉眼已经完全无法看清楚凹槽内是手环在转动，只觉眼前闪耀着金光，越来越亮，越来越夺目。

李栋忽然大喊起来，边喊边扑向智慧门："我明白了，明白了，这四件根本不是什么手环，它是闭源人的密码器，我一开始就奇怪为什么是十六边形，因为每一边代表一位数字，四件十六边形手环，就能代表六十四位不同的数字，而由这六十四位不同数字组成的一组数字，就是打开智慧门的密码。"

六十四位不同的数字组成的密码，那这个密码的排列组合几乎是无穷的，必须具备超级计算机的机能才能运算。我不得不感叹闭源人设计的巧妙，那个奇怪的声音又说话了："你要是这么想就太幼稚了，你用的只是愚蠢的现代人思维推论，这四件神器所蕴含的能量是无穷的，密码器只是它小小的功能之一，如果不是其中蕴含的能量，仅凭密码，根本打不开智慧门。"

"我相信，我知道。没有它所蕴含的能量我们连回旋谷都走不出来，更别说开启智慧门，我们甚至卑微得连手环的材质都分析不出来，所以……"李栋越说越激动，最后竟跪了下来。

凹槽内的四件十六边形手环，从极快的速度突然停了下来，一切都在刹那间。我的心提到了嗓子眼，默默注视着智慧门，这么长的时间，这座大门并没有如昨天我们所见那样消失，它就那样静静地伫立在我们面前，这难道都是因为手环里蕴含的巨大能量，让智慧门始终以凝聚态的形态展示在我们面前？我狐疑着，思索着，等待着，没有声响，也没有打开的门扉，我只觉得眼前金光闪耀。突然，门前那几个"魔鬼"不见了，接着，扑向前面的李栋也不见了。随后，金光黯淡下来，前方忽然变成了一条笔直地隧道，没有紧闭的大门，也没有坚固的石壁，就是一条看上去与隧洞差不多的隧道，只是这条隧道更加平滑，充满光明。

第七章 智慧之轴

1

没有看到任何光源，隧道内的光不知从何而来。那几个"魔鬼"和李栋已经走进了这条隧道，我们也不由自主地跟着，步入了这条神奇的隧道。

隧道起初还与外面的隧洞相似，随后完全改变了模样，不，准确地说是失去了形状。随着那伙"魔鬼"往前走去，隧道就像裂开一道缝隙，缝隙不断变大变宽，裂开的缝隙闪耀着奇异的光芒。这光芒从我们眼前掠过，瞬间包裹住我们，又快速向后退去，当我回身望去时，随着光芒退去，裂开的隧道又瞬间合在了一起。

这让我想起了荒原戈壁的黑轴，只是这里更神奇。我本能地看看身旁的秦悦和宇文，他们似乎没有什么不适，再看前面那些"魔鬼"，迈着坚定而平缓的脚步，一步步向前走去。突然，那伙"魔鬼"又不见了。除了我们，其余的"魔鬼"走在最后像是在押着我们。

我又吃惊地望着前方，停下脚步。前面没有什么变化，甚至也没有特别的亮光、声响。那群"魔鬼"哪儿去了？难道他们真的不是人？可以隐身遁形？不，我不相信，我快速向前走去，脸颊开始发热，心脏受到剧烈压迫，只是一瞬，就在我感到心脏无法忍受时，眼前豁然开朗，一个巨大的超级空间出现在我们面前。所谓超级空间是因为我身处其间，却无法窥见整个空间的全貌，不知哪儿发出的光源，将整个超级空间映亮，这种奇异的亮光并不是非常耀眼，却可以映亮周围数千平方米的空间，而随着我们脚步的移动，我注意到映亮的空间也在微妙地发生着变化，这像极了舞台上的追光灯，又比追光灯照亮的面积大得多得多。如果被映亮的数千平方米真的就是追光灯，那么整个超级空间会有多大？想到这里，我忽然感到深深的恐惧。

前面的"魔鬼"们并没有消失，他们继续向前走着，我已经辨不清方向，我们似乎已经来到智慧之轴内部，并且已经走到了超级空间的正中。我有些犹豫想停下脚步，但看看周围的人似乎都像着了魔似的一直向前走，直到最前面的"魔鬼"停下了脚步。就在我一愣神的工夫，前面的"魔鬼"们突然转过了身，这群人面对着我们，我们也停下了脚步，两伙人似乎隔着一条不可逾越的鸿沟，就这样对峙着。

后面的"魔鬼"也跟了上来，我们被二十八个"魔鬼"夹在中间。短暂的沉默后，"魔鬼"们摘去了他们的登山眼镜，可以看出他们也在惊奇地打量这里，不可思议的智慧之轴。当他们摘去眼罩的瞬间，夏冰率先发出了惊叫，接着我发现柳金与格林诺夫也面露惊异之色。我顺着夏冰的目光看去，就在与我们相对的"魔鬼"中间，有一个须发灰白的男人，岁月并不能改变他俊俏的脸庞，他年轻时一定是位美男子。我盯着那人的脸，马上想到了一个人，只有这个人会让夏冰这么吃惊。

"你……你是梅什金？"我还没开口，秦悦率先揭穿了他的身份。

"爸爸，你……"夏冰顿时浑身颤抖。

"原来你就是蓝血团最大的叛徒。一直藏身在我们身边，我就说从开始就对你没有好感。"格林诺夫在瑟瑟发抖。

柳金反而保持着理性说："那么我们的圣物就是你偷走的？"

"不，不是，我也不是叛徒。"梅什金淡淡地说道。

就在梅什金说话的当口，柳金环视周围，她脸上的表情越来越惊愕，我马上明白了什么，因为在已经摘去登山眼镜的"魔鬼"中，还有其他蓝血团的叛徒，也是柳金认识的人。夏冰也认出了几个人。

"你们都是各领域最顶尖的科学家，竟然为云象服务……"

"不，你没听这些'魔鬼'刚才说的吗？他们是云象的核心，他们不是为云象服务，而是云象的创立者。"柳金大声说道，她的声音却并没在这密闭空间内传出回音，瞬间就被这巨大的空间吞噬了。

此时，"魔鬼"中还有一个人正在摘去登山眼镜，就听那个人缓缓地开口，他的声音沙哑低沉："是我一手创立了云象，这些精英都心甘情愿加入云象，为了一个宏伟的目标而努力。"

2

刚才那个声音再次让格林诺夫瑟瑟发抖，甚至连沉稳的柳金也惊诧道："你是谁？我见过你。"

"你当然见过我，我们曾在一起十五年。"那个人摘下了造型夸张的登山眼镜。

柳金惊讶地向后退了半步才站稳。正在说话的人，身材魁梧健壮，脸上有一些皱纹，头发乌黑。我只知道他是白人男性，却无法判断这人的年龄。我又看看柳金与格林诺夫，他们仍然沉浸在震惊中，我从未见过柳金和格林诺夫如此表情。这个男人究竟是谁？他曾经与柳金在一起十五年？我马上想到了一个人，却又默默否定。就在此时，宇文颤巍巍地问道："您就是科莫夫将军吧？"

科莫夫？我也想到了这个人。

"可他不是已经死在基地了吗？他的尸体还在基地的螺旋大铁梯上……"我不禁脱口而出。

"不，他很可能没死。我想起来了，你还记得宇文的工作室被入侵的事吗？"秦悦想起了以前的事。

"记得，不是没丢什么吗？"我扭头看向秦悦。

宇文接着开口道："不，我现在想起来了，丢了一样东西。"

"就是我从基地里那具身着将军制服的尸体上取下的一截骨头。从荒原戈壁回来后，我曾找人从这截骨头上提取了DNA，但没有特别发现，宇文经常收藏乱七八糟的东西，就把这个东西拿去了。"秦悦解释道。

"呵呵，年轻人，你还是很细心的，这是我唯一的漏洞，如果蓝血团掌握了这份DNA或者骨头，如果他们足够细心，如果他们怀疑到我，是能够发现蛛丝马迹的，是可以发现躺在基地里身穿将军制服的人并不是我。"科莫夫说完后，轻轻舒了一口气。

"我的细心看来不及你的万分之一。当时我也只是随手拿了那块骨头，并没多想。反倒是你，足够细心，即便我测了DNA，也想不到你会没死，即便我想到你可能没死，我也不认识蓝血团高层，即便我认识蓝血团高层，也不一定能找到你之前留存的DNA做对比。所以你才是真正细心的人，所以这么多年来，你才能骗过那么多天才的大脑。"秦悦对科莫夫称赞着，科莫夫嘴角露出一丝不易察觉的笑容。

柳金从刚才的震惊中稍稍缓过神来，开口道："你……我们都低估了你。其实你根本不用担心我们通过DNA找到你。当年虽然所有基地工作人员都留存了血样，但基地出事后，这些都毁了，除非你会偷偷留存……"

"呵呵，中国不是有句话嘛——小心驶得万年船。娜塔莉亚，你刚才有句话说得非常对，你们都低估了我。你们这些自以为是的精英、天之骄子，从来没有把我放在眼里，以为我就是一介武夫，这里不太发达。"说着，科莫夫用手指了指自己的脑袋。

柳金冷笑两声点点头，"我承认，这是我们这些人最大的问题。我老了也反思过，这也是蓝血团最大的问题。现在想来，我在基地被关在地堡里五年，并不是阿努钦能做到的，也不是上面有人要故意整我，而是你的计划。你假惺惺地对我表示同情，一副无辜的样子，让我相信你只是被迫执行上面的命令，想在回想起来，你几乎将每个细节都想到了，只是……只是我不明白，你最后为何不杀死我们？”

科莫夫放慢了语调说：“我为什么要杀死你们，你们又跟我没仇没怨。你们那聪明的大脑要能为我所用，岂不是更好？”

“做梦。”柳金轻蔑地说道。

“那么当年是你陷害了娜塔莉亚？”格林诺夫也慢慢缓了过来。

“不用我自己动手，鼓动阿努钦去干就好了。”科莫夫理了理他有些蓬乱的头发。

“你那时候就已经创立云象了，想要打开智慧之轴？”格林诺夫追问道。

“你是怎么知道这一切的，我记得当年我们还不知道智慧之轴，也不知十六边形手环是何物，我们当时就像是小学生，今天回想起来，你似乎比我们知道得都要多？”没等科莫夫开口，柳金又追问道。

“你不是简单的军官吧。你在当时有更重要的身份……”格林诺夫继续追问。

“好了，好了，两位蓝血团的高层，你们当年轻视我，今天又太高看我了。呵呵，我可以明确告诉你们，从你们认识我直到基地出事，我的身份都还只是一名情报军官。那时候还没有云象，我也没有其他身份，我只是一个普通人，没有背景，没有闭源人基因，我甚至一度怀疑我的智商要低于常人。不是吗？所以你们才会轻视我，你们的智商、你们的观察力没有问题，甚至要大大高于常人。至于说……"科莫夫停顿了一下，继续说，"至于说我为什么会知道那么多，其实这是个秘密，我憋了很多年，今天终于可以分享一下了。"

秘密？我们全都面面相觑，科莫夫到底背负着什么惊世骇俗的秘密？看来他自己也被这个秘密折磨了很多年。

3

科莫夫似乎愿意将他的秘密分享出来。他稍稍停顿后问道："从哪说起呢，你们已经知道在德国人之后曾经还有一支考察队到过这里吧？"

"对，还有一支俄国人的考察队，似乎是情报机构组织的。"我率先说道。

"我们称它为'彼得考察队'。"柳金补充道。

科莫夫点点头，突然提高了嗓音说："我就是彼得的儿子。"

"啊……"

"你是彼得的儿子？"

"一直追杀尤里的人就是你？"

这个信息如同核弹炸开，所有人都没有想到。

科莫夫似乎相当得意，他很享受我们惊诧的表情。直到柳金问道："彼得在那次大爆炸中没有死？"

科莫夫露出一抹笑意，指着柳金。

"还是你反应快，不过只说对了一半，父亲虽然没死于大爆炸，但也基本是个废人了。说来话长，该从哪儿说起呢，呃……还是得从我小时候说起。我出生在一个普通家庭，如果说我比普通孩子强在哪里，就是我更敏感一些，这确实是天生的。其他的，那都是后天自我训练出来的。"

"不是情报机构训练的？"秦悦问道。

科莫夫冷笑道："我对自己的要求远超那个机构，为什么会这样呢？因为我没有父亲的嘛。从我记事起，我就没有父亲，经常被学校和邻居家的大孩子欺负，所以我很小的时候就意识到，必须自己变得强大，无依无靠，只能比别人更努力。"

"你父亲在你很小的时候去参加了那次考察，那你'科莫夫'的姓氏？"柳金似乎已经明白了很多。

"科莫夫的姓氏来自我的继父，在我小学三年级的时候，母亲领回来一个男人，说是我的新爸爸。怎么说呢，我的继父算是个好人，他对我一直还不错，我母亲也是看中了这点，觉得可以给我一个完整的家庭。但他只是个小公务员，老实懦弱，一辈子唯唯诺诺，一辈子也没爬上去，我依然会被年龄大的孩子欺负，他们对我说了很多难听的话……"科莫夫说到这里，似乎陷入了痛苦的回忆。

"所以你要努力考上情报机构的学校，参加情报工作。"柳金接着说道。

"我不像你们从小家境优渥，见识广阔，轻松就能考上名牌大学。那个年代，对于我这样的人，参加情报工作是最好的出路。在那个地方能够得到历练，很适合想出人头地的人，也能让没见过世面的年轻人去见大世面，结交精英阶层的人。"

"不过，后来的生活让你很失望吧？我是否可以推断那批绝密档案就是你从档案馆里偷走的？"柳金问道。

"说的没错，刚进那里时的生活的确很让我失望，虽然我很努力，但依然不得志，直到我被分配到了档案馆，整日在那暗无天日的地方。"

"那或许我们早就见过。"柳金打断了科莫夫。

科莫夫摇摇头说："不，我没印象了，毕竟那时候我对绝密档案也是一无所知，我是从什么时候开始知道黑轴的呢？应该是我被平庸生活压得喘不过气的时候，我不甘心就这样沉沦一辈子，想要摆脱这种生活，光靠我拼命努力是远远不够的，我不能像我继父那样胆小怕事，也不能像我生父那样过于正直。我需要聪明一点，圆滑一点，脸皮厚一点，我需要找到靠山。"

"后来你找到了安德罗波夫？"

"不，那样的大人物我还够不着。我当时能做的就是利用好手上的资源，当我看到有大官亲自来档案馆查找重要档案时，我总会全程陪同，服务到位。所以很快就认识了几个大官，其中有一位将军非常欣赏我，觉得我在档案馆可惜了，就借调我到他的部门，去侦破几个反间谍案子。也就是在这个时候，我无意中发现了亲生父亲的线索。"科莫夫停下来，像是在回忆，又像在组织语言，"就让我来告诉你们所有关于他的事，他的命运，他的一生与那次考察。他是个了不起的人，只是没想到命运竟然那样对待他……"

一九六四年的冬天，迟迟得不到晋升的科莫夫少尉与另一位上尉一起被派到遥远的中亚国家。他们奉命调查一起反间谍案件，冬季大雪封山，边防军连续抓获了几十名偷越边境的人，上面怀疑这些人里有一个重要的外国间谍，他们的任务就是从这些人中甄别出那个外国间谍。

科莫夫和上尉来到监狱，非法越境的人都被扣押在这里，一共三十四个人。让科莫夫没想到的是他们连续审问了半个月，居然没发现这些人中有外国间谍。上尉已经心灰意冷，说了句："算了，向总部报告吧。"

"就这样回去？"科莫夫心有不甘。

"那我们还能怎样？"上尉反问道。

"我比对了前几年冬季非法越境的情况，由于大雪封山，很少有人会在这个季节选择越境，今年却有三十四人之多，里面一定有问题。"科莫夫依然不肯放弃。

"能有什么问题？都是些在寻找走失的牲畜过程中无意越界的牧民。"上尉已经不耐烦了。

"好吧，再给我一天时间，我再去盘问一下。"接着，科莫夫一个电话接一个电话打给各个警察局和边防局，终于他得到了一个消息，某个边境城市的警察局告诉科莫夫，他们抓获了一名神志不清的越境者，并将这名非法越境者送到了郊外山上的精神病院。

次日一早，科莫夫分析处理完所有反馈信息后，决定去一趟这家精神病院。他问上尉是否愿意同去，上尉摇着头拒绝，说："你疯了，那地方开车来回要两天，就为一个精神病？"

科莫夫也不勉强，他收拾好装备，独自开车出发了。路况很差，但科莫夫没有放慢速度，到达边境城市以后，匆匆吃过午饭，科莫夫就继续驾车，驶上路况更差的盘山公路。淡淡的雾气笼罩着前方，好在盘山公路上几乎没有车，科莫夫依然高速穿行在松林间。在盘山公路上蜿蜒行驶两个小时后，终于抵达了终点，这里浓雾笼罩，若不是科莫夫及时刹车，以他的速度很可能会连人带车冲出山崖。

4

科莫夫走下车，浓雾中那栋建筑的轮廓，给人阴森恐怖的感觉。现在才下午两点半，但这里却让他感到深深的恐惧。科莫夫在院长带领下，见到了新入院的那名非法越境者。以科莫夫的能力，几句话就辨认出了这名伪装成精神病的间谍。当科莫夫用手铐铐住这个间谍时，他心中一阵狂喜，他似乎已经看到了自己的晋升之路。科莫夫马上向当地的情报机构和莫斯科总部做了汇报，请求派人支援。做完这一切，科莫夫才感到山上的寒冷。他本可以押着间谍回城里，等待支援，但院长却提醒他说："现在天色已晚，公路上的雾气会越来越大，还是在我这儿住一晚，明天下山比较好。"

科莫夫点了点头采纳了院长的建议。

"好吧，那就请您将这名罪犯关在最牢固的房间，并派人二十四小时看守。"

院长点头应允，拿出一串钥匙说："你跟我来，我们这里是以前帝国时代留下的古堡改建而成的，已经年久失修，条件比不上其他地方。不过有两个房间还是非常安全的，就在古堡的顶楼。"

科莫夫和一个强壮警卫押着间谍，跟着院长穿过阴暗的走廊，拾级而上，来到古堡最高处。果然，这里有两扇厚重的大门。大门足有十几厘米厚，包着锈迹斑斑的生铁，院长打开其中一扇大门时，发出了恐怖的吱呀声。科莫夫踏入房间，发现整个房间都是巨石垒砌的，严丝合缝，除了大门，就只有一个很小的石窗，能够透进一点点的光线。科莫夫挪动到石窗边，发现石窗较高，自己必须踮着脚才能够到石窗边缘。这时，身后传来院长的声音。

"放心吧，窗户很结实，从没有人从这里跑出去。"

"从没有人？"科莫夫回头望向院长。

"这里一直就是关押犯人的地方。石窗外是绝壁悬崖，跳出去就是死。"

"原来如此。"科莫夫轻叹一声，又看了看窗外，窗外是浓浓的雾气，什么也看不见。

科莫夫将抓获的间谍关好后，指了指旁边另一扇大门问："这里现在有人吗？"

院长看看科莫夫只是点点头，然后便扭头向自己办公室走去。

他似乎不愿多说，科莫夫便识趣地也没多问，跟着院长来到办公室。院长清理了一下办公室，有些不好意思地说："今晚只能委屈你在这儿休息了，我们实在没有多余的房间。这是最好的房间了。"

科莫夫感觉到阵阵暖意。他环视办公室的布置，一侧的壁炉里正烧着木炭。

"你们这没有暖气，条件这么艰苦？"

院长没抬头继续整理文件。

"是啊，听说我们这快要关闭了。"

"关闭？"

"全部搬到城里去，那儿会有设施完善的新大楼。不过我可能就不过去了。"科莫夫瞅着须发皆白的院长，忽然升起一丝伤感。

他又一次观察这里，条件过于简陋，这漫漫长夜该如何度过呢？科莫夫瞅见桌上有一份厚厚的文件，便问院长："今夜可能会很无聊，您的文件和书我可以看吗？"

院长怔了一下，随即点头，"随您，反正我这里也没什么国家机密。"

科莫夫翻开了文件夹，随便看了两眼，原来这是一本花名册，记录所有精神病人的花名册。科莫夫很快从头到尾快速浏览一遍，他注意到每个精神病人名字前面都有一个罗马数字，于是他转而问院长：

"姓名前的罗马数字代表什么？"

"等级。"院长头也不回地说道。

"等级？"

"是的，根据每个病人的疯病程度，分了一、二、三、四级，其中四级是最高等级的。"

"四级……"科莫夫快速阅览下来，大多数病人是一、二级，只有少数几个病人是三级，而四级的病人只有……只有一个。科莫夫在花名册的最后看到一个名字——彼得·弗拉基米耶维奇·伊万诺夫。这个名字的后面还有一个用铅笔划上的大大的问号，这是什么意思？科莫夫再次轻轻读出了这个名字——"彼得·弗拉基米耶维奇·伊万诺夫……"科莫夫忽然浑身微微一颤，他心里升起一种异样的感觉，这个名字好像在哪见过或者听过。科莫夫努力回忆起来，他的大脑虽不聪明，但经过训练也是具有很强的记忆能力的，想了五分钟后，他依然没有印象。于是，科莫夫对即将离去的院长问道："这个彼得·弗拉基米耶维奇·伊万诺夫为什么是四级？"

"因为他最疯狂，而且充满暴力倾向，千万不要接近他。"院长说完推开了办公室的门就要离去。

"他就是关在那间屋子里的人吧？"科莫夫追问道。

院长怔了一下走出了房门，头也不回。看来被自己说中了。科莫夫站起身，关上办公室的门，来回踱步，这个名字为何会让自己产生那种异样的感觉。科莫夫相信直觉，因为他知道自己是个敏感的人，他的直觉从来没有错过，这是他唯一的天赋。科莫夫又回到办公桌前，打开花名册，他注意到别的病人姓名后面都有照片和简短的介绍，但这位彼得·弗拉基米耶维奇·伊万诺夫却没有标注任何描述性的文字。科莫夫再次思考起来，在脑海中搜索相关的线索，他这几年接触的人太多，一时很难理出头绪，难道是自己处理过的犯人？不，不是，直觉告诉科莫夫他对这个姓名的印象来自更早的记忆。当他终于想起这个姓名的时候，他全身颤抖起来，发自内心告诉自己不可能，理性告诉他绝不可能。他想起了六岁时在家里翻东西，找到了一个大信封，里面是一沓照片，照片上有一个他不认识的男人，这个男人有单独的照片，也有他和母亲的合影，就在其中一张穿军装的正装照后面，科莫夫第一次见到了这个名字——彼得·弗拉基米耶维奇·伊万诺夫。

这是他亲生父亲的姓名！科莫夫不敢相信，母亲是在他成年后才告诉他那些照片上的男人就是他的亲生父亲。不，绝不可能，我的亲生父亲早就战死沙场，不可能被关在这个破败的古堡里，变成了一个精神病人，科莫夫好不容易建立起的慰藉瞬间崩塌了。不，他的理性再次告诉他不可能。但是直觉却让科莫夫浑身战栗……

5

科莫夫想马上去找院长，去访问这个最高等级的精神病人。但他如今老练沉稳，极力控制自己的情绪，让自己冷静下来，就这样去找院长，院长是不会同意自己进去的。而且院长说这个人是最疯最暴力的精神病人，自己也不能贸然进去。

想到这里，科莫夫开始做准备，理性地计划接下来的行动。他在办公室的柜子里找到了一长串钥匙，取下了古堡顶楼那两个房间的钥匙。然后吃了点东西，检查好了自己的配枪，又在办公室里找到一根铁条，还想好了遇到其他的人该怎么应对。一切准备妥当，科莫夫等到晚上十点，才推开了办公室的门。

走廊里摇曳着昏暗的灯光，空无一人。科莫夫向前走了几步，走廊两边都是关精神病人的房间，没有人喧哗吵闹，一切都很安静，安静得可怕。科莫夫不禁心里嘀咕，看来这位院长管理有方，能让精神病人如此安静。一层又一层走上阶梯，科莫夫到了古堡的最高层。

关押间谍的房间前站着那个警卫。警卫看见科莫夫走过来，强打精神站直腰杆，但科莫夫却察觉到了他的一脸疲态，科莫夫与警卫打了招呼，走到大门上的小窗前，往里面看看，然后又关上。警卫报告说："放心，我一直守着，不会有事。"

科莫夫点点头问道："就你一个人吗？"

警卫撇撇嘴回答说："没办法，我们人少，晚上就两个人值夜，那个人要守着大门，我就只能一个人值夜。"

科莫夫拍拍警卫，递给他一支烟，说："你去休息一会儿吧，太辛苦了。"

"那这……"警卫面露难色。

"我刚睡了一觉，现在挺精神的，我替你守一会儿吧，你快天亮的时候来换我就行。"科莫夫善解人意地说道。

警卫有些不好意思，嘴上说着这样不好，但行动却很诚实。就这样，警卫睡觉去了，这里只剩下科莫夫。科莫夫拿出钥匙，急走两步，来到关押四级病人的房门口，轻易就打开了房门。

一阵寒风灌进来，科莫夫感受到了从未有过的寒意。他提着一盏马灯，屋里肮脏的木桌上还有一盏油灯，两盏灯将并不宽敞的房间照亮。房间最里面的墙角，有个人背对着自己，蜷缩在狭小的床上。那个人虽然蜷缩着，却能看出身材高大，与狭小的木床形成鲜明的对比。他就是彼得吗？自己的亲生父亲？不，不可能，我的父亲早就死了，这只是一个同名同姓的人，伊万诺夫是极为常见的姓氏，彼得也是最常见的名字之一。想到这里，科莫夫定了定神，回身关上房门。

科莫夫关房门的声响似乎惊动了彼得，他身子动了一下，然后回过了头，油腻灰白的长发几乎遮住了彼得的面孔，但油腻长发后面是一双犀利的眼睛，他在注视着来人。科莫夫与彼得四目相对一会儿，不禁向后退了半步，靠在厚重的木门上。

沉默了片刻后，那个叫彼得的人率先开口："你是谁？"

声音低沉沙哑，没有一点疯癫的感觉。科莫夫倒吸一口凉气，他预感到了什么，心脏被什么东西猛击了一下，足有一分钟没能回应，科莫夫回过神才难掩慌张地反问道："你……你不疯？"

"不，我是这里最疯的，大家都知道，都知道的，都知道的，呵呵……"彼得最后傻笑了两声。

"你是彼得·弗拉基米耶维奇·伊万诺夫?"科莫夫镇定下来又问。

"彼得·弗拉基米耶维奇·伊万诺夫?呵呵,他是一个好人,我不是……我是一个坏人,呵呵……"对面这个叫彼得的人开始疯起来,他噌地从床上站起来,然后猛地跳下床,急走两步来到石窗下,任凭外面的寒风吹过自己的脸庞。科莫夫这才惊诧地注意到,彼得根本没有穿衣服,他的身上只裹着一条薄薄的被单,乌黑发霉的被单从彼得衰老的身体上滑落下来,彼得又一把抓住被单,紧紧裹着自己的右臂,却任凭身体其他部位裸露出来。

科莫夫再次感到彻骨的寒意,难道刚才自己的直觉错了,这个人就是一个疯子?科莫夫逼迫自己镇定下来,思考整件事的来龙去脉,然后他决定改变策略,他轻轻向前走了两步,然后缓缓说:"我叫谢尔盖·彼得诺维奇·科莫夫,是一名精神科的医生,他们都说你疯得厉害,所以让我来看看,你可以放心跟我交流,如果我判断你没那么严重,可以将你转到条件更好的医院,如果你完全没什么问题,甚至可以直接回家。"

"家……"彼得嘴里喃喃地嘟囔了一句,不再言语,裹着单薄肮脏的被单,慢慢蜷缩在墙角。

无论科莫夫如何苦口婆心开导,彼得都不再开口,与刚才判若两人,但科莫夫却越来越觉得这个彼得没有疯,至少他有清醒的时候。

两人僵持半个小时后，科莫夫也失去了耐心，他侧耳倾听门外，一片死寂。没人过来，但留给他的时间不多了。

"我的生日是七月八号，我的父名叫彼得。我知道父亲没有死。"科莫夫突然说了这么一句。

蜷缩在墙角的彼得突然猛地一怔，随即失神的眼睛望向了科莫夫。科莫夫敏锐地捕捉到了异常，他也紧紧盯着彼得。科莫夫又说了一遍："我的生日是七月八号，我的父名叫彼得，我知道父亲并没有死。"

蜷缩着的彼得浑身战栗，然后猛地扑向科莫夫。面对彼得肮脏的身体，科莫夫本能地向后退了一步，彼得停下动作，紧紧盯着科莫夫，随即又茫然地望向周围。彼得依然没有开口，但科莫夫已经有点确认了。他又壮着胆子问道："所以你就是我的亲生父亲？"

"是的，谢尔盖。"长久的沉默后，彼得终于开口了，声音低沉而坚定，丝毫不像个精神病人。

"您为什么要装疯？"科莫夫内心又惊又喜又怕。

"不，疯是很难装的，我确实疯了，确实疯了。"彼得嘴里不停地喃喃自语，像是又恢复了疯癫状态。

"疯……确实很难装，所以您一定是遭遇了什么特殊的事。"科莫夫敏锐的洞察力让人害怕。

彼得停下喃喃自语，看着科莫夫猛地点点头，说："没错，那可以说是特殊的事情，而且特殊到恐怖。"

"什么事情呢？您可以告诉我，我能帮您。"科莫夫循循善诱。

彼得想了一下说："你帮不了我的，儿子。"

当彼得说出"儿子"这个词时，科莫夫像是被电击了一样，那种奇异的感觉瞬间袭遍全身。科莫夫镇定一下反问："您不说，怎么知道我帮不了您？"

"我不说是不想连累你，知道这件事的人全都死了。"

科莫夫心里一惊，父亲究竟是什么人？竟然……科莫夫震惊之余转而说："父亲，您知道我过着什么样的日子吗？别人家的孩子都有父亲，休息日会去游乐场玩，我却从小没有父亲，那些小孩说我父亲早就死了，酗酒冻死的，还有人说我父亲抛弃了我，和别的女人走了。我每天都要忍受这样的折磨，开始我还会反抗，天天找那些小孩打架，再后来我变得麻木，只是默默忍受……我无数次发誓要出人头地，要比那些小孩强百倍……"

科莫夫说到这里有些哽咽，房间内沉寂下来。彼得颤巍巍地说："你……你现在看上去还不错。"

"不，还不够，我要比那些人都优秀。"科莫夫突然歇斯底里地咆哮道。

"孩子，有时候生活并不需要证明给别人看。"彼得喃喃道。

"不，我瞧不上那些孩子，我并不是要证明给他们看，我需要更成功。"

"孩子，我年轻时候跟你的想法一模一样，我出身并不好，但我努力学习，在战争中报名参军，在部队积极表现，每一项都是连里面最优秀的，后来还被上级选派参加了一项极为极为重要的保密行动，可是最后……"彼得完全变成了一个正常的人，话语中带着沉稳理性。

6

科莫夫惊讶了一下，反问："所以……所以您不是酒鬼，也不是离家出走，您……您甚至不是普通人，而是……而是一位英雄？您放心吧，讲给我听，我会向上面汇报的，您会成为真正的大英雄。"

彼得听完科莫夫的话，苦笑两声，然后喃喃说："对现在的我没意义了，没意义了……如果你想知道，我就告诉你吧。一切都源于一九四五年那个可怕的小镇，我的命运被彻底改变了……"彼得滔滔不绝地将那段往事告诉了他，一直说到他们将八个大铁皮箱子运回莫斯科。科莫夫听得入迷，不断催问后面的事情。彼得却沉默下来不再说话，过了很长时间才在科莫夫的催问下说："后来，情报机构选中了我，哦，那时候还不叫现在这个名字……"

听到"情报机构"的时候，科莫夫的心脏突然收紧一下，命运吗？难道这就是命运？他没有对彼得说出自己的身份，现在的他有着与年龄不相符的经验，科莫夫淡定地反问道："为什么是您呢？他们为什么会选中您？"

"很简单啊，他们不想让更多人知道这件事，毕竟我是少数参与过押送铁皮箱的幸存者，我还有一个战友叫尤里，不过他因为酗酒没有被选上，而我……当时可是积极上进、身体强壮的军人，当然是他们的首选。于是……于是我就辗转各地，学习各种技能，以应对各种可能发生的危险。到了一九四九年，我们的队伍组建完毕，是一支只有十三个人的少数精英团队，除我以外的其他人都非常优秀。"

"您能入选，说明您也是精英啊。"科莫夫说道。

彼得摇摇头苦笑一声。

"可笑的精英，脆弱的队伍，我们集训了两年，得到了最好的后援保障。我们要去的地方是一个小国，那里曾是英国人的势力范围。我们于一九五〇年进入了那个小国，并对那里进行了深入的研究。用了一年时间做了充足的准备，但那个地方的诡异与可怕仍然远超我们的想象，我们在狼脊那个地方就损失了多人。后来被困在山谷里，又遭遇了无边无垠的雪原，我曾以为再也出不来了。结果，一个偶然的机会，我们居然转出了那个叫回旋谷的地方，得以继续前进。随后，我看到了此生前所未见的奇观，然后就发生了大爆炸、大雪崩，那威力简直无法形容，我可以告诉你，我见过核爆炸，但那次的大爆炸比核爆炸更让我恐惧……"

"比核爆还恐怖？"科莫夫不敢相信。

"对，很难用语言去形容……"彼得不再说下去。

"那么你们的目的是什么？"

"寻找那个叫智慧海的地方。具体那是什么，为何会引发那么大的爆炸，我也不得而知，队里的那些精英们可能知道一些。"

"汇聚了全世界精英的团队，也就仅仅知道一些？"

"是的，我虽然不太懂他们的研究，但我一直很努力，学习了很多知识，又跟那些专家们聊过，让我诧异的是他们也对我们的目标知之甚少。"彼得皱着眉头说道。

"既然都不知道目标是什么，那为何要匆忙冒险组织行动？"科莫夫感到费解。

彼得组织下语言说："据我所知，在幕后推动整件事的是贝利亚。具体的原因我不得而知，那些精英专家们也说不出什么。"

"贝利亚？"科莫夫听说过这人，据说他统治过一段时间情报机构，深受当时的领导人信任，还被外界认为是下一任领导人。想到这里，科莫夫似乎明白了什么。

"所以你们就都成了牺牲品，后来还有幸存者吗？"

"所有人都死了，包括那个向导，只有我和另一个叫鲍里斯的年轻教授死里逃生。"

"为什么？您不是说爆炸的威力比核爆还可怕吗？你们怎么能幸存下来？"

"我也不知道啊，大爆炸发生的时候，我瞬间就失去了知觉，醒过来时，我周围全是厚厚的积雪，整个人处于濒死的边缘。"彼得陷入了痛苦的回忆，"后来鲍里斯找到了我，如果不是他，我肯定就死在那里了，鲍里斯说大爆炸发生时，有一种超快的速度将我们两人推出了很远的地方，那种速度是一种比爆炸冲击波更猛的速度，是地球上不可能有的速度。"

"所以你们才没被炸死？"

彼得又摇了摇头。

"炸死？我只是说像是大爆炸，核爆级别的大爆炸，但到底是什么我并不知道。我跟鲍里斯讨论过，那天发生的大爆炸并不是我们一般意义上的爆炸，这正是我们想不通的地方。"

"不是一般意义上的爆炸……那后来呢？鲍里斯呢？您又为何到了这里？"

"我和鲍里斯历经千辛万苦下山，回到那座小镇，当地人以为我们会招致不幸，是被恶魔附身的人，所以不肯收留我们，只有一户人家的女主人偷偷收留了我们，帮我们治伤。鲍里斯最后就留在了镇子上，而我坚持要回来。"

"鲍里斯为何不愿回来了？"

"他说回来也不会有好结果。"彼得坚定地说道。

"被他说对了……"

彼得失神地望着科莫夫。

"现在回想起来，他真的有先见之明。他早就料到因为我们是在绝密状态下进行的任务，行动失败回来，贝利亚不会饶过我们。而让我没想到的是，等我千辛万苦地越过国境线，才听说贝利亚已经被处死了。"

"所以您就被困在这里了？"

"不，我不甘心。"彼得摇着头说，"那时我没有就此罢休，我偷偷跑回了莫斯科，可没有人知道我们，更不知道我们的行动。我们的行动是绝密的，只有贝利亚和少数人知道，那些人全都死了，再没人知道这次行动，再没人记得我们，没人给我们证明。我被当成了疯子，当我走投无路时，想起了鲍里斯，我想逃出国去，结果就在这里……在这里被当成疯子抓了起来。"

科莫夫终于搞清楚了一切，但他还有无数个疑问。

"知情人都死了，应该会留下档案文件之类的证明，比如你们发现的八个铁皮柜。"

"那我就不知道了，就算有档案文件也都是绝密文件，我是没办法接触到的……"彼得两眼失去了光芒。

"可我还是搞不懂，你们要去的那个地方有什么吸引人的地方？还有……还有你说的那场无法解释的大爆炸，那是什么样的爆炸？"

彼得没有回答科莫夫的问题，他嘴里念念有词，却听不清在说什么，就在科莫夫还想问什么时，窗外吹进一阵强风，将裹在彼得身上单薄的被单高高吹起。科莫夫看到了彼得盖住的身体突然一怔，被紧紧裹着的彼得右臂处，竟然是空荡荡的。彼得的右臂完全没有了，他马上联想到了那场大爆炸。

科莫夫迎着强风，疾走几步，扑到彼得身上，扯去彼得身上的被单。他吃惊地望着彼得的右臂，望着那齐刷刷被切断的伤口。他的内心瞬间就被恶心、震惊、深深的恐惧所占据。他从未见过这样齐整且怪异的创伤，不可思议的角度。

"这……这就是那场大爆炸……"

彼得沉重地点点头，没再说话，只是默默地用肮脏的被单将自己又裹了起来。科莫夫站了许久，他不知道自己该怎么面对，就算知道了真相又该怎么办。就在这时，走廊传来了脚步声，特工的本能促使科莫夫急速打开房门，走了出去。出门前，科莫夫压低声音对彼得说了句："我会救你出去的。"

7

科莫夫还沉浸在痛苦激动的回忆中，柳金却打断了他。

"你回去后，就展开了行动，那些绝密档案是你偷走的吧？"

"回去以后，因为抓到了间谍，赏识我的将军给我连升两级，并要调我到他的部门。我拒绝了将军，依旧回到档案馆，一点一点搜寻，最后发现了那些绝密档案，并用巧妙的方法一点点将绝密档案弄了出来。"

"当所有知情者都死去后，你就变成了对黑轴了解最深的人。而我……我们都低估了你。"柳金的情绪有些激动，语言中夹着沮丧。

科莫夫微微一笑说："低估？那只能怪你们自己，你们自以为是天之骄子，从没把我放在眼里，就把我当一个粗汉。你们知道那些年我有多努力吗？我自学了多少知识，当那位将军再次向我招手时，我毫不犹豫地离开了档案馆，很快我又屡立功勋，当你给安德罗波夫写信求援时，我已经是少校了。安德罗波夫决定派一个人去荒原戈壁的基地，这个人选非常重要，所以首先在内部秘密挑选，将军再次举荐了我。这次，我又战胜了所有人，陪你去了那个谁都不愿去的基地，而我的回报是连升两级，就成了你们熟悉的科莫夫上校。"

柳金回忆着往昔，感叹道："怪不得……怪不得我第一次见到你时，就觉得你太年轻了，作为科莫夫上校，太年轻了。"

"那么你的父亲呢？你把他带出来了吗？"格林诺夫用逼问的语气问道。

科莫夫脸上的笑容瞬间就凝固了，暴怒道："没有，从那之后我再没有见过他。你是想嘲讽我吗？不，我后来去找过他，但去晚了，等我忙完所有事再去找他时，他已经死了，我连他的尸体都没见到。"

"是你害死了他，他本来就受了重伤，你还忙着去偷绝密档案，研究黑轴……你的强大，恰恰是因为你已经丧失了人性。"秦悦突然说道。

"跟我说什么人性？你们怎么会懂呢？我所做的一切，都是为了父亲。他是一位英雄，只是……只是他还不够强大。"科莫夫歇斯底里地咆哮道。

柳金与格林诺夫从未见过科莫夫如此暴怒，他一直是个克制的人，或许彼得是他心中永远的痛。

　　"于是你开始编织一张大网，既要壮大自身，招兵买马，又挖蓝血团的墙角，很快就让云象强大起来。"柳金喃喃说道。

　　"不错，不过苏必大临死时，似乎说过云象能在短期内发展壮大，很大程度上要感谢蓝血团，是你们的保守、松散和低效给了我们机会，否则轮不到我们打开智慧之轴……哈哈……"科莫夫情不自禁地笑起来。

　　"那么阿努钦手上的十六边形手环呢？你骗了他，他还一直以为自己将会是第一个打开智慧之轴的人吧。"秦悦打断了科莫夫的狂笑。

　　科莫夫收起笑声稍显认真地说："那个桂肃大师和阿努钦都入戏太深，一个自恃出身优越，自认为是天才，想成为主宰人神沟通的通神者。另一个更疯狂，想成为将火种洒向人间改造世界的神。我就不像他们疯狂，不切实际。我想打开黑轴，我也想改造世界，但我渴望的是世人的认可，渴望的是掌控一切的成就，我就是一个平凡的人，我要让那些瞧不起我的天才们匍匐在我的脚下，我要让这个世界的法则逆转。我的想法就是这么简单，我也不信什么神和高纬度文明。我只知道在现代人类之前，曾有过一个璀璨的文明，他们在很多方面都比我们做得更好，我们为何还要在漫漫长夜中苦苦等待，只要打开智慧之轴，不就可以将这一切改变？而我就是那个改变一切的人。"

　　"好了，我们对你不感兴趣，你把袁帅弄哪里去了？"夏冰质问科莫夫。

　　科莫夫耸耸肩不置可否地说："袁帅？我不知道，他对我们来说已经没有价值了，至少我们没有杀他。"

夏冰还想说什么，秦悦拉了她一下，我也小声地说："他现在没必要撒谎，袁帅不在云象手上，也不在蓝血团，那去哪了？"

我们还来不及多想，不知哪里跑来一匹喜马拉雅狼。这匹狼皮毛金黄，体形硕大，悠闲地在人群中踱步穿梭，这匹狼的嘴角还带着血迹，我猛地回头向身后望去，明明没有人在流血，那这是谁的血？我死死盯着这匹狼，我确信没有跟这匹狼遭遇过，狼也在注视着我们每一个人。我的紧张使得身上一阵瘙痒，接着一阵阵细微的疼痛从神经末梢传来……我失神地伸出手臂，发现自己的手臂上不仅全是红点，红点下面的皮肤开始变黑变紫，呼吸越来越急促。柳金、秦悦也都如此，我再望向科莫夫，科莫夫嘴角扬起一丝笑意。刚想开口，科莫夫像是洞察了我的想法，开口笑道："抱歉，那只是阿努钦的小玩意……"

"那么喜马拉雅狼呢？"秦悦突然质问道。

科莫夫一怔，耸了耸肩，刚想说话，站在旁边惜字如金的梅什金突然开口："这匹狼阿努钦搞不出来，这里的狼都是几万年前闭源人运用他们最高超的基因改造技术留下来的，凶猛无比，可以忍受长久的极寒、孤独、黑暗、饥饿，能跳跃几十米高的山崖，也能攀上几十米的绝壁，在雪山上如履平地，忍耐力超强，在野外十多天不吃不喝，依然体力充沛，只是经过数万年的杂交，他们已经大不如前，狼脊上那些狼就已经……"

"人类也会如此？"夏冰死死盯着梅什金问道。

"不，他是想推翻进化论。他的意思是人类和动植物其实既是进化，也是退化。"

梅什金听柳金说完，脸上挂着难以捉摸的笑容摇了摇头。

"你们想多了，我是想告诉你们不该让阿帕带你们上山。"

"阿帕死了？"我想到了噩梦中血肉模糊的阿帕。

梅什金没有搭理我，他转过身向众人身后走去，随着他的步伐，智慧之轴内的空间越来越大，越来越明亮……智慧之轴似乎没有边缘，梅什金走出百余步后，又转了一个弯，绕着人群踱步，所有人都注视着他，我觉得自己的心跳在加快，不知道是因为身体内的病毒，还是因为这怪异空间。这空间看似可以无限扩大，但却给人强烈的压迫感，就好像周围是铜墙铁壁，正在压向我们。

8

梅什金绕着我们走着，突然加速向一个方向冲去，随着他加快的步伐，一条亮光射向远方，准确地说并不是"射"，只是随着梅什金的走动，智慧之轴越来越亮，我们目视的范围越来越大。梅什金像是累了，停下步伐，突然又像疯了似的大叫起来，没有回音。我们呆呆地看着梅什金表演，直到他走回来，圆睁着灰蓝色的眼睛，面露惊恐之色，然后迅速传遍了众人，我们与云象的人似乎已经不分敌我，而是要共同面对什么恐怖的事。

梅什金扫视众人，他的视线落在柳金的脸上，大声说："你们为什么到这里来？又为何要争夺这里？"柳金刚想开口，梅什金又打断她大声说，"是为了闭源人留下的最高智慧，但我们已经到了这里了，闭源人的科学、技术、知识、智慧在哪呢？"

"我想过无数遍，闭源人不会像我们还在使用书籍。"格林诺夫说道。

"芯片之类的电子存储方式？"宇文怯怯地问道。

"不，我不关心它的载体。我大概明白了它会以何种方式呈现出来。"梅什金说道。

"什么方式？"众人骚动起来。

科莫夫露出得意的笑容。

"所以与你合作没有错，虽然我自认为可以超越你们绝大多数精英，但我只佩服你的大脑，因为你是真正的天才。"

柳金向他质问道："你们是什么时候开始的？"

"哦，时间不长，就是最近，我们劫了你们的车队，取走了你们的圣物，意外的收获是梅什金，他很配合。当然之前我就找过他，我本来没抱什么希望，但让我意外的是他对我说他和你们不一样，他的梦想是看一看智慧之轴，跟蓝血团合作是因为蓝血团人多势众，既然现在云象强大，那为什么还要和你们蓝血团合作呢？我想汇聚在我旗下的精英们，也多是这么想的吧。"科莫夫沉浸在收拢天下精英的成就中不能自拔。

柳金转而盯着梅什金，梅什金并不回避柳金的眼神，语气平缓，淡淡地说："我推测智慧之轴的呈现方式，你们有人曾经见过。"

"见过？"众人大哗。

"是的。"梅什金点点头。

我马上想到了上一次的冒险。

"你是说神迹？"

"没错，神迹就是闭源人最后的试验品，神迹大爆炸后，最后的闭源人精英将他们最高的技术成就都运用在了智慧之轴。智慧之轴就是闭源人的图书馆，蕴藏着无数闭源人的智慧。只是这个图书馆光进入大门是不管用的，还需要开启……"

"就像打开电脑？"李栋忽然插话。

梅什金没理睬李栋，继续说："智慧之轴必定有某种装置，当开启这个装置时，量子态的智慧之轴将会越来越趋向稳定凝聚态，闭源人留下的智慧会通过文字、图像等各种方式展现在我们眼前。但是……"

"但是，一旦这些知识以凝聚态展现在我们面前时，这个进程就不可中断，也不可逆，直至发生大爆炸，智慧之轴将彻底毁灭。"李樊教授突然说道。

梅什金似乎吃了一惊盯着李樊，说："是啊，不过也不是没有办法破解。"

"哦？"李樊也吃了一惊。

梅什金无奈地笑笑："除非人类的科学水平达到甚至超过闭源人当初的水平。"

"那我们还需要闭源人的智慧吗？"李樊反问。

梅什金面无表情地耸耸肩说："所以这就是闭源人设计的一个悖论，也是我唯一没有想通之处。"

"或许闭源人还期盼着自己可以启动智慧之轴，而不希望任何其他比他们弱的人启动智慧之轴。"李樊说道。

"以人类的进步，用不了多久就可以安全启动智慧之轴了吧？"李栋接着父亲的话问道。

李樊扭头看看李栋，失望地摇摇头说："我敢肯定地说，在你有生之年不可能。"

"我……"李栋像是陷入了沉思。

梅什金与李樊的对话，像是给众人投下了一颗深水炸弹，人们骚动起来，科莫夫也露出惊诧之情询问梅什金："那么，我们所做的一切努力都白费了？"

"如果您不想死的话，最好还是不要启动智慧之轴。"梅什金顿了一下又说，"不过我们所有人的努力并没有白费，至少我们走到了这里，证明了黑轴文明与智慧之轴的存在。"

"那么你至少让我看看，如何才能启动这里蕴藏的无限智慧。"科莫夫似乎还不死心。

梅什金失望地摇摇头说："我不知道。"

"你一定知道，对吗？"科莫夫逼近梅什金。

此时，科莫夫身旁有人冲他小声嘟囔了两句，科莫夫咧开嘴笑了，"我的天才啊，你说还需要使用手环，四件十六边形手环才能启动智慧之轴。"

梅什金依旧淡定，但眉头紧皱，嘴里喃喃道："手环？圣物？"

话音刚落，那头喜马拉雅狼猛地扑向了科莫夫，猝不及防的他一下被喜马拉雅狼扑倒在地，几个身高马大的黑衣人赶紧冲上来，举枪想要射击，但科莫夫与喜马拉雅狼扭成一团，他们也不敢扣动扳机。这匹喜马拉雅狼异常凶猛，一口咬掉了科莫夫肩头一块肉，科莫夫疼痛难忍大叫一声，差点昏死过去。其中一个黑衣人下定决心扣动扳机，射出的子弹准确地打中了喜马拉雅狼。狼并没有号叫，而是扭头直接扑向黑衣人，几下就咬断了黑衣人的气管。另外几个黑衣人向喜马拉雅狼发起齐射，有打中狼的，也有打在地上的，让人惊恐的是，打在地上的子弹瞬间反弹回来，反而击中了这些黑衣人。更不可思议的是反弹回来的子弹速度惊人，在弹回来的瞬间，全都化成了一串火舌，当子弹击中黑衣人时，他们瞬间成了火人。

9

一切都发生在刹那之间，我们还没反应过来，那些黑衣人就已经化成一堆灰烬。我知道他们经历了什么。究竟多高的温度才能将人瞬间化为灰烬。那匹狼身上还在不停地淌着血，但依然注视着科莫夫，科莫夫躺在地上呻吟着，喜马拉雅狼一步步踱到他的身边，嗅着他的身子。科莫夫强忍疼痛狠狠瞪着梅什金说："没……没想到我……我被你给骗了……"

"不要因为强大就自以为是，这是阿努钦临死前对你的报复，他也做了两手准备，这可不是他的小玩意。如果你欺骗他，他就用这匹狼要你的命。"梅什金说完又转向其他人，"我刚才说过了启动智慧之轴的可怕后果，你们云象的人都不要再追随科莫夫了，就让他留在这里吧。"

梅什金说着靠近柳金和格林诺夫，三人相视，无须语言便已明白一切。我被眼前的变故惊得呆住了。难道梅什金没有背叛蓝血团，夏冰也愣在原地，半张着嘴，"父亲……你……"

梅什金只是轻轻拍了下夏冰的后背，没有说话。然后走到科莫夫的身旁，俯下身从科莫夫身上抽出一把军用匕首对众人说："出去以后，希望你们所有人都保守秘密，否则我们将会受到惩罚。"

智慧之轴内的气氛压抑下来。这时，李栋突然从众人身后绕了出来，谁也没注意他刚才去了哪里，当他再次现身的时候，手里却拿着四件十六边形手环。他走到众人中间，然后朗声道："就这么回去，你们不觉得太可惜了吗？"

"你？"柳金和格林诺夫大惊失色。

"不要……"李樊也诧异地叫道，李樊从未如此焦急，与他玩世不恭的性格判若两人。

　　我本能地冲上前，想从李栋手中夺过四件十六边形手环，他一定是刚才趁所有人不备，溜出去取回了四件十六边形手环。当我的手快要碰到李栋时，却被一股力量猛地弹了回来。

　　我跌倒坐在地上，就见李栋自己也很吃惊，凝视着手上的十六边形手环，然后缓缓举起了手臂，四件手环迅速从他的手里升到了我们头顶，谁也不知道这手环除了打开智慧之轴，还有什么作用。我不由自主地仰头望着头顶的手环，四件手环在离我们头顶半米高的地方停住，只是片刻，四件手环又猛地向四个不同的方向飞去，飞出一段距离后，停在半空，还没等我们反应过来，就觉得智慧之轴整个空间瞬间变得更大更亮了。这种宽广和明亮，并不是刚才梅什金绕着走一圈可以比拟的，就像无垠的海洋，又像险峰绝顶，或者美丽的草原，光亮也不是一般的照明，它比探照灯还要亮，并能带来温暖，自己身体内的焦虑、恐惧、紧张、疼痛正在远离，就像我们初次见到神迹时的感觉……

　　"停下来，难道你是……"夏冰依然保持着理性呵斥李栋。

　　"我本来就不是你们这头的。"李栋仰着头看着周围的变化，兴奋地大声说道。

　　"你是云象的人？"我吃惊地大叫起来。

　　李樊无奈地摇摇头，也对着李栋大喊道："儿子，你走得太远了。连我都骗，我以为你只是对黑轴有些……有些执着，没想到……"

　　科莫夫虽然躺在地上，动弹不得，但此刻却兴奋地打断李樊，有气无力地说："哈哈，还没结束。这……这个小伙子我很欣……欣赏，很有勇气，当初……当初你只身找到我时，我就知道……知道你会帮上我，如果有……有机会我是想好好培养你……"

"不，我不需要你的培养，我也不是你的人，我不属于你们任何一派，我就是我。我从小就自认为是天才，既然是天才，又怎么会跟随你们这些凡人。我找你只是想借助你的力量，毕竟我太弱小了，我怂恿父亲接受柳金的邀请，也是要借助蓝血团的力量，不管你们是谁，只要能帮我，能将我带到智慧之轴，让我亲眼看到闭源人最高的科学成就、无上的智慧，我就心满意足了。"李栋说着环视众人，他的目光少了稚气，满是偏执。

科莫夫对李栋的话感到意外，刚想说什么却喷出一口鲜血，已经没有了力气。柳金向李樊质问道："你就没发现你儿子的脑子有病吗？"

李樊还没开口，李栋又接着说："有病？普通人怎么可能启动智慧之轴，你们这些人也算聪明人，不可谓不努力，但你们都老了，没有执念，所以现在……现在就由我来启动智慧之轴。"

"你没听到梅什金的话吗？一旦启动就不能停下，最终会导致大爆炸。你不要命了吗？"李樊一改常态，焦急地冲儿子喊道。

李栋却冷笑两声，"你们怎么还不明白，我这样的人，怎么会在乎生命？与浩瀚的宇宙相比，与漫长的历史相比，与伟大的先哲相比，与划时代的进步相比，我们的生命是那么渺小，不值一提。"

"我早该看出你是疯子……活这么大都不交女朋友，甚至没有生活中的欲望……"我有些懊恼地说着。

"你给我闭嘴。"李栋听了我的话，有点恼羞成怒，"我再告诉你一件事，袁帅一直在我手里，我一直是孤身一人，没有资金，也没有帮手，但我从袁帅的记忆中了解到许多你们的事，还有黑轴的一切。"

"原来是这样啊。"我喃喃道。

"那袁帅现在好吗？"夏冰急切地问道。

"还行吧，我请了专人照顾他。我不想伤害他，因为他和我一样是天才。你们所有人之中，我只认可一个人，就是袁帅。而我也只钦佩一个人，就是梅什金。"李栋说着将目光转向梅什金。

"但袁帅不会认可你的所作所为。"我怒吼道。

"对，我也不会认可你。"梅什金的声音不大，但却掷地有声。

"您……您难道不想看看闭源人的最高文明吗？"

"当然想了。但我可没你疯狂，就像你说的我们都老了，年轻时的我也很疯狂，甚至比你还疯狂，但经历了那么多事，我的欲望已经被压制，虽然很想体验闭源人的伟大文明成就，我却不会赌上所有人的生命，甚至更多人的性命。年轻人，我劝你理性一点吧。"梅什金的话让我一时有些分不清敌我。

"好吧，年轻人，不管你站哪头，就让我们一起见证奇迹，梅什金说的也不一定对。"科莫夫似乎还抱有一丝侥幸，鼓动李栋更加疯狂。

智慧之轴完全亮起来，在我们头顶缓缓出现了一些文字和图案，是黑轴文字，所有人都痴痴地望着这突如其来的一幕。

10

我们眼前展现出来的文字与符号越来越多，李栋痴痴地望着这些晦涩难懂的文字与符号，梅什金、柳金、格林诺夫、夏冰、宇文、李樊都被吸引住了，只有我和秦悦没有兴趣，因为我们看不懂那些黑轴文字。我对梅什金大声喊："有什么办法可以停下来？"

我的呼喊惊醒了梅什金，他冲我摇头道："无能为力。"

"那还等什么？跑啊。"秦悦大声喊道。

梅什金面露绝望之情。

"不，没用的，最后正反物质碰撞，会发生超出现代人类历史的大爆炸，威力远超彼得科考队那次，甚至超过所有核爆。"

"所以……所以跑是没用的，我们必死无疑了。"

绝望了，这与曾经遭遇的危险都不同，难道我们只能坐以待毙？就在此时，我注意到随着出现的黑轴文字越来越多，越来越快，我们头顶的四件十六边形手环开始微微晃动……突然，离我头顶最近的那件十六边形手环猛地抖动起来。接着，这件手环上下左右剧烈跳动，我注视着手环，其他三件手环虽然微微晃动，却没有如此剧烈，这是……我这才突然发现，我们头顶的文字和图案虽然多但是并不完整，在我头顶上方的空间内，依然是一片漆黑，这片漆黑占据了整个空间四分之一的位置，而就在此时，这片漆黑竟如黑洞一般，开始吞噬出现的文字和图案，整个空间开始颤抖起来。到底发生了什么？

　　还来不及多想，柳金就用命令的口吻叫所有人撤离，我们向来时的方向撤去。李樊还不愿放弃儿子，拼命去拉李栋，但李栋已经完全处于癫狂状态，他一脚踢开李樊，李樊还不死心，又扑向李栋。我赶忙回身拉住李樊冲他吼道："快走！"

　　梅什金也上来拉住李樊，将李樊硬生生地拖了出去。我和梅什金拖着李樊走出智慧之轴时，我回头看了一眼，只剩下手舞足蹈的李栋和奄奄一息的科莫夫，这两个疯狂的人。

　　我们再次进入黑暗，回到了漆黑的隧洞中，原本坚固无比的洞壁开始传来碎裂的细微声响，碎石和粉粒不断掉落下来……所有人都在狂奔，这是求生的本能。我们拐过了直角弯，掉落的碎石越来越多，前方闪过了一丝光亮，那是洞口，洞口越来越亮，我们脚下的大地在晃动，大爆炸难道已经发生了？超越核爆的大爆炸正在智慧之轴内孕育？也许几秒钟后，我们就会被巨石掩埋，而整个人类都会遭到灭顶之灾。

　　大地晃动越来越厉害，我们继续狂奔，洞口越来越近。我的手上越来越沉重，原来是李樊早已麻木，跌跌撞撞被我拖拽着向前，而梅什金已经没力气了，跟在后面都很艰难，更别说拖一个人了。秦悦赶紧过来帮我一起拖动李樊，夏冰想去拉梅什金，就在夏冰奔向梅什金时，一阵沉闷的巨响从隧洞深处传出，大地剧烈颤抖，洞壁原本坚固的巨石整面坍塌下来，我们被震得七零八落……

　　大腿一阵剧痛，将我从昏迷的边缘拉了回来，一块锋利的碎石划破我的大腿，流出鲜血。秦悦从碎石堆里爬起来，挽着我站起来，又从碎石堆里扶起李樊。前面的人陆续从碎石堆里爬出来，往后看去，夏冰和梅什金都不见了。秦悦大声呼喊着夏冰，我的心里顿时升起一种不祥的预感，就在预感即将变为现实的瞬间，夏冰颤颤巍巍地从一块巨石后面站了起来。秦悦急忙抓住夏冰，夏冰使劲挣脱，她想回去找梅什金，但碎裂的巨石已经完全封堵了通往智慧之轴的道路。

"没时间了，快跑。"身后传来柳金的呼喊。

秦悦硬拽着夏冰向洞口跑去，夏冰号啕大哭起来，嘴里不停地叫着什么，却听不清。洞外是光明的世界，上一次大爆炸的碎石让道路崎岖难行。当我们翻过这些巨大的碎石时，所有人都已经筋疲力尽，我瘫坐在泥泞的地上，大口喘着粗气，呼吸着清冷的新鲜空气，失神地望着头顶狭窄的天空，多想有一双翅膀，飞到高处，俯瞰这神奇的地方。

也不知过了多长时间，四周安静下来，变得死一般安静。没有地震，没有爆炸，也没有雪崩。不对啊，不是说传说中超越核爆级别的大爆炸吗？我失神地扭头望向躺在我身旁的秦悦和宇文，他们脸上也都是疑惑，我将头扭向另一边时，看见不远处的夏冰，颤巍巍地举起了右手。此刻，她右手上的十六边形手环微微晃动，闪过奇异的光芒……夏冰的目光从十六边形手环转向我，嘴里喃喃说道："是梅什金给我的。"

尾声

加那利群岛的一处疗养院中，袁帅正在沐浴着大西洋的阳光。一周前，伯曼医生解决了我们身体内的病毒，又将袁帅脑中的纳米机器人清理干净。此刻，我、秦悦、柳金向袁帅讲述了他昏迷之后发生的事。

袁帅听完我们的故事，望着远方的海平面，淡淡地说："那这么说，李栋最后用的四件十六边形手环里，有一件是假的？"

"我想是的。"柳金迟疑一下点头说道。

"是梅什金做的手脚？"袁帅依然盯着远方的海平面。

"除了他，我想不出还有谁？"秦悦答道。

"梅什金出事前对我说过，他有一种强烈的预感，云象的领导人很可能是我们的老相识，他会随机应变。当时我还没有完全明白他的意思……"柳金陷入深深的回忆。

"所以并没有出现超越核爆级别的大爆炸，所以你们都没有死，智慧之轴也没有被毁灭。"袁帅的目光落到了智慧之轴的方向。

大家都没有说话，也不知过了多久。原本阳光明媚的海滩变得乌云密布，而远处的海平面上则掀起了惊涛骇浪。

图书在版编目（CIP）数据

黑轴 . 4，智慧之轴 / 顾非鱼著 . —— 北京：台海出
版社，2023.6

ISBN 978-7-5168-3567-8

Ⅰ . ①黑… Ⅱ . ①顾… Ⅲ . ①幻想小说－中国－当代
Ⅳ . ① I247.5

中国国家版本馆 CIP 数据核字 (2023) 第 091997 号

黑轴 . 4，智慧之轴

著　　者：顾非鱼

出 版 人：蔡　旭　　　　　　　　封面绘制：李宗男
责任编辑：员晓博　　　　　　　　封面设计：李宗男

出版发行：台海出版社

地　　址：北京市东城区景山东街 20 号　　邮政编码：100009

电　　话：010-64041652（发行、邮购）

传　　真：010-84045799（总编室）

网　　址：www.taimeng.org.cn/thcbs/default.htm

E - mail：thcbs@126.com

经　　销：全国各地新华书店

印　　刷：嘉业印刷（天津）有限公司

本书如有破损、缺页、装订错误，请与本社联系调换

开　　本：880 毫米 × 1230 毫米　　　1/32

字　　数：390 千字　　　　　　　　　印　张：14

版　　次：2023 年 6 月第 1 版　　　　印　次：2023 年 8 月第 1 次印刷

书　　号：ISBN 978-7-5168-3567-8

定　　价：60.00 元